在未来时间的白色深渊

white abyss of the time

渥丹▶著

新世界出版社
NEW WORLD PRESS

图书在版编目（CIP）数据

在未来时间的白色深渊 / 渥丹著. -- 北京 : 新世界出版社, 2017.7

ISBN 978-7-5104-6336-5

Ⅰ. ①在… Ⅱ. ①渥… Ⅲ. ①长篇小说－中国－当代 Ⅳ. ①I247.5

中国版本图书馆CIP数据核字(2017)第163358号

在未来时间的白色深渊

作　　者：渥　丹
责任编辑：黄　倩
责任印制：王宝根　苏爱玲
责任校对：宣　慧
出版发行：新世界出版社
社　　址：北京西城区百万庄大街24号(100037)
发 行 部：(010)6899 5968　(010)6899 8705（传真）
总 编 室：(010)6899 5424　(010)6832 6679（传真）
http://www.nwp.cn
http://www.nwp.com.cn
版 权 部：+8610 6899 6306
版权部电子信箱：nwpcd@sina.com
印　　刷：北京亚通印刷有限责任公司
经　　销：新华书店
开　　本：880mm×1230mm　1/32
字　　数：280千字　印张：10
版　　次：2017年7月第1版　2017年7月第1次印刷
书　　号：ISBN 978-7-5104-6336-5
定　　价：39.90元

目录 CONTENTS

PART 1 时光之渊

PART 2 幽暗之蓝

PART 3 荒芜之光

PART 4 一次别离

PART 1　时光之渊

I saw，in gradual vision through my tears，
The sweet，sad years，the melancholy years，
Those of my own life，who by turns had flung，
A shadow across me.
Sonnets from the Portuguese，*EBB*

1 陈楷

陈旧的风扇叶片沾满了灰尘，因为缺少润滑，转头时发出吭吭的怪声。单薄的窗帘挡不住夏日傍晚肆无忌惮的夕阳，血一样的红光涂了半张墙面。窗口正好对着夕晒的一方，电扇那薄弱的风就像一个搅拌机，让蒸笼一样的房间里的每一缕空气变得像泡打奶油一样，随着扇叶的转动方向变得浓郁黏稠起来。

在这样闷热的房间里睡午觉实在不是件舒服的事情，但在没有钱吃午饭也找不到暑期工的夏天，除了睡觉似乎也没有别的事情好做。陈楷醒来的时候，就觉得自己的身体也像被灌了一身的奶油。他盯着宿舍的天花板发了很久的呆，慢慢收拢自己的意识，才撑着胳膊坐起来，爬下床铺去冲了个冷水澡。洗完澡身上是爽快一些，但饥饿感却也在同一时刻像蝗虫一样疯狂地扑了上来。

陈楷在几条牛仔裤口袋里翻找了一阵，居然还给他找出几块零钱来，够去食堂吃上一顿了。他留下第二天早饭的钱，就穿着汗衫沙滩裤，顶着一头半干的头发趿拉着拖鞋往食堂走。暑假里宿舍楼里没剩几个人，仅存的那么几个也趁这个钟点找个小饭店吃饭吹空调了。所以他一路从六楼下到大门口，除了看门的阿姨，再没见到一个活人。

去食堂的路上必然要经过学校的公告栏，上面林林总总贴着各式的海报和小广告，从请家教到招兼职、转让自行车到帮忙养猫，还有什么凑人给学术杂志出钱上论文的，无所不有。陈楷前两个礼拜几乎天天到这儿来报到，但连一份工都没找到，加上天气热了，学生们大多回家了，这一道公告栏也远没有学期中的热闹，他才慢慢死了心。

但蹲了这么些天总是有些惯性在，陈楷经过时又停下脚步顺便瞄了两眼。前几天下了一场暴雨，那些大大小小的纸片大多被雨打得不成样子，一片残花败柳的景象。他正觉得无趣要继续去食堂吃包子，恰好有“薪酬从优”几个字溜过眼角。他又停下脚步，凑过去细看，原来是则招兼职助手的小广告。

上面列的要求简直是为他而设的：男女不限，精力充沛，头脑清晰，能熟练应用电脑并会简单排版，会开车，能适应不固定的工作时段。

陈楷顿时也不饿了，当即掏出手机按照上面的号码拨过去，没几声就接通了，是一个女人的声音。

他简单地做了个自我介绍，对方就问晚上有没有空，直接过来面试。他没想到这么快就要面试了，又是惊喜又是有些发蒙，但嘴巴上已经先快儿拍应承下来了：“那好，我收拾一下就过来。”

他匆匆去食堂买了四个包子吃掉，又冲回去换了身衣服，按照电话里说的地址赶去了市中心的茶餐厅。一进门他就觉得垫在胃里的包子已经在瞬间化为乌有，食物的香味从各个角落扑向他，喧哗地反问着“你到底有多久没有好好吃过东西了”。

招待走上来问他是不是订了座，陈楷定一定神，努力压制下不断上泛的饥饿感，说：“十三号桌。”

招待领他过去。果然看见桌边坐着一个女人，留着清爽的短发，穿一身水蓝色的裙子，两个人目光一对上，她立刻站起来招呼：“陈楷？”声音和几个小时前电话里一样的柔和悦耳。

就在看到这个女人的第一眼后，一路上又是猜疑又是焦虑的心态忽然平和了下来。他暗自吸了口气，让自己的笑容看起来不那么僵硬："汪小姐是吗，我是陈楷，你好。"

汪素云招呼他就座，递了张名片过来。陈楷飞快地看了两眼，头衔是某某公司的执行总监，倒是很能唬人。她看着招待倒了茶，才说："匆匆忙忙请你过来真是不好意思。但是我这边时间太紧，又一直物色不到合适的人选，所以也只能请你就这么过来一趟了。"

她不仅修饰得体，声音温婉动听，举止亦进退有度，陈楷在她说话的时候也在悄悄打量她，心里在想到底是什么人能雇到这样的人来做事。但刚一走神，就被汪素云发现了，她笑了笑，推了茶水单过去："喝点儿什么？这里的冻鸳鸯很不错。"

点完单就言归正传。亏得陈楷之前一直都在找暑期工，临出门之前还不忘带一份简历在身上，身份证、学生证、驾照也统统备齐。汪素云迅速扫过，低声问："社会学系……你是学社会学的？"

她话语中的那些微的诧异陈楷早已经习以为常，耸了耸肩："嗯，本来想学哲学的，结果没考上，被调剂去的社会学系。"

"现在学这个的不多了，可以问问为什么吗？"

陈楷愣了一下，笑了："没什么，随手填的。"

汪素云抬起头看了他一眼，没再问下去，看完之后放下他的简历，说："我是谢禹的秘书，这次是为他招人。"

陈楷的脑子飞快一转，立刻说："哦，难道是那个……呃，就是那个在《美新周报》开了专栏的作家？"

"我想我们说的是同一个人。"汪素云点头，"既然你知道谢禹是谁，我相信你也明白为什么我们对一个兼职秘书有诸多的附加要求了吧？你认手写体的本事怎么样？"

"还可以。"他其实并不知道为什么会有这么多的附加条件，只能先支吾着应付过去。

"开车呢？我们一定要一个能开车的。"

“驾照是早拿到了，上过一段时间的手，最近一年没碰过，不过在市内开开问题不大，难道要开长途？”

“目前不需要。你身体怎么样？”

“好得很，冬天睡前会去跑个五千米安眠，熬夜也没问题。”陈楷一笑，眼睛闪闪亮，露出雪白的牙齿。

汪素云盯着他，半晌没说话。这眼神看得陈楷心里直发毛，却也还是耐心地等着，看她到底葫芦里卖的什么药。终于，她也微微一笑：“陈楷，同你说实话，这个月以来我们一直在找人，但是面试的都不满意，也有做了几天就受不了走了的。本来都以为找不到合适的人了，没想到今天接到你的电话。你的条件不算顶好，之前也没做过类似的工作，但是一则我们实在是时间紧，急着进人；二则看你是名校的学生，又是文科，所以有意让你试试。”

陈楷本来都好好的，听到这些话脊背上有点渗汗，他虽然也看谢禹的专栏，甚至还从班上女生那里摸过一本他的精选集看过，但实在不知道这是怎样三头六臂的人物，用个助理而已，还是兼职的，何至于如此。

只听汪素云继续往下说：“谢禹正在写一本传记，缺人帮他做一些杂事。他工作时有些脾气，身体又不好，所以跟着他一定心理身体都要过得了关。我快要移民了，跟在他身边快八年了，知道这份工作不好做，你先想好，不要做两三天做不下去了又要走，对双方都不好。”

陈楷低下头想了一想，苦笑说：“我其实是看见薪酬从优这四个字来的。”

“哦，这个，你不用担心，我们算时薪，希望你至少能做到六个小时，每天。”

说完她报了个数字，陈楷心里飞快算了笔账，发现哪怕是一天只六个小时，做到开学，下一年的学费住宿费就统统有了。自从他离开家开始自己养活自己，两年来的学费总是凑得很艰难，特别是今年，眼看还有两个月开学了，存下来的钱刚刚只够住宿费而已。

陈楷一时间也顾不得真假了，坚定地抬起头来，用最诚恳的眼神看着汪素云："我一定做下去，而且会好好珍惜这个机会。让您，和谢先生都满意。"

汪素云也看着他，打量良久，终于轻不可见地点了点头："那好，明天你到丽海道一百四十号，上午九点，让谢禹见见你，如果他满意，当天就可以留下来。"

丽海道是本市新兴的富人区，闻言陈楷挑了挑眉，站起来鞠躬道谢："谢谢汪小姐给我这个机会，我一定会好好珍惜。明天我会准时到。"

第二天陈楷起了个大早，搭公车去丽海道。但不巧碰上上班的高峰期，一路挣扎着到了目的地，整个人就像刚从蒸笼里出来，湿透了。

住这一片的人很少没有私车的，所以公车只停在山脚，剩下一程环山路要靠脚走上去。早晨的风颇有些凉意，带着海风特有的微咸气息，加之一路上都有高大的榕树凤凰木作陪，等到走到前一晚汪素云告诉他的一百四十号门口，他身上的汗已经收住了，衣服也吹干了，一看时间，八点五十五。

一百四十号独门独院，花园看起来不大，房子只有一层，不算看海景的好格局。陈楷前一晚上网把谢禹的生平经历和一些作品囫囵吞枣又过了一遍，只是觉得此人神秘得很，不仅从不去参加本市一些知名作家常常会客串的电视广播节目，连照片都看不到几张，搜索引擎翻烂了也没看到什么特别的消息，简直不像活在信息时代的人。

一想到这点，即将见到雇主的紧张很快地就被莫名而来的好奇心多少掩盖了一些。他收拾好心态和表情，按下了门铃。

应声的人果然是汪素云，确认了来人后，很快合得严实的黑漆木门向两边滑开，展现在陈楷眼前的是一片干干净净的空地，停了两三辆车，花草并不多，但有一棵他叫不上名字来的树木，就种在屋前的一角，洒下的阴凉正好遮住屋子的一翼。

陈楷无暇多看，快步走进去，正好有一个人站在其中一辆车子边上，听到他的脚步声自然而然地转了头。两个人目光一撞，似乎都有些吃惊——陈楷之前看他拄着拐杖，以为是年纪很大了行动不便，谁知道却是个三十出头的男人，有一张端正而严肃的面孔，目光犀利，仿佛时刻都在考量对方。他立刻就意识到这个人可能是谢禹。在脑中闪过的第一个念头就是，他并不怎么上相。很快陈楷还注意到虽然是夏天，但那个十之八九就是谢禹的男人却在右手上戴了手套，在这样的季节里异常地扎眼。

“你就是来应聘的那个大学生？”

男人的声音听起来音色很低，有一种很难形容的粗糙感，听得陈楷心口一震。他赶快把目光从他的右手收回来，正视对方的双眼，清晰地说：“您好，是谢禹先生吧，我是陈楷，来应聘您的助理，早上好。”

谢禹还是面无表情，稍一颔首，算是认可了陈楷的称呼，也没多说话，只是静静地站在那里看着陈楷。虽然他的目光并不严苛，也未见得有什么恶意的成分，陈楷却还是觉得像是被什么东西从头顶一路划过，不至于见血，但总是心里毛毛的不怎么自在。

好在很快汪素云就从房子里出来解救他了。这一天她穿着碎花的素色连衣裙，身姿格外窈窕。看见她一个人拖着一个用泡沫塑料包起来的大件费力地往车边上移，陈楷赶快赶过去帮手：“汪小姐早！沉吧？我来帮您。”一搭手发现这东西不仅分量很沉而且造型古怪，还来不及细看究竟是什么，汪素云抢先开了口：“陈楷，是我工作上的疏忽，今天谢禹十点有约，我们必须马上就走，面试恐怕要推后了……”

没想到辛辛苦苦穿越了大半个城市听到的是这句话，陈楷心里一沉。他到底年轻，脸上立刻露出失望的表情来。汪素云见状，只是道歉：“很抱歉让你白跑一趟，这是我工作上的失误。这样吧，你先在市里逛逛，我争取把面试安排在下午或者晚上……”

说话间两个人已经来到车前，帮汪素云把东西放进车子的后备厢，陈楷才说：“没关系，我正好要去书局逛一逛，买点书和资料……要是谢先生得空了，你随时打电话给我，我再赶过来。”

汪素云对他露出一个抱歉的微笑，柔声说：“实在很抱歉，这个约非常重要……”

“真的不要紧，没关系的。”陈楷索性替她开脱起来。

她看了一眼表，知道时间紧急，点了点头不再多说。陈楷看谢禹已经先一步进了车里，想了一想，还是过去和他打个招呼告辞。刚刚走到车窗前，谢禹已经摇下了窗子，问他：“你怎么还不上车？刚才汪素云没告诉你我约了人十点吗？”

“啊？可是……我是来面试的……”

眼看他露出一副呆滞错愕的蠢相，谢禹蹙了蹙眉，语气虽不冷淡但也绝对说不上热忱：“好了，我见过你了，可以了，开始工作吧。”

两次面试的过程都简单得吓人，工作到手的速度比在快餐店打工还要容易些，以至于陈楷在车上坐了将近一个小时还没有任何确实感。他不止一次地把目光停留在前排的两个人身上，但他们一不说话二不回头，完全没有向他做任何解释的意图，陈楷就只能按捺下所有的疑问和不解，安静地等待着。

汪素云把车开到了老城东北角的高档住宅区。陈楷不是本地人，对这一片从来都只是耳闻而从未真正去过，一路上看着颇有年岁的树木和各色气派的大房子走神。最后车子停在其中的一栋小楼前面，他才猛地一回神，跳下车帮汪素云搬东西。

最外面的铁门没有锁，被风吹得一下下合上又弹开，发出有点刺耳的金属撞击声。谢禹走在最前面，看到这般架势并没有犹豫，拉开门，丢下一句“直接进去”，就拄着手杖率先走了进去。从身后看他的背影挺拔修长，那拖着的左脚愈发显得刺眼。陈楷莫名觉得可惜，但很快又觉得这个想法实在可笑，加大步伐跟着谢禹往房子的正门走去。

门铃按了许久，没有人来开门。谢禹微微蹙起了眉心，却还是很有耐心地按下去，同时问汪素云：“今天十点？”

“他打电话来是这么约的。”汪素云特意翻出她的记事本，确认了一下。其间陈楷偷偷瞄了一眼，只见上面密密麻麻全是字，暗自吐了吐舌头。谢禹点了点头："门没关，车子也在，应该在家……"他话音未落，门里边就响起噼里啪啦的走动声，而且越来越近。动静这么大，弄得谢禹和汪素云不免对视一眼。果然啪地一声，门被重重打开了，同时传来一个极不耐烦的声音："催命啊，这才几点你们想干吗！"

那是一个乍一眼看去不过十五六岁的少女，大概是刚刚从床上爬起来，穿得非常清凉，整个颈项和半边胸脯都露在外面，陈楷只看了一眼，还没看清楚长相，脸一下子热了。他匆匆忙忙低下头，谁知道映入眼帘的是一双纤长笔直的美腿，脚趾涂了宝石蓝的指甲油，两只脚简直如玉石一样……陈楷愈发狼狈地别开脸。那边谢禹已经波澜不惊地接过话来："我是谢禹，和穆回锦十点有个约。"

女孩子轻轻哼了一声，有点嘲笑的意思："是晚上十点吧？我不知道他几点回来的。我只知道他昨天出门是夜里十一点半。"

"上午十点。请你去转告一声，他要的东西我带来了，里特维德的椅子，如果他有兴趣就起来看一眼，再细谈。"

陈楷这才知道原来那包裹里放的是一把椅子。他顺势又抬起头，看清了三步外的女子。仔细看来她的确很年轻，有一张轮廓深刻的面容，眉眼幽深，蕴含着难言的英气。但是她此刻皱着眉架着手，看起来极不愉快，目光冷淡地掠过汪素云，在陈楷身上根本没停留，扫了两眼那个包裹，才说："什么了不起的东西，那你们等着吧。"说完扭头就走，用脚甩上门的那一个瞬间，齐腰的长发飘动，仿佛一面墨色的帘子。

他暗暗想难道是不速之客？不免再去打量谢禹和汪素云的神情。可是碰了这样一个钉子，他们两个人的神色也还是很镇定，并没有显出丝毫的气愤和沮丧。汪素云甚至还微微一笑："终于在家了一次。"

谢禹也牵动了一下嘴角，他本是英俊的男人，面部线条稍一放软，整个人都生动得多："放心，这是骊湾的原物，就冲着东西的面子，也能见上一面。"

陈楷决心不去纠结这哑谜一样的交谈，想了想，转向汪素云，压低声音问："汪小姐，等一下我要做什么？"

"先把东西抬进去，到时候我再告诉你。"

等待的时间比预计的更长，五分钟之内没人出现，再五分钟房门还是紧紧合着。这个钟点太阳已经开始烤人，投到檐下的光直烫脚背，火辣辣的，好像有什么小虫子在不懈地咬着。街边的大树夏蝉一波波地闹着，更是让人觉得时间静止，只有这太阳永不落下。

可是谢禹依然还是很镇定，转过头看着院子里那棵不止一抱的合欢树，甚至没有去看表。汪素云则靠在墙边，忙着用记事本记东西。看到他们这个样子，陈楷不由得觉得自己东张西望的样子实在愚蠢，脸上又开始有点热，赶快收回目光，但眼前闪来闪去的，还是刚才那个女孩子。

忽然门又被拉开了。比声音先到的是浓重的酒味，而且经过一段时间的发酵，这个味道已经称得上刺鼻了。陈楷错愕地抬眼，而这错愕又在看清开门的人后自动放大了若干倍——应门的是一个瘦削，不，严格来说简直是瘦骨嶙峋的中年男人，下巴尖得像只锥子，青色的胡茬儿从鬓边蔓延而下，头发乱蓬蓬的，上身是件皱得不像话的绸缎衬衣，扣子都没扣，敞露出白森森的胸口，肋骨条条可见，下身却是一条浅色的条纹睡裤，裤脚一只高一只撩到膝盖，一看就是刚从床上起来不知怎么胡乱套上的。

之前听"穆回锦"三个字，陈楷还当是个女人，所以此时一见本人，简直是呆在了原地。谢禹和汪素云看起来都是多少有些意外，但还是客气地维持着平静的表情，等对方先开口。他完全适应不了室外这明亮的光线，血丝满布的双眼先是眯了起来，后来索性用手去遮，过了好久才放下来。但头是低着的，根本不拿正眼去看家门口被冷落已久的来客，含糊地说："你们谁找我？"

"我是谢禹。一周前和你约了今天十点见面，你还记得吗？"谢禹的声音反而压低了。听到这句话穆回锦抬起了头，光线让他很不舒服，回忆则让他看起来更加痛苦。他眯起眼来打量着谢禹，也顺便看了看另外两个人。他费力地吞了一口口水，才说出话来，声音就像敲破了的锣，隐隐有金石声：“几时？不记得了。”

谢禹看了一眼汪素云，她就接过话来：“穆先生，当时的电话是我给你打的，你还有印象吗？上周二晚上十点，我叫汪素云。”

他还是一脸茫然，目光浑浊，看起来并不像是在敷衍。谢禹无法，就说：“她打电话来的时候说我们会带Z字椅来，你答应和我谈一次。”

穆回锦的眼睛瞬时一亮，眉头也在同时扭开，人似乎都来了精神，和之前那死蛇一样倚在门边的样子简直是判若两人。但那光又很快熄灭了，他软绵绵地在嘴角扭出一个曲折的笑纹，依稀有点愁苦的模样：“哦，我想起来了。不好意思我喝多了，差点忘记这件事情了，你们进来坐吧，我去冲个澡，我们再谈。”说完往前踏了一步，伸手想去拆那个包裹一看究竟。他身上的味道实在太重，离那包裹最近的陈楷忍不住让开了几步。这个动作不大，但穆回锦似乎还是发现了，扭过头对他笑了一笑，笑得陈楷通体生寒，再不敢动作。

谢禹这时伸出手挡了一下，说：“既然你还醉着，今天看来也是谈不成了，那还是回去睡吧，等你睡醒了打电话给我，我们再过来。”说完就让汪素云和陈楷又把椅子抬回车里，自己却留下来，对目光一直死死盯着那把椅子不放的穆回锦一笑，递出有电话和联系地址的名片：“那我们改天再见。”

穆回锦冷冷看了一眼那张纸片，忽然发力夺了过去，看都不看直接团作一团往地板上一扔，假笑了一声，扭头又把房门关上了。

吃了这个干脆的闭门羹，一行三人又往回走。陈楷在回程的路上终于没忍住问：“他不是起来了吗？还是谢先生你今天约的是其他人？”

谢禹过了一会儿才回话，语气很是不以为然，仔细听还能听出藏得很好的轻蔑来：“他都醉成这样了还能说什么。不要紧，等他醒过来了，自然会找过来的。”他说得这么笃定，陈楷还是觉得蹊跷，但不敢再问了，老老实实跟着车回到了丽海道。

一进门还没来得及看清楚室内的摆设，冷不丁听见谢禹问他：“平时喜欢做点什么？”

“……看书，打篮球，偶尔也打电脑游戏。”

“看电影吗？”

“看啊……《魔戒》就去看了，就是第三部公映之前不是有那个三部连看吗，我们几个人去看了通宵，看完一点儿都不想睡，蛮好看的。”

谢禹回头看了他一眼，又看了一眼在房间另一侧的汪素云，最终还是把目光转回来，说：“你去找汪素云，让她找点陆维止的资料给你看。”

乍听一个完全陌生的名字，陈楷下意识地看向谢禹，又不敢直接问他，就盯着汪素云问：“谁？”

那是他第一次听到陆维止的名字。

2 朵丽

在开始工作之前，陈楷原以为这份工作涉及的事务必定繁多且芜杂，多半是没有面试许诺的那样慷慨，毕竟汪素云招人招得很急，谢禹看起来也是匆匆就做出了决定。可一周过去了，他发现自己或许捡到了一份从天而降的好差事。他的工作主要就是两项：一是丽海道有大量谢禹采访别人留下的录音；二是谢禹在杂志和报纸上有专栏，定期要出稿，陈楷负责把这些录音和手写稿打印下来整理好，再转交给汪素云归档。

每天都是盯在电脑前面，坐久了不免腰酸背痛，好在汪素云的桌子就在对面，这让陈楷免于孤身奋战之苦。陈楷觉得她的工作似乎就是一天到晚地打电话发邮件，然后在电话和电话的间隙，会想起来为他倒一杯茶水或咖啡，配上两块小点心，再过来陪着闲聊两句。这大概也是陈楷最轻松的时刻——如果她不开口，大概他和谢禹一整天说不到五句话，其中两句还是“您早”和“再见”。

他对谢禹总是满怀莫名的畏惧之心。为谢禹工作后，陈楷才知道陆维止是一个死了十多年的导演，一生拍了不到十部电影，写过剧本，导过若干舞台剧，对本市歌剧的推广影响尤其大，谢禹在写的就是这个人的传记。

陈楷之前从来没有听说过此人，甚至连碰巧在电视上瞄到一眼他的片子的机会都没有过。起先他以为自己孤陋寡闻，于是惭愧地去问同学知道不知道陆维止，连问了好几个，只有两个人听说过，其中一个还仅仅是知道有这么个人而已。同学的答复多少让陈楷不那么羞愧，但心里总归是不安的。有一次趁谢禹不在，他悄悄去问汪素云，说对这个人一无所知，担心工作做不好，要不要去找点他的资料看看。反而是汪素云安慰他，说就当是一个路人好了，对此人了解与否和做好你手头的事情一点儿也不相干，看不看随便你。有了这句话，陈楷就理直气壮地不强迫自己去再多了解工作范围之外的陆维止的种种了。

接手这份工作的第二周，陈楷又见到了穆回锦。

那天是周五，他正好在丽海道。电话响起的时候谢禹和汪素云在别的房间不知道谈什么，电话响了好一会儿也没人出来接。陈楷无法，只能走过去把电话接了。他又一次听到那个令人印象深刻的嘶哑而略带金属质感的声音，那张苍白浮肿的脸迅速在眼前浮现出来："喂，我是穆回锦，谢禹吗？"

"我不是，你稍等，我去叫他……"

"不用了，你告诉他如果有空，下午四点在朵丽的咖啡厅，带着椅子一起过来。"也不等陈楷答应，就干脆地把电话挂掉了。

陈楷直觉得头皮发麻，好久才把电话放下来。这时房门开了，汪素云先走出来，看见他傻在电话边上，就问他："怎么了？刚才我好像听到有电话？"

他结结巴巴地说："是穆回锦，他打电话来说他下午四点在朵丽的咖啡厅等谢先生……"

汪素云低头看了眼表，陈楷也跟着看了一眼，已经快两点了。看完后她皱了皱眉，问陈楷："还说了什么？"

"……还说带着椅子去。"

闻言汪素云一笑，回头问："那你怎么说？要是去现在就要动身了，不然开过去有点赶。”

谢禹的声音从房门里传出来：“我换件衣服，陈楷开车。”

这还是陈楷这一年多来第一次开车，一踩下油门，就觉得全身都绷直了，小心翼翼控制着速度，坚决不超过六十码，远远地看见绿灯在闪就开始减速踩刹车，十足就是一副新手上路的菜鸟模样。开出一段汪素云终于没忍住，说：“陈楷，可以踩到八十了。他打电话不是说的四点吗？”穆回锦约的朵丽是本市最大最老的高档饭店，从丽海道过去要过海，开车需要过跨海大桥或是走海底隧道，都要绕上一大截路，如果按他这个游移在四十六十的速度，四点之前赶到朵丽完全没戏。

一听汪素云说他，陈楷顿时面红耳赤，手心都开始出汗，但看到前面有个红灯，还是习惯性地去踩刹车。这时反而是坐在后排的谢禹说了一句：“不要急，慢慢开。”

闻言汪素云还回了一下头，似乎是有点诧异，陈楷如果不是在开车，恐怕也要回头的。虽然他只在谢禹身边工作一周多一点儿，但他守时的习惯却是领教得很彻底，没想到居然会在谢禹嘴里听见这句话，难免有些匪夷所思。

开上桥陈楷才加大了油门，但等他们赶到朵丽，还是迟到了一刻钟。陈楷羞得连话都说不流畅了：“对……对不起，我太久没开车了，也、也没来过这边，下次再也不会了……”他哆哆嗦嗦地道歉，不敢去看谢禹的眼睛。

谢禹看着他，微微一笑：“没关系，下车吧，看看他人在哪里。”

陈楷猛地一激灵，开门跳下车帮谢禹开门，然后问：“搬椅子吗？”

“留在车里吧，不着急。”

朵丽就在海边，从他家客房的窗口望出去，一侧可以看见这个城市最美的海景，另一侧则能看见最美的夜景。酒店有自用的渡口和私人海滩，占据着这一片最好的地段，得天独厚的地理位置和近百年来一贯的优质服务，素来有着极佳的口碑。

谢禹对朵丽很熟悉，直接往靠沙滩一侧的咖啡厅走去，走到门口，忽然又顿住了，侧身往露天咖啡座的一角看去。顺着他的视线陈楷也跟着看过去，那个角落里坐着两个人，还来不及看仔细，谢禹已经松掉拉开一半的门，朝那个方向走了过去。

走近了才看清那边两个人就是穆回锦和在他家的那个女孩子。不过一周多不见，陈楷要靠着那个女孩子才能勉强说服自己那个男人就是他见过一面的穆回锦。这不由让他啧啧暗叹果然是人靠衣装：此时的穆回锦和当时那副邋遢的醉鬼模样足有天壤之别，头发梳服帖了又刮了脸，虽然还是瘦，但搭配着又整洁又得体的衣服和适合脸型的墨镜，看起来再不那么瘦骨嶙峋的可怕了。

他看见谢禹他们走过来，并没有站起来，甚至没有摘下墨镜，直到谢禹停下脚步出声打招呼，才指了指咖啡馆门口挂着的大钟说："快四点半了，不是都说你不迟到的吗？"

海风吹得遮阳伞猎猎作响，足以遮掩掉一些语气里微妙的成分。听他这么说，谢禹回头看了一眼陈楷，说："他第一次开车过来，不熟悉路，晚了。"好在陈楷也很机灵，一听谢禹提到他，赶快道歉："抱歉，我很久不开车，路上时间没计划好，迟到的事情是我的错，穆先生您不要见怪。"

穆回锦挑了挑眉，露出一个不知道是什么意思的笑容，朝着谢禹说："路上没遇到堵车？坐吧，喝点什么。"

那是一张六人的长桌，坐下来刚刚好。陈楷正好坐在那个女孩子正对面，就看见她百无聊赖地拿吸管折腾面前的一杯柠檬汁，裸露在外的胳膊是漂亮的小麦色，手腕异常纤细，低头的时候有几根发丝飘到手上，有一种不自知的风情。穆回锦始终没有摘下墨镜，看不到眼神，也没什么表情："也没什么要客套的，看在那把椅子的份儿上，你想问什么。"

"从《丹青》开始好了。"

穆回锦始终面无表情，点了点头表示认可。他带来的女孩子却不耐烦地一推椅子站起来，说：“我去逛逛。”直到她的背影消失在朵丽边上的一排店面里，穆回锦才从她身上收回目光，嘴角勾起一个不大的弧度，问谢禹：“她很像他，是吗？”

谢禹已经打开了录音笔，听他这样说，也问：“她是谁？”

“这么说吧，她的祖母和陆维止是兄妹，或者是姐弟，一母同胞。”

谢禹跟着一笑：“仔细看是有点像。”

陈楷早已经习惯了这样打哑谜一般的对话，若无其事勾着头，在想能做点什么好让自己显得不那么犯呆相。他从包里掏出纸笔，却又不知道该记一些什么。

穆回锦喝了一口啤酒，懒洋洋地靠在椅子上：“你要写陆维止的传记？那你不该这么问，对他感兴趣的人本来就不多了，更何况是对他的电影感兴趣的。不如从陆家的闲事写起，豪门恩怨，再牵扯上娱乐圈的是是非非，才好卖出去。”他口气冷静，字字句句却满是嘲讽，谢禹丝毫不为所动：“他的私事不是这本书的重点。”

穆回锦大笑一声，笑声尖锐，听得一旁的陈楷手都禁不住一抖：“那你还找我干什么。真的是想说电影？我才跟着老鬼拍了几部片？”

谢禹的眉头不动声色地一紧，正要再说话，身后有人叫他的名字。他回头一看，的确是熟人，就站起来打了个招呼，寒暄客套几句，再坐下来只见到穆回锦对着他笑。因为看不见眼睛，笑容里总有一些模糊的东西在，不见得是完全友善的，但笑容很完美，连其中的疏远都恰到好处。

后来谢禹和穆回锦的交谈一再地被中断，陈楷才知道原来谢禹的社交圈子这么广，但随着他一次次站起来又坐下，谢禹的脸色渐渐变得难看起来。后来更是在一次站起来之后不小心带到桌子，冰咖啡洒得一身都是。他终于忍耐不住，低声咒骂了一句。就在他清理水渍的时候，穆回锦的电话响了，他看了一眼号码接起来，声音蓦然变得温柔如水，全然不是与谢禹针锋相对时的尖锐：“……这是催你回去呢，不要紧，你等一下，我给你送卡过去，你人在哪里？好……”

放下电话后他就说："我要去给人买单了，不然就聊到这里？"

谢禹抿着嘴，任由汪素云帮他拂去水渍，还是盯着穆回锦说："不是只要卡去就行吗，你不介意的话，让陈楷去。告诉他在什么地方，我们继续。"

汪素云迟疑了一下："不然我去吧……小陈对这一带不熟。"

谢禹干脆地拒绝："问就是了，这里能有几家店。你留下，跑腿让他去。"穆回锦的目光在这三个人身上转了一圈，始终在笑："你们商量好了就行。如果是他去，正好陪陪小棠，你看他无聊的。"

陈楷被说中双重心事，脸上一热，不敢去看穆回锦，转向汪素云说："那……我去？"

汪素云无可奈何地说："那就你去吧，这里反正也没什么事情，你陪着陆小姐也可以。"他匆匆点头，从穆回锦手里接过卡的一瞬间触到男人的手指，冰冷又干燥，像一条蛇。

陈楷小时候去乡下看老人，曾经被地里的草蛇咬过，虽然有惊无险，但从此蛇就成了他最害怕、连想都不会去主动想起的东西。他也不知道为什么穆回锦的皮肤能让他在瞬间想起这种动物，但这个想法本身已经足够让他觉得寒冷的了。他拒绝细想下去，向留下来的三个人道完别，去找陆棠了。店铺全集中在靠近渡口的那一侧。陈楷一间间店铺挨着找过去，总算在一家就算是他也知道牌子的店堂里瞄见了陆棠的身影。他推门而入，正对上陆棠期待的目光，然而后者眼中的热切期盼又在看清楚来人是他之后迅速地熄灭了。她拧起秀美的眉毛，冷淡地说："怎么是你，回锦呢？"

店里过于充足的冷气让他起着鸡皮疙瘩。陈楷的笑容僵硬了一下才接上话："穆先生和谢禹在聊天，没办法脱身，要我来给你送卡。"

看着递过来的卡，陆棠撇了撇嘴，面上不见一点儿笑容："哦，那我问你，你觉得这几双鞋子哪双好看？"一边说，一边用脚尖往地板上点了点。他才留意到地板上摊了一圈的鞋子。一色的细高跟，褪下来随时可以替代凶器敲破人的脑袋。

陈楷又去看陆棠的脚，她没上指甲油，穿一双简便的平底凉拖，上面有一些花哨的小配件，衬得她的脚踝是那么秀气。但是他眼前闪过的始终是那一天的深蓝色，于是他就说：“白色的吧，还有那双浅粉色的也不错。”

陆棠想了想：“我不喜欢浅色的鞋，不过既然你说，可以试试看。帮我都包起来吧，对，这两双，还有那双黑色的系带的。”

陈楷赶快把穆回锦交给他的卡递给她，她却笑笑，从随身的包里掏出卡来，自己把账结了，在划单和打包的间隙里，她扭头对陈楷说：“你接下来去哪里？”

“……穆先生不放心你，要我陪着你。”

陆棠的笑容沉淀下去：“他总是把我推给别人。不过你也不想回去吧，你对陆维止很有兴趣？”

陈楷很老实地说：“他是我老板正在写的书的对象，我对他几乎一无所知。”

“哦，很好，我也是。”

“他不是你的……嗯，应该怎么叫？叔公？”陈楷诧异地问。

“他是我爸的舅舅。不过我对他一点儿印象也没了，只记得很小的时候他们带我去探望他，那个时候他已经快要死了。”这个时候她的表情和语气一点儿也不像一个十来岁的女孩子，冷漠得让人无言以对。

这时店员把鞋子和收据一并交到陆棠手里。陆棠看也没看，很自然地把所有的东西都往陈楷面前一放。陈楷愣了愣，才想到替她拎东西：“那现在回去了？”

“不回去，我讨厌你的老板。他看不起回锦，为了一个不相干的死人伤他的心，那副嘴脸让我恶心。”

这样的评价让陈楷瞠目结舌，他下意识地要替谢禹辩解，但话到嘴边又都卡住了。他才发现其实自己对谢禹其人一无所知，也不知道为什么谢禹如此固执地追逐穆回锦的同时，又总是带着一些不甚明了的轻视。这时陆棠已经走到了店门口，回头叫他："那个谁，别发呆，我们换店了。"

他才回过神来跟上去。走进另一家店面之前陈楷还是谨慎地开口了："陆小姐，你可能误会了，谢禹是一个非常严谨也待人很客气的人。我不知道他想从穆先生那里问到什么，但是我想他的本意是为了写出一本好书。"

"他严谨不严谨、客气不客气，和他看不起回锦是两回事。你们都讨厌他，又还要找他，虚伪。"

陈楷不知道她的"你们"到底指的是谁，这个"虚伪"的评价又是怎么给出的。但是他发现她在捍卫穆回锦时是义无反顾的不遗余力。他不愿意为了不相干的人破坏掉眼下的相处时光，当下停住了解释。

陆棠又买了一顶宽边的草帽，一条丝巾，两块手帕和一朵装饰用的山茶花加上几对耳环。陈楷第一次陪年轻的女孩子逛街，终于知道这其实是个体力活，明明只是这些零散的小东西，就在不知不觉中耗掉了将近两个小时。其间虽然没有催促他们回去的电话，但是当陈楷注意到夕阳的颜色后，他说："天要黑了，差不多该回去了？我想他们应该也聊得差不多了。"

"哦，好。"陆棠正在努力把才买的山茶花别针别在草帽上，心不在焉地应了一句。

眼看着再走近一些就能听见他们在说什么了，陆棠问："还没问你叫什么名字。我叫陆棠，我想你大概已经知道了。"

陈楷点点头："陈楷，楷模的楷。"

陆棠听了微微嘟起嘴，在思索着什么。这个表情在她脸上显得又生动又可爱。她说："我能不能叫你陈小楷，这样听起来顺耳一点儿。"

她嘴边有一丝笑纹。这还是陈楷第一次见到她露出欢喜的神色。夕阳下陆棠的脸美丽非常，落在陈楷眼里，叫他恍惚了一刻，又故作镇定地也笑起来，反问她："这又不是在练毛笔字，还大楷呢。再说了，你觉得陆小棠好听吗？"她终于忍不住大笑，笑容明晃晃的，瞬间耀花了陈楷的眼睛。

陆棠的笑声也引得不远处的穆回锦和谢禹他们纷纷投过目光来。看见她回来，穆回锦站起来：“小棠你回来了。来，陪我去海边走走。”

她立刻欢快地跑过去，也不管陈楷手上还拎着的大包小包。陈楷看着她笑着脱下新买的宽边草帽，问穆回锦好看不好看，沉默地跟过去，把东西搁在桌边，向汪素云说：“汪小姐，我回来了。”

谢禹默默地关掉录音笔，把记了不少东西的笔记本合起来，交给汪素云，然后一撑桌面站起来，向只顾和陆棠说笑的穆回锦伸出手：“今天谢谢你，希望以后还有机会联系。”

穆回锦依然没有摘下他的墨镜，他看着谢禹伸出来的左手，慢吞吞地递出了自己的左手，笑容无懈可击：“不客气。如果谢先生赏光，不如一起在朵丽用个晚餐，法国菜，好不好？”

“不必了，我晚上还有些别的事情，改日吧。”

“那好，不勉强，向你大哥问好。”

谢禹的笑容在穆回锦转身后立刻消失不见。他握着手杖，面无表情地垂着眼，好一会儿之后，才用有些疲惫的语调叮嘱汪素云：“素云，你和陈楷先回车里把椅子搬到朵丽咖啡厅的吧台，给他留在那里，我慢慢走过去。”

走出去很远汪素云才恨恨低骂了一声“混账东西”，她素来是温婉佳人形象示人，说话都从不大声，陈楷起先还以为是听错了，但一偏脸，映入眼帘的就是她死死抿住的嘴唇和皱起的眉头。他不知道和陆棠在一起的时间里发生了什么，但仔细一想，好像一直到告别前都好好的，没道理就是一眨眼的工夫，大家统统变脸了。

“汪小姐……”

汪素云仿佛这才想起身边还有人跟着，身体迅速绷了起来，但面部的表情却放缓了：“对不起，小陈，我不是在说你……”

“你没事吧，有什么我能帮你的？”

“人家说穆回锦是个王八蛋，我算是领教到了。哪里见血往哪里戳，教养都给狗吃了。”汪素云骂了一番，却一个字也没有细说。

他们抬着椅子回到朵丽的路上正好和慢慢走过来的谢禹打了个照面，只是他完全神游八荒，视旁人如无物。而无论是汪素云还是陈楷，此时都不敢打搅他，任由他继续沿着滨海的散步道往停车场的方向走，并默默希望他不要走神太久，以至于走出去太远而不自知。

把椅子留在咖啡厅后，陈楷又觉得出了一身透汗。出来之后他才发现原来就在这短短的几分钟光景里，太阳已经沉进海里去了，远方的云好像一座座起伏有致的山峦，介于橙黄和粉红之间，又被夕阳的残光镶上了金边；海面上还留着一道浓烈的痕迹，似金似红，淋漓迤逦，靠近沙滩的近海则泛着鱼鳞般细碎的光。看得久了，仿佛能看见什么东西跳出水面，把这光点溅洒开来，引诱着被光影的魔法迷惑了的人们往深处去，化身为这光芒的一部分。

在这样瑰丽又让人隐隐不安的色彩之中，陈楷看见陆棠和穆回锦从他们眼前的沙滩上走过。明明已经暗了下来，但他就是莫名看清楚陆棠一手挽住穆回锦的胳膊，另一手压住正被海风吹拂的草帽，愉快地说笑着，像一个过分俊俏的男孩子，而白色的裙子宛如一朵小小的浪花。而此时的穆回锦，摘下了墨镜，挽起裤脚，拎着鞋，不时转回头来，对着陆棠说一句什么，姿势放松而自在。他们明明在岸上，却像走进了那一片熔金似的光芒中，连身影都变得时隐时现起来。毫无根由地，陈楷觉得在穆回锦年轻的时候，应该有另外一张脸。那张脸庞甚至疾速在他眼前掠过，可又在陈楷看清楚之前，先一步随着彻底消失在海平面尽头的太阳，一并隐去了。

3 陆维止

第二天上午陈楷准时到丽海道时，没有在靠窗的藤沙发上看见理应在整理文字稿的谢禹，顺口就问："谢禹呢，不是还没起来吧。"

汪素云坐在大客厅的书桌边上回邮件，手指如飞，敏捷得让陈楷觉得她是一只勤劳而熟练的蜘蛛。她听到门合上的声音，眼睛还盯着电脑："小楷你来了啊，十点了？"

"差不多十点了。"

"他去按摩了，吃过午饭回来。"

这真是难得的事情。陈楷说："我还以为他不在外面吃饭，等一下要我开车去接他吗？"

"不要紧。谢禹是去他哥哥家里，会有专门的司机送回来。"

陈楷正在倒咖啡，听到这句话一愣："啊？他还有哥哥？"一问完就想起来昨天告别穆回锦，他好像是说了一句"向你大哥问好"之类的客套话。汪素云就笑："哦，原来你不知道啊。他大哥是谢辰，听过吗？"

陈楷诚实地摇了摇头。

"他是STV的老板。"

"STV我是知道……"这是本市一家很受好评的独立广播电视公司，

近年来更是积极涉足网络和出版发行行业，没想到居然是谢家的产业。

看见他还在发蒙，汪素云也不奇怪，又叮嘱说："这事你听完拉倒，谢禹不愿意让人知道他和谢辰是亲兄弟。"

"这有什么。"陈楷只觉得没什么大事，还想进一步评价，但看到汪素云的眼神后还是收住了，乖巧地点了点头，转开话题，"我今天要做什么？继续整理昨天没听完的谈话记录？"

"你先把我放在电脑边上的那份稿子打出来。那是谢禹下一期的专栏稿，再不交编辑要催了。"

谢禹虽然用左手，但是字骨架端正，一丝不苟，很像他这个人。陈楷已经渐渐习惯他的手写体，但是现在手边的这一份不知道是什么缘故，写得分外潦草不说，还有许多涂改的痕迹，使得他不得不读上几行就要停下来向汪素云确认一下那到底是什么字。幸好谢禹不在，汪素云手边也没太多事情，可以一一回答他，但两个人一起认，效率到底是慢了下来，几千字的稿子，打出来校对完再抬头一看，居然已是午饭时间了。

谢禹很少去餐厅，不过吃饭并不特别讲究，大多时候都是让汪素云打电话去附近相熟的餐厅叫，送过来四五个菜一钵汤。有的时候汪素云亲自下厨，也不过下个面做个三明治，胜在便捷省事。

她用吞拿鱼三明治解决了两个人的午饭。谢禹不在，汪素云也没有紧紧绷着脑子里的那根弦，吃完午餐还去泡了水果茶，然后坐到靠窗的垫子上和陈楷一边闲聊一边消食。她看见陈楷一吃完就又坐回电脑边上，不由笑着问："你这么怕谢禹？"

陈楷正好在喝水，一下子就被噎住了，额头和鼻尖都渗出汗来。他慌张地说："不是……"话没说完又被口水呛到，狼狈不堪地咳嗽起来。

汪素云给他弄得都有点没缓过神来，后来看他咳得太辛苦，才无可奈何地笑了，给他的杯子里续好水，又递过去一张面巾纸："你看你看，我才说一句呢，就把你吓成这样。"

"不是不是……我不怕他，谢禹工作起来认真又投入，我向他学到很多东西，只是他不太说话，我也不知道要和他说什么……所以汪小姐你肯定是误会了。”

汪素云听着他的解释，只觉得是欲盖弥彰，但脸上还是笑眯眯的：“哦，过一段时间就好了，他对不熟悉的人的确不太热情。你不要这么紧张，我没别的意思，我就是刚才看你吃饭，忽然觉得平时你可能从来没吃饱过。”

“没有的事情……”陈楷觉得自己脸都要烧熟了，声音不知不觉小了下去，“是这个机会来得太难得，我想好好做，又什么都不懂，总要小心一点儿，再勤快一点儿。”

“你已经很勤快了，慢慢来。我也觉得我运气很好，当时我要走投无路了，接到你的电话，老实说当时我是想不管是谁先做着，没想到你做得这么好。”

陈楷不知道为什么找个做这样一份并没有太大技术难度的工作的人会让女超人一样的汪素云“走投无路”，他认真地接话：“也没有很好……我还是对陆维止没什么概念……”

“我都说了不要紧，别说你了，我跟着谢禹这么久，对这个人也还是不知道什么。说起来你什么都不知道做起来反而是好事，不容易分心。”

聊到这里汪素云接到一个电话，两个人就没再谈下去。陈楷从电脑里调出编号是昨天的谈话记录，戴上了耳机，准备把谢禹和穆回锦昨天的交谈整理出来。谢禹问的问题都是关于一部名叫《丹青》的电影。陈楷读过陆维止的生平简历，知道那是他拍的倒数第二部电影。但听到这个访谈才知道，原来拍《丹青》的时候，他刚刚经历过一次中风。

谢禹问：“我从别的渠道知道，他本来是打算拍《陌路人》的，但后来还是拍了《丹青》，是什么让他改变了主意？”

那头沉默了片刻，开始说话：“《陌路人》其实只是他的计划之一，他中风之后住了两个多月的医院，到夏天出院之后把之前的计划统统推翻，原本打算一心一意拍《陌路人》，但之前联系好的演员等了半年全部有了新的片约，他从来不能委屈自己用不合意的演员，这出戏就暂时搁置了。后来有一天张颂德来骊湾做客，他们聊了通宵，结果第二天一早他就问我，他要拍一部新电影，里面有个年纪和外表都合适的角色，要不要演。但是当时我手上正好在拍别的戏……"

"《拂墙花影》？"

"是。他中风时我不在，养病那小半年他家里人都来了，我就搬出了骊湾，等他能动弹了才又回来。既然病时我一天也没照顾过他探望过他，他那时开口我也没办法拒绝，就赶快把《拂墙》的戏份了结掉，等着他开《丹青》。

"……《丹青》拍得一点儿也不顺利。先是制片人不断更换，因为预算一再超标——他这个人有个才能，他天生知道怎么样选最贵的东西，道具、服装，连一张桌布一只碟子都要挑上等货，这个片子一点儿没出外景，但成本是一般这类片子的三倍。他想过自己制片，但以他当时的身体，这样差不多就是在自杀……等到制片敲定，资金到位，已经是冬天了……"

说到这里谈话被打断了，又有人来和谢禹打招呼。这次访谈被中断了许多次，全是因为有人来问候谢禹。头一两次听见陈楷还没觉得怎么样，到了后来他发现竟然数出七八次来。这一来连他都忍不住去想，这个穆回锦是不是故意挑了这个地方这个时段，等着别人来打断他们的。

尽管一再被打断，谢禹始终不屈不挠地继续着他的话题。穆回锦倒是很配合，提到不少《丹青》拍摄过程中的细节，还有陆维止当时的工作状态。

"……冬天拍戏真是个坏主意，尤其是那一年冬天出奇的冷。我们拍了好几场阳台的戏，我记得有一天大概零下两三度，所有人都在外面站着，谭莉莉穿皮草，我只有一件衬衣一件薄的羊毛开衫。那组镜头拍了一个上午他才满意，当天晚上我就发高烧，进度又不能因为我停下来，到后来剧务就找了个护士，守在片场等着给我吊水。我拔掉针头就开始演戏，演到后来不能拍我的手——全紫了。

“他那个时候已经开始玩命，完全不理会医生，还是一天三包烟，睡五个小时，除了去片场就是在骊湾准备下一出戏的剧本。他把所有事都看得很清楚，也没有人能阻止他，所以某种程度上我们都是共犯：明知道他要死了，却都眼睁睁地让事情发生。但是我们也知道，工作是他那个时候唯一的良药，他一停下工作，就死了。工作就是活着，活着为了继续工作，现在说来很滑稽，可当时就是这样。”

这次停顿了很长时间的人换成了谢禹，他的声音有些干涩，听起来还有些疲惫，却很坚持。他说：“这也是为什么他选择在《丹青》里自我剖白？”

穆回锦似乎轻笑了一声：“他老了，行将就木。但就这片子本身，在一般观众的眼中，那只是老年人对于年轻人和青春不可控制的怜惜和向往而已，和性、肉欲、死亡和暴力这些不能拿出来公然讨论的东西是无关的。他要把这些东西变得诗意化、符号化，而且他素来长于此道。要不然这么说好了，如果观众不是同类，你怎么能肯定他要表达什么，又怎么接收得到他散发出来的信号？嗯？”

谢禹又一次地沉默了。

“其实关于这方面，是他一贯的风格，要不然你说是他那一辈人的风格也可以。情感是私人的、只能留在床上的，不会拿出来公然讨论。他们把自己分成两块：属于‘我们’的一块，在‘我们’之外的一块。他从来不为这二者的切换苦恼，他们都习惯了，这才是他们正常的生活。”

谈话到这里结束。

起先调出这段时陈楷还以为读错了档案，因为耳机里那个声音和他印象中的穆回锦的声音完全不一样。没有了那种刺耳的金属音，腔调圆润，连语速都调整得很好，甚至没有工作以来他常常在录音里听到的口水声。

他回答了谢禹提出的每一个问题，没有任何的敷衍，富有条理，并且可以说回答得很精彩。但愈是这样无懈可击的对答，听在陈楷耳中，就是有那么点不好说的不是滋味。陈楷当然不能说他在故意说谎，但他的话和陈楷整理的其他人的录音有很明显的不同：倒更像是故意地顺着谢禹的话来说，说作者想写的，读者想看的，至于这是真是假，说话的这个人并不在乎。

陈楷摘下耳机，耳朵很烫，太阳穴也一跳一跳的，瞄了一眼电脑右下角，居然四个小时过去了。他还有点恍惚，心里兀自挣扎了一刻，还是问了出来："陆维止是……"他咽下了即将脱口而出的三个字。

汪素云却听懂了。她盯着电脑，飞快地打字，眼皮都不抬地说："嗯。你介意？"

"……不是……我就是有点没想到。"他咽下一口口水，有点艰难地继续问，"那穆回锦……"

"同一类人。是陆维止一手调教出来的演员，跟在他身边好多年。如果你想问他们之间的关系，是的，就是你想的那样。"

这虽是意料中的答案，但被确实之后陈楷还是滞了一下："他们……算是差了一辈吧？"

汪素云这下抬起头来很惊异地看了看陈楷："前天报上还登七十岁富翁娶了二十五岁的选美小姐。"

陈楷坐在位置上出了一会儿神，心里乱糟糟的也不知道在想什么东西，又好像都没想。后来偶尔一分神，发现有一辆没见过的车子开进院子里来。他就叫汪素云："汪小姐，好像是谢禹回来了。"

他们工作的这一侧对着的落地窗正好能看见大门。闻言汪素云回头，一看到车子就站了起来："谢先生也来了。"说完就匆匆去厨房准备茶水。陈楷起先没反应过来她说的"谢先生"是哪个，但后来看见车上下来的两个人，很快也就明白了。

他们两兄弟的五官很相似，尤其是眉眼，让人一望而知彼此间的血缘关系。只是谢禹不太笑，脸上总是绷着；谢辰却相反，眼角的笑纹很深，嘴角也习惯性地向上弯着，倒是让人见之则亲的面相。

两个人下了车就朝房子走过来，门开了，而这时汪素云正好端着茶从厨房里走出来，她笑着打招呼："谢先生怎么是您开车送谢禹回来？打个电话交代一声，我们过去接就好。"

谢辰先是瞄了一眼电脑边上的陈楷——后者在他进门之后问了一声好，就安静地坐在那里查稿子里的错别字——再转向汪素云："反正是周末，没别的事情，你们也忙。我听阿禹说你要移民了，几时走？"

"二十二号的飞机。"

"那也没几天了。这些年你多有辛苦，哪天你抽个空，好让我为你饯行。"

"谢先生事情多，我以您的时间为准，先谢谢了。"汪素云一笑，回答得不卑不亢。

谢辰点点头："那好，周一我让他们打电话给你。"说到这里他又想起另一件事情，看了看已经放下拐杖坐到沙发上的谢禹，继续问，"你走了，你的职位有人接上吗？"

汪素云迟疑片刻，说："现在有一个兼职的秘书……"

"是那个大学生？"谢辰顿时皱起了眉头，他这个动作简直和谢禹一模一样，连汪素云看了都忍不住愣神了，"那怎么行，不要说他是个没一点经验的学生刚刚来做没两天，就算是能独当一面了，阿禹这里事情这么多，他也照顾不过来。这样，我让苏珊下周一过来，素云你和她当面交接。"他下惯了命令，此时语气虽然平和，却自有一种不容抗拒的威严独断。

已经被定论为"没一点经验的学生"的陈楷这个时候自然是不好作声的，但手上的事情已经不知不觉中停下来了，转过头来望着客厅另一边的三个人，看接下来还有什么。谢禹自从进门就没说话，一直听到这里，忽然站了起来，看了一眼谢辰，依然一言不发地走进自己的小书房。在家里他不拄拐杖，脚步跛得愈是刺眼，连背影都显得单薄起来。

汪素云听到房门合上的声音之后，才低声对谢辰说："谢先生，这件事情，还是让谢禹拿主意吧。谢禹很满意陈楷，让我慢慢把事情交代给他来做。”谢辰扫了一眼陈楷，两个人目光一对上，陈楷顿时觉得自己成了一条鱼，被一把刀从头刮鳞到尾。这个想法让他不寒而栗，但谢辰也只看了这么一眼，就再不管他，对汪素云说：“让苏珊晚一点过来也可以。不过你走之后我不放心，还是让老何和何嫂过来照顾阿禹。”

汪素云不敢异议，也没表态，想应付过去；谢辰又哪里看不出这一点小把戏，没戳破罢了。这时他想起陈楷来，转过身正要问他话，谢禹又从房间里出来了，握着一张照片朝着谢辰走过来：“你的人不是正在意大利做节目？就是这个，请他们留意一下。”

谢辰立刻赶到谢禹身边，接过照片来仔细看了看：“就是这个？看起来也很普通嘛。”

“威尼斯玻璃的工艺几百年来没有大的变动，如果能买到古董最好，买不到看看有没有新的吧，至少外形看起来差不多。再说这造型虽然简单，但线条流畅，颜色也很漂亮。”

“好，一定让他们找到。”

谢禹听到这里笑了：“我是没办法去了，就只有拜托你了。”

听到这里陈楷莫名有个预感：当谢禹拿到他在找的东西之后，也就是他们下一次去见穆回锦的时候了。

谢辰安抚似的笑笑，拍了拍谢禹的肩膀，他却轻轻让开了。谢辰这时告诉谢禹要让自家的下人在汪素云离开之后过来照顾。谢禹听完垂眼想了一会儿，淡淡地说：“无所谓。不过我这里没地方给他们住，你看着办。”

这点障碍对谢辰来说实在不算什么：“这个我来解决，那就这样说定了吧。”

“嗯，时间不早了，今天是周末，我也不留你吃饭，哪天专门向你道谢。”

谢辰的笑容不知怎么有些无奈：“自家兄弟，怎么说这种话。”

谢辰走了之后陈楷过去帮着汪素云收拾茶杯，这才看见那茶杯里的水一点儿也没动。汪素云这时向他投去一个见怪不怪的表情，低声说：“忙得和陀螺一样。”陈楷点点头，端着托盘把茶杯洗掉了。再出来就看见谢禹倚在沙发上和汪素云说话：“还有吃的没有，我饿死了。”

“你不是去谢辰家吃完饭回来，怎么会吃不饱？”当房子里又变成他们三个人，汪素云的语气也变得自在得多，不紧不慢地和谢禹说笑，“冰箱里空了，不过我们可以早点吃晚饭，你看呢？”

“好。”谢禹支起身子，从大茶几上找了几块曲奇饼吃了，再顺手接过陈楷递过来的专栏稿，一目十行地开始看。

改了两三个错字，再加了几个句子，谢禹点点头，把稿子交还，问：“录音整理到哪里了？”

“你回来之前，刚刚把昨天你和穆回锦的那一份整理好。”

谢禹立刻皱了眉：“那齐敏思那一份呢，我等着要他的。”

这的确是之前谢禹特意交代过的。陈楷心里暗暗懊恼自己的失误，还是很诚恳地一边道歉一边解释：“对不起……我以为你等着要和穆回锦的这一份，所以先把它整理好了……没做好你交代的事情，是我不好，我这就去听。”任由他解释完，谢禹才淡淡地说：“下次不要自作主张。”

陈楷一个劲地点头，把羞愧和解释的欲望双双克制住，又坐回了电脑前面，调出了做过多年陆维止电影和舞台剧执行导演的齐敏思的访谈录音。

可是还没来得及听几段，晚饭就已经送到了，他不得不停下来，先吃了饭了事。这顿饭他吃得味如嚼蜡，耳边一直在响的是刚才没听完的录音片段，他刚刚好听到齐敏思回忆陆维止的第一部长片，说它的问世是如何的曲折。

谢禹的手不方便，吃饭慢，汪素云是习惯了，陪着他慢慢吃，总是在他吃得差不多的时候先放下碗筷，但陈楷就摸不到这其中的窍门，总是早早吃好，打一碗汤水坐着干等。

这一天他连这一点客套和敷衍都懒得维持，只十分钟吃完饭，就继续去做没做完的事情。汪素云盯着他浑然忘我的背影，正在犹豫要不要提醒一声，谢禹也看见了，却笑一笑，说：“吃你的，让他做事。”

“……预算很快就用光了，而没人愿意投资在一部没有现成剧本只有个粗略的大纲、用业余演员、讲纺织厂女工生活的电影上。那时陆家还不像现在这样，加上景气也不怎么好，没有多余的闲钱。陆维止就变卖骊湾那栋房子里的东西，先是卖他妈妈留给他的珠宝——因为这个来钱最快。他这个人花起自己的钱来一点谱也没有，每次开价总是卖得差不多够了这个月的开支就拉倒，不知道吃了多少亏。拍摄周期越来越长，他卖车、卖家里的古董瓷器、只差没有把骊湾的房子卖掉……我们都只领到前两个月的薪水，后来等于就是白干，但就算这样，他还会时不时心血来潮买些钢笔、昂贵的围巾、领带、银袖扣之类的送给我们，他自己喜欢礼物，以为人家和他也是一样的！弄得我们谁也没办法开口说‘别管这些鬼玩意儿了，我们要的是钱，这东西没办法买米啊！’可他始终一如故我，还乐此不疲。

“……剪出来的样片有三个小时。就算是以现在的标准看，这片子也太长了，何况是这样苦哈哈的题材。我们劝他剪成一百分钟，最多一百二十分钟，但是他不肯，坚持以三个小时的长度去发行。可想而知，票房非常惨淡，没人愿意在暑假看这样的片子，唯一给我们安慰的是，虽然电影节的评委不喜欢它，但几个大影评人喜欢这个片子。事实上在拍完它的十多年之后这部电影忽然出名起来，成为电影学院的教材，去年还出了DVD吧？当然，就算今天来看它依然是一部很出色的片子，这也是我个人最喜欢的陆维止的片子。也许是他们——电影和陆维止——把我折腾得太惨的缘故。它非常动人，一些拍摄手法哪怕到现在还是有值得借鉴之处，画面和主题都很锐利，当时很少有人会这样拍电影，但是陆维止会，他非常自信，非常固执，从他的第一部片子到最后一部，一直都是这样……”

当陈楷整理完，一定神，才发现天色已经彻底黑了，而仿佛之前还在身边走来走去的汪素云也不见了影踪。陪伴他的，只有客厅一角落地灯那柔和的橙色灯光和面前电脑屏幕的白光。仔细地回想了一番，他才想起来大概在一段时间之前，汪素云好像是专门和他道别过的，还提醒他早点回学校路上当心，只是自己当时一门心思在工作上，那些话如过耳风一般立刻被刮开了。伸了一个长长的懒腰，陈楷发觉腰酸背痛，脖子也很僵硬，一看时间，倒是离末班车还差三刻钟。他飞快地扫了一眼错别字，然后把之前做的穆回锦那份和这一份一起打出来，想在离开之前一起交给谢禹。

捏着文件夹站在谢禹的书房前面，陈楷听见里面有电视的声音，还是敲了敲门。过了一会儿，声音透过紧闭的房门传过来："进来。"

房间里没亮灯，电视开着，谢禹就坐在他喜欢的沙发上，全神贯注地盯着电视屏幕，连陈楷走进来也没有让他转开目光分毫："嗯，要走了？"

"嗯，齐敏思的这一份也做好了，还有一份是另外一天的录音吧？那个还没做。"他答话的同时无意瞥了一眼屏幕，好奇是什么能让谢禹如此专注。看了两三个镜头立刻发现，这不是电视节目，而是一部电影。

"这是……"

电视屏幕上出现的是一个男人的背影，半掩在夜色中，扶着扶梯，一步步地往楼上走。还来不及细看，屏幕定格了，谢禹说："陆维止的《丹青》，播了差不多半小时了，要看吗？"

经过这些天的工作，陈楷觉得自己参与了一项拼图的游戏，面前有无数的碎片，关联的不关联的，而他必须把它们都收集起来，再交给下一个人去找出有用的以凑出最后的答案。但他一直很清楚，在做这份工作的同时，有一个最重要的部分是缺失了的，那就是他根本不知道这幅拼图到底是讲什么。而如今，他也着实没办法否认，他对陆维止此人和他的电影，开始有兴趣了。

"好……我还没看过他的片子呢，跟着看下去就行。"

谢禹对此没有异议："椅子在那边，你坐吧。"然后又按下了播放键，那个静止的背影又开始行动了。

他走得不快，脚步也不轻，掏出钥匙打开楼上房门的时候整串钥匙哗啦啦的，在没有任何背影音乐的衬托之下，乱得让人有点心惊。

原来这是恐怖片。陈楷不禁想。

开门之后有了一点点光，人形在稍强的光线下略微清晰了一些。男人伸手去摸灯，开关发出清脆的响声，却没有亮。下一刻手电筒亮了，黑暗的室内陡然多出一束光柱，整个屏幕好像都随之刺眼起来。他继续前行，似乎还寻找确认着什么。

沙发上那个一直安静蜷伏的身影几乎在同时动了起来。他扬起包裹在身上的毛毯，墨沉沉的，如同展开的鸦翼，整个轮廓被投影在墙壁上，微微颤动着，好像随时就能被不知来去的夜风刮离墙面。灯光受惊似的闪过这个忽然发作的身影，飘忽不定的光束划过对方，只看见雪白的面孔上，流连着手电制造出来的廉价却也真切的虹光，那是一双美丽的眼睛，因为惊讶抑或是愤怒，瞪大了。嘴唇正微微颤动着，有些刺眼的脉络蜿蜒在嘴角，不该属于这张这样年轻的脸。

毫无根据地，一个曾经读过的句子在陈楷脑中飞速闪过，快得他几乎抓不住它，亦无法追究这究竟是自己真的读过的还是一瞬间的臆想：岁月沉重如锁链，枷住原本的你。

但接下来的三个词是什么呢。他竟然想不起来了。好在下一个念头被真真切切地抓住了。陈楷想，他认出他了。

4 丹青

“什么婊子养的王八蛋，敢撬老子的门？不要命了？”

说着和自己的脸完全不相称的言语，青年人扭开了身边的应急灯。

陈楷的眼前炸开了，电影的镜头就像停滞的时光，刻下一个鲜明的印记。不久前那个上午里那张青白浮肿的脸接踵而来，在脑中搅在一起，造成一种荒谬的不协调感。

他听见一个倒吸凉气的声音，后来才意识到原来这是自己发出来的：“穆回锦？！”

谢禹不赞许地别过头来：“你不是听了一下午的录音吗，还是我没告诉你这是《丹青》？”

“不是……我的意思是……我想说……”他发现每次和谢禹独处时都无可避免地慌乱，而他痛恨这一点，“我才认出他来。我之前没认出这个人是年轻时候的穆回锦。”

“嗯。”应答他的还是那始终不热络的声调，“既然认出来了，就继续看吧。”

因为错过了最初的部分，这部片子接下来的剧情对陈楷而言始终有点晕乎乎的。慢慢看出来大概是一出伦理戏，又发现穆回锦在这部片子的角色根本就叫“阿锦”，也不知道是刻意为之还是随手的巧合。

这片子角色不多，但彼此之间的关系盘根错节又藕断丝连。陈楷平时看片最不耐心这种复杂的人际关系，加上被穆回锦的出场震得发蒙，很久之后才觉得看出一点眉目，但他不敢确定，也不敢去问一旁的谢禹，只能沉默地跟着稀里糊涂往下看。

因为上一刻被这节奏缓慢的片子带得走了神，所以当剧情忽然切换到性爱场面时陈楷一下子呆住了：两个年轻人把那个原本雅致整洁的客厅搞得不像样子，甚至把所有的灯用色纸罩了起来，生生搞得鬼影幢幢，介于蓝色和暗红之间的色调让这不洁的情欲愈发地迷离起来。

陈楷不得不和谢禹一起面对这一组画面——镜头缓慢地从年轻男人的侧脸下移，到颈子，圆润的肩膀，连绵起伏的脊背，皮肤在诡异的色泽下依然能闪光，就像反复摩挲过的大理石雕塑那样，有一种石质的、然而光滑而温暖的错觉。紧绷住的细而长的腰身和结实的臀部，正被一条腿勾住……他这样沉迷地亲吻，任由自己在情欲中漂浮，纤长的手指如同拂过琴弦，而她就这样被唤醒了，像一朵盛开的夜花。

这场镜头缓慢得可怕，简直像是在雕刻什么东西，要把身体的每一个细节都巨细靡遗地记录下来。镜头推动的同时仿佛有一种声音超越画面而出，像凿子劈开石块，又像是锋利的小刀划开纸张，最后以一种不容置疑的姿态定格出来轮廓。他们是如此地沉迷于欲望，不仅没有注意到旁观者，甚至在呆若木鸡的旁观者出声阻止之后，才不情愿地分开交缠的身体，又示威一般给彼此一个深吻。

他站了起来，赤身裸体，直面目瞪口呆的年长男人，最终露出一个挑衅的微笑，弯腰捡起毯子，把自己和女孩子包裹起来，甚至没管那散落一地的、作为他们动物一样的情欲的明证的衣服，一言不发地绕过他，上楼去了。

年长者呆立了许久，直到风把房门重重关上。他一边朝沙发走，一边扯下一路上经过的所有台灯落地灯上蒙着的彩纸。一层一层地，灯光的颜色恢复了正常，他的脸也随之慢慢恢复了平日的颜色。他坐了下来。他在瞬间老了。

这一组镜头和穆回锦最初的亮相一再在陈楷脑内交织着，让他没办法再集中注意力看下面的情节，甚至连结局都这么晃过去了。影碟机在放完一圈后又回到了片头，静止的画面乍一看有些诡异。谢禹扭开了灯，是光线把陈楷拉回来，一看清挂钟的时间，他立刻从沙发上跳了起来："怎么就快十一点了……"他早已错过最后一班车。

"你怎么了？"谢禹不解他的惊呼和沮丧。

"我看电影看得忘记赶公车了。"

"哦，最后一班车几点？"

"十点。"

"那是无论如何也赶不上了。"谢禹撑了一把沙发的扶手，站起来，看着有点手足无措的陈楷说，"有客房，或者我这儿有辆旧车，你可以开车回去。"

陈楷想了一想，明天是周日，不必过来，于是他觉得还是第二个选择更好一些，便向谢禹开口借了车。既然有了车钥匙他也不那么急着走了，又扭头回去看了一眼屏幕，犹豫着说："那个时候他多少岁？"

谢禹也跟着看了一眼："二十六，也许二十七。"

"现在的他好像是另外一个人了。"

"嗯。"

陈楷没再多说，客气地道谢加道别后，去车库按照谢禹的原话找一辆"黑色的旧车"。但车库里就四辆车，唯一一辆黑色的是至少还有六七成新的梅赛德斯。简直像个冷笑话，陈楷有点无奈地想。几十万的车，就这么随随便便交给了一个认识不到两周、时薪几十块的兼职小助理。他不知道是否应该专程表示一下感谢，譬如绕回去再告个别、至少确认一下对方是不是反悔了。他也这么做了，只是走到一半的时候，发现谢禹已经把客厅的灯关了，只有书房和卧室还留着亮。这让他改变了主意，自嘲地看了看还紧紧握在手上的钥匙，只管把车开走了。

开到寝室楼下停好车，锁上之后陈楷还是不放心地检查了好几遍，生怕第二天一早起来这车不见了，那可是卖掉现在的他也赔不起的玩意儿。一再确定是真的锁上了，刚要回头，身后忽然就听到一声响亮的口哨声，在这寂静的半夜真是能把胆小的人吓得魂都出来。

“哟，陈楷，我说怎么白天敲你房间门没人应呢，原来是傍上富婆了。”

陈楷哭笑不得地转过身来：“狗嘴里吐不出象牙。这是我打工地方的老板的车，借用一晚而已，周一就还回去了。”跟他说话的是同班同学杜可铭，也是为了打工留在学校里。

“什么老板这么大方，我向我老板借辆自行车他还不情愿呢。看在相识一场的份儿上，也介绍给我认识吧。”

陈楷不再搭理他，直接往宿舍楼的大门走，杜可铭眼见他都不搭话了，心里想着有求于他的事还没说呢，赶快三步并作两步追上去，嬉皮笑脸地说：“别不好意思啊。那我什么都没看到、什么都没看到，绝对不和别人讲。唉……找你帮个忙啊。”

“想到哪里去了，都说了是老板，我老板是男人。”

“你原来连男人都收得服服帖帖了！陈楷，我真是没眼色，低估你了……”陈楷闻言狠狠剜他一眼，杜可铭却不在乎，始终笑嘻嘻的，这才说，“不开玩笑了，真有事找你帮忙啊。”说话间两个人已经上到房间在的楼层。陈楷停在走道口，这时也笑了：“哦，你要求我帮忙你还敢开这种玩笑？幸好不是真的，不然就你刚刚说的，我帮你才是犯贱吧。”

“看你说的。我们谁和谁啊，你看我乱和别人开玩笑吗……”

“好了好了，就你这张无事生非的嘴。说吧，什么事，看我能不能帮忙。”

杜可铭眼睛一亮，只差扑过去抓住陈楷的手：“是这样，我周五约了人看现场，好不容易买到票的，这都盼了整整一年了。餐馆那边我去不了了，你替我一个晚上吧。你好心一把权当救苦救难啊。”唱念皆备，只差声泪俱下了。

陈楷之前和杜可铭在一家泰国餐厅打工，做了三个月之后，老板只留下了更能说会道尤其会哄女客开心的杜可铭。他想了想，目前的计划里周五还没有安排，而且杜可铭正可怜兮兮地看着他，他不由得心软了：“你和何老板说好了？他要是没问题我可以请一个下午的假。”

杜可铭连连点头：“我明天就去说……陈楷你真是好心人啊！我就知道找你一定没错了……”

他赶快打断杜可铭即将开始的又肉麻又冗长的致谢：“行了行了，下午四点到晚上十点是吧？我知道了，明天我也去请假，记得改天请我吃饭啊。”

“那是那是！”

既然答应了杜可铭，陈楷打算下周一过去就向谢禹请假。开车到底是不一样，比平常晚出门一刻，倒还早到了二十分钟。开车进院子的时候正好汪素云也到了，停好车后她同陈楷打招呼：“怎么，前天晚上开车回去了？”

他有点不好意思：“嗯，那天事情做完之后跟着谢禹看了一会儿电影，结果错过末班车了，谢禹就借了这辆车给我。”

“对，我都忘记了，你改天留套换洗衣服在这里，万一加班什么的，住下来也方便，省得跑来跑去，你们学校也太远了。”

“没办法，新校区总是远的。哦，汪小姐，周五有什么安排没有？我想请个假，早点走。”

汪素云已经在掏钥匙开门，动作却忽然停了一下，脸色也变得奇怪起来。陈楷刚要问出了什么事，她已经转过脸来，把手指竖在嘴唇上，做出一副凝神细听的姿势。

陈楷竖起耳朵，果然也听见了门里传来若有若无的琴声。他听了一会儿，压低声音对汪素云说：“是巴赫的哥德堡，主调。”

汪素云惊奇地看着他："你这也听出来了。"

那乐声只响了短短几个小节就停住了。陈楷听出只有一只手在上面，既不流畅又乏力度，莫名有点心酸，愣了一愣，解释说："我上大学之前一直在弹琴，略知一二。"

"谢禹时不时会去听音乐会，这个我是不懂的，以后可以让你陪着去了。"汪素云笑着说，又等了一会儿，再拿出钥匙打开了门。

陈楷盯着她的背影，这才想起来请假的事还没说，赶快说："汪小姐，请假的事情……"

谢禹从来不是一般意义上的苛刻雇主，假很顺利地请下来了，甚至没有问他去干什么。接下来几天汪素云一直在交代他各种事项，从一些人员的联络方式，到谢禹的作息习惯，恨不得把一切东西都灌在陈楷脑子里。陈楷知道她这是在做一些临走前的交接，有点惶恐，又有点一定要把这件事情做好的少年人的自负，这两种心情交缠着。他只是假期兼职这么个事实倒也不那么让他觉得困扰和不安了。琐事一多时间就过得快，一眨眼到了周五下午，在眼看着差不多可以动身离开的时候，门铃响了。

原来是快递公司的包裹。他签收的时候发现是意大利邮回来的，心跳莫名快了几拍，捧着到小腿那么高的箱子扬起声音叫在书房里的谢禹："谢禹，你的包裹，意大利来的。"

谢禹立刻打开了房门，语气有些难以置信："这么快？这才几天？"

汪素云也跟了出来，和陈楷一起帮忙拆箱。拿裁纸刀拆开外面的胶带，里面全塞的是棉织品和泡沫塑料之类，看来是在保护着娇贵的易碎品。正好汪素云在和谢禹说："动作确实快，上个礼拜六才和谢先生讲，今天就送到了。"

她这么说陈楷愈发好奇是什么，手上的动作更是放轻了。他先拿出一个稍微小一点的盒子，交到汪素云手里。

谢禹先打开那只小盒子，拿出一只红颜色的玻璃杯来，然后迎向窗户的一侧。杯子造型很普通，比一般喝红酒用的郁金香杯稍大一些，杯脚也稍长，然而釉色极其漂亮，有一种难以用言语形容的鲜艳又温和的色彩，顺着光看，就算是空的杯子，似乎也盛满了美酒。

他看了一会儿，露出了笑容，转过头对陈楷说："把另外两个盒子打开，看看是什么。"

陈楷这才收回目光，低头打开了盒子。盒盖一拿开，他不由得"咦"了一声——两个盒子里都是和谢禹手上拿着的一模一样的杯子，一个盒子里六只，加起来正好一打。

谢禹的笑容加深了一些，凑过去弯腰看了看，说："怎么买了这么多，今年圣诞省事了。"

然后他发现陈楷正盯着那一排红彤彤的杯子发愣，就说："这是威尼斯的彩玻璃，我手上这只是古董，但是他们一直用的是传统工艺，所以看起来几乎没有任何区别，是吗？"

他只能说："我不知道，我觉得很漂亮……"

汪素云在边上低低一笑，把盒子端起来，放在茶几上。谢禹这时又说："素云，你拿两只包好，然后给穆回锦打电话，向他约时间。"说完就转身把自己手上那只据说是古董的杯子也放了下来。就在陈楷眼前，他仔细看了看，愈发觉得和宝石一样，上面的光泽看久了能让人溺进去。

因为这远道而来的玻璃器皿，陈楷赶到杜可铭打工的泰国餐厅正好是踩在四点整。他不敢去看老板的脸色，赶快换了衣服先去帮忙清扫和摆台。算起来陈楷已经有两个多月没端过盘子带过座，再做起来笑得脸皮都发僵，之前在丽海道没什么机会笑，现在却是连接下来半个月的也都统统透支干净了。

这家餐厅因为老板娘是泰国人，选的厨师、材料乃至店铺里的装修风格都很地道，自开张以来在本市的食客口耳相传中一直有着相当不错的声誉。特别今天是周末，生意更是好得不像话，几乎所有的桌子都翻了台，有的还翻了不止一次，忙得陈楷恨不得生出翅膀来。

生意这样兴旺，原本十点打烊的餐厅一直到十点半才送走最后的客人。打扫的事情陈楷是不会再做了的，和餐厅的老板打了个招呼就走了。他又错过了车，好在市中心就算是打车回学校也不会贵得太离谱，但是今晚不知道哪里撞了邪，等了好久都没等到空车。

眼看着一辆辆载客的出租车在眼前飞驰而过，陈楷望着马路对面那灯光朦胧的公园，犹豫了一刻，但他很快说服自己这一片都是大卖场和餐厅，又是单行道，肯定难打车，还不如穿过公园再打，也便宜一些。

这么想着，眼前的绿灯已经在闪了，他心里咬了咬牙，快步跑到了马路另一侧。尽管市中心的地价已经高到令人咋舌的地步，政府还是保留了这个从房地产开发商的眼光来看一定是浪费得令人发指的大公园，免费开放给市民。从公园的一头横穿到另一头，哪怕是脚步敏捷的成年人也要走上二十分钟，要是走对角线，就更不止了。陈楷特意走了大道，绕开那些灯光照不到的边边角角，但是在经过那一片假山的时候，他不自觉地一偏眼睛，果然还是看见了暗处那些幽灵一般的人影，三三两两地聚集着。

他心里不由得泛上莫名的苦涩，因为他也是其中的一只幽灵，在这个在圈子里非常出名的地方，像动物一样游荡着，找寻抱着同样目的而来的同类。这种回忆就像一个巨大的手掌，攥住了他的胃，陈楷觉得自己要吐了，赶快低下眼，死死盯住脚下的地面，又一次地加快了步伐。他走得这样快，心里乱作一团，撞上人的时候脑子里轰然一响，接着人就往地上坐下去。

被他撞了个满怀的人也坐在了地上，愤怒地破口大骂："你他妈的眼睛长到猪身上了啊，这么宽的路也能撞到？不看路你长眼睛干吗，挖下来喂狗算了。"

陈楷被撞到胸口，这时才觉得痛，同时觉得很羞愧，幸好时近深夜，脸上再红也看不出来。他赶快道歉："对不起对不起，我走神了没看路，你没事吧？"又在同时惊讶，对方长着一张相当秀气的面孔，却说着这么流利的粗口。

那个长相介于青年和少年之间的男人恶狠狠瞪了他一眼，又转头附耳对身旁的另一个人说了一句话。

他听不见对方在说什么，但此时的氛围着实有些微妙，叫陈楷尴尬得恨不得消失。闻言男人轻笑了一声，伸出手来拉他起来，接着又把手递过来要扶陈楷；陈楷一呆，赶快一翻身站起来，低头道谢的时候闻到了有点刺鼻的香水味：“呃，我没事，谢谢你……”一边说他一边顺势抬头，在借着路灯看清“第三人”后，陈楷只觉得眼前金星乱闪，道谢的客套话再也说不出口，他见鬼一样地指着那人，又把到嘴边的三个字恶狠狠咽了下去。

对方这时似乎也认出了陈楷，微微一笑，还来不及说话，就见陈楷猛地大退了好几步，低着头，像一只慌不择路的小动物，连滚带爬地狂奔而去。

5 陆棠

第二次见面，穆回锦约在了半山的一间茶室。

茶室掩映在花木深处，有半间是全玻璃架构，靠在最边上的位子一眼就能看见海。这次迟到的是穆回锦，还是带着陆棠，两个人姗姗来迟。

他一进门就看见坐在安静角落里的谢禹一行人，朝着明显有些发僵的陈楷勾出一个意味深长的微笑后，才散步一般踱过来，走得很近了，慢腾腾开口："小棠第一次开过来，不熟悉路，就晚了。"

这分明是上一次谢禹在朵丽时的托辞。谢禹笑一笑，表示听到："盘山路是不好开。"

先替陆棠拉开椅子，穆回锦才跟着落座。一坐下他摘掉墨镜，直到这一次，陈楷才算看清楚了他。和上次在朵丽见到的并没有太大差别，只是没了眼镜的遮掩，双眼中那尖锐的讽刺和阴郁无处隐藏。但如果抹去皱纹和眼中那令人不快的神色，这些年来，他的眼睛其实一点儿也没有变。

察觉到有人盯着自己，穆回锦非常警觉地去寻找目光的来源。陈楷立刻有些狼狈地闪让开，正好这时谢禹也帮了他一把，把搁在手边的盒子推到桌子中间，打开盒盖后说："威尼斯的彩玻璃。新的，但是工艺上没有差别。"

穆回锦扫了一眼，冷冷一笑："便宜货你还拿来。这个你觉得值多久？一刻钟？"

谢禹不为所动，端起茶喝了一口："这里面有一只是十九世纪的古董，你也没有看出来。"

穆回锦懒散地往后一靠："我要是你就不这么说话，死皮赖脸打电话找人约访谈收资料给陆维止写书的人不是我。上次的椅子你怎么弄来的，这次的杯子呢？"

他句句带刺，听得陈楷都有点坐不住了，反而平时最护着谢禹的汪素云这时一言不发，低头翻杂志喝茶，谢禹看着穆回锦，语气始终平静："椅子是不久前止雍基金的义卖会卖品，我托人拍下了。至于这个杯子，前段时间在图书馆翻杂志，有人写第一次受邀去陆维止在骊湾的房子做客，看见架上摆了一双杯子。随文有一张照片，我让人按照片去找的。"

听到这里穆回锦嘴边的线条柔和了一些，稍稍垂下眼角，似乎也跟着在回忆："哦，骊湾。那里有他除了陆家之外的另外一个家。"

"你愿意谈谈吗？"谢禹轻轻按下了录音笔。

"我第一次去骊湾的时候觉得像在做梦，三层楼的房子，有一个巨大的花园。房子里摆着很多从来没有见过的玩意，大概是他当年在德国和意大利读书的时候买下来的古董和杂物，很多东西我现在也叫不出来，或是问过又忘记了。当年文艺圈的人都愿意去骊湾做客，尤其是年轻一辈的，都以受邀为荣。他的身边聚集了一个看不见的圆环，他乐于在其中扮演太阳。每到周末，基本上要到凌晨四五点客人才会散尽，但是不管前一天晚上搞得多乌烟瘴气杯盘狼藉，哪怕我六点钟起来找东西吃，房间都已经收拾好了，他家的佣人就像神灯一样，不知道怎么训练出来的。"

"常去骊湾的有哪些人？"

"不一定，他的交际圈很广，还有无数想要认识他的人。主要还是他的那个'陆家班'，"说到这里穆回锦笑了一下，"就是从《琼楼风雨》之后他惯用的合作班底。你知道希羽吧，他们两个人认识之后，就变得像猫和老鼠，陆维止就像中蛊一样每部新片都要让他设计服装和布景，筹拍电影的时候他会邀请希羽到骊湾来，然后把他锁在顶层的阁楼里，像虐待狂一样每天逼着他出图，除了吃饭不准他下来，一直到他觉得可以为止。那个可怜鬼每次不管是来还是离开骊湾都像个死刑犯，走路都是飘的。基本上他的编剧没有不被锁过的，他也锁自己，不过是在书房，然后居然没有人当着他的面抱怨，我觉得简直是奇迹……”

听到这里谢禹笑了，陈楷更是目瞪口呆，好像在听天方夜谭。只听穆回锦继续说：“骊湾的故事实在太多了，你没有去过，没有和他坐在一起抽过烟喝过酒，就没办法明白为什么会有这么多人死心塌地地到骊湾来。他对那个地方有一种很难形容的感觉，你可以说他像一条怪龙，喜滋滋地守着山洞，盘踞其中。后来他死了，葬礼之前房子里也挤满了人，我也在，但是那里彻底空了，什么也没了。”

不知道是否因为穆回锦从不稍加掩饰其物欲，当他讨论起陆维止在骊湾的房子和其中的细节时，声音中有着一种亢奋的热忱。说完这一大段话他端起杯子来喝了一大杯水，正要继续往下说，一直百无聊赖坐在一边的陆棠偏头过来同他说话：“回锦，我无聊，想去走走。”

窗外的太阳看起来热辣辣的，穆回锦听见她的声音，立刻说：“外头晒死了，这里的绿茶柠檬冰好吃，再吃一份，然后我们回去。”

陆棠闷闷唔了一声，有点不情愿地说：“那好，我只要一个小份的。”点完单，就起身去洗手间了。

她离开之后穆回锦说：“她才从国外回来，又不肯回家，也没什么朋友，现在虽然跟着我住，但年轻人的生活方式和交友圈子毕竟不一样，哦，谢禹，不如这样吧，和你打个商量。”

“做什么？”

“我看你这个小助理和小棠挺投缘的，上次从朵丽回来，她还提到了好几次。你那边事情要是不多，让他每周抽几个空当陪陪小棠，带她去看个电影什么的。她是陆家人，你们早晚要和陆家打交道的。”

谢禹没作声，听到最后一句话反而皱起眉头，看了一眼陈楷，才说：“工作之外的事和我无关，你想做什么就自己和他商量。”

于是穆回锦微笑着去问陈楷：“那你说，陈楷？”

陈楷战战兢兢地与他对视，对方的目光很真诚，倒显得是陈楷自己莫名其妙地心虚了。这突如其来的提议让他有点慌张，更多的还是不解：“我没做过这种事情……”

穆回锦笑得如同一个和蔼的长辈：“真老实，连怎么陪女孩子出去玩都不知道吗？不要紧，你跟着她，她会玩。”

还来不及表态，陆棠已经回来了，她大概听到什么，稍微扬起一点声音说：“你不能把我推给别人，你说了会照顾我的。”

穆回锦继续微笑说：“我是照顾你，但我不能陪你去电影院看动画片啊。”

“那我可以和你一起去酒吧。”

眼看两个人就要陷入旁若无人的境地，汪素云轻轻咳嗽了一声。正好穆回锦说：“你不是想礼拜天去看电影吗，陈楷刚刚还说也要去，你们可以结伴去，乖。”

他一旦温言细语，陆棠尽管再多的不甘心，也在表面上被安抚了。她看着陈楷：“你也要去看？”

“啊……嗯……是。”

“哦，那好，我们到时候联系，你手机号码多少？”

不知不觉中已经被赶鸭子上架到这一步，陈楷明知道汪素云在看着他，心一横，还是飞快地告诉了她自己的电话号码。她记下之后扭头对穆回锦说：“我还是不想吃东西，想回去。”

穆回锦拍拍她的背，问谢禹：“那就这样？好像也没什么特别想说的。骊湾的事能问的人太多了，不过你要问骊湾卧室里的事，下次带别的东西来试试看。”说完还朝谢禹轻佻地眨了眨眼。

眼看着他又戴上墨镜站了起来要走了，谢禹忽然追问一句：“你觉得你被他塑造了吗？”

穆回锦绕过桌子，丢下了一句：“是，但可惜我是个次品，生来如此。”

回去的路上陈楷忍不住问：“穆回锦和陆维止是怎么有交集的？因为拍片？他们实在不像一种人。”

汪素云接过话来：“嗯，差得远了。不过陆维止也算是陆家的异类，那个年代的富家子，哪里有出来拍电影的。穆回锦在演电影之前没人知道是什么来头，我只知道他第一部电影是陆维止的《琼楼风雨》，他去试镜主角，失败了，但后来还是结识了导演，有了个小角色。从此跟在陆维止身边，后来不知又用了什么法子，成了他的御用之一。”

“我还是不明白，为什么每次见穆回锦要带东西去？”

“哦，一开始他不肯出来，后来我悄悄找人打听，以为是他不做无偿的访问，”汪素云继续说，“但直接和他谈价也谈不拢，僵了好久，一直到止雍基金会那场义卖会，拍卖品上有陆维止收藏过的一张Z字椅，我们想既然钱上面谈不拢，不如试试东西。谢禹就托人拍了下来，再打电话给穆回锦，这才约到了。”

从后视镜里看过去，谢禹正盯着窗外的景色，没有接腔的意思。陈楷听完想了想，说：“他不肯出来说不定是别的原因，不见得是钱。我觉得他看起来不缺钱。”

汪素云笑了笑：“小陈你知道他多少？别把人都想得太好了。他年轻时候花钱如流水，还好赌，也亏得有陆维止，才没被赌场的人剁碎了扔到海里去。可他倒好，陆维止的棺材刚入土，坟头还没长草呢，穆回锦就把两个人的通信卖给了八卦杂志，听说就是因为陆维止的遗嘱上没他的名字，他就卖信先是大赚一笔，然后和杂志社签好合同，如果陆家把那些信买回去，杂志社还要再分他一笔钱。这也是人做的事情？不要看他对那个小姑娘温声细语哄得像个活祖宗，他骨子里怕是恨死了陆家人，天知道到底对她安得什么心思。你最好离他们远一点……”

“汪素云，说这些干什么。”听到这里谢禹才出声打断她。

汪素云扭头看着谢禹：“我是在说穆回锦，可没说陆维止一个字的不好。小陈还是学生，未必见过活的知人不知心。再说，谢禹，你说他好好要陈楷陪陆家那个小姑娘做什么？不要是在搞什么鬼。”

谢禹先是看了一眼正在开车的陈楷，嘴角一扬：“陈楷不是也愿意吗，年轻人的私事，你也是从年轻过来的，怎么问我？”

轻描淡写的一句话说得汪素云也乐了，只有陈楷有些窘，抽空扭头澄清：“不是……我也不知道为什么……我还是第二次、第三次见到他们……”

汪素云笑着推了他一下，而后又正色说：“不过话说在前头，穆回锦绝非善类，陆家水也深，你好自为之。”

陈楷心里倒是没觉得有什么，只是看着汪素云如此严肃，也绷着脸应话：“谢谢汪小姐，我会留意分寸。我倒是觉得穆回锦不想再说下去了，只是找个借口而已。”

谢禹这时又说：“这也是一方面。”

“那你要问的问到了吗？”

“一半吧。他说话绕得很，可是有些事现在也只能问他了，不要紧，再等下一个机会吧。”

汪素云不以为然地插话：“下次又要带什么？他不把骊湾的那房子弄到手，怕是不得甘心的。陆维止当年说不定觉得自己养了只波斯猫，结果是只白眼狼。”

听到这里另一件事情又浮上来，梗在心里像一根巨大的鱼刺，他一直撑到车子开上了丽海道的路口，还是按捺不住问了出来：“汪小姐，穆回锦有没有兄弟姐妹什么的？”

汪素云被他问得有点奇怪，但还是回答了：“听说有一个姐姐一个弟弟，不过都不来往了。”

“也住在市里？”

“好像是的。”

这个答案让陈楷从上周五就吊起来的心稍微落回去一些，他再细想当晚撞到的那个人和今天穆回锦看到他的反应，两相比对，忽然觉得搞不好那确实不是同一个人，他甚至记不清周五夜里那个男人的长相了……

他脑子里一团乱麻，差点把车开过，好在紧要关头反应过来，踩下刹车，拿遥控钥匙开了大门，才又启动，开进了丽海道的房子里。

虽然口头上一直说穆回锦只是把自己当作抽身而退的托词，但接下来的几天陈楷还是时不时拿出手机来看一眼，生怕错过了什么短信。结果到了周六那天，陆棠竟然真的打了个电话过来。

“你明天约了人没有？还是那天就说好了，一起去看电影？”

“好，我明天没事。”

“那好，晚上六点你到回锦家里来接我，我们先吃晚饭，然后再去看电影？”

“好。”

“那就这样，再见。”

放下电话陈楷开始发呆，汪素云正好看见，拍了他肩膀一下：“怎么了？”他一个激灵：“没什么，接了个电话。”

“知道你接电话。看你这个样子，是陆家那个小姑娘的？”

被说中之后陈楷觉得有点不好意思，慢慢点了点头。

汪素云盯着他，半晌后叹了口气说：“那就去吧，好好玩。礼拜一我要去办个手续，一整天都不在，谢禹要去图书馆，记得别迟到了。”

她眼中有着成年人那熟知世故的怜悯，当时的陈楷并不懂得，只是觉得汪素云看来不太愉快。他以为这是因为她不愿意自己和穆回锦走得太近，于是特意澄清：“汪小姐你放心，后天我一定不会迟到。谢谢你给我这个工作的机会，我一直很珍惜。”他太需要这份工作了。

第二天陈楷准时去接陆棠。他从来没有和女孩子单独出去过，出门之前忐忑磨蹭了很久，一直到按门铃了，心口还是一阵狂跳。应门的人是陆棠本人，穿着图案夸张的Tee和水洗得几乎褪色的热裤，头发梳成一个高高的马尾辫。

“来得很准时嘛。”她对陈楷笑笑，然后回头往门里喊，“回锦，陈楷来了。”

“请他进来。”

她把门拉开：“进来坐一下吧，我去拎个包。”

陆棠蹦蹦跳跳上二楼拿包，看姿态很像一只活泼的羚羊。陈楷扫视一圈，装潢华丽的客厅一角果然放着一把Z字形的椅子，灯光削去了一部分金属的冷硬感，椅身折射出少许光芒来；而之前的那两只彩玻璃杯则放在一只造型圆润的柜子的某一格中，非常显眼。

穆回锦悄无声息地走过来，递给他一张银行卡和一把车钥匙，说：“那就辛苦你了。”

他在家里没有见谢禹时那种剑拔弩张的锐利感，看起来就是个微微疲惫的普通男人。陈楷接过了车钥匙，推掉了卡：“不客气，反正今天我也没什么事情，我会送陆棠平安回家的。”

穆回锦的笑容一闪而过：“你第一次和小棠出去玩，到时候就知道能派上用场了，密码四个零。”

陈楷想说他带了钱，但这话又说不出口，只是一味推辞。穆回锦看了一眼楼上，没听到动静，稍微提起了一点声音：“就当是替小棠以防万一的。她丢起东西的本事也是一流的……还是今天你不想来，谢禹非要你来，当工作算工钱的？”后面一句话听得陈楷脸上发烫，心里一沉，猛地抬起头来反驳：“不关工作的事情。”

穆回锦的笑容愈深，顺势就把卡插进了陈楷的牛仔裤口袋里：“那就行了，她下来了，你们去吧，午夜前回来。”

话音刚落，刚从房间里出来的陆棠伏在楼梯上探头抱怨：“我听见门禁时间了！回锦，这不公平，我已经成年了。”

“那也要十二点之前回来，要不然你就回你监护人那里去。”穆回锦对她微笑，做了个“没得商量”的手势。

他笑得这么多，陈楷看得都恍惚，觉得要不然这个人不是穆回锦，要不就是前几天的见面都是错觉。

结果一拿到车陈楷又开始犯愁。穆回锦给他的是一辆银灰色的宝马敞篷跑车。陈楷哪里开过跑车，开了车门半天没坐上去，正站在那里发怵，陆棠见状，抢先坐上驾驶座，大笑：“哎，你不开那我可开了啊。”

“好，你开。”顶多看着不让她沾酒就是。陈楷暗自提醒自己。

谁知道她看起来冷淡矜持，一踩油门却是热情如火，刹车更是恨不得把人甩出去。等开到市中心，从来不晕车的陈楷也觉得胃里翻江倒海，可是看一眼陆棠，反而双眼发亮颜面泛光，好像才刚刚进入状态。

他不由得小心翼翼地问：“你……拿到驾照了吧。”

“当然。我开车的技术不错吧？”

饶是陈楷再有心恭维，也说不出口“不错”二字。

两个人一起去电影院看票，七点半那场已经没了，买了八点半的。周日晚上的票贵得吓人，陈楷又不能不买最好位置的，掏钱的时候迟疑一刻，还是把已经掏出来的穆回锦的卡又放了回去。薄薄一张卡捻在手指间，突然烫手起来，尤其是想起当时穆回锦那理解的神情，更是让陈楷瞬间连笑容都难以维持了。

陆棠却没看见这点，拿到票之后兴高采烈地说要去吃东西，但陈楷问去哪里吃饭，她又说不上来，非常可爱地摇了摇头。

陈楷这才轻松一点，忍不住逗她：“你不是土生土长的本地人吗，难道要我这个外地人在你的地盘上带你去吃？”

“我出去五六年了，上个月才回来的，这里店铺变得这么快，早就不记得了。而且我想吃小吃啊，他们都不肯带我去。啊呀，我们时间不多了，谢谢你请我看电影，我请你吃饭。”

陈楷笑了：“哦，那这个简单，这一带我熟，跟我走吧。”

结果两个人就跑去一家杜可铭发现的冷饮店吃芒果刨冰和萝卜糕，然后又换店吃墨鱼丸。看她在鱼丸店里问这个问那个，到最后邻桌的食客都不免侧目，看是哪里来的宝贝连这些东西都没吃过这么来劲地问个不停。陈楷看着她兴奋得闪闪发亮的眼睛，忽然觉得原来人与人的差别真的可以这么大，连最基本的衣食住行，都统统不同。

开始看电影之前陈楷给陆棠买了最大份的爆米花，然后两个人在接下来的一个半小时里和整个放映厅的其他人一起笑得死去活来，陆棠看电影非常投入，笑得太狠了干脆伏在陈楷肩头，态度如此自然。陈楷起先有些不自在，后来也好了，知道她不过是情之所至，也就大方地让她靠着，还在她笑得最起劲的时候去拍她的背，以防她笑噎了。

从电影院出来陈楷和陆棠都是笑得脸上发酸、脚步发软，但只要谁一说起电影里滑稽的片段，就又无法抑制地开始爆笑，直到坐上车子还停不下来，开出了中心区的范围，才算是好一点儿。

陆棠抹了一把眼泪："陈楷，下次再叫你出来玩啊，我回来了都找不到人陪我，一天到晚出门就是逛街逛街，无聊得都要发疯了。"

陈楷扭头去看她的侧脸，看她姣好的眉型在眉心蹙紧，点头说："好。开学前我每个礼拜天都不用去丽海道，就是谢禹那里。平时晚上也行，不过要早说。你家不是大家庭吗，怎么会没有人陪？"

陆棠时不时看他两眼，眉头皱得更用力，看得陈楷都想伸手抚平："我爸有情人，我妈也有，平时都各过各的，就我回来装模作样又住在一起，烦透了。还是回锦家里好，没人管我，更没人傻乎乎地对我假笑。"

豪门恩怨陈楷毫无兴趣，只是听到穆回锦的名字心里一动，又问："你和穆回锦早就认识？"

"不算认得。小时候见过他几面。我们第一次见面的时候他可帅了，大家都聚在陆维止的房间里，忽然听到声音，就看见他把阳台门的玻璃敲破，扭开门进来，胳膊上全是血也不去管。后来我才知道他是爬楼进来的，一口气爬到三楼。我就这么记得他了。"

陈楷陪着一阵干笑，心想是够不怕死的。

陆棠接着又说："他们说回锦居心不良这里不好那里不好，我倒是觉得他们为了面子，陆维止都要咽气了却故意不让他来道个别，才是无情无义，还是亲人呢。所以这次我离开家，知道他也住在市里，就这么空手去找他，他知道我姓陆还收留我照顾我真心对我好，我不知道还要怎么样才算好人。唉，你怎么不说话啊……"

他本来想说"不是对你好的就是好人"，但后来一转念，就他所知道的穆回锦，似乎也没做什么伤天害理的坏事，再说在陆棠和汪素云嘴里，这个男人根本就是两个人。这么一想也就平和了，笑笑说："你也不能一直住在这里啊。"

"也住不了太久，十月我就开学了。他们在我十二岁就把我送出国，你看，我爸妈可不是存心打发我，还不如你对我好。"

"别这么说你父母，他们会伤心的。"

陆棠冷哼一声，专心开车了。

送陆棠回了穆回锦家，家里却没有人。陆棠看着空荡荡的房间，失望地说："他果然是又出去了。你要不要喝点什么？"

单身男女，又不相熟，陈楷心里还是想着要避嫌。他摇了摇头："不用了，我要赶公车回去，明天我还有工作要做呢。你早点睡，记得把门锁好。"

陆棠耷拉下肩膀："真的不再坐一下？"

"不了，改天出来玩吧。"他硬着心肠拒绝。

"那好吧，下次我打电话给你啊。"

走到车站他才想起穆回锦给他的卡还在身上。陈楷看了一眼班车时刻，发现这里是有通宵班车回学校的，于是一路小跑着又回到了穆回锦家门口。他不想打搅陆棠，就把卡塞进了大门上的信箱口，这才心满意足地往回走。

还没走出多远，一条人影跌跌撞撞地从转角进了这条街。凌乱的脚步把影子也打乱了，只见来人走了两步，一个踉跄差点跌倒，扶着墙勉强又前进了两步，还是停住了，弯下腰来，看样子大概是在喘气。

陈楷最先以为是酒鬼，只想从另一侧的人行道赶快绕过去。但经过那个人身边的那一刻，对方似乎也感知到有人，再也支持不住，重重往下一跪，顺势就趴到了地面上。

最初的震惊和错愕之后，陈楷再不犹豫，大步横穿马路走到那个人身边，跟着单膝跪下来问："喂，你不要紧吧，能说话吗……"

近到身旁他才意识到这个人并没有喝酒，陈楷怕是什么突发症状，又得不到回答，第一个念头就是叫救护车。刚刚掏出手机，那个男人忽然横出一只手，死死拽住他，哑声说："我就住在附近，我没事，请你搭一把手，送我回去，就几步路了。"

手湿得很厉害，陈楷最初以为是汗，但低头一看，自己的手腕上暗色的一圈，搞不好是血。陈楷这才真正慌张起来，想着要报警，奈何手被抓得太紧，根本挣脱不开。明明受伤的人，力气却又大又执拗，不知不觉中陈楷汗都出来了，但在男人扭头转向他的那一刻，又被吓得生生收回去——那个被打得头破血流的男人，是穆回锦。

6 穆回锦

穆回锦看起来瘦，但真的架在肩膀上走起来却是一点儿也不轻，尤其是骨头硌得陈楷好不难过，又不敢乱动，怕蹭到他什么伤口。

穆回锦半边身子靠在陈楷身上，手绕着陈楷的颈子，抓住他一只手，以此来维持平衡。陈楷时不时看他一眼，见他一直垂着头，不由得担心地问："你没事吧，还是去医院吧？知道谁打你的吗……看清特征没？"

穆回锦闻言扭头冲他一笑，眼睛的光亮惊人，看得陈楷心里一颤。他说："不要紧，皮外伤，这点伤去什么医院？给自己找麻烦。"

他并没有回答伤从何而来，陈楷也不知道他是不是有什么旧恩怨引得仇家上门打他，迟疑地问："那……去警局？"

穆回锦甚至笑了："去干吗？别犯傻。小棠回来了吧，你们倒是回来得很早啊。"

"嗯，也没到多久……"穆回锦的重量几乎全压在他身上。陈楷走得有些吃力，停下来把走着走着慢慢往下滑的穆回锦稍微调整了一下姿势，却立刻听到一声闷哼，他不敢再动，只能拖着个麻布袋一样往前挪，一边问："你真的不要紧吧……"

“别说了，还有几步就到了。”

穆回锦掏钥匙的手都在抖，半天对不上钥匙孔，还是陈楷握住他的手，才把铁门和房门依次打开。一进门没看见陆棠，他刚要叫，就被穆回锦捂住嘴，声音和气息一并绕在耳边：“别喊，她不知道最好……一楼有客房，你扶我过去。”

房间里有一种淡淡的奇怪香味，而且一到相对封闭的环境，穆回锦身上的血腥味就重了起来。这两种味道交织在一起，倒熏得陈楷有些晕乎乎的醉意。他也顾不得多看，匆匆点了点头，按着穆回锦说的房间走了过去。一进房门穆回锦就重重往床上一倒，大概是碰到了伤口，又发出了一声满是痛楚的轻哼声。陈楷打开灯，仰面躺着的穆回锦立刻抬起手掩住眼睛，却掩不住嘴边那刺目的血痕。

陈楷站在门口看了一会儿，还是走了进来，问：“你家药在哪里？有什么我能帮你的。”

“把门先关上。”

陈楷依言关上门。穆回锦又说：“浴室里有毛巾，打湿了拿给我。”

他一扭头，看见房间的一角有个小门，打开后就是浴室，里面摆放着看起来崭新的洗浴用具。他就随便拿了一条毛巾，用温水湿透了，才又出去。走到床前细看，穆回锦还是拿手盖住眼睛，他的颧骨上紫了一块，嘴角边有瘀血，也肿了起来，手臂上指甲的划伤很明显，不知道还有什么伤处是看不见的。

穆回锦听见脚步声，又说：“这灯太刺眼了，关了吧，床边有壁灯的开关。”等陈楷把光线的事情再弄好折回来，穆回锦果然已经放下了手，闭着眼睛，躺在床上像是睡着了。

眼看着手里的毛巾都要凉了，陈楷犹豫了一下，还是没去叫他，蹲下来把毛巾盖在穆回锦嘴边，希望他感觉到温度醒过来。

夜灯下男人的脸不再瘦得那么惊人，投在颧骨和下巴的淡色阴影在掩盖消瘦的同时也掩盖了年纪，但再怎么看，穆回锦和《丹青》里面那个一出场就耀眼得几乎让人不可正视的年轻人已经相差甚大了，眉心眼角嘴角的痕迹，眼下影子一样附着的青色，都尖锐得像钩子，刺进血肉里。

穆回锦睁开眼睛的时候正好和陈楷投下的视线对了个正着。后者有些窘迫地转开脸，说："我看你闭着眼，以为你睡着了……"

穆回锦无声地笑了，伸出手来按住毛巾，把手上和脸上的血迹擦干净，缓缓地说："这件事情请你对小棠保密，我会和她说。"

他愣了愣，点头："好。"他甚至没有敢问到底出了什么事情。

相对无言了一刻，陈楷才猛地意识到自己耽搁在这里已经太久。他忙说："那……那你好好休息，我要走了，你要是要什么药趁现在说吧，我替你拿过来。"一面说一面站起来，不料蹲的时间长了脚在不知不觉中麻了，没站起来不说，整个人眼看着就直挺着上半身往后倒。慌张中他的手在空中乱挥，随手抓住个什么，就像救命稻草一样捏牢了，又在下一刻反应过来那是好心拉他一把的穆回锦，只是他也没什么力气，反而被拖着一起滚下了床。

两个人在地板上演了一回叠罗汉，陈楷窘得都不好意思说话，结结巴巴地道歉已经是一会儿之后的事情了。这时穆回锦的头发已经触到陈楷半边脸颊，腿缠着腿，肩膀贴着肩膀，亲密得让人无法不尴尬。

陈楷不能推他，好在穆回锦一缓过来，就自己撑着地爬了起来，抽着凉气说："真是有力气。"语气含笑，并没有生气的意思，更没有丝毫的嘲讽。陈楷赶快跟着起来，扶他回床上躺下，就一刻也不敢多待，匆匆忙忙告别，又匆匆忙忙地离开了穆回锦的家。走出好一段他才镇定下来，转过身又看了一眼那栋房子。那是这一片在下半夜唯一还亮着灯的屋子，非常好认，一高一低两个亮着灯的窗口好像怪兽的双眼，在黑暗中沉默地张开了嘴。

这样一场折腾的结果是第二天他送谢禹去图书馆的路上一直在打哈欠，频率高得连谢禹都问："你昨天没睡？"

虽然在丽海道出发之前已经灌下一杯咖啡，陈楷脑子还是有点沉：

“睡了四个小时……”说完又恨自己说漏嘴了，紧张地屏住了呼吸。

谢禹没再说什么：“嗯，慢点开，不赶时间。”

陈楷就松开一点油门，把速度控制在六十码。没了汪素云，陈楷实在找不到话题和谢禹说，安安静静开到图书馆，和谢禹一起进了报刊档案室。

谢禹借了一堆老杂志，坐在一边翻阅，陈楷就拿过今天的报纸坐在边上等他把东西挑出来自己好去复印。但没看两版，就觉得上下眼皮打架，偏偏老板就坐在对面，想睡不能睡，最是痛苦难挨。

好在这时一个电话解救了他。安静的阅览室里铃声一响刺耳异常，谢禹抬起眼来看了陈楷一眼，陈楷赶快手忙脚乱掏电话，说：“我出去接电话，很快回来。”然后顶着图书馆工作人员警告的眼神硬着头皮走到楼道里接电话。

看到屏幕上的“陆棠”两个字，他已经预感到不妙，一接起就听到她带着哭腔的指责：“陈楷你这个叛徒！昨天是你送回锦回来的吧？怎么不叫我？他受了这么重的伤……”

她一哭陈楷觉得头疼起来，不知道怎么安慰，只能细声细气地解释：“你别哭啊……我昨天在回去的路上看见他……送回来他不让我喊你，是怕你担心呢。他怎么样，好点没有？”

“脸都肿起来了，早上我看见他吐呢……他不肯是说谁打了他，你老实告诉我，你知道不知道？你要是还瞒着我我就再也不要见到你了！”

陈楷只有苦笑的份儿：“我真不知道……我昨天要报警，他不肯，叫救护车，他也不肯。他都不告诉你，怎么会告诉我？”

陆棠还是哭，陈楷以为穆回锦有什么伤处是自己昨天没看到的，终究有点担心：“不然你让他去医院看看，我觉得他逞强过头了……”

这时电话那边隐约听到穆回锦的声音：“小棠你在和谁打电话？傻瓜，哭什么，看你这样我还以为我残废了呢……”

陆棠马上就说：“我等一下打过来，你等我电话。”就把电话挂掉了。这个没头没脑的电话让陈楷有点哭笑不得，不过现在倒是彻底不困了。他把电话调成静音后回到阅览室，就这么短短几分钟，谢禹已经翻出一叠老资料等着他去复印了。

从图书馆出来回到丽海道已经是下午两点，陈楷早已是饥肠辘辘，偏一开门一阵浓郁的食物香味扑鼻而来，更是让此时脆弱的五脏六腑又开始翻腾叫嚣。可是谢禹却皱起了眉头，朝着厨房走过去。陈楷也跟在他身后，看他推开厨房的门，不太高兴地说："何嫂，要来也不说一声。"

在厨房里忙碌的是一个五十上下的妇人，脑后梳一个大髻，把自己收拾得干干净净，手脚看起来就很麻利。她听到门声立刻回头，笑呵呵地朝着谢禹鞠躬："阿禹少爷，你回来啦。昨天谢先生请汪小姐吃饭，说好让我今天过来。我们家老何本来也该今天来的，不巧他贪凉吹冷气感冒了在挂水，过两天好了就过来。"

陈楷还是第一次听别人这么叫谢禹，觉得有点好玩儿，像看电视剧似的，想笑不敢笑，悄悄觑了一眼身边的人。谢禹还是不怎么高兴的样子，语气倒是放缓了："我这边不缺人，都料理得很好，你们还是回谢辰那里去，他事多，缺了熟悉的人也不方便。"

何嫂只是抿着嘴笑，也不多解释，而是问："阿禹少爷吃过没有？这边马上做好，你先去客厅坐一坐，我盛汤来。"

刚坐定何嫂就端了两碗汤来，陈楷早就饿得发昏，也不管是什么，没两下就喝掉半碗，刚要称赞味道很好，对面的谢禹已经把勺子搁下了："我不吃这个东西，以后也不要带进这房子来。"

何嫂看起来有些委屈："邓小姐知道我今天起过来，特意挑的鱼翅，早早发好炖上，专程叫带过来的。"

"你跟她说，好好照顾谢辰就是，我的事情不要管。"谢禹不耐烦地说，后来想起身边站着的是何嫂，语气松了一点儿，"撤掉吧。"

"那炖着的官燕……"

"也拿回去给女人吃。"

何嫂的身影一消失在门后，陈楷终于忍不住笑出了声。谢禹看着他，嘴边滑过一点笑，很快收住了，问："你笑什么？"

"原来你是动物保护者？"陈楷总不能说笑是因为看见谢禹发脾气，只能随意岔开话题。

"说起来吃鱼翅和猪肉也是一样，吃猪肉和菜又是一样的。也没什么讲究，就是不吃而已。"谢禹也一样轻飘飘地闲扯。

陈楷心想要照这个说法那吃东西还有什么乐趣，又不好当面反驳。这时谢禹又说："你要吃让何嫂再给你添，不要管我。"

陈楷看着面前喝了一半的汤碗，到底是觉得不该浪费，喝完了才摇摇头："我是觉得浪费可惜。这东西和鸡汤一个味道，我吃不出来什么特别的味道。"这顿饭还是陈楷到丽海道以来第一次单独和谢禹吃饭。菜摆整齐了之后他也不拿筷子，左顾右盼等何嫂也上桌。谢禹就先下了筷，说："她不会来吃的，不要等了，你吃你的。"说完声音又不自觉地低下去，倒似在自言自语一样，"到时候还是要把他们送回谢辰那里。"

餐中还是没声音。陈楷想到如果汪素云走后又没有新人来，搞不好接下来一个多月就每餐饭都是这样的了。他虽然不算能言善辩，但一想起这幅景象还是遍体生寒。那哪里是餐桌，简直是坟场。他思索着是不是要找个话头，没想到谢禹先开了口："汪素云开始跟你交代事情了？"

"嗯，一个礼拜前就开始了。不过事情这么多，我也不知道记得住多少，等她走了又能做得了多少。汪小姐真能干，这么多事情全部她一个人做，还都收拾得井井有条。"

说起汪素云，谢禹的神色很柔和："她确实很能干。当年找秘书的时候谢辰推荐了几个，都不合用，后来我自己去人才市场贴广告，她就来应聘了。那个时候她大学刚毕业，学理科，不是名校，我本不想雇她，但她执意要我试一试工，她固执起来真是非常厉害，不过幸好我没只看学历，不然就错过了这么个人才。"

陈楷附和道："可惜我来得太晚，不然一定能向她学到很多东西。"

心里暗想谢禹应该是喜欢她的吧。

谢禹却笑了："要不是她嫁人移民，你也不会坐到这里了。"

陈楷一愣，应道："是啊，我把因果颠倒了。"心想汪素云要嫁人，看来不是他想的那样。

"其实，"谢禹忽然放下筷子，正色地开口，"我知道汪素云留下来的事情一两个月内让你接过来很辛苦。以前都是她挡在谢辰前面，如今她走了，我暂时找不到人，只能把一些事情推给你，让你来挡一阵。你本来只是来做兼职的，现在是我强人所难了。"他说得又严肃又诚恳，陈楷一下子不知道该说什么，盯着他半天，才想了个大概的回答："也没有什么……我要谢谢你和汪小姐给我一个锻炼的机会，不怕我这个什么也不懂的人把事情搞砸了，又这么信任我……我应该道谢的。"

"不要怕，不会弄砸什么。你做得很好，所以素云才放心，一直向我夸你。你只管慢慢做，不懂的可以问我，不必着急进度。我也在物色人，一两个月内应该会有结果。"

陈楷低下头，觉得肩膀上顿时压了看不见的重物，但他还是点头："我知道，谢谢你。"他虽然好奇谢禹两兄弟到底是在别扭什么，但也知道不该多问，乖乖地住了嘴。

汪素云离开的那一天谢禹和陈楷一起去机场送行。

那天她穿着一身红颜色的裙子，和她那高大英俊的未婚夫站在一起，非常般配而且喜庆。她男友先一步进了乘客通道，留下汪素云，走过去，一回头，看见谢禹笑着对她挥手，眼泪一下子出来，逆着人流折回，也不管周围都是即将开始天涯孤旅漂泊的陌生人，抱住了谢禹失声痛哭。而谢禹怔愣了一下，也伸出左手拍了拍她的背，温柔地试图安抚她。

陈楷站在一边，眼前这一对明明是有感情的，可为什么谢禹会将汪素云拱手相让呢？想起的是汪素云在丽海道工作的最后一天，她递给自己一本本子，一页页交代谢禹的诊所、几周去一次、相熟的医师、有什么药是常用的；他一般两周去一次谢辰家，吃过午饭回丽海道，不打电话就是不用接；上面甚至记了他的喜好、鞋子和衣服的尺码、家具的维修商、车子的专卖店联系方式……就好像是把她这七八年间所知道的谢禹的点点滴滴，一股脑地转交给另外一个人。这些点滴都是对谢禹的爱呀。陈楷全都看在眼里。

她把本子交到陈楷手里，眼睛就红了，却硬撑着镇定下声线慢慢说："这东西都是些零零碎碎的杂事，没什么用处，你看看用得上用不上。要是你也走了，就交给谢禹，看他是不是留给后面做事的人。"

既然是相爱的两个人，为何又没能走到一起？他想得入神，那边汪素云已经哭完了，低着头拿手帕擦眼泪。再抬起头来眼睛鼻子脸颊都是红的，只有笑容还是陈楷熟悉的那个简直无所不能的超级汪小姐。她抓住谢禹的手，好一会儿才松开，然后又对陈楷笑了笑，进了乘客通道，再没有回头。汪素云一定是不想离开的，可为什么谢禹还送她走？

至此陈楷兼下了汪素云之前的那一摊工作，忙着帮谢禹打电话约人排期、收发电邮，还有和谢禹的几个编辑周旋，除此之外还要整理本来就是他在做的谈话录音，简直是分身乏术。幸好老何是专职司机，如果陈楷忙得太厉害谢禹又要外出，有人开车又不必陈楷一定跟着，总算给陈楷减去一点儿负担。

不知道谢辰和谢禹是不是私下达成了什么协定，何嫂每天过来负责照料两顿饭，清理房间的事情有其他零工来做，除此之外就和老何待在院子里独立的另一间小屋子里，直到收拾完晚餐的碗筷离开，安安静静的像空气一样。绝大多数时间里，都是谢禹和陈楷两个人朝夕相处，日子稍长陈楷更是把汪素云佩服得五体投地，不知道她以前是怎么把所有事情都张罗周全的。好在他在谢禹面前不再那么拘束，一步步地熟悉事情，彼此间的话也渐渐多了起来，不过当初汪素云交代的"不该问的永远不问"这一点，陈楷始终牢牢记在心上。

这样每天被以谢禹为中心的大事小事纠缠着，当他又一次接到陆棠的电话时，离他们上一次一起出去看电影已经过去好一段时间了。

她约他出来见个面，声音蔫蔫的，很没精神。陈楷想了想答应了，挂掉电话后立刻向谢禹请假，没说陆棠的名字，只说朋友出了点事情要去看看。陆棠的电话来之前两个人在给谢禹的专栏稿校错字，正做到一半呢，但陈楷一说要请假，谢禹二话不说就答应了，还说："如果远的话自己开车出去，钥匙挂在老地方。"

他谢过谢禹，打了个车去陆棠约好的海边的咖啡馆。陆棠戴着能遮住她半张脸的大墨镜，无精打采地歪在露天座上，心不在焉地搅着眼前的饮料，连陈楷走到眼前都没看见。

"陆棠，我来了，怎么挑在这里……"

她抬起头，嘴角往下一撇，一看竟是要掉眼泪的样子，站起来隔着桌子搂住陈楷的脖子："小楷……"

陈楷大惊，僵住了，问她："你怎么了？别哭啊，出什么事情了？"

"今天我哥打电话来，要我回家，我们吵起来了，他在气头上说急了，原来是他找人打的回锦，说是给他一点教训……"

先前陈楷也想过穆回锦挨打的原因，多半是寻仇，却没想"仇家"是陆家。他怔了一下，调整好思路，再掰开陆棠缠在脖子上的手，让她坐下来："你别急，慢慢说，我不赶时间。"

说话之前陆棠拿起纸巾擦干净眼角和鼻子，又喝了一大口饮料，镇定下来："就是这样，我哥打电话来要我回去，我不想，他就以为我不回家是因为回锦，说漏了嘴，说他买了人要教训他，一直没找到机会，偏偏那天晚上他去便利店买东西……"陆棠说着说着，气得浑身发抖，"爸妈都不管，谁要他假惺惺多管我的闲事，一心包他的小明星鬼混去就好了，蠢货，蠢货……"恨到极处又说不出什么恶语，骂了两句蠢货，始终解不了气，手指一下一下掰着木头桌面，连关节都发白了。

她气头上不知不觉说到自己的家事，陈楷等她平静下来一些，才谨慎地说："那你就回去一趟吧，毕竟是家……"

"我偏不！"陆棠的声调高了八度，"我最恨他们这一点，这件事情我是和陆桐没完了，他再敢动回锦我也找人把他那些大情人小情人的脸都划花掉，看谁哭到最后。”

陈楷暗想最好这只是小孩子的气话，但还是忍不住心里抖了一抖：“好了，脾气发掉就算了，你哥哥做的事是又错又蠢，你可别学他……”话没说完，视线就被越走越近的两个人吸引住，陆棠看他说到一半目光转开了，也跟着看过去。

“回锦！”她扬起手招呼穆回锦。穆回锦似乎是没料到在这里看见陆棠，脚步停了一下，然后对身边的年轻男人低声说了句话。又是另一张陌生而美丽的面孔。对方听完后低下头，僵了一会儿，飞快地抬起头朝陆棠和陈楷的方向瞄了一眼，还是走了。

陆棠看得清清楚楚，扭头朝陈楷眨了眨眼，扬起嘴角来。陈楷吃不准这个近于笑容的表情是什么意思，茫茫然也跟着一笑。这时穆回锦走过来，看了看陆棠的脸，对他说：“陈楷，我请你多陪陪小棠多出来玩玩，没叫你惹她哭啊。”

这句话里依稀带些调笑的口气，陈楷忙说：“她哭不是为我……”

“不关陈楷的事情。回锦你怎么来这里的？你不是说下午约了人？”

穆回锦拖过一张椅子坐下，点了杯草莓香槟酒，细细又去看了一番陆棠的脸，笑着问：“那你不是哭，难道还是在笑？来，告诉我，谁把你惹哭了？”

穆回锦的下巴和颧骨上还是残存着一些依稀的瘀青，只是他脸色本来青白，若不细看，倒也看不出来。察觉到陈楷探究的目光，穆回锦笑了笑，并没看过去，继续逗陆棠：“那平时你在我家原来都是哭啊。”

陆棠这下是真的给他逗笑了，又很快拧起眉头：“陆桐这个混蛋今天打电话给我，说漏了嘴。回锦，你是不是早就知道了。”

陈楷盯着穆回锦，见他脸色一点儿不变，笑容不改地伸手刮陆棠的鼻子，很自然地亲昵着，就像长辈在和晚辈说笑：“哪里有这么说自己亲哥哥的，他是混蛋，你是什么？你也把陆桐想得太坏了，没有他的事，就是几个小鬼没零用钱了，正好拐角的路灯又坏了一只，堵在那里等肥羊呢。那天我身上就带了两百块零钱，他们辛苦等了一晚上没宰到油水，心火太旺，就挨了几下。”

陆棠根本不信：“要是这样你怎么早不告诉我？还是陆桐私下威胁你了？你告诉我啊。”穆回锦还是笑眯眯的：“告诉你什么？我连几个小鬼都没打过？真是丢死一张老脸了。”

“回锦！”

穆回锦先把酒杯里的草莓挑出来吃了，再喝掉酒，才不紧不慢地说：“好了，今天既然碰到你们了，等一下一起吃晚饭吧，我记得附近有家意大利餐厅不错，不过我也很久没去了，不知道厨师换了没有。”

明知道穆回锦这是有意地岔开话，陆棠却拿他一点儿办法没有，特别是陈楷还在，只能自己生闷气。过了一会儿穆回锦说：“你不要生闷气，要是真的觉得是陆桐动的手脚，你就回家去。回家了，他气消了，我也没事了，不是正好？”陆棠一下子抬起头来，怔怔看着他，嘴角开始哆嗦，眼看又要哭了。

穆回锦伸手摸了摸她的头发，轻声说：“傻孩子，都是过去的事，再追究就没意思了。”

很久之后，陆棠吸了一下鼻子，轻轻点了点头。

在一旁免费旁观了一场陆棠如何被安抚收服的好戏，陈楷对穆回锦哄人的手段甚是叹服，真是只要他想，怕是没什么人摆不平的。安顿好了陆棠，穆回锦才转头对陈楷说：“那天谢谢你，我好像忘了道谢。”

他没有喝酒，也没有戴墨镜，光天白日之下，眼睛全然是另外一番景象。陈楷默默与他对视，还是招架不住，心里狼狈万分地转开目光，做出一副沉着的样子点了点头：“应该的，那天晚上我一开始没想到是你。”

三个人闲聊了一阵，算着时间差不多了，就起身结账准备去吃晚饭。等信用卡送回的间隙穆回锦点了根烟，还没抽两口，立刻有服务生上来轻声提醒已经正式施行一段时间的公共场合禁烟令。对此穆回锦并没有异议，把烟掐了，回头朝着远处那缓缓起伏的一片小山眺望了一眼，寂寥地垂下眼说：“骊湾也越来越无趣了，活到现在连抽根烟都要躲人，还是早死的好。”

7 牌局

当陈楷意识到自己不知不觉同陆棠、甚至穆回锦走得越来越近时，他发觉卷进去的滋味其实并不坏。汪素云对穆回锦的评价一直很清晰地在耳边，而自己整理的录音中，与穆回锦同一代人对他的说辞他也不是不清楚，但再怎么三人成虎众口铄金，陈楷还是觉得自己见到的穆回锦，未必不是真实的。

起先完全是因为和陆棠相处得多了才顺水推舟一般与穆回锦熟络起来的。他偶尔带他们两个人去吃饭，无论去什么餐厅，必定都是很有趣味的地方。与寡言的谢禹不同，穆回锦是个再好不过的聊伴，大事小事经他一说都变得生动有趣、历历在目。他很能关照同桌人的情绪，又绝无居高临下的优越感，说是“如沐春风”也不为过，加之陆棠也是口齿伶俐的人，每次和他们去吃饭，都是谈到将近半夜，才兴高采烈地散去。

再后来有几次陈楷送陆棠回家，正好碰见穆回锦没有出去，客套上要留下来坐一坐，结果被递过一杯咖啡后开始看陆棠和穆回锦下一盘棋，说说笑笑又是几个小时——穆回锦会做一种非常浓烈的咖啡，喝下去像毒药，闻起来却催人欲醉。要不是想着第二天丽海道还有工作，陈楷觉得自己就算待一整天也不觉得腻烦，终于也多少理解了为什么陆棠愿意待在穆回锦家里而乐不思蜀。唯一可惜的是，这种种乐趣不能告诉谢禹。说来也怪，明明工作山一样重，麻一样千头万绪，谢禹又是个不苟言笑的老板，但在丽海道时别有一种安心的愉悦感，虽然不像在穆回锦家繁花似锦地热闹，陈楷却也从来没有厌烦过丽海道的工作。

那个周末也是这样，陈楷送陆棠到家时还不到九点，她晚饭时喝了点酒，趁着酒有点来劲，进门之后还在哼跑调的曲子，结果楼上门声一响，穆回锦在二楼探出半边身子来笑："小棠你被谁灌了迷魂汤了？"

陆棠双眼一亮，三步并作两步上楼把穆回锦拉下来，声调又快又亮："回锦你在家正好，我还没喝够，来，我们再来喝吧，正好小楷也在。"

陈楷觉得陆棠今天有点莫名的亢奋，正想开口劝她说别喝了，这时穆回锦的眼睛朝他扫来，这一晚他穿着浅蓝色的短袖衬衫，小臂裸露在外，也许是不太见阳光，加上瘦，青色的血管很明显，又仿佛格外的羸弱无助。他先把话头截走了："玩劲还没过去？喝一点儿也可以。"

陆棠大笑着拍手，放开穆回锦的手跑去柜子里找酒。借这个空当，陈楷试着向穆回锦解释："她其实没喝什么，两杯鸡尾酒……"

穆回锦毫不在意地笑着摆摆手："没关系，她能喝的。"

不多时陆棠一手擎着一瓶酒回来："干琴酒或伏特加，还是都喝？"

陈楷不能喝酒，看到这些酒都觉得发愁，忙说："我只能喝啤……"

"酒"字都来不及说出来，穆回锦已经一语定乾坤："你都拿出来了，当然是都喝。你看看通宁水柜子里还有没有，带六个杯子出来。"

这边陆棠已经快快乐乐地把杯子往牌桌上一放："那得再找点乐子，不然光喝太没意思了。"

陈楷只觉得势头不妙，找了个借口想溜，却被拦住了。最后三个人围着牌桌坐成一圈，一人面前两个杯子，一叠牌整整齐齐搁在中间，由陆棠来说规则。她的提议其实是靠打牌决定高下的真心话与大冒险，只是规则变成了一局下来输的人喝一杯，再由分数最高的一方向分数最低的一方提问。但那牌的打法出奇复杂，上手不易，要赢更是颇要一些技巧兼之运气。开始之后陈楷只觉得赢也糊涂输也糊涂，但他运气实在不错，输的几次都是穆回锦赢，对方并没有怎么为难他，指着酒杯要他多喝一杯而已；赢的时候输家又是陆棠，陈楷当然不会去刁难她，也是笑眯眯地请她多喝一杯，毕竟喝完了游戏也完了，他好赶快脱身。但是如果赢家是陆棠输家是穆回锦，这一局就不这么容易善终了。当这种结果第一次出现的时候，陆棠的脸色已经被酒精温吞地熏红，眼睛则亮得出奇，她盯着穆回锦，一点儿也不回避地问："你第一次和人做爱是什么时候？"

陈楷听得一口冷水差点从嘴里喷出来，脸一下子烧开了，看看陆棠又看看穆回锦，又谁都不敢多看，窘迫地垂下了眼睛。但问话的那个看起来很执着，被问的也很镇定，先把酒喝了，才慢慢地说："十五岁。"

"是谁？"陆棠接着追问。

穆回锦这时微眯起眼睛来笑了："这是另一个问题。小棠，你犯规了。"

"那我们继续玩。"

陆棠低下眼洗牌，纸牌在她那雪白纤细的十指中好像活了一样，看得陈楷眼前花成一片，弄得连他自己都不知道这是因为她洗牌速度太快还是已经开始醉得眩晕了。接下来的一局又变成了穆回锦和陆棠，她立刻有些挑衅地看着他，不料穆回锦还是笑眯眯地："去吻一下陈楷，不少于一分钟。"

陈楷莫名被卷进这两个人之间那不可言说的诡异气氛里，脑子里轰然一响，想拒绝，但陆棠已经先咬牙笑着应了一声"好"，接着拉过陈楷，大大方方地吻了下去。

可怜陈楷还在发傻，所有的酒精在片刻间都冲回脸上和心口，他被陆棠身上的香味笼罩住，畏惧得动弹不得，只能怔怔地看着陆棠跨坐在自己大腿上，有些冰凉的手指捧住自己的脸，这样热切而亲密地和他接吻。这是他和异性的第一个吻。

陆棠吻完一回头，挑眉看着穆回锦："好了。"

穆回锦却说："我可没要你坐在他腿上，额外的分数又不能累积到下一局。"

陆棠耸肩："再来。"

她一甩头发站起来，看见陈楷满脸通红地拿手背擦嘴唇，不由得大笑地凑过去又拍了一下他的脸颊："和我接吻这么难过吗？"

"不不不……"陈楷不知如何去说，只能一个劲地说"不"。

大概是这个热吻的后遗症，这一局陈楷都心不在焉，输得一塌糊涂，赢的人又是穆回锦。

穆回锦明明之前喝了不少，脸上却一点儿红晕不见，简直是不见人色一般地苍白着。当他再一次微笑着转向陈楷时，陈楷顿时心里一凛，不知道他又要出什么花样，只能先握住了兑好酒的杯子。

"打个电话给你最怕的人，然后说一件你一直瞒着他的事。"

听到这句话陈楷头皮都麻了，坐在椅子上半天没站起来，沉默地盯住穆回锦没任何动静。这个时候陆棠咯咯地笑了起来，支着下巴问穆回锦："要是小楷谁也不怕呢？"

"嗯，那就算了。不过陈楷，你谁也不怕？"

陈楷顿时觉得面前两个人瞬间成了恶魔，笑吟吟地看着你下地狱。他想了半天，口干舌燥地开口说："换一个吧，随便什么都可以，只要不是这个。"可是谁也不说话。半晌，陆棠翻出手机，搁在桌面上。

周遭的气压一下子降了下来，空气化作看不见的巨石，压在双肩和胸口，但陈楷还是慢慢伸出手来，拿起手机，拨了电话。

电话很快就被接起了，对方喂了两声停下来，话筒里隐约传来晚间新闻的声音。陈楷无声地咽下一口口水，耳膜有些痛，舌头也因为酒精僵硬得厉害，但另一方面酒精又帮了他，他说："爸，是我。"

那边还是一点儿声音都没有。

"我打电话来是想说，我骗了你，那天晚上不是我第一天去公园……"电话就被挂掉了。

陈楷抬起眼，不出意外地陆棠和穆回锦都在注视着他。但他又觉得向他投来的视线远远不止这两道，四面八方无处不在，锐利到足以把他盯得千疮百孔。事到如今刚才那些羞耻感都麻木了，陈楷无所谓地扯动脸皮笑一笑，打起精神一气把酒干掉，忍着呛上嗓子的辣意重重放下杯子："现在谁洗牌？"

又轮到陆棠。她稍稍欠身去摸穆回锦的烟。穆回锦拦了她一下，丢给她另外一包："女孩子不要抽这么重的烟，换一包。"

陆棠就笑一笑，熟练地把烟点了抽了两口："哦，我忘记洗牌了。"

陈楷坐在陆棠的下方，烟味一直朝他这边扑。也不知道是不是喝了酒的缘故，连烟味都比平时难以忍受得多。他无法控制地拼命咳嗽，但陆棠完全没有察觉，抽起了第二根，甚至还多喝了一杯酒。

这次幸运女神站在了陈楷一边，他放下牌，发觉自己居然赢了，而陆棠的牌面也比穆回锦大了两点。这还是今晚第一次陈楷赢穆回锦，他转过脸，发现穆回锦姿态很好地一丢牌，轻轻一点头，等他说话。

就是无关痛痒的反击也好。短暂的沉默后，陈楷用已经没什么知觉的唇舌一字一句地说："你这一辈子里最难过的一天里，干了什么？"

陆棠本来继续在低头抽烟，听到这个问题，也似笑非笑地看向了穆回锦。"让我想想。"穆回锦没怎么犹豫，"我那天在游轮上，手气很好，赢了五万块，睡着后的事情就不记得了。不过这样说起来，从某个角度来看，那是相当不错的一天。"

几乎是条件反射一般，陈楷下意识地跟着飘出一句："哦，你果然没给他送终。"

穆回锦笑了："你说什么？"露出的白牙落在陈楷眼里，意外带着凶残的意味。

这时陈楷的胸口已经闷得越来越难过，他觉得自己撑不住了，请他们代自己洗个牌，昏昏沉沉地往洗手间去。冷水洗过脸后似乎好一些，借着镜灯看自己的脸，红得很是骇人，仿佛轻轻一拧，就能滴出血来。他甩了甩头，水滴溅在手上，又似乎立刻就被热得发烫的皮肤蒸干了。当他再回到客厅牌已经洗好了，灯光下陆棠和穆回锦的脸都被罩上多多少少的阴影，这是陈楷之前没有留意到的。两个人就这么在他眼前生生地陌生起来。

这个认知让陈楷的脚步慢了下来，最后索性在离牌桌还有几步远的地方停住了。站定之后他才留心到房间里弥漫着咖啡的香气，仔细一看，桌上果然摆好了咖啡杯，团团雾气腾上了半空。

这时穆回锦说："咖啡醒酒，不妨先喝一杯。没醉也提神，好接着玩。"穆回锦和陆棠面前的杯子已经空了，陈楷点点头，坐下端起杯子，褐色液体最外围的金边立刻就被打碎了，他又闻到这种已经变得熟悉起来的浓郁的咖啡香气，也知道喝下去的滋味远远不如闻着的一般美好，但是还是无法抵御住香气的诱惑，猛地一口抿掉了。

他一时忘记咖啡还烫，入喉尖锐的苦味迅速地在麻木已久的唇舌中蔓延开来。这果然让他清醒振作了许多，他咂了咂舌，放下杯子说："这玩意儿浓得至少可以杀死老鼠，希望别有什么可怜的老鼠被香味骗了。"

"那我来发牌吧。"陆棠一笑。

这一把牌打得很漫长，每个人的出牌都变得谨慎起来。之前那杯咖啡的效用很快消失了，虽然不知道对方如何，陈楷是清楚地知道自己的脑子不行了，像是被塞满了碎纸然后被看不见的什么东西搅来搅去。他的眼前逐渐变得模糊起来，牌面都成了一块块的空白，必须很专注才能看见到底是什么，叫牌的声音也消失了，耳边越来越重的只剩下呼吸声……

"看起来是我赢了。"忽然陆棠的声音传到了耳中。

陈楷已经连凑过去看一眼结果的力气都没了，上下眼皮不争气地打着架，勉强提起精神问了一声："谁输了？"

"是我。"

陆棠却笑嘻嘻地说："我也不为难你，回锦。之前你让我亲小楷，现在轮到你了。"

如果这个时候面前有镜子，陈楷知道自己肯定是面无人色。他都觉得自己往椅子深处退缩了，但反而是一句话也说不出来，甚至是连移开目光都做不到了。穆回锦并没有看陈楷，倒是对陆棠摇了摇头：“小傻瓜，换一个。”

陆棠脸上的血色也在瞬间褪去了，她嘴唇哆嗦了半天，才强自镇定地扶着桌子站起来。

眼前景象让陈楷尴尬得想转开脸，也就是在转过脸的一刹那，他瞄到穆回锦朝这边看了过来。他被这个其实并没有看清的目光激得心头一凉，但就在他以为自己抓住点什么的时候，那边的陆棠和穆回锦都沉默了。陆棠怔怔的，黑水银一样的眼睛直勾勾盯着不知道哪里良久，突然一闭眼，两行泪水居然顺颊而下。

陈楷的脑子里只觉得糊涂，下意识地想要去安慰她，陆棠却先一步掩住面孔，飞一样地上了楼，把门关上了。

空气里似乎还残留着某种苦涩的湿润感，陈楷就这么被拉回了现实。陆棠既然不在场，穆回锦嘴边又勾起了那种冷冰冰的弧度，脸色还是那样白。他看着还坐在椅子里不动的陈楷，说：“小棠看样子不能再玩了，正好酒也空了，还有一杯，你喝了吧。”

陈楷心里莫名浮现起惧意，这让他清醒了些：“我不能再喝了……”

穆回锦就把最后一杯酒喝干：“那好，晚安。”说完他就转身走开了，把陈楷一个人留在客厅里。

那天陈楷已经不记得是怎么回去的了，身体和意志都不再是自己的，别扭委屈地勉强凑和着。他只知道当他站在寝室门口哆嗦着手怎么也没法把钥匙塞进去的时候，隔壁寝室的门开了，杜可铭探出头来：“陈楷……你小子怎么喝成这个鬼样子了？你又不能喝，也不怕喝死？”

这大惊小怪的口气更让陈楷头痛难忍。他甩甩头把钥匙丢出去：“帮我开个门。”

杜可铭叹了口气，捡起钥匙帮着来开门。他看了一眼半死不活地靠在门边的陈楷，说："你爸刚才忽然来找你，我说你不在，他又回去了……"

陈楷不吭声，耷拉着脑袋，听到门开了风从窗口灌进走廊的声音后，他往房间里面一挪，倒在最近的椅子上："管他呢。"

"你和你家里吵架了？你爸看起来气疯了……"

他重重地捶了一下墙面，又硬着嗓子重复一遍："管他呢，我要睡了。"

"你……"杜可铭看他这个死样子，本来想说的话也说不出来了，叹了口气扶起陈楷送到床边。后者脑袋一沾到床，连鞋都来不及脱，就趴过去迅速地睡死了。

到了半夜陈楷起来吐了一次，心口烧得慌，翻来覆去半天又睡着，再起来已经是下午三四点。他头痛欲裂，嗓子干得像被人喂了一大把沙子，浑身都是酒精和汗水的怪味。冲凉的时候昨夜的记忆陆续倒流，但总有几个片段缺失了。

他想起和陆棠的那个吻，不过一夜之间，已经遥远得像是被尘封了若干年的往事了。

想到这里陈楷懒得再想下去，关了水换好衣服，敲开隔壁杜可铭的房门，先是道谢，再顺道约着一起吃晚饭去了。

8 拂墙花影

吃过晚饭杜可铭要陈楷到自己寝室坐一会儿，顺便说一说昨天晚上的事。他又提起陈楷父亲找来学校的事，陈楷一愣，顺手就接过了杜可铭递过来的啤酒："你昨天什么时候告诉我了？我怎么不记得了？"

他从来没把离开家的事告诉过身边的朋友，杜可铭不明根底，只是说："你昨天醉得和死猪一样，能记得个鬼，还很英勇地说'管他呢'，现在怎么怕得脸都白了？反正你爸昨天晚上看起来被气死了，把你寝室的门砸得嗵嗵响，你还是打个电话回去吧。"

陈楷继续沉默，良久才说："不用了，过了昨天就没事了。"

杜可铭观察了一下陈楷的脸色，觉得很是不妙，赶快又把话题扯开了："你昨天是和谁喝成这样？那个陆小姐？行啊，有个小美人喝起酒来连命都不要了？上垒了没？"

"胡扯。"陈楷之前心不在焉地干了半瓶啤酒，前一晚刚被压下去的宿醉又被勾起来，脑子正有点吃不消，连解释的力气都少了一半。

杜可铭以为他被说中心事正欲盖弥彰，踢了他一脚，说："喂，我这儿有几张现场音乐会的票，下周六晚上的，你不是喜欢人家吗，一起去听吧，也介绍给我认识一下嘛，别把人家小妞藏起来啊，还怕抢不成？"

“什么乐队？别又是你那些什么死亡摇滚，听得人鸡皮疙瘩都起来。”他虽然也听流行音乐，但绝不是杜可铭那样痴迷的摇滚乐迷。

杜可铭笑骂了一声“去你的”，然后说了一个乐队的名字。这乐队成立至今二十多年，五个人由二十出头的惨绿少年一炮而红，如今俨然已经是娱乐界内令人仰视的传奇。陈楷听说是这个，有了点兴趣：“好啊，到时候我问问。”

“那行，我给你留着两张票。这可是好位置，内场的。现在可是有钱都没处买了，可别说我不记得你对我的好啊。”

“记得记得……”陈楷昏昏沉沉的，索性四仰八叉地倒在杜可铭房间地板的草席上，嘟囔地答应。

杜可铭含笑看他半死不活地躺在地板上，忽然想起自己电脑里有个好东西，又去抓陈楷起来：“先别睡，我搞到个好片子。”

陈楷不理他，翻了个身：“你能有什么好片子，大胸细腰小脸长头发，你自己看吧。”

“别瞎说，是沈岚啊。我找到一部她刚出道时候拍的片子，二八佳人，清纯无比，可是好不容易弄到的，来来，一起看嘛。”

沈岚是当红了十几年的娱乐圈名人，艳星出身，二十开外凭着一部偶像剧抽身上岸，而后成为文艺片导演的心头好，又在拿到第一个影后桂冠之后嫁入豪门，从此做起圈中女星眼热不已的少奶奶。她的前半生过得是轰轰烈烈，至今依然是不少后辈奋斗的楷模，但纵观娱乐圈三十年间，也只出了她这么一个。

陈楷都没太大兴趣，任凭杜可铭说得天花乱坠，动也不动：“你脑子坏了啊，嫌暑假一屋子的人都回去了没人陪着看毛片才拉我是不是？”

杜可铭嗤笑一声：“这种片子就意思一下。叫你来看美人，你还不领情，不看拉倒，滚回自己房间睡去。”说完也不等陈楷起来，一个人愤愤关了灯，打开了播放器。

陈楷就从地板上爬起来，准备回自己房间里睡，又在出门之前心血来潮随口一问：“这片子叫什么名字？”

“《拂墙花影》。哼，别回去偷偷上网找啊，告诉你找不到的。”

陈楷一下子顿住了脚步，迟疑地回头看了一眼杜可铭，拉住门把的手也放下了，最终还是一声不吭地搬了张椅子，坐在了电脑前面。

故事倒也简单，一个二世祖爱上风尘女，一心救她出火坑，其中经历坎坷若干，结局当然是皆大欢喜。

《拂墙花影》想来和《丹青》拍摄的时间相差不多，片子里穆回锦虽然不如“阿锦”那样鲜活灵动——他演得有些心不在焉，越到后面敷衍的痕迹越重——但依然是顾盼神飞笑靥勾人，眼神流转不知道要勾走谁的魂。陈楷看着穆回锦，每每听到片子里夸张的男女欢爱时的喘气声都和杜可铭忍无可忍地笑场。

片子放完字幕滚动，依次打出沈岚、穆回锦等一众人的名字。杜可铭重重吐了口气，骂说：“妈的还是什么名片呢，太差了！”

这话若是平时听到，陈楷一定是要笑着讽刺几句的。但是眼下的一切都太虚幻荒谬，他反而不知所措。

陈楷借机撤回自己寝室，进浴室之前瞄到盥洗台镜子里的脸，红得有点不对劲。

不知道是不是宿醉加上那个冷水澡，陈楷睡得一直不踏实，翻来覆去好久才睡了过去。睡着后觉得整个人飘起来一样，又被人按住手脚，滚烫的身体覆上来，就像要把他整个人撕开，再一寸寸吃下去。陈楷觉得很不舒服，又或者是太过舒服，挣扎着要坐起来，才发现根本动弹不得，费力地伸出手去，却是一把抱住了身上人的头颈，手指掐进肌肉里，身体像痉挛一样，分不出是痛苦还是愉悦。

昏昏沉沉之中，他脑中隐约闪过这是做梦，竭尽全力张开眼。眼前的景象吓得他魂飞魄散，死死揪住那细而软的头发，梦中人顺势仰起头来，下巴划过一个弧度，正好擦过他的身体，热得都要烧起来。

那张脸仿佛蕴了光，尤其是眼睛，弯弯地饱含着笑意，也不说话，偏过头去握住陈楷的手腕。陈楷脑子瞬间就炸开了，惊慌失措地喊对方的名字，又发觉这个名字被自己忘记了。

他就像被藤绞住的植物，一步步地放任自己缴械、沉迷，为那无可抗拒的久违的温暖和喜悦。这时不知道哪里来的一双手，死死按住他的肩膀，以令陈楷疼痛的力量，忽地拖开了身体，抽离这欲望的旋涡。

陈楷猛地坐了起来。房间里是伸手不见五指的黑暗，只能听见自己一下比一下沉重的呼吸声。陈楷坐了好久，才确认刚才的确只是一个梦。这个梦尚未走远，似乎稍一集中注意力还能看见梦境的纱幕正在夜色里悄然瓦解。他想起梦里的身体和脸，懊恼地狠狠捶了捶自己的脑袋，如芒在背一般。他不得不认命地爬下床，洗澡，换衣服。

这场梦折腾得他一宿没睡好，陈楷第二天顶着个熊猫眼去丽海道。谢禹看到说了一句："又熬夜了？"他都不知道怎么说好，含含糊糊地支吾过去。但这电影竟然还成了一天的心病，忍到晚饭时候，他终于问："《拂墙花影》……是什么片？"

"你是说沈岚和穆回锦的那一部？沈岚的片子在她结婚之前被她现在的丈夫统统买去了拷贝和市面上有的录像带，不好找了。"这问题来得没头没脑，谢禹还是答得很镇静流畅。

"叫这么个名字，我还以为是个什么罗曼电影呢。"

"不算是吧。"

陈楷心里也不那么窘了，顺着话继续说："我以为穆回锦跟着陆维止，不会拍这种片子的……呃，我是说，他应该拍像《丹青》啊《长夜》这种送电影节再拿回一堆奖的片子才对。"

"也不见得。拂墙的导演是穆回锦的朋友，也许是人情也未可知。"谢禹说到这里停了一下，"不过后来他是陆续拍了一些色情片，小角色，加起来出场个十几分钟，又莫名其妙消失，不知道是什么意思。"

"啊？那是在陆维止生前还是？"一部《拂墙花影》已经够让陈楷惊

讶了，没想到谢禹轻描淡写之中，扔给他一堆更劲爆的消息。

“之后。”谢禹似乎不再愿意细说下去，冷淡地收住关于穆回锦的话题，“他不愿意好好演戏是他的事，也没什么电影非他不可，随便他折腾好了。”

陈楷知道谢禹对穆回锦一向没好感，但这次却在他不以为然的语气中，捕捉到一缕或许只是错觉的惋惜。他笑笑说：“问你真是问对了，好像这几十年间电影圈的大小旧事，没有你不知道的。”

谢禹并没有把这句话当作恭维，只是说：“不知道的多了。你觉得新鲜，一则是你太年轻，二则娱乐圈十年足够一个轮回了，干脆开开心心集体健忘。再说这就是我工作的一部分，要是你都能把我问住了，我就要另谋生路了。”

陈楷被他这平淡的语气逗笑了：“谋生？我还以为这是你茶余饭后赚点吃糖钱的消遣呢。”

谢禹看着他，一时竟然没接上去话。陈楷这时脑子也转过来了，知道说错了话，立刻觉得不自在了，赶快埋下头夹菜，想借此敷衍过去。

好在谢禹没追究下去，大概也是更不愿意细谈这件事，顿了一顿，问：“你下周六有没有别的事情？音乐学院有一场毕业表演会，肖邦专场，在市立音乐厅。”

陈楷抬起头来，眼睛一亮，刚要应承下来猛地想起杜可铭给他留了票去看摇滚音乐会。他稍加权衡，很遗憾地叹了口气：“真不巧，下周六‘北斗’开现场，已经和朋友约好去看了。”

“哦。”谢禹面上还是淡淡的，“那就去吧。素云提起你学过琴，我想你也许有兴趣。”

陈楷赶快点头：“有的有的。我认识音乐学院钢琴系的，听说这一届有几个水平相当不错的，很值得一听，可惜时间不凑巧。”

“不要紧，你要是有兴趣下次有别的音乐会叫老何多买一张票就是。你学了几年琴？”

“三四岁就被按在琴凳上了，一直到高三。哦，我早就想说了，老是忘记。总听汪小姐说‘止雍基金’的，他们不是每年会资助几个孩子出国学音乐美术和雕塑吗，我也去考过，不过落选了，后来就老实考大学，不弹琴了。”

“为什么不弹？”谢禹看着他问。

今天的谢禹难得多话，陈楷犹豫了一下，笑着说：“学琴是我爸的心愿。他喜欢音乐，却没钱也没机会上音乐学院，早早念了警察学校出来做警察养家。等我出生了，他觉得有希望了，就让我学咯。大概是天下的父母都觉得自己家孩子是神童，那个时候我确实弹得比大多数同龄人稍稍好那么一点儿，给了他不该有的希望。止雍基金那个选拔考试没过，反而是他受了很大的打击。我是早受够了天天又要练琴又要读书的日子，落选倒松了一口气，本来就是普通人嘛，干脆再也不练了。现在想想当时一定伤透了他的心。唉，你们总把止雍基金和陆维止连在一起，这两者有关系吗？”一说完心里就一动，模糊有个想法，果然在下一刻被谢禹证实了：“陆维止家兄弟姐妹四个，最大的是个姐姐，有个哥哥叫陆维雍，还有个小妹妹。他生前喜欢艺术，去世之后陆维雍就成立了个基金会，以他们兄弟的名字命名，资助了很多本地的艺术活动和年轻艺术家。你说的送孩子出国应该也是其中一个项目，那是陆家产业的一部分。”

“止雍，止庸。”陈楷念了两遍，嘿嘿笑了，“名字取得真好，庸人和庸才都别靠过来。我当时没中再正常不过了，真不知道我爸伤心沮丧个什么劲。”

谢禹这时已经吃完饭了，放下筷子，一撑桌子站起来，说：“我小时候也学过几年琴，后来不练了。不见得非要出人头地，当个爱好保留也好，全扔掉就可惜了当时的心血。时候不早了，你忙完也早点回去休息吧。”陈楷跟着站起来，不敢去看谢禹的右手。

北斗演唱会那天，谢禹提早让陈楷先走，然后自己进房间为今晚的音乐会找衣服。陈楷手上的事正好只剩一个尾巴，时间又还早，想了想还是决定处理完再去体育馆和杜可铭陆棠他们碰头。做完关上电脑，已经在收拾包了，忽然谢禹的房门一响：“素云……”

陈楷一愣：“汪小姐已经走了啊……”

谢禹低着头抓着领带，听到这句话僵了一下，才抬起头来笑了笑：“汪素云以为自己都料理好了，没想到还是漏了一件，下次等她打电话回来笑话她。”

“怎么了？”

“她忘记把领带都打上活扣了，我一个人系不了。”谢禹平静地说。

陈楷看清楚谢禹已经换上衬衫梳好头，只有领带还没打，说：“我只会打最简单的，不过领结我会戴……”

谢禹走近两步：“那就打最简单的，有劳你。”

他就接过领带，织物有着冰凉细腻的质感，有点压手，一望而知是上等货。陈楷把领带套上谢禹的脖子，迅速地打好，再把翻起的领子抚平，手背蹭到发根，硬得有些扎手。他退后几步打量了一下，满意地点点头：“嗯，好了。”

谢禹低头一看，笑了：“哦，很熟练嘛。”

“戴领结我更快，以前在餐厅打工学的。”

他以为没什么事了，就要转身，谢禹又叫住了他，这次语调有点硬：“还有一件事。”

“嗯？”

谢禹摊平手心，是一枚银色的袖扣：“再麻烦你一下，左手我扣不了。”这也不过是举手之劳。陈楷又靠过去，拿过袖扣，又在扣之前看了一眼，镶着深蓝色的石头，很配谢禹衬衫的颜色。他闻见谢禹身上须后水的淡淡香味，尽量专注于衬衣袖子上的扣眼，而不是依然戴着手套的右手。谢禹配合地举着手臂，正在教他怎么戴袖扣：“把后面的栓子旋开，袖扣穿过扣眼之后再锁回去，像戴校徽那样……”

“袖口会紧吗？”锁上之前他偏过头问，可谢禹似乎是在看他，而不是袖子。感觉到谢禹的手腕隔着袖子在自己手里动了动，然后陈楷听见他低声说："这样就可以了。"

正装的谢禹完全成了另外一个人。陈楷打量两眼，笑着点头说："谢禹你应该多多出去走动，过正常的生活。其实我看得出你对汪小姐是有感情的，为什么还把她送给别人？"

"这就是我的正常生活。我这个样子你也看见了，我连自己都照顾不了，又如何去照顾别人？我能给她什么幸福？等我拿件外套一起出门，让老何也送你一程。"

陈楷不说话了。两个人的目的地都在对岸，车子上桥的时候谢禹指着海面上的轮渡说："小时候我们去朵丽吃点心，有的时候坐船去，那个时候船上还能吃东西，就买一支雪糕，吃完正好过去。这个城市变得越来越有规则，公交上不准饮食、公共场合不准吸烟，取缔露天叫卖，也慢慢丧失人情味。"

"城市大了人也多了，都不守规矩怎么好管理呢，配合一点吧。"陈楷倒是无所谓，笑眯眯地接话。

老何把车子停在音乐厅门口，谢禹向陈楷道别："谢辰和他女友约了我一起吃晚饭，等一下让老何送你去体育馆，今晚玩得开心。"

"你也是，周一再见。"

杜可铭和他的三四个摇滚乐爱好者好友已经在约定的门等着了，陈楷和他们接上头之后一边闲聊一边等陆棠。杜可铭他们都是演唱会的常客，装备得很专业，海报、荧光棒、印着乐手头像的主题Tee，一个也不能少，还有一个姑娘涂抹得面白如纸唇红似血，眼窝子黑咕隆咚，头发却蓝汪汪的，看得陈楷一口气没缓过来，别过脸去忍了半天，才藏好自己龇牙咧嘴的怪相。

开场前五分钟陆棠终于赶到了。比起那个蓝头发的姑娘来，她倒是清爽许多，但也涂了个大烟熏，很是配合今晚的主题。陈楷好不习惯，检票的时候偷偷问她："你不是也是北斗的乐迷吧，他们走红的时候你生下来没有？”

“是啊，不然我来干吗？”

“你十二岁就出国了不是吗，也听？”

“回来的时候偶尔听到，觉得还不错，就开始听啦。哦，回锦家有全套的签名CD，好气派，你有兴趣找出来给你看。”陆棠不仅不怕热闹，还很享受这一晚上的气氛，鼻子上都沁出汗了，还是左顾右盼很来劲的样子。陈楷摇了摇头，怕她和自己在人流中走散了，很自然地拉着她的胳膊，后来干脆挽起了手，走在前面的杜可铭一回头正好看到这幅情景，挤眉弄眼地吹了个口哨，逆着人流挤回陈楷和陆棠那边：“你们慢慢走，我们先去看位置啊，慢慢走，不着急。”

陆棠不知道杜可铭这话什么玄机，但是陈楷对这小子卖什么狗皮膏药最清楚不过，趁他还没溜，抬起脚来轻轻踢了一下杜可铭的小腿，后者一声怪叫，溜掉了。

演唱会还没开始气氛就渐近高潮，正式开麦之后更是瞬间达到顶点，五光十色的灯彩镭射效果下，欢呼尖叫刹时如海啸一样从这个几万人的体育馆里涌向舞台，此起彼伏，简直没有尽头。

北斗全团五个人，算年纪都是四十朝上了，但唱起来跳起来真是比二十岁的小伙子还要疯，飙高音、砸吉他、脱衣服，怎么High怎么来。陈楷和陆棠早就站在了椅子上，被身边观众的各种各样歇斯底里的尖叫声合唱声包围着，终于也如其他人一样，彻底忘我地大吼大叫大唱大跳，再不去想任何别的事情了。

两个半小时的演唱会过得飞快，不知不觉连安可曲也唱过了，最后谢幕的时候，主唱兼贝司手带着乐团再次上来接受顶礼一般的欢呼和膜拜，最前排的粉丝发疯一样往舞台上扔花，但毕竟隔开好大一片隔离带，那些花束落在空地上，就好像被秋风吹开的枯草一样。

陆棠乐疯了，哑着嗓子扯着陈楷的袖子大喊：“小楷！这太棒了！这是我回来最高兴的一天！”她的脸在闪烁不定的灯光下笑得美丽无比，陈楷被这笑容引得心里暖洋洋的，正要扯起嗓子笑着答她，忽然尖叫声一下子大了起来，他和陆棠一起转头，就看见主唱翻下台，走过隔离带，朝着内场观众席的最前排走了过去。整个场子还是在叫，没人知道出了什么事情，就都盯着舞台两边的大屏幕，只见他站停下来，一把扯过一个观众，疯狂地拥在一起。

叫声像是要把体育馆都喊塌了，陈楷目瞪口呆地盯着这一幕心里想“小棠现在该是什么表情呢”，但整个人又像被钉住了，只能看着屏幕上那分明是穆回锦的脸，目不转睛，呆若木鸡。

察觉到陆棠不知何时重重掐住了他的胳膊，但奇怪的是自己大概也被此时的气氛麻醉了，一边清楚地感觉指甲陷入他的皮肉深处，一边却又丝毫没有痛感。他强迫自己扭过头，陆棠另一只手正掐在她自己的脖子上，眼睛瞪得老大，满脸的不可置信和呆滞交织在一起，让他几乎认不出她来了。

她喃喃动了动嘴皮，大概说了什么。陈楷凑过头去，问：“什么，你要说什么？”

叫声掌声太响，他都要聋了，但陆棠反反复复一直在说一句话，破碎的、不连贯的，甚至是惊恐的：“这个世界太疯狂了……全都疯了……”

9 沉沦

陈楷都不记得自己是怎么散场的，好像浑浑噩噩地就跟着人流这么出来了，然后猛地一醒神，陆棠、杜可铭、杜可铭的朋友都在身边，放眼看去都是黑压压的人头，嗡嗡的说话声汇成一片，铺天盖地无处不在。

杜可铭正和他一个朋友低声讨论演唱会结束后的那个小插曲："那是谁啊？没听说老米搞基啊？"

对方也挺奇怪的："不认识，没见过，可能是什么老朋友吧，你看今晚多带劲，真值了……"

杜可铭低声附和，然后一群人就着演唱会的细节和曲目兴高采烈地讨论起来。陈楷对这种话题没什么兴趣，只是担心地看着陆棠。

陆棠一下子没了精神，耷着肩膀，妆被汗水浸花了一些，看来有些楚楚可怜的意味。陈楷想不到要说什么，只叫了她一声："小棠……"

陆棠受惊一样地回身，看着陈楷勉强笑了笑："今晚演唱会不错，不过我有点累了，想回去了。"

"哦，那好，我和杜可铭打个招呼，我陪你回去。"

可是杜可铭却不让他们走："不能走啊，还没吃晚饭呢，找个地方吃点东西吧，难得聚一聚，怎么就走了啊。"

陈楷还是说要走，不过这个时候陆棠忽然说：“也对，我饿了，我没吃饭就过来了。”

杜可铭大喜：“这才对嘛，走，我们吃涮锅去。”

有人哄笑：“你还吃涮锅？不怕High过头火气上翻烧死你！”

“不怕不怕，我天生五毒不侵水火不挡哈……”

说是这样说，最终一行七八个人还是找了个饭馆叫了一桌菜，说说笑笑吃吃喝喝，闹到半夜才散。席间陆棠看起来振作一些，跟着这群人天南海北地乱扯疯笑，然后就是一直在喝酒，陈楷劝不住她，还被她和杜可铭灌了好几杯，等到走出餐厅，眼看着两个人都走不成直线了。

杜可铭自以为聪明地朝他们挥手：“陈楷，一定要把陆小姐送回家啊，中途干什么我们不管，但一定记得送回去啊。”

陈楷扶着陆棠，气得骂他：“闭上你的狗嘴，要滚快滚。”

“滚，这就滚。一个两个，统统都滚，不滚还爬着……”嬉笑声渐渐远了，就只剩下他们两个人了。

陈楷看着陆棠，问：“你开了车来？”

“嗯。”

“那是不能开回去了。明天再来取吧，我打车送你回去好不好。”

“好。”她的声音已经低得都听不见了。

回到穆回锦家里，房间里的灯都开着，人果然是不见的。一路上一声不吭的陆棠看到空空如也的客厅，不知道哪里来了力气，脱下鞋子往电视上一扔，哗地一声，屏幕就裂了。

陈楷看得心惊胆战，一把抓住她的手，不让她把另一只鞋子也扔了：“小棠你怎么了，有话好好说，别摔东西，这是……”他想说“这是穆回锦家”，最终还是把话咽了下去。

“我恨他我恨他我恨他！他把我当傻瓜一样哄！我问他今晚去哪里，他说去见朋友，见他的鬼，见朋友见得在几万人眼皮底下和男人拥抱！”她一松手，鞋子敲在木头地板上，“咚”的一声脆响。

陈楷深深地望着她。印象中一直如小鹿一样矫捷活力的女孩子现在勾着头弓着身子，痛苦万分地往沙发上一坐，把自己的脸埋在腿上，石像一样毫无生气。他心里泛起一些怜惜，犹豫了一下，搭上她的肩膀：“你冷静一点儿，你怕是晚上喝多了，我给你去倒杯水。”

穆家他也来了几次，厨房的一些东西也知道在哪里，找出杯子给陆棠倒了一杯水，又给自己也倒了一杯，陈楷回到客厅，拉起陆棠，扳直她的肩膀坐好：“来，喝一点水，你嗓子都哑了。”

陆棠动也不动，陈楷只能拉过她的手，把杯子交到她手里，她才机械地喝了一口，握在手里，僵硬了好一会儿，毫无预兆地开始浑身发抖。

“没有人喜欢我……”她忽然抬起眼睛，泪水滑过她的烟熏妆，连眼泪都是黑的，但陈楷笑不出来。

“小棠……”陈楷想说“我很喜欢你”，虽然此时他也无从去分辨这“喜欢”究竟是什么，甚至不能肯定他说的喜欢是不是陆棠想要的。这句话就这么卡住了，但陆棠似乎也不在乎，看着他，放下杯子，身子滑下沙发扑过来，一把搂住了他的脖子。年轻女性那温暖的身体压过来，陈楷在瞬间感到了不自在。她的头发蹭着他的脸，光洁的手臂绕着颈项，这都令他手足无措。

陈楷脑中已经彻底乱作一团，开了锅一样噗噗冒烟。他像傻瓜一样张开手臂，碰也不敢碰她，拼命地想该说些什么做些什么，但所有的逻辑似乎都在同一时刻争先恐后地离开他的大脑……这时他听见门开的声音。穆回锦打开门，看见眼前的景象似乎是愣住了，却很快露出笑容：“我是不是回来得太早了？”

听见他的声音，陆棠像是瞬间清醒了，松开手，背对着穆回锦站起来，丢下一句“我上楼洗澡”，就快步地一言不发地上了楼。很快楼上传来重重一声摔门声，陈楷尴尬地站了起来，没去看穆回锦的眼睛，低着头解释说：“她今晚喝了点酒，有点发酒疯，我就送她回来了。车子没开回来，可能要明天去拿。既然你回来了，那我也差不多该走了。”

穆回锦把钥匙丢在茶几上，往沙发上一坐，随手拿起一杯水喝了一口，笑着问："今晚玩得开心吗？"

"还好。"

"不急着走，来，坐一下。既然倒了两杯水，就喝杯水再走。"

陈楷这才看了他一眼，越是确凿无疑：今晚在演唱会上和乐团主唱拥抱的人，就是眼前这个男人。

他鬼使神差一般依言坐下，端起另一杯水喝了，也不管这是不是之前陆棠喝的那一杯。他看着穆回锦说："今晚你也去演唱会了吧。小棠和我看见你了。"

"哦，他们送了我一张票，我晚上约的人失约了，没别的事好干，就去了。"

陈楷离穆回锦坐得很近，近到他身上的气味似乎也笼罩着他：那是香水、烟草、酒精、汗，还有其他难以言明但又似乎很熟悉的气息混合在一起的味道，仿佛有着浓郁的质感，危险地一步步入侵。

这种感觉让陈楷不安。他不自觉地让开一点儿，说："时间不早了，我要回去了。请替我向小棠说一声，就不向她告……"

话没有说完就卡住了——穆回锦依然在笑，看着他说："平时你不低头说话啊。我想想，只有那天周末在公园，你不敢看我，跑掉了……"

陈楷的瞳孔都收紧了。他与穆回锦见过这么多次，从来没见他提起，他甚至都以为那只是自己一时心烦意乱看花了眼。蓦地，陈楷嗅到了危险的气息，他别开脸，躲掉穆回锦冰冷的手指："你……"说不出口"你明明认出我了为什么从来不说"，慌慌张张换上一句"你醉了，我不知道你在说什么"。

穆回锦慢慢地加深笑容，他把一字一句都说得很慢："别装了，你不是那天晚上跑什么。说谎的孩子应该怎么罚呢，我来想一想。"这句话听得陈楷毛骨悚然，心口一凉，急忙要甩开他，却反而被穆回锦另一只手制住了，重重一推，陷在沙发深处，就像入网的鱼一样。

陈楷觉得自己就像一片烤肉，被放在炉火上烧。又像是有一只锯子，活生生地把他锯成一重火一重冰的两截。

那个梦境毫无预兆地袭来，眼前模糊成一片，根本分不清身在何方，或是根本不曾从那一日的梦里醒来，他听见自己越来越重的呼吸，感觉到手脚的力量慢慢消失，对方像一只巨大的蜘蛛那样紧紧地攀住了他。

“谢禹到底是哪里不行？”

听到穆回锦的话后，不知道哪里来的力气，陈楷提起脚朝身下的穆回锦当胸就是一脚。穆回锦也没想到陈楷真的动手，一点也没防备地倒在茶几上，茶几被带着移出一尺多，桌脚和地板摩擦的声音就像女人的尖叫一样骇人。两个人都是脸色发白嘴唇哆嗦，一个是惊怒交加，另一个却是被踢的。穆回锦盯着完全说不出话来的陈楷，眯起眼睛还是笑，缓过一阵后说：“我没给你下药，也没绑着你。”

眼前的穆回锦瞬间成了一个恶魔，过去的一切就这么活生生地在眼前坍塌了，陈楷怔怔地，像见鬼一样看着他，才突然意识到再不能待下去了。他手忙脚乱地收拾好自己，再也不理穆回锦，锁死眉头抿着嘴一个字也没说地拉了门。关上门的一瞬间依稀听见陆棠的声音：“小楷，回锦，怎么了……”

离开穆回锦家之后，他越走越快越走越快，索性撒开腿跑了一程，直到胃里翻滚得眼前都黑了，才不得不停下来低下头喘气。忽然喉咙一酸，就再也无法抑制地开始吐了起来。等把胃里所有的东西都吐干净，陈楷像逃离犯罪现场一样又开始跑，跑着跑着迎面开来一辆车，车灯闪得他睁不开眼睛。他下意识地顿住了，抱住头，无助地跪在了人行道上。

礼拜天他在床上睡了一天，怕接到陆棠的电话，就把手机关了，睡到下午三四点钟爬起来吐了一次，一天水米不进，吐不出别的东西来，恨只恨不能把心肺都吐干净了。

睡得迷迷糊糊的时候听到有人敲门，陈楷知道十之八九是杜可铭，但是手脚都没有力气，嗓子干得像在冒烟，勉强撑起身子，最终还是无可奈何地倒回床上去。他以为只是太累了，睡睡就好，没想到睡到礼拜一头还是疼得不行，嗓子发不出声音，走起路像踏在棉花山里。饶是这样，陈楷还是咬着牙，去了丽海道。

茶几上摆着昨天和今天的报纸。谢禹除了看严肃的早报晚报周报，娱乐报纸照订不误，还笑说这是“本市市民文化的精华所在”。礼拜一的报纸头条是嫁入豪门的女艺人被家暴，礼拜天的则是一张巨大的压题彩照，俨然是穆回锦和北斗主唱拥抱的场面。陈楷顿时觉得自己头更痛了。在里间的谢禹大概是从窗子一侧看到陈楷进大门，这时也到了客厅。陈楷刚说了一声“你早”，就被谢禹打断了：“你怎么了？脸色很难看。”

陈楷笑笑说：“可能是昨天吃坏了东西，又有点热感冒，不过已经没事了。”

谢禹说：“打个电话来说一声就是了。你应该在家休息。”

“不要紧的。你这边事情这么多，我再没两周就开学了，想在走之前理个大概出来，也好转给下一个人。”

“休息一天也不能晚到哪里去。你坐吧，我给你倒杯水。”

“我自己来……”陈楷忙说。

谢禹冲他挥挥手：“不要紧，你先坐一会儿。喝茶吗？给你泡杯茶吧。”

“都可以。”

没多久谢禹端着一个托盘回到客厅，陈楷刚刚坐下，见他一只手端着另一只手只能托，动作有点费力，想站起来帮他，却被谢禹止住了：“陈楷，平时你没事的时候这些事都不插手的，怎么今天病了，反而麻烦起来。”陈楷给他说得一笑，点点头，又坐回去，目光正好落在茶几上穆回锦的脸上。谢禹放托盘的时候也看了一眼那张照片，撇了撇嘴角，把散了一茶几的报纸拢回一叠，问：“忘记问你了，礼拜六晚上玩得好吗？最后还免费奉送了一场好戏，你看到没有？”

“玩得好……”陈楷苦笑，回答得有些底气不足。他的目光追随着谢禹手上的报纸，“你是说穆回锦去演唱会的事情吧？可是……为什么？”

“陆维止中风住院的时候，传说这两个人打得火热了一阵，演唱会晚上看来是鸳梦重温了。”谢禹冷淡地说。

陈楷不知道该说什么，又不愿意去回想礼拜六晚上演唱会散场后发生的任何一个细节，轻轻点了点头：“哦，我想也是认识的。”

“素云是北斗的疯狂乐迷，可惜她走了，不然问她正好。”谢禹一边说，一边把报纸搁在了旧报纸堆的最上面。

茶还很烫。陈楷啜了一口，热水入口后刺得两边太阳穴直跳。他用力压了压额角，站起来说：“那我去工作了。”

但是这个早上的工作一点儿也不顺利。他给希羽打电话，对方一听是为陆维止的事情来的，立刻就说：“已经说了多少遍了，这件事情请你们另寻高明，我没什么好说的。”说完也不等陈楷再争取，就把电话给摔了。他又打给陆维止生前最偏爱的演员之一的傅允，电话打到经纪人那里，对方听明来意也很客气，甚至还问起“之前的汪小姐现在不做了吗”，但陈楷稍一提起预约做访谈，还是立刻被客气而坚决地婉拒，连回答一份书面提问也不愿意。好在后面两个电话还算顺利，时间和地点约好之后，陈楷又开始忙起资料的排期了。

汪素云走之前把一切都安排得井然有序，而陈楷也知道自己只是临时拿来招架的，所以每做一件事情都及时跟着汪素云的框架更新上去，只等到时候做再一次的交接。没想到吃午饭的时候，谢禹忽然问了一句：“开学之后，你还想做吗？”

“啊？”这纯属意料之外，陈楷吃水果吃得一手的水，一听这话手也不擦了，抬起头说：“当初不是说只做到月底吗……”

谢禹似乎给他问愣住了，静了一静才往下说：“周六周日，然后中间抽一到两天，周末两天我付你平时的双倍薪水，你觉得怎么样？”

这的确是很诱人的馅饼。陈楷也知道如果拒绝，接下来每一个去餐厅端盘子赔笑的周末他可能都会想起餐桌上的这一刻，并且为之深深后悔。

但是大概是他的头太痛了，他想了一会儿还是不得其法，说："我下学期的课表还不知道呢，现在说不好。谢禹，你确实应该找个全职的人跟着，或者两个，有汪小姐一半能干就很好了。不过还是谢谢你啊，谢谢你肯定我，而且这两个月的工钱，够我最后一年的学费了，你和汪小姐，都是我的贵人啊。"

"你自己付学费？"

"嗯。"陈楷沉默片刻，觉得似乎应该再说一点什么，就笑着说，"我和我爸闹翻了，我偏逞强，只能自己负担自己。"

"为了弹琴？"

"不，他发现我不务正业、滥交朋友，大发雷霆，叫我滚，我就滚了。"他觉得自己脑子像要裂开了，以为永远不会说出口的话竟然也就这么鬼使神差地连犹豫也不曾地脱口而出。说完之后他盯着谢禹，看他怎么应答。

谢禹并没有流露出特别的情绪，轻轻点了点头，表示知道了："哦，你近来不是和陆棠走得很近吗，我以为你喜欢她。"

陈楷刚刚松一口气，想开玩笑说"谢谢你表现得像文明社会的知识分子"，忽然觉得不对，猛然堵上一句："我从来没有和你说过我最近是和小棠出去……你……"

不好的预感窜过大脑，不幸的是，谢禹接下来的话坐实了陈楷的预感。他露出介于遗憾和抱歉之间的神情，语气有些微妙地说："抱歉，我一直想找个机会告诉你。谢辰没和我打招呼，去查了你的事。陆棠的事也是上周末我和他吃饭时知道的。"

陈楷觉得毛都奓了，身上一凉，提高声音问："什么叫'查了我的事'？你们去调查我的私事？你……谢禹你怎么能干这种事情！"

谢禹没有进一步的解释，这让陈楷更加愤怒，他一甩餐巾站了起来，那种被人活生生在眼前扒了个精光的羞耻感让他再也顾不得别的什么了，对着谢禹吼："就因为我拿你工钱，你们就可以这样去调查我？你们除了调查我和什么人出去，还做了什么？难怪你刚才一点儿也不惊讶，你是不是早就知道我和我家的事情……你，你们混蛋……”

他忘了自己嗓子已经哑了，吼起来声音就像破锣一样刺耳。这时穆回锦的笑脸又闪过眼前，他不禁一凉，不知道谢禹是否知道自己和穆回锦往来的事情，又这么眼睁睁地作壁上观，说不定还和谢辰一起偷笑，笑终于有人傻瓜一样地和穆回锦和陆家人搅在一起，好让和穆回锦打交道多一个由头。陈楷觉得自己浑身都在发抖，眼前一阵阵地发黑，口舌发苦，唯一的念头就是赶快走，离开这个地方，走得越远越好。

他确实也迈开了步子，但没走两步，就一阵天旋地转，脚下一软，什么也不知道了。再醒来的时候人已经躺在床上。陈楷晃了晃脑袋，好像不那么难受了，眼角的余光看见守在房间里的是何嫂，还不容他说话，何嫂已经留意到他了，放下手里的报纸过来说：“你有点发烧，医生刚刚走，有没有舒服一点儿？”

他瞥了一眼窗外，看见窗玻璃上金光泛滥成一片，知道时间已经不早了。挣扎着想要爬起来，但手脚有些乏力，何嫂按住他的时候他甚至无从反抗。她说：“你先躺一下，我去叫阿禹少爷来。”

陈楷知道自己说什么也没用，眼睁睁看着她出去，又眼睁睁看着谢禹进来。谢禹站在窗边打量了他一番，才说：“大夫说你最近睡眠不足，免疫力下降导致的热感冒，有点发烧，问题不大。”

“嗯，可能是冷水澡洗坏了。谢谢你，我又欠你一个人情。”陈楷生疏地致谢。

“你再睡吧，这几个小时你睡得很熟，看来太缺觉了。床头柜上是开好的药，一天三次，你可以吃一片再睡。”

陈楷这时已经坐了起来，低着头，冷笑说：“谢谢你费心！出诊费和药钱到时候不要忘记扣掉。哦，这份工都是你们施舍我的，我真没眼色，是不是不该减少你们做善人的乐趣。真谢谢你，还专门为我请大夫上门，又开药，我应该跪下来亲你的脚才对。”

过了一会儿谢禹才开口，语气里听不出什么："别说傻话。"

陈楷默默地别开了脸。丢下一句"你继续睡"，谢禹就离开了。听见门合上的声音，陈楷把头转回来，咬了咬下嘴唇，还是从床上爬了起来，喝了一大口水，再把衣服理平整了，忍着隐隐作祟的头痛，深一脚浅一脚地走出了房间。

谢禹坐在窗边的藤椅上，扶手上架了本书，他却扭头看着窗外，不知道正在想些什么。听见脚步声后，他转过了头，问："你不睡了？"

"谢谢，睡够了。"陈楷一只手藏在背后，指甲陷在手心里，以此来集中精神。他对着谢禹说，"现在想想，是我自我感觉太良好了。对啊，STV大老板的弟弟，怎么能用一个什么来历都不清楚的大学生呢，肯定是早就查得清清楚楚了，以谢辰对你的爱护，别说我这点见不得人的旧事，就是我家祖宗三代都查清楚了才让我留下来的吧，偏我还自以为是……"他停下来冷笑了两声，又收起笑容说，"你对我有恩，我还是会做完这个月的——还要看在钱的面子上，是不是？"

静静听他说完了，谢禹看着陈楷说："我知道你很愤怒。你如果不想做，明天起可以不用来了，没必要勉强。"

陈楷已经能感觉到指尖有些潮湿了，不知道是不是指甲把手心划破在流血。他鞠了个躬，也一样冷静地说："谢谢你，谢先生，那今天我先走了。"

10 为了开始的结束

陈楷还是坚持着每天去丽海道工作，对此谢禹并没有任何特殊的表示，日子一天天如常地过，但是还是有一些事情再不可能回到以前了：陈楷开始称呼谢禹“谢先生”，吃饭时再不会有任何交谈，再就是开始有人来丽海道面试了。

来面试的男女都有，大多数人的简历陈楷也看过，一个赛一个地华丽，直让陈楷觉得是不是经济不景气了，连份助理的工作也值得这些人来做。谢禹把面试都设在客厅，等人走了之后，会问陈楷“你觉得怎么样”，陈楷照例面无表情地回答“谢先生你看着办”，谢禹再不说话，下次却还是会问一样的问题。

陈楷忽然觉得日子漫长起来。最后这一个礼拜，每一秒都让他觉得无比难挨。其间陆棠打了几次电话来约他出去玩，还问他那天晚上为什么不辞而别，陈楷谢绝了几次，最后一次她大概有些生气，摔掉电话后就再也没有打过来。他竟然莫名觉得有些解脱。他还是在咬牙撑着，甚至台风在附近沿海登陆的前几天，也还是照常来上下班，一时也不肯耽误。

那天陈楷前脚刚进丽海道的房门，阴了一早上的天再兜不住，本就绵绵不绝的风一下子暴躁了起来，豆大的雨点顺着狂风扑上窗户，噼里啪啦的响声像炒豆子一样。谢禹似乎是没想到今天他也会过来：“台风明天凌晨或者清早在附近登陆，会下暴雨，我以为你不来了。”

“公交照常开，天气预报也说下大雨是明天的事情。我想要请假也是明天再请吧。再说不是我们这里只是外围吗。何嫂呢，买菜去了？”

“我要他们今天不要过来了。你也是，趁着天气没那么坏，先回去吧，不要到时候走不了了。”

“都过来了，来回三个小时呢。”陈楷走到电脑前面，坐下来，“所以还是算了。我不会运气这么坏吧，还真给暴雨赶上了？”

至少在那天五点之前，雨还是没有下下来，就是天空中铅灰色的云压得一层低过一层，从窗外看去，丽海道院子里的那棵树被刮得叶子都翻了个身，大小枝干统统被拉扯得东摇西晃，就像在瑟瑟发抖的病美人。

这种天气让陈楷心里一个咯噔，就想先走。在思量是不是连明天的假也一起请了的时候，谢禹先说话了：“要下大雨了，你不是留了衣服吗？今晚在这里住吧。”

陈楷却不肯：“不用了，上了巴士就没事了。我想趁着雨没下来早点走，可以吗？”

“那就开车回去，不要挤巴士了，路上会很不好走。”

陈楷还是不肯：“哦，没关系，这边搭公车的人很少，我还是坐车回去吧，明天如果雨下得太大了，那我就不过来了，谢先生你看可以吗？”

谢禹面无表情地看着他，静了一刻，终于点点头：“那好。你路上当心。要是没有车子了就回来，不要逞强。”

闻言陈楷也放缓了语气，不那么生硬疏远：“好，谢谢你。我路上会小心，那我先走了。”

最近的公车站在山脚，要走上一段路。顺着人行道下山的时候陈楷才发现坐在丽海道的大窗子前面看，和真正走在这种天气下还是大不相同。迎面而来的风夹着海水的咸气扑上他的脸，让他几乎睁不开眼睛，身上的T恤、拎的包甚至头发，都被一只看不见的手拼命地往后拉扯着。眼看着离车站越来越近，天色却越来越暗，黑得就像冬天的清晨一样。陈楷心里嘀咕一声“不好”，还来不及多想，遥远的天边一排雷声滚过，暴雨倾盆而下。他低着头顶风一路狂奔到车站，头顶好歹有了片瓦遮雨，可是雨挟着风势，简直是往横里下，陈楷的伞在跑到一半的时候就不禁用了，虽然现在拿出来勉强能遮一点是一点，但四肢和头脸还是早就湿透了。

路上早就没了行人，偶尔有那么几辆车，也是飞一样地踩着雨水开过去，从车站望过去，能看见一部分海——现在这么说也不确然，天色虽然比落雨前明朗一点，还是暗淡阴沉得吓人，只能看见一道道白线似的潮头接连不断地涌上来，海水反而和此时的雨水混作一色，看不分明了。

公车时刻表上十分钟前就应该到的车至今没有影踪，再等了二十分钟，还是没等到。陈楷却想也不敢想班次取消的事，又在默默祈祷，至少来辆出租车吧，再贵也让他先回去再说。可是无论这个愿望多么的迫切，他还是没有看到一辆出租车，就连平常都准点的公交也在这可怕的天气里凭空消失不见。

湿了的地方早就冻得像冰一样。陈楷终于隐隐后悔自己的逞强，但现在再回去已经不可能了。他不由得苦笑着想：最坏就在这里坐一夜，如果死了，搞不好还能上社会新闻的一个角落，有个诸如“台风过境天，某青年等公车致死”之类的标题。这个想法娱乐了他，陈楷微微勾起嘴角，心思胡乱飘荡之际，他甚至没有注意到也有人打着伞朝这个方向过来了。

当他终于注意那个身影的确是朝着这个方向过来的时候，他先是想不知道哪个倒霉鬼这个时候还敢出门，不过有个人陪着倒霉总比一个人孤零零倒霉好，至少有人陪着聊两句，只要别像谢禹那么闷就好。

随着暴雨中的身影逐渐在眼前清晰，陈楷登时觉得自己脑中的弦都断掉了。大脑的思维还没跟上，人已经冲了过去，伞也顾不得打了：“谢先生……”谢禹包得严实，雨衣雨鞋都穿得好好的，打着一把伞，胳膊下面还夹着一把。这时也停了下来，很不高兴地说：“这一带封路了，我给你打电话，你怎么不接？”

他想起走之前为了防止下雨进水把手机塞进了包里，但这下子也顾不得看了，低下头说：“对不起……我手机没放在身上……”

谢禹也不听解释，把伞交过去打断他：“叫你不要逞强。今天没公车了，你非要回去，那就跟我去丽海道取车。”说完转身往回走。陈楷知道他如果打伞就没有办法握拐杖，抹干净脸上的雨仔细一看，发现他的确是走得很慢，脚也比平时跛得厉害。陈楷顿时眼睛一热，惭愧和歉意继而飞快地扑上心头，也不敢再发愣了，快步追上去，扶住谢禹说：“我来打伞，这把伞你撑着走。”

谢禹看了他一眼，点了点头：“也可以，用你手上这把，大一点。”

上山的路是被风推着走。陈楷走起来还好，谢禹却因为控制不了平衡，走得很不顺当，连连被自己绊了好几下，陈楷起先只是在他走不稳的时候搭一把手，后来看谢禹实在太辛苦，也顾不得他会不会不高兴了，一手打伞，一手架住谢禹的胳膊，卸掉一部分力，半架着他走回去，还不好意思地道歉：“对不起，我身上湿透了，靠着不太舒服，你忍一忍。”但是谢禹出奇地配合，转过脸注视着陈楷，轻声说了一句“谢谢”。

回到丽海道后陈楷全身都湿透了，就像穿着衣服在海里游完泳浮上来。谢禹倒是只有头发湿了，但不知道是不是走多了路的缘故，神色有些疲惫，坐在沙发上缓了一阵，才说：“你还是要回去？那先去洗个澡换身衣服再去取车吧。”

陈楷站在门边没动，雨水顺着衣服和裤脚往地板上滴，没多久就汇聚成一片。再开口时嗓子已经哑了：“谢谢你！对不起，是我太任性了，给你添了这么大的麻烦，我实在是过意不去……”

“不必说了，快去洗澡，不要又着凉发烧了。”

陈楷老老实实去客房的浴室洗澡换衣服，洗完之后身体暖和了，来精神了，也不可避免地饿了。他一面擦头发一面想起包也湿了，赶快把东西倒出来，看到手机心里一动，拿起来一查，一排电话，全是从丽海道打过来的。他想想这段时间的冷漠和赌气，脸上烧得厉害，走出房间想再向谢禹道歉。在厨房里找到人，看起来也是洗过澡的样子。听见脚步声谢禹没回头，说：“雨还是很大，晚一点再走吧。”他实在说不出口“能不能收留我一晚”，尤其听见谢禹这么说，只能支吾着胡乱答应。

谢禹正在烤吐司，随口问：“我只会最简单的，不过冰箱里有其他东西，你要是会做就自己做。”

陈楷摇了摇头：“我都吃食堂。”

“嗯，我念书的时候也出去吃。”他慢条斯理地给面前的吐司涂抹黄油和蜂蜜。陈楷留心到谢禹涂面包的时候把两块叠在一起，涂好之后把上面一块拿开，又垫上另一块。他觉得稀奇，这目光大概是被谢禹察觉到了，瞥了他一眼后，解释：“我要吃烤得又焦又脆的，只拿一片容易从中间裂开，多垫一块就没事了。这是以前念书的时候房东的女儿教我的。哦，你既然不会做，那就也凑合一下？要几片？”

“都可以……”

听到这里谢禹笑了，扭头看着他：“这怎么都可以？”

陈楷被问得愣住，终于意识到这回答简直犯傻，扑哧也一笑，走到料理台前：“我自己来吧。”

谁知道吃完东西雨势更大，雨点扫上窗子的声音听得都吓人。陈楷知道这个时候再逞强搞不好是在找死，终于硬着头皮说：“我觉得今晚这个天气走不了了，请收留我一个晚上吧。”

谢禹答应得很爽快，照例的平常口气。答应之后见陈楷还是站在原地看着他，才又加了一句：“这里你也很熟了，想做什么随意，不要这么拘束。”陈楷又一次地道谢。

尽管心里满是感谢，陈楷还是找不到话和谢禹说，又觉得冷场实在太不应该，干脆找了个借口早早去睡。道晚安的时候正好有个电话打进来，谢禹顾不得和他多说，陈楷离开的时候正好听见一句“没事，我不会出门，你放心”，猜到打电话来的人多半是谢辰，不再多听，悄悄进房间去了。他并不认床，辗转了一番，倒也很快就睡着。但强制改变作息的后遗症就是下半夜的时候醒了，而且很难再睡着。丽海道的床比宿舍的床不知道舒服多少倍，就算是这么躺着，也让他觉得很放松。

他睡前把窗子留了一半，大房子屋檐深，房间又在背雨的一面，偶尔刮点自然风进来，比吹空调和电扇都好。雨势相比前半夜已经小了不少，淅淅沥沥的声音听久了觉得催眠，眼看着就要睡过去了，忽然不知道哪里一声模糊的闷响传到耳中，睡意刹时间烟消云散。

那声音只响了一道，就没了动静。陈楷最初以为把雷声听错了，翻了个身合起眼睛，想继续睡，不料过了一会儿那个奇怪的动静又响了起来，而且绝对不是雷声，是这房子某处发出的声音。

他再也睡不着了，套上长裤打开房门，声音在走廊里听更确凿一些，朝着声音的源头走过去，他发现自己停在了谢禹卧室门口。

那声音还是在响，听得陈楷心惊肉跳的，伫在门边上半天，终是担心，敲了敲门，低声说："谢禹，你没事吧。"

谢禹没有作声，那响声也没停下。陈楷还是怕出事，也没多等，就去开门。谁知道门只是虚掩着，轻轻一推就无声地开了。

房间里没开灯，但还是勉强能看得见有人在床上扑腾。第一个念头是谢禹在做噩梦，陈楷正在想是不是退出去算了，偏偏床上的人这时也听见门的动静，咬牙说："没你的事情，出去。"

但这声音里饱含着极大的痛苦和忍耐。陈楷一怔，非但没有出去，还顺手摸开了灯："你怎么回事？"

灯光一亮一切无可隐藏，谢禹的动作僵了一下，但到底挨不住，又开始用腿砸床。陈楷这时也意识到了问题所在："你腿痛？抽筋了？"

谢禹不肯说话，姿势别扭地按着左腿，身体似乎都跟着捶床的动作在微微痉挛了。他呼吸很重，额头上全是汗，脸上的神色都扭曲了，一望而知非常不舒服。

陈楷第一个反应就是坐到床边帮忙按住他的腿。他的腿一直在颤抖，肌肉绷得很紧，仿佛再稍一加压，连肌肉束都会应声裂开。

谢禹痛得脸都要变形了，却不和陈楷说话，陈楷一个劲地问他“你要不要吃药，止痛片在什么地方”也不回答，一副咬牙硬撑的死相，痛得实在难过了，才会短暂地放开压住腿的手，握成拳头死命地捶腿，徒然地想以另一种痛苦覆盖上旧伤。陈楷帮他压了一会儿腿，忽然松开了手，三步并作两步地跑走，又很快地折了回来。

陈楷是去拿汪素云留给他的本子。找到后一边翻一边往回走，想看看上面留下来什么。他记得汪素云记过谢禹用的药，就是因为紧张总也翻不到，等翻到那一页，人已经回到了谢禹床边。他又帮谢禹按住腿，顺着小腿肌肉一下下用力捏揉、摩挲着，想让他放松下来。

“你深呼吸，放松……慢慢来，呼吸……别把注意力集中在腿上。”

陈楷的妈妈是护士，专门教过他一些按摩的手法，寄望借此培养一下父子之间的感情。但小时候每当陈楷靠过去，他爸爸总是说：“你的手是用来弹琴的，别干这些没用的小事，有空就练琴去。”

想到这个陈楷有些心酸，无意识地甩了甩头，没再想下去，手指和掌心慢慢加重力道，从膝盖往下，打着旋沿着小腿骨往下按，另一只手则护着谢禹的小腿肚子，轻轻拍打，让他放松下来。

反复了好几十次之后，谢禹不再喘得那么厉害，腿部的颤抖慢慢平息，接着肌肉也开始恢复正常，一点一点地柔软起来。陈楷暗自松了口气，手上的动作还是一刻也不敢停下。

听到谢禹的呼吸回复平稳，陈楷才松开手。卧室里开了空调，但两个人之前都角力一样按着那条腿，陈楷发现自己也出汗了。他顾不得擦，问谢禹：“汪小姐在床头柜里给你留了非处方的止痛片，你一伸手就能拿到，为什么宁可痛成这样也不吃？”对谢禹的同情又泛滥开。

谢禹之前一直在看他，两个人目光对上，反而转开了。他收回手，展开眉头，却一点表情不见，淡淡地说：“我不想吃。这点痛没什么，痛过去就好了。”

“汪小姐说你的腿会持续性阵痛，最好还是吃药吧。在第一格是吧，我来拿。”说完就起身要开谢禹的床头柜。眼看手都碰到抽屉了，谢禹忽然横过一只手，抓住他的手腕：“这件事你别管，我说了没事了，不用吃药。”但说话时候他的眉头锁得厉害，额头又开始沁汗了。

陈楷觉得哪里不对，低头看了一眼，一下子也没了动静：抓住他手腕的是谢禹的右手。他还是第一次见到没戴手套的那只手，食指和中指都被齐齐削去两个指节，乍一看非常突兀。他心里一震。

察觉到陈楷正盯着自己的手，谢禹立刻把手缩了回去，看着陈楷说：“刚才谢谢你，我已经好了，要是再痛我会自己吃药的，你回去睡吧。”

他如此坚决，陈楷也不好多说，讪讪站起来，低声说：“你有事一定喊我……”但这下是真的睡不着了。谢禹是个好人，他确实需要人贴身照顾的。可他依然放走了汪素云，自己却落得无人照顾的下场。

陈楷打开台灯，又开了电视，把声音低到只有一格。三更半夜没什么好节目，他看得也很无趣，但就是睡不着，控制不了地竖着耳朵听房间外的动静。过了很久之后，门外穿来重重的脚步声。他听得见谢禹正拖着脚走路，这说明他的脚依然在痛。陈楷的心一下子提了起来，没怎么多想，还是打开了房门。

“你要什么可以叫我的，不该逞强的人是你吧。”他担心地说。

借着自己房间里流淌出的光线，陈楷看见谢禹的神色似乎很宁静，他甚至朝着陈楷点了点头：“我想去琴房坐一会儿，你要来吗？”

陈楷一愣，点头：“好。”

打开灯之后谢禹顺手合上了门。房间中央靠近窗台的位置上搁着一架看起来非常流畅美丽的三角钢琴。陈楷觉得自己的呼吸都在这一瞬间屏住了，他跟着谢禹走过去，看见琴身上那个金色的竖琴符号后，忍不住低低叹息了一声。

谢禹说：“我定期让人来调音，你可以试试看。”

陈楷已经很久没有弹琴了。那一年选拔考试落选之后，他似乎就再没好好弹过什么。但听见谢禹的话后，他顺从地坐了下来，掀开琴盖后扭头问身后站着的人：“你想听点什么？”

谢禹看起来认真地思考了一会儿，才很笃定地说：“巴赫平均律，第一首，C大调前奏。”

陈楷此时周身充斥着某种业已渐渐淡忘的熟悉感，但在听见谢禹指定的曲子后，一下子笑了。谢禹也跟着笑起来，慢慢说：“我已经不记得用右手弹这支曲子是什么样子了，只当让我看看指法也好。”

“好。琴谱有没有？”

“你等我找出来。”

按下第一个音符的时候，乐器本身那优美的音色瞬间征服了陈楷，不可言说的甜美感顺着指尖蔓延开来，从手臂直通脊柱，好像连胸腔都在共鸣。一开始他弹得有些生涩，过了八个小节才渐渐好一些。一遍结束后手指舍不得离开琴键，就顺势再弹了一次，这才停住，对谢禹说：“太久没摸过了，希望没糟蹋这个曲子。”他长这么大只有碰到谢禹给他这样的自信。父亲永远在贬低他，而谢禹不会。也许是从那一刻起，陈楷想为他做事。

谢禹轻轻点头：“不错。”同时伸出手来，用左手把这支曲子的前四节弹了。这支曲子用左手按键还容易一些，陈楷听完之后说：“那天我和汪小姐听见你弹哥德堡了，很不容易。”

闻言谢禹垂下眼，没有说话。陈楷看着他还搁在琴键上的手，生平第一次留意到他的手指看起来修长有力，的确是适合弹琴的手，顿时心念一动，一句话脱口而出：“我陪你弹一支曲子吧，什么都可以，我替你弹右手的部分。”他说完之后谢禹并没有反应，看着他，目光考究一般；陈楷这才觉得这话说得冒昧了，忙解释：“我没什么别的意思……你要是不愿意……”

“好。”轻声打断他没出口的解释，谢禹点头。

他拿的乐谱是肖邦的降B大调夜曲。陈楷一边和谢禹一起读谱子，一边说：“你也挑得太难了吧，我真的很久没有弹琴了。你看平均律第一首大调都弹得糟透了。”

谢禹在认真读谱，过了一会儿才接话。他嘴边有一点笑意，大抵很愉快，之前因为疼痛而僵硬的线条正在不知不觉地舒展开：“嗯，没那么糟糕。放松，又不是考试，弹不好再来过就是。”

陈楷似乎也被他的笑容感染了：“哦，真好，还可以再来过。”

一开始弹的时候很不顺利，谢禹的手指没那么灵活，总比陈楷要慢一点。后来又试了三四次，速度才算是堪堪合上了。但随着曲子的难度的增加，到了后面又开始乱了。好在无论是谢禹还是陈楷都预料到了这个结果，很有耐心地一次次停下来，又因为找不到节拍器，只好一同打了好几遍拍子，把彼此的节奏记牢，再调整自己的，再试，就又好一些。

一个问题刚解决，新的问题又上来。谢禹每弹到难处右手都会不自觉地抬起来，似乎想靠右手的音掩盖过去。这动作当然是徒劳的，但每次都不免打到陈楷的手。陈楷已经弹得入了神，终于有一次当他眼角余光瞥见谢禹的右手又要动，想也不想就用自己闲着的那只手把他抓住了，还若无其事地笑：“这下看你怎么乱动，再来。”

当他们终于磕磕绊绊地把这支曲子弹完，一看钟，居然就是两个小时过去了。陈楷重重吐了一口气：“比我想象中好一些，还是配合不够……”

“抱歉抱歉……我糊涂了……你怎么也没提醒我一声……”

谢禹甩了甩有点汗湿的手，笑了：“我也忘记了，是我不好，应该找支短点的。”

“倒也不是，主要是之前没这么弹过，下次……”说到这里才想起没几天他就要离开丽海道，下面的话也就不必说下去了。

谢禹也意识到那半句没说完的话是什么，跟着沉默了。安静了片刻，陈楷还是笑了，摇了摇头说：“不过真是要谢谢你，我以为我一辈子都没机会弹这么好的琴了。”

“抱歉。”

“嗯？”

“谢辰要做什么我无能为力。不过那一天餐桌上你说的那些话，我是第一次听到。这两个月你辛苦了，我很希望你留下来帮我。”

明白谢禹这句话的意思之后，陈楷的笑容渐渐消失了，他也垂下眼来：“我已经说过了，没想到这一点是我太蠢了。不过谢禹，我相信任何人被平白无故脱光了，都会不好过。”

“嗯。我知道，我很抱歉。”

“也不是你的错啊。”陈楷努力振作一笑，“这事情就该这样。你还记得吗，那一天你去听肖邦，说‘这就是我的正常生活’。对你们这些人来说，谢辰做的才是正常的。不管应该不应该，都过去了，是不是？前几天我态度很差，我也很抱歉。你还想再听什么吗，如果不嫌弃的话我还可以继续弹给你听。”

谢禹没有说话。陈楷就耐心地等着，盯着琴键那黑一道白一道走神……

“你应该让汪小姐留在你身边。”陈楷说。

“我不该那么自私，我不想让她跟我受苦一辈子。”谢禹说。

“你可以娶她。”陈楷盯着他。

“不，我不会，这辈子我不会害人。”

两人都沉默了，空气里有微酸的味道。

PART 2 幽暗之蓝

Life as it passes is but time lost:
but all can be transfigured, found again,
presented under the aspect of eternity,
which is that of art.
The Quest of Proust, *Maurois*

11 骊湾

谢禹从睡梦中醒来，才想起并不是在自己房间里。

前一晚谢辰非要过来吃晚饭，吃完兄弟两个下棋下到半夜，谢辰说不走了，又不肯住客房，谢禹就把房间让给他，自己去客房睡了。

谢辰比他起得早，开了电视看早间新闻，看见谢禹从客房走出来，摇了摇头说："现在几点了，早报还没送到。丽海道的邮递员都去养老了吗？"

昨天睡得晚，谢禹还没完全缓过劲，打了个哈欠后说："七点半。我和你不一样，不是非要吃早饭的时候把报纸都看了。何嫂九点半才会过来，早餐只有吐司，果酱任选，要煎鸡蛋你自己去。"

谢辰把目光从电视上移回来："你早饭吃得太少。"

谢禹只当作没听见，到厨房去煮咖啡烤吐司。谢辰看他不说话，也跟了上去，先一步把咖啡煮上，一边留心谢禹有什么要帮忙的，一边和他闲聊："还是要何嫂早一点过来，至少给你把早餐也料理好。昨天晚上你睡得好不好，起得这么早？"

"自己家里怎么会睡不好。"谢禹数出八片吐司，很有耐心地分次热着，“焦一点儿？”

“你看着办。阿禹，你不要太逞强，这些事情完全可以交给别人来做。”

谢禹低着头只管忙自己的：“哦，还是别那么焦，省得你火气太大。鸡蛋也别煎了，我记得素云买过个煮蛋器，就搁在哪个柜子里，你找找看吧。”

“阿禹，答我的话。”谢辰见谢禹总是绕开话题不搭理，声音渐渐沉了下来。

手上动作停了一停，谢禹直起了背，头依然低着，好像眼前最大的事情不过烤好这几片吐司片：“你要问我就是连老何他们都可以不要。新的秘书很能干，打电话叫外卖相信难不倒她。”

“你这个月至少瘦了十磅，还去吃外卖？”

“以前只有素云和我也很好？说不定何嫂不来我又胖回去了。”

谢辰叹了口气，语气软了下来：“你不要赌气。这样吧，我把之前那个陈楷给你找回来。家里不留人这个绝对不行。台风那天我打电话过来，你说什么绝对不会出去答应得好好的，结果呢，几天后何嫂来上班，看见你痛得在床上打滚，身边一个人也没有……”

“谢辰，你少管我的闲事！”谢禹忽然把手里的盘子一摔，好在瓷器质量好，没摔破，但也是好大一声脆响，“你也可以了。素云没把我当废物，连陈楷都不把我当废物，我也没觉得我是废物，只有你，恨不得全天下的人知道你谢辰有个什么都不能做的残废弟弟。”

这时咖啡煮开了，剑拔弩张的愤怒被这浓郁的香气一掩，似乎也柔和了下去。谢辰看着谢禹死死抿住的嘴角，正要解释，谢禹先自己打了个圆场，但语气已经黯淡下去了：“你难得过来吃个早饭，是我不该发脾气。请你把咖啡倒一下，杯子就在左手边的柜子里，我很快就好。”

接下来的早餐吃得不出意料的异常沉闷。谢禹不肯说话，一边吃饭还一边看书，头都不肯抬。谢辰一直看着对桌的弟弟，知道他是铁下心不开口了，于是叹了口气，说：“萧拂云要回来了。”说完他就等着谢禹抬头。谢禹果然立刻抬起头来，若有所思地问：“她怎么回来了？”

“听说是得了癌，想回来。这个周末的航班。”

谢禹听完点了点头：“好，我知道了。”

“你想不想见见她？我可以让人安排。”

“如果她愿意开口的话，我当然很想见她一面。这么说好了，只要她愿意谈陆维止，我随叫随到。”谢禹沉思了一下，郑重地回答。

谢辰笑了：“你不要这么认真。那这件事情等我来办。哦，对了，有陆家人找到我，谈好了，看你哪天有空去陆维止在骊湾的房子。”

谢禹眼睛闪了闪，也跟着笑起来：“哥，你最近是怎么了，以前你不管这些事情的。”

“看你在希羽和傅允那里碰得头破血流了，两个老顽固。”

“陆家人是怎么松口的？他们不是连房子都整个锁起来了吗？自家人都不住了。”

谢辰喝完最后一口咖啡，才说：“那房子在陆维止死后归到陆维雍名下，现在又干脆算作止雍基金的产业。止雍基金今年正好第十年，他们要搞个活动，希望我们配合报道再全程直播演出。签合同的时候我就提了一句说你在写陆维止的书，陆家似乎也知道，没等我开口，就很爽快地同意让你去实地拍照和看一看。”

“这就是交换条件了？”

“这就是做媒体的好处嘛。既然是互惠互利，何乐而不为呢。”说到这里谢辰顿了一下，“阿禹，只要你想去，我就打电话到止雍基金去，让他们来人和你细谈安排时间。”

谢禹正视着谢辰，点头：“很想去。不过我用相机不方便，还要做些其他的准备，等施更生来上班之后我和她商量一下具体怎么操作，谢谢你。”

“自家兄弟，怎么这么客气了。”谢辰微笑起来。

吃过早饭谢辰的司机来接他上班。谢禹坚持送他到门口，看着换上西装俨然换了一个人的谢辰，他忍不住笑着说："你穿这个颜色的西装不错，将来和邓碧宁结婚可以照这个颜色作礼服。"

谢辰本来都要上车了，听到这句话又折回来，拍了拍谢禹的背："你喜欢我叫裁缝来给你量尺寸。嗯，别驼背，小孩子似的。"

谢禹走了没多久施更生也到了丽海道。她和汪素云的背景有些像，但比汪素云似乎还要更有干劲一些。来了一个月，就按照自己的系统把电脑里的资料重新整理了一次，分门别类搞得像汽车厂的分装车间一样一丝不苟。谢禹看着汪素云的习惯一点点消失，没有说什么，心里却总是想起她刚走的时候，自己和陈楷每天至少要打一个越洋长途，问她这个在哪里那个怎么归类，好像她只是临时出个差，没几天就又回来了。

他把骊湾的事告诉了施更生，问她能不能照相。施更生很快地点了头："相机当然是会用的，不过毕竟不是专业人才，如果谢先生你觉得有必要，我可以联系专业的摄影师。"

谢禹考虑了一下，否决了专业摄影师的提议："我不需要很多照片，也不用太专业。那你排一下时间吧，看看下周或者再下周哪天有空。抽一个整天出来。"

施更生迅速打开记事本，扫了一眼后说："下周从周三到周五都没有约人，这三天里都可以并出一整天的空来。"

"那好。我给谢辰先去个电话，具体的再通知你。"

这件事情有了谢辰在其中推手，很快就谈定了。约的是周四的下午两点，由止雍基金会目前的负责人、陆维雍的小儿子陆仪亲自陪同谢禹去看。到了约定好的那一天，谢辰执意要在谢禹出发前过来丽海道一趟。谢禹不知道他又卖什么关子，和施更生一边喝茶一边等。等到十二点四十，谢辰的车到了，但从车里出来的人却不止他一个。

又一次看到陈楷，谢禹莫名有点窝火，手里的杯子差点就直接摔到谢辰脸上了。但是现在不仅陈楷在，还有个施更生，当众表演兄弟阋墙的大戏还是太难看了。不知不觉中谢禹的脸色阴沉了下来，看也不看陈楷，反而问谢辰："你这是干吗？"

谢辰却笑："施小姐是女士，有些事情毕竟不方便，还是多个年轻人，我也放心一些。"言语间好像陈楷只是个第一次见面的陌生人，一切都撇得清清爽爽。

谢禹想的却是一个多月前，他面前的这个年轻人离开这里的情景：台风尚未完全过去，天气阴沉沉的，时不时飘来几线碎雨，自己送他到大门口，伸出手告别的时候他看起来就像要哭了一样，但最后却也只是微微一鞠躬，说了声谢谢，就慢慢朝着下山的方向走远了。似乎谁也没有想到挽留和被挽留。

谢辰见谢禹抿着嘴不表态，并非不知道他心里不痛快，就是不说破，还是笑："这都几点了，你们再不出门要迟到了。"

谢禹转向也始终沉默着的陈楷，终于问："是你自己想来做的？"

那个年轻人缓缓地点了点头："是的。"

"那好，谢谢你。"谢辰拿过手杖，才说，"不要发愣了，去开车吧，钥匙在老地方。施小姐，请你也陪陈楷去车库。我和谢辰说一句话就过来。"

等房间里只剩下他们两兄弟，谢禹才把一直盯着谢辰的目光收回来："我记得我说过这件事情不要你管的。"

"多个人你也省事，是不是？又是熟人，我也放心。你不要瞪着我，阿禹，我可没强迫他来做事，刚才你也问过了，是他自己想来的。还是你不想见到他？不想我就让他回去，只要你开心一点儿。"

"你这是喂狗呢，一根根地给我抛肉骨头。"谢禹抛下一句，绕开谢辰出门了。

似乎又回到了汪素云还在的时候。只是再一定神，坐在副驾驶座上的人已经是施更生了。他脑子里竟全是汪素云的脸，此时此刻他真的怀念她在的日子。可她终究要有自己的生活，他不能自私到耽误汪素云一辈子。

只有将这种情感深深地掩埋心底。谢禹转去看迎面驶过来的车，问：“开学了忙不忙？”

“还可以，比想象中好些。我选了六门课，但都集中在前三天。后面四天我都空出来了。”

谢禹瞄了一眼施更生，继续问：“我不知道谢辰怎么找到你的，如果他说了什么失礼的话，我替他向你道歉。你……你不必勉强自己。”

陈楷却问：“那天晚上你说的是真心话吗？我把那句话当真的，所以才又回来。”他知道谢禹是个可投靠之人，外地人要想在这里站稳脚，没有个投靠总是不安全。

感觉到施更生动了动身子，谢禹并没有迟疑，回答说：“是真心的。”

陈楷飞快地回了一下头，笑了笑说：“谢先生只说你这边近来事情比较多，问我愿意不愿意继续给你做事。他答应不再找人盯着我的私生活，也向我道过歉，我就答应了。被人调查总是侮辱，但为了这份工作，这又算得了什么。”

“哦，他是应该同你道歉。”

陈楷这时又说：“其实我一直心里没底。”

“嗯？”

“我不知道你是不是还要人。我想这一个月你和施小姐一定把一切都安排得很好，说不定不需要我了。”他说得忐忑，要知道这份收入对他来说太重要了。父亲已不会再花钱供他读书了，他必须靠自己来挣钱。

谢禹一笑，告诉他：“没有的事，你回来我很高兴。”不知不觉之中，连声调都轻快起来了。但是听到这句话之后，陈楷反而沉默了。他觉得自己脸皮有些厚。

不知不觉中车子已经开到了骊湾。比起丽海道，骊湾的住宅密度还要低得多。房子的大小风格都不相同，大多被郁郁的树木掩映在半山，彼此之间在最大程度利用土地的同时也留出堪称奢侈的私人空间，无论是行人还是车辆，途经此地至多只能看见一角屋顶。从骊湾那以风景秀美而闻名的海滩折身回望，就好像看见了无数怒放的斑斓花朵。

开始爬山之后陈楷才说话："我还没有弄明白呢，这次来是去那个'骊湾'吧？为什么陆家忽然松口了？"

"嗯，就是去陆维止在骊湾的老房子。那房子现在是基金会的产业，他们要和谢辰合作，谈了条件。"

"哦，这也挺好。我真是回来得巧，沾你的光，也好看看这骊湾到底怎样的神乎其神。"

闻言谢禹笑笑说："看到了自然知道了。"

到了目的地陈楷下车去按门铃，不久门开了，陈楷又回到车上，说："已经有人在等了。"

花园很大，典型的意式风格，连植物都是本地不常见的，无不生长得茂盛兼之修剪整齐，萧瑟深秋里松树和柏树格外显得郁郁青青，想来是有园丁常年在精心呵护。

这时已经有人在门口等着，看见他们下车立刻笑容满面朝谢禹走过去，早早就热情地伸出手来："谢禹先生吗，你好，我是陆仪。"

男人看起来也就是在三十岁上下，这倒是出乎谢禹的意料：谢辰告诉他这是陆维雍的儿子，他满以为至少也是和穆回锦差不多年纪的人了。这淡淡的讶然很快褪去，谢禹也加快了几步，挂起拐杖递过手："你好，希望没有让你久等。"

对方的笑容灿烂而真诚："没有，现在正好两点。路上好走吗？"

"很顺利。"谢禹打量了他几眼，"你很像你的父亲。"

"是吗，家里人都说我更像叔叔年轻时候。不过他们兄弟都随了我祖母的长相，请进屋吧。"

纵然在各种文章里已经无数次读到陆维止的"骊湾"，但当谢禹走进大厅的一瞬间，他还是不由自主地停下了脚步——现如今这早已闲置多年，空气里都能闻得出那种冷清的灰尘气息，然而众人诉诸笔端、抑或是口耳相传的地方展现在眼前的时候，他觉得自己还是可以依稀辨认出这个地方的主人还在时的格局。是的，那些文字上的细节已经慢慢在眼前鲜活了起来：对着落地窗和房门的巨大油画，画的是灿烂阳光下的野餐会，仿佛瞬间就能闻见春风里花草的清气。靠窗的沙发一头摆着新艺术风格的古董柜，那一对鲜艳的威尼斯彩玻璃杯放在其中，居然毫不起眼，谢禹甚至定神看了好一会儿，才在那琳琅满目的摆设中发现了它们。房子的主人分毫不掩饰地把他的房子装潢得像一个光辉灿烂的舞台，每一个角落都能看见精心而精美的布置，从大件的新艺术风格的家具，到小件的一只花瓶一只烟灰缸、高处的灯具、垂地的窗帘，无不考究，又都和谐地搭配在一起，显露出堂皇而坦然的奢华感，静静等待着每一位受邀前来的客人的赞美和惊叹。

谢禹看得有些入神，下午的阳光从窗子长长地投在有着美丽长流苏的方毯上，进而在深色的木地板上流淌开来，仿佛融化的沙金。他觉得自己熟悉这里，比如他知道陆维止喜欢坐在房间一角的扶手椅上，面前搁着一张可以架脚又可以做矮几的方凳，右手边靠墙则是一张更大更高的长条形高几，上面永远堆满了他的书、香烟和咖啡杯。而他就在那里，一边工作，偶尔抬头听他的客人正在谈些什么；他也知道很多年前的无数个夜晚，男男女女结伴走进骊湾那永远敞开的大门，在餐厅里那张可以坐下二十个人的长桌上吃过从不让人失望的晚饭，又回到客厅，主题是不定却又迷人的：最新的书籍和唱片、斯卡拉、伦敦和巴黎的当季舞台剧、美术馆的当期展出、欧洲的电影节，每个人手头的工作、可能的工作、梦想中的工作，然后再理所当然地，一切的焦点回到主人身上；就在这间房子里，烟雾缭绕而灯光明亮，不间断的香槟和点心，不止歇的欢声和笑语，永不倦怠的长夜，统统笼罩在栀子花那熏人欲醉的甜香里……

“这是我祖母的陪嫁。她和祖父离婚没多久便去了欧洲，这栋房子就留给了我叔父——他是奶奶最疼爱的孩子，她觉得他最像她。”

陆仪的声音又把谢禹拉了回来，那些人影、声音、气味乃至光泽在瞬间隐去了。房子里的一切如故，还是他读过的、得以和文章一一对照的景象，只是光天化日之下，这宽敞的房间的每一个角落又都空荡荡的，连那些家具都一并成了无根的游魂。

谢禹点头："这个我有所耳闻。后来陆维止年纪轻轻就去欧洲求学，也和你祖母有关吧。"

"他想陪在她身边。但后来我祖母又结了婚，他就搬了出去。"

"这房子已经不是你祖母当年的风格了吧？"

"没错。叔叔回来之后把这房子重新粉刷过，又在四十岁那一年再粉刷过一次，才是现在这个样子。不过他常常心血来潮弄一些小的变动，每到这个时候，城里的那些古董商和美术商总是很快活。"

谢禹接话："陆维止从来都是慷慨的买家？"

"哦，那是肯定的，我爸爸总说他是被宠坏的小儿子，但是既然他高兴，也没什么不好。"

陆仪把这房子的细节介绍得很仔细，仿佛这才是他生长的地方。关于这房子的许多事情谢禹也都知道，但在看见身旁陈楷听得入神后，他并没有打断陆仪，陪着一起再听了一次。陆仪领他们去看小客厅、书房、音乐室、小型放映厅和客房，一扇扇房门在谢禹他们面前敞开，看到后来，连沉默地听了一路的陈楷，都忍不住赞叹："他一定很爱这房子，才会这么用心地去布置每一个房间的每一个角落。"

说话间陆仪又打开了一扇房门，里面却是除了一排架子一无所有。谢禹问："这里是？"

陆仪笑得眼睛弯了起来，轻轻叹了口气："这是他放礼物的房间。我叔叔是一个非常喜欢礼物更喜欢送人礼物的人。我记得小时候过新年，我们一起聚在大姑姑家，其他长辈送给小孩的礼物基本上都是一样的，只有他记得我们每一个人喜欢什么，然后送完全不同的礼物……说起来到他去世之后我才知道，原来他每年过生日之前，他那些常来骊湾的朋友都会事先聚在一起，商量好每个人送他什么生日礼物，又要讨他喜欢又不能重样，商量到最后每个人都头痛得不得了……”

这大抵勾起了他什么愉快的回忆，连带着翘起了嘴角。谢禹听到陈楷无声地笑了一下，自己却藏住了笑容，接过陆仪的话：“传说当年他老是把希羽锁在顶楼的阁楼间，可以带我去看看吗？”

陆仪哈哈大笑：“看来这是人人都知道的秘密了，当然可以，就在楼上。”他带他们上了顶楼，不知是不是有意地绕开了卧室；谢禹暗示了一下，也被极有技巧地忽视地敷衍了过去，于是他就知道这是刻意而为了。等参观完那间传说中的小黑屋——那倒是出乎意料又在情理之中的装潢得很舒适，一行人又回到了一楼，陆仪冲他继续微笑：“希望骊湾没有让你们失望。”

谢禹思索片刻，又说：“能不能让我的助理把书房里那些挂着的画拍下来，供我作些参考。”

“请便。”陆仪答应得慷慨。

“如果陆先生你不忙，我还想再去小客厅看一看。”

“这也没问题。”

陆仪极富耐心地陪着谢禹和陈楷又回到了小客厅。比起那富贵逼人的大客厅，这间小客厅还不如陆维止的书房大，布置得也相对简单——但绝不朴素，就和谢禹这一路看来的所有的房间一样，一并构成某个盛装舞台的一部分。陆仪猜想谢禹大概读过什么有关这间房间的描述，稍加考虑，指着房间一角的单人沙发说：“他最喜欢那个位置。你可以试着坐一坐。这里可以看见大客厅的大部分，有的时候他会抛下客人，和所谓的“陆家班”待在这里讨论工作，或是和亲近的朋友聊一些私事，任由其他人在外面玩闹。但是即便如此，他还是能看见客人的一举一动——叔叔喜欢掌控一切，特别是在他自己的房子里。

“哦，我不知道你对这间房间了解多少。我也是后来听他们告诉我的：这个房间里几乎一年四季放着栀子花，而能够进这个房间的客人，他会邀请他们陪他一起喝咖啡。说起这个，你也许知道，他喜欢一种加浓的咖啡，非常香，非常稠，据说像毒药一样难喝，但是只要他问‘喝咖啡吗’，从来没有人能当着他的面拒绝，虽然事后很多人悄悄抱怨这个房间里花香太重咖啡太浓，待久了让人头痛欲裂，但在当时，那是一种殊荣。”陆仪说着说着，走向窗台上那空置多年的花瓶，手指划过描金的瓶身，如同在轻抚一朵盛放的花朵。

谢禹听见陈楷轻轻地“啊”了一声，但对上目光之后，后者对他摇了摇头，却有点狼狈地避开了脸。

陆仪这时收回手来，又是一笑：“骊湾留在很多人的记忆里，但从来只是他一个人的。当年有人说过，叔叔把应该是家的地方布置成了一个舞台，反而把家留在了电影里。”

这句话听得谢禹微微愣了一下，才问：“这句话是谁说的？”

“是穆回锦。”陆仪耸了耸肩。

谢禹本来准备到此为止了，听到陆仪这么说，忽然觉得提一提也没什么。他就真的说了：“在我听说的版本里，在陆维止当年的遗嘱里，这栋房子是留给穆回锦的。”

12 征兆

陆仪正在点烟，这句突兀的介于问句和断言之间的话语都没有让他的动作停顿分毫。直到打火机落回口袋里，他才镇定地回答："叔叔去世的时候我还没成年，遗嘱的原件我也没有看过。但是这是奶奶的房子，而穆回锦并不是叔叔的继承人，他们流着不一样的血，不是吗？"

"不见得一定要流着一样的血才能继承财产。"陈楷忽然莫名插了一句。

这里本来没有他说话的余地，连谢禹听到陈楷的声音都朝他投去"不要多说"的暗示，陆仪虽然看起来并不计较，不过语调还是冷淡了起来："骊湾不是一般的财产。而且谢先生，我不知道你是哪里听来的传闻，这种无稽之谈，不仅诋毁了陆家上下，也有损叔叔的名誉。"

谢禹无甚诚意地欠了欠身子："是我少了考虑，失言了。这个问题问得很没道理。"

短暂地沉默了片刻，陆仪还是再一次地微笑起来，再不提穆回锦的事："快到晚饭的钟点了，我算好差不多要看到这个时候，所以订好了餐厅，请赏光一起吃个便饭吧？"

"好。其实应该我请的，谢谢百忙之中抽空陪了我们一个下午。"谢禹甚至连想都没有想就答应了。

陆仪领着谢禹、陈楷和已经从书房出来的施更生朝门口走，同时说：“我原本想最好能在这里吃晚饭，但是最后一个在骊湾工作过的老厨师这几天生病，没办法上灶。而且这里太久没有开火了，还是在外面吃保险一些。”

“心领了。”

骊湾的大门，又在谢禹的眼前缓缓地关上了。

陆仪刚锁好门，电话就来了。谢禹出于礼貌走远了一些，但不巧人在下风，总有那么几句话没躲过飘进耳朵里，依稀是“我这里有客人”“你要过来也可以”之类，果然等陆仪放下电话再走过来，解释的同时目光却牢牢盯住陈楷：“是我一个侄子。他就在附近，等一下一起过来吃饭。哦，陈楷，既然你和小棠这么熟，也许听过陆桐的名字，他是小棠的亲哥哥。”陈楷没想到话题忽然转到他身上，而陆仪居然还能叫出他的名字来，蓦地一僵，勉强镇定地点头：“她向我提过她有一个哥哥。陆棠……她还好吗？”

“上个礼拜回去读书了。走之前对着我哭，说新认识的朋友忽然不搭理她了，委屈得要命。”陆仪看着陈楷笑，恰到好处收住下面没说出来的话。眼看着陈楷越发窘迫支支吾吾不知道要说什么，谢禹出声解了围：“……年轻人的事还是留给年轻人自己吧。”

“暑假的时候谢谢你陪她散心。”对陈楷轻巧地道了个谢，陆仪也借机换了话题，“哦，我去开车，在前面带路。不远，一刻钟的车程吧。”

“这些陆家人都是什么怪物。”这是开车去餐厅的路上陈楷说的唯一一句话。而谢禹听在耳朵里，也不曾多说什么。

到了陆仪订好的餐馆，汤水和冷盘都上了好一会儿，据传要一起来吃饭的陆桐还是不见身影。谢禹还没有从骊湾的满足感中恢复过来，并不觉得饿，陈楷看起来是早就没了胃口，施更生自有年轻女人的矜持，反倒是一直微笑着的陆仪，这时脸色慢慢沉了下来。他终于忍不住掏出电话，但就在他准备拨号之前，包厢的房门被推开了，一双年轻男女互相搂着腰亲昵地走进来，陆桐嬉皮笑脸地扬了扬手："小叔叔，真不好意思，我们是不是来晚了。"

陆桐的女伴是风头正足的新人女演员，谢禹看了两眼就认出来，神色间并不意外，还笑着点头打招呼。陆仪站起来，皱着眉指着空位子说："这都几点了，你到底做什么事情是能准时的。"

"你要是肯只等我，我保证准时，随叫随到。"说这话时他还笑嘻嘻的，也不管陆仪一下子气白了脸。

陆桐看起来也就是至多二十五六，生得面孔俊俏，有一双勾人的桃花眼。可惜花天酒地的日子过惯了，酒色缠身，气色不好，甚至不如说起来算是他长辈的陆仪有精神。在陆仪介绍客人的时候他始终没什么精神，或是注意力全集中在女伴的腰臀上，心不在焉地软绵绵递过手，直到陆仪说出陈楷的名字，才猛地一个激灵，死死盯着陈楷的脸，眉毛挑得要竖起来："等等，陈楷，这个名字我听过……暑假的时候是不是就是你和小棠走得很近？"这时陈楷大概已经习惯了，不仅点头，还笑："我想大概陆家也早就把我的家世全打探得清清楚楚了。"

听到这个"也"字谢禹侧过脸去看他，陈楷却像是没看见，笑容反而深了一点。陆桐没听出陈楷语气中的嘲讽，还猛点头："稍微让人去查了一下而已。小棠这孩子被宠坏了，任性不懂事，我们也管不住她，难为你陪她这么久。"

陆仪轻轻咳嗽一声："既然都到齐了，就开饭吧。"

有了陆桐，这顿饭吃得精彩无比。谢禹本来想借饭桌上轻松的气氛再问一些陆维止和骊湾的事情，但每一次刚起了个头，要不然是被陆桐和他女友的打情骂俏打断，要不然就是他蹭来劝酒。到了后来谢禹忍不住暗暗苦笑，实在是太能胡搅蛮缠了，连装都装不到这么浑然天成。陆仪暗示了几次，一点儿用处也没有，最后都只能笑，给自家人开脱："陆桐比较率性，不拘小节。谢先生，你们不要客气，多吃一点儿。"

如果不是陆桐喝多了酒没头没脑地甩出一句“穆回锦那个老畜生怎么还没死透”，这顿饭也还能勉强圆满收场。但这句话一说出来，居然是陈楷堵了回去：“他怎么也算是你长辈了，也好心照顾了陆棠几个月，怎么说这种话？”

陆桐先是一怔，看清楚训他的人不是陆仪，一下子也来劲了，上前一步，眼看着要去抓陈楷的前襟：“我一直忍着没问呢，你和穆回锦什么关系，你们是不是商量好了合起来拐走小棠……”

陆仪重重把他往身后一拉，回头喝他：“才喝几杯就发疯，人来疯了！丢人不丢人。”

正好谢禹也伸手扯了一把陈楷，摇头要他别惹陆桐。陈楷看着谢禹，愤怒、羞耻和不解在双眼深处翻滚着，最终还是忍耐下来，重重一甩手扭头出去了。这是谢禹事先没想到的情况，他再不想多待，与同样希望越早结束越好的陆仪匆匆交谈了几句，就带着施更生找陈楷去了。

施更生的住处正好在骊湾和丽海道之间，坐到一半就下去了。等她一下车，谢禹自己坐到副驾驶座上，看了看笔直盯着路况的陈楷，说：“好了，你想说什么就说吧。”

他先是不说话，到了下一个红灯，才闷声说：“我有什么好说的。”

“连施更生都看出来你有话想说不方便说，找了个借口跑掉。再不说，她白多走一大段路了。”谢禹知他赌气，几乎微不可见地牵动了嘴角。

“要说的要做的早被你们调查得一清二楚，我哪里还要说什么。”

“今天可是你一直跳出来，骊湾是，在餐厅也是。陆家和穆回锦的旧账，让他们自己去算。”

“陆棠说得对，这一家人真虚伪，让人恶心。”前面有车忽然变道，陈楷重重拍了一下喇叭。

谢禹叹了口气，但也只是叫了一声他的名字：“陈楷。”

“陆桐叫人去打了穆回锦，因为陆棠不想回家，因为他让陆棠住在他那里。你还记得有一天在图书馆里我接到电话吗，就是前一晚的事情。”

谢禹看着身边的年轻人的神色渐渐由咬牙切齿变成麻木的平静，有点意外他竟然说的是这个：“你也在？”

“我送陆棠回家，出来看见他一个人倒在地上，被打得一身是伤。你们都看不起他，却因为各种各样的原因一再和他打交道，有意思吗？”

“很正常，这个世界上不是只有你喜欢的人。”谢禹镇定地回答他。

又或许陈楷并不需要这个回答。车子拐上丽海道的环山路之后，他再一次开口：“其实我没想明白，穆回锦做了什么，陆家人至于这样敌视和羞辱他。陆维止死的时候他有三十岁吗？还有你，谢禹，你对别人并不这样。”尽管语气并不强烈，谢禹还是很清楚地听出了其中的指责。他决定先忽略关于自己的一部分：“陆家和他是积怨已久。你还太年轻，不知道这些事。”

陈楷显然没打算在这件事情上放过他：“对，他欠债酗酒闹事都是陆维止出面帮他摆平，他在他生病的时候没有去看他，他卖了和陆维止的通信，但是他到底在他临终前去探望了他，你要写传记，他也开口了。退一万步说，不管怎么样，这也是两个人之间的事情。好吧，就算我们不说陆家，你呢，你之前见过他吗，你了解他吗？说真的，在某种程度上你比陆仪、陆桐这些人好不到哪里去，你看不起他，这和他们是一样的。你是在为陆维止抱不平？”谢禹莫名有些烦躁，反问他：“我是不怎么认识他，那你是怎么回事，专程回来给穆回锦张目的？”

像是被这句话问倒，陈楷的动作僵硬了，一会儿之后生硬地摇头，语气很低沉：“我没有这个意思。如果不是因为你，这些人和我根本是在两个世界。”谢禹也觉得之前那句话说得蠢透了，但话已出口无法补救，只能说点别的掩盖过去：“陆桐这样的二世祖不少，他说的话不要计较，酒话就当耳旁风刮过去就算了。”

陈楷反而笑了笑：“没什么，人的忍耐力总是越来越好。既然谢先生会因为你去查我的事，那么陆家为了陆棠也来查一遍我并不奇怪，改天我照照镜子，看看是不是早在我还不知道的时候，就被查成了筛子。”

之前两个人明明为穆回锦这个不相干的外人争执了一路，但那些话加在一起，对谢禹而言都远不如陈楷这句笑言听起来刺耳。他皱了皱眉头：“谢辰已经道过歉了，还是我也要向你道歉，连听都不该听？”

“你大概忘记了，你很早之前就道过歉了，我也接受了。”陈楷瞥了一眼，冷冰冰地说。他对谢家的做法很难接受，但为了钱、工作，一切都得忍。

“那就一码归一码。做错事的是谢辰，你却一直在同我发脾气。”

陈楷看起来是给噎了一下，半天才说：“我也不想第一天回来就这样。”这句话总算让两个人之间不温不火却也绝对不愉快的交谈暂时告一段落。进了丽海道的房门，谢禹进厨房倒水，出来就见陈楷看着电脑屏幕发愣。

“你怎么了？”

陈楷端着相机回过头：“我把照片拷下来。电脑重新整理过了，东西都不在原来的地方了。文件夹放哪里？”

“施更生重新弄过了。下次让她详细告诉你，你先放到桌面好了。”

陈楷按照他的话做了，拷完之后顺便打开文件夹迅速浏览了一遍。谢禹端着水站在他身后，也跟着一起看，却奇怪地发现，还是在照片里看这房子的一切更让他有真实感一些。

“为什么让施小姐照书房里的画？这些画有什么特殊的地方吗？”

谢禹盯着那些图片的拷贝：“我想让她去找找看哪里有卖它们的仿品。”

陈楷几乎在同时扭过头：“为了见穆回锦？”

谢禹不说话，也不否认。

“如果不是你们每次见面都像要打起来的猫和狗，我几乎要认定他对你下咒了，才会这么锲而不舍地一次次约他。他到底知道什么别人不知道的？”陈楷说完，微微笑了笑。

“蹩脚的笑话。陆维止身边的人大多太顽固，只有穆回锦轻易地开口。不管怎样，他在陆维止的生活和事业里是无可回避的一部分，我对他或许有看法，但无论抹杀还是扭曲他归根到底还是自取其辱。我不想这么做，也没必要这么做。”

“不不不。”陈楷摇头，不顾谢禹诧异的目光，陈楷扭头看着他说，“真正给你下咒的人是陆维止，你的自尊心和对陆维止的痴迷不允许你这么做。我不明白的是，你怎么知道他会说真话，我总觉得他在说谎。”

谢禹挑了挑眉：“哦？你现在才说？”

“我不知道，毕竟他说的你都接受了，没有质疑没有反驳，也许是我搞错了。”

“他的确没有完全说实话。不过有的时候克制不住，真话又出来了。所以我才一次次地约他出来。他说谎的本事就和他的演技一样，起伏得厉害。”陈楷瞪大了眼睛：“你又是怎么知道的？自由心证要不得。”

“从原始材料里提炼出真相完成一本书就是我的工作。倒是你，你以前对他们才是漠不关心。”谢禹很顺利地转开了有关穆回锦的话题。

陈楷的语气听起来满不在意，但绷直的肩颈一线还是无言地暗示着他此时很专注：“我也不知道谁给我下了降头，离开之后我每周都神经病一样看一部陆维止的电影，可惜才看到第五部呢，就回来了。说实话，他的片子不怎么好看，我都中途睡着好几次了。”

听到这么说，谢禹笑了：“正过来还是倒过来看？”

“什么意思？”

“是从他第一部片子看起，还是最后一部？”

“最后一部啊。”

“顺序不对，下次看过。”

“算了吧，又要每天听人念咒一样说陆维止这个陆维止那个，我短期内绝不再看了。”

他的抱怨引得谢禹又是一笑：“这话才更像你说的。说起来还有一件事情我更好奇：谢辰怎么说动你的？”

“你应该去问你哥哥，他肯定不会骗你。”

谢禹不以为然地撇了撇嘴："相比之下还是你更可信。他只会告诉我他觉得有必要让我知道的。"

"这样其实不坏。"

谢禹不说话，继续看着陈楷；被盯久了陈楷熬不住了，重重叹了口气："我大概被下降头了。而且我想开了，有钱比没钱好，当初你说的薪水没变吧？我可是推掉了谢先生诱惑的高薪。"

"哦，当然。"谢禹心里一沉，又迅速补上一句，"当然。"

陈楷听他这样答应着，浮上一个并不十分明朗的笑容。他瞄了一眼表，就夸张地站起来："糟糕，又这么晚了，我要去赶末班车回学校了。那我周六周日再过来？"

"可以，路上当心。"

"忘记说了，下个月地铁就通到我们学校了，到时候过来只要不到五十分钟。我走了，你早点休息。"陈楷迅速地把自己的背包收拾好，滑到门口丢下这句话就拉开门溜掉了，留下谢禹一个人盯着紧闭的房门看了好一会儿，才苦笑着摇摇头，走开去做自己的事情了。

周六一早老何照例送谢禹去谢辰家。理疗师已经到了，一切准备就绪，在谢辰专为谢禹腾出来的理疗室一边看书一边等他。

谢辰住在他们父母留下来的大宅，谢禹对这里的每个角落自然都很熟悉。几年前他父母相继离世，原本住在外面的谢辰搬了回来，反而是他这个一直住大宅的小儿子爽快地搬了出去。他换好衣服后躺在理疗仪下，很快身体就热了起来，皮肤微微发烫，人也昏昏欲睡起来。前一晚他看书看到三点，现在温度适宜，床也舒服，索性就放任自己小憩片刻。

迷迷糊糊地谢禹感觉到有手按上了他的腿，力道手法都很熟悉，隐约知道是刘医师开始按摩了。他本来想说这两天腿好些了可以轻一点，正好刘医师也说："哦，腿上的肌肉没上次那么僵硬了。前几次你从膝盖以下是冰凉的，大腿僵得像石头。我就说还是心态要好，不要给自己太多压力，这样理疗才能事半功倍。还是最近有什么好事，心情好自然而然地放松了？”她手上的力道拿捏得很好，谢禹笑了笑，整个人好像都跟着自己的腿一起放松了：“没有，只是这周没那么多事情，睡得多一点。”

“睡眠充足非常重要。”

他轻不可闻地应了一声，想起陈楷在丽海道留宿的那一晚。他手底下没数，把自己的腿完全当作蜡来捏，到后来完全是新的疼痛暂时地盖掉了旧伤。饶是这样，谢禹偶尔想起，还是忍不住扬起了嘴角。这时谢禹又觉得刘医师的手在捏他的肩膀。常年伏案，谢禹的肩膀也早就是僵硬得厉害。他正觉得受用，满足地叹了一口气，忽然觉得哪里不对，一睁眼，刚牵起的嘴角又落了回去：“你不是和邓碧宁出门了吗？进来也不说一声。”

谢辰坐在床头的凳子上，还是不紧不慢地帮谢禹捏肩膀，轻声说：“我看你在休息，下次找个人帮你专门松一松肩膀和背。”

谢禹抓住谢辰的手，从自己肩膀上移开，皱着眉说：“不用了，我好得很。邓碧宁在楼下？”

“她回父母家陪她儿子去了。”

“哦，月底了。她儿子几岁了？”

谢辰想了一会儿：“六岁还是七岁，反正生日是年底。”

谢禹笑了：“你们在一起也四五年了，这已经是你的最长纪录了，干脆娶了人家吧。”

“结婚是大事，哪里有你说的这么容易。”

谢禹知道谢辰至今不松口，说来说去无非是邓碧宁有个孩子，嫁进来就凭空多出一个和谢家没血缘的遗产继承人。他就说：“当年你明知道她结过婚有个孩子，还不是照样迷得神魂颠倒的，现在这热症还没退呢。反正你总是要结婚的，爸妈也都不在了，你和邓碧宁正般配，就别想着什么十多岁二十岁的小姑娘了。”

谢辰忍着笑拍了一把自家弟弟：“二十岁是给你留着的。我和碧宁的事情没那么简单，都这么大年纪了，还有别的东西要权衡考虑。对了，萧拂云的飞机这个时候差不多也该到了。”

一听到这个名字谢禹的耳边便仿佛响起歌声来。他集中起注意力，挥开这缭绕不去的乐声："嗯。"

"她的经纪人在联系我们，想给她做一个庆祝生日的片子。有些话没说得很明白，也有做个最后纪念的意思。"

这时刘医师已经按摩完了，谢禹道过谢，穿上长裤坐起来，若有所思地说："她生日不就是下个月十七号吗，那你们做不做？"

"这不是你心中的女神嘛，当然做。你要是有空，我和制片说一声，去采访她的时候你也一起过去。"

谢禹低下头抿着嘴想了很久："不去。"

谢辰也不十分坚持："可以。谈好再启动，可能也就是几天的事情，你要是改变主意了就随时给我个电话。好了，先去吃饭吧。"

以往餐桌上邓碧宁在，各种细节都有她一一关照到位，再聊聊天，吃一顿饭最快也是一个小时。但今天她回娘家去了，谢禹两兄弟迅速解决了午饭，谢禹要回丽海道，谢辰也拿起公文包和外套，准备去公司加班。

分手的时候谢禹说："邓碧宁在你从来不去加班，她一不在你就不正常作息。"

"你要是下午不回去我也不去公司了。"

谢禹笑着转开头："怎么说来说去反而把加班归在我头上了。"

回到丽海道，谢禹一推开门，就看见陈楷坐在他的老位子上，捧着惯用的杯子，和施更生不知道说到什么，两个人一齐笑了起来。他穿着一件黑色的套头衫，格子衬衣的领子和下摆不拘小节地翻出来，大笑的时候简直像个无忧无虑的高中生，眉眼弯弯，满脸都是焕发的光彩。听见开门的声音陈楷侧过脸来，笑容还留在脸上："回来了？今天午饭吃饱了没有？"

谢禹看着他的笑脸，回答："礼拜四我忘记了。你上次留下的那串钥匙也挂在车钥匙边上，今天记得带走。"

13 萧拂云

十一月十七号那天，谢禹带着陈楷和施更生一起去市立音乐厅，参加萧拂云的六十岁生日音乐会。

过去的路上坐在副驾驶席上的陈楷一边扯领结一边抱怨：“算了，我还是找个地方换回我的牛仔裤躲在大厅门口听好了。我最后一次穿成这个样子还是高中呢。”这话听得施更生拿手包掩着嘴偷笑，开车的老何也说：“小楷你长得俊，好好打扮一下，什么女孩子追不到手，别一天到晚穿得吊儿郎当的。”说完原本就在笑的施更生更是笑不可抑，陈楷抓抓头发，大概是不好意思；看得谢禹也忍不住笑了，出声说：“别抓了，好不容易梳服帖的。”

“就是就是。陈楷你头发硬得和刺猬一样，我花了多大力气才帮你打理好，你要是这么毁了就太糟蹋我的心血了。”施更生帮腔，“不过都说头发硬的人心软，陈楷你的心到底有多软？掏出来给姐姐看看。”

陈楷被说笑得无可奈何地回过头来丢了个大白眼：“我的心不给老女人看，你还是去哄骗十六七岁的少年吧。”话刚说完，施更生就把手包朝他的后脑勺扔过去，只听砰一声正中目标，声音大得连谢禹都替他觉得痛。陈楷轻轻痛呼一声，缩头耷肩躲到椅子深处去，良久才伸出一只手把凶器递回来。谢禹坐在后面看着这两个人没油盐地扯皮说笑了一路，小楷更生地叫来叫去，才发觉不知不觉之中他们处得这么熟了，一时间不免有点微微的走神。

到了音乐厅门外停好车，陈楷第一个跳下车，说是要“给阿姨开门”。施更生气白一张俏脸，但这时入口处的台阶上已经陆续有人出入，众目睽睽之下也不能穿着小黑裙横扫一腿，只能拉拉披肩，捧着事先订好的一大捧栀子花下车，含笑狠狠剜一眼笑得很无辜的陈楷。

谢禹下车之后打量了一眼自己面前的两个年轻人，才对陈楷说：“把上衣拉抻，领结也歪了。”陈楷依言不太在意地拍苍蝇一样掸了两下自己的上衣，到底是年轻人，不必怎样的华服，都足以像梧桐树一样挺拔。

谢禹看着他，笑着点点头：“算了，进去吧。”说是这样说，但多年来的习惯到底占了上风，上台阶的时候伸出手把陈楷上衣背后的褶皱抹平了。到了大厅谢禹愣了片刻：目光所及处的每个角落都堆满了造型各异的各色花卉，且不说大厅正中一人多高的鲜花做出来的喷泉造型，甚至通往二楼的扶手下面都扎上了花球，整个厅堂散发着浓郁的花香，连栀子那样有着强烈甜香的味道在此时此地也显得微不足道了。谢禹算得此地的常客，但就是他都停下脚步，再三确定这的确是他熟悉的地方。

身边的陈楷打了个喷嚏，引得周围一圈人都侧目，他有点不好意思地笑笑，下意识地又要抓头发，谢禹实在看不下去，拉了一把他的手不让他抓：“先进去吧，这花的味道连我都有点头晕了。”

“我有点花粉过敏……”话没说完，又是个大喷嚏。

施更生原本在鲜花喷泉的另一头，听到这两声喷嚏，也转了过来，从手包里掏手绢递给陈楷。陈楷一边走一边捂着口鼻不停地打喷嚏，等进了演出厅终于能如释重负地放下手绢时，眼底水光一片，连眼圈都红了。

离演出开幕还有小半个小时，上座率已经有一半多，放眼望去，很多都是脸上刻上了时光痕迹的人们。谢禹很清楚本市的歌剧演出一直没有形成规模化的市场。三十年前建成的歌剧院现在上演的几乎全是管弦乐，为数不多的歌剧表演也和今晚一样只是选段拼盘。当年陆维止和萧拂云带动的黄金时代早已成为某一代人记忆深处的吉光片羽。他也不确定今晚有多少人是和自己一样，早早坐在这里，只为等着看一眼久违的萧拂云，再借着她和那些熟悉的曲子回望再不回来的时代和人们。

他右手边坐着陈楷，再过去是施更生，两个人不知道在叽叽咕咕些什么，说笑得很是愉快。这时正好有谢家的熟人拍他的肩膀打招呼，寒暄之后再坐下来，不防陈楷扭过头笑嘻嘻地说："我还是第一次听歌剧的专场演出呢，更生也是。谢禹，你听的第一场歌剧是什么？"

没有任何迟疑地，谢禹给出了答案："《托斯卡》，在大剧院里。"

"啊，意大利歌剧。都说看的第一场歌剧很重要，这决定了是不是会死心塌地喜欢它。"

谢禹认真思考了一下，才说："很难说。不过如果我带你去看，大概会从莫扎特开始，不会去选瓦格纳，特别不会是指环。"

"这儿看得到全套的指环？"陈楷有点吃惊。

"从来没演过。"

"我想也是……"说话间提示演出即将开始的灯光闪了三闪，观众陆续就座，再没几分钟顶灯和壁灯彻底暗去，脚灯亮起，演出开始了。演出分上下半场，上半场独唱，多唱普契尼和威尔第，登台的全是女高音，可以说国内稍有名气的女高音几乎都到场了。一个半小时的演出过得飞快，等场歇的灯光再度亮起，如雷涌动的掌声和喝彩声中，谢禹一边鼓掌一边侧头去问陈楷："觉得怎么样？"

陈楷大力鼓掌，又笑又点头："好极了。我特别注意听了下面的管弦乐团，我都想弹琴了。"

谢禹微笑，又看了一眼也探过目光来的施更生："还有二十分钟，我们出去吃点东西。"

演出厅外的过道里站满了人，服务生高托着放满红酒香槟和果汁的托盘，在人群中穿行如仪，无论是递出还是收回酒杯的姿势都是得体而到位。谢禹认出有几个服务生是朵丽的老面孔，端下一杯红酒一闻，心想为了今晚真是不惜血本。他想问陈楷要喝什么，却看见他看着服务生出神，口中喃喃自语："这个盘子托得真不赖……"

谢禹觉得自己被他逗乐了，把手里的酒让给他："别看入神了，主办方看来是把全市最好的西餐厅的服务生都借来了。"

"为什么？"

"为了萧拂云。"谢禹答得再自然不过。

这句话显然没有说服陈楷："可是现在这里甚至都没人演歌剧了。"

"现在是现在。当年萧拂云演《蝴蝶夫人》，有人提早两天带着帐篷和睡袋守在售票窗口，只为等她一张票。"

陈楷骇笑，尚未表态，原先一直在闷不作声吃冰激凌的施更生忽然说："谢先生，那个人……是不是穆回锦？"可是顺着她示意的方向看过去，人流茫茫，哪里能看得到特定某一个人。谢禹也不愿意在这样的夜晚专程去找他，收回目光："我没听说他和萧拂云有交情。"

施更生眼中玩味地笑意一闪，想再说却因为谢禹的神色还是收了回去，继续和手里那一杯冰激凌奋斗去了。这时提示灯又明灭不定，下半场即将开演。谢禹放下已经空了的酒杯，想叫身后的陈楷一起进去。陈楷的目光还胶在施更生之前指的方向，施更生叫到第二次，才猛地一下回神："哦，开场了？我们进去吧。穆回锦好像不在这里。"

"拜托你小楷，我一周提到这个名字实在太多次了，这么美好的夜晚，就不要再想起他了吧，让他见鬼去吧。"

陈楷一勾嘴角："也对。"

下半场男高音男中音陆续上场，还有一些著名的对唱曲目，选曲也渐渐成了莫扎特比才贝多芬，当然少不了一曲瓦格纳。对唱开始之后气氛渐高，又在专程从德国赶回来的萧拂云的得意门生送上的《晴朗的一日》之时，整场达到这个夜晚的最高潮。

《蝴蝶夫人》是萧拂云最拿手的歌剧，当年曾经创下歌剧票房的纪录。后来她远嫁他国，亚裔血统让她成为不需要装扮的“蝴蝶夫人”。然而在欧洲她并没有站上大歌剧院的机会，只能在小城市的小剧院的小角色之间辗转，最后终于心灰意懒，放弃在欧洲古典音乐圈的闯荡，待在家里以给一些同样是亚裔的学生上声乐课谋生。现在正在台上忘我倾吐爱意的女高音就是她当年的学生之一。谢禹能从她的吐气和唱腔中依稀找到一些萧拂云的痕迹，但更多的还是欧洲学院派的演绎手法。她的嗓子比萧拂云更加甜美明亮，没有萧拂云那著名的宽广稳定的中音域，唱起来更像一个娇美的少女，也已经足够打动观众了。

一曲终了她深深鞠躬，来自全场各个角落的叫好声像是要把屋顶都给掀翻了。很久之后她才直起腰来，谦逊地半侧开身子，避让开掌声，然后大步地走向舞台一侧，一手牵着指挥，另一只手上则是紧紧拉住了幕布后的另外一个人。当萧拂云走到舞台中央时，所有的欢呼声都消失了，甚至连掌声都仿佛停滞了一刻，才更加激烈而热情地再次响了起来。

谢禹也跟这个剧场里的绝大多数人一样站了起来，他看着灯光下的她，一晃十多年过去，她果真老了，瘦了，雪白如银的头发看起来梳得很整齐，谢禹却知道那不过是假发。但是那个自舞台上投下的笑容始终不变，同样不变的还有笔直的脊背。她俯视着他们，坦然面对欢呼和赞叹，如同女神在奥林匹斯山上俯视信众奉上的牺牲。于是在下一刻，谢禹也放任自己恍惚起来。谁也不记得谢幕了多少次，只是那掌声永不停息，仿佛所有人此时能做的只剩下用掌声和笑容为萧拂云祝福。数不清的人涌上舞台为她献花，她迅速被花束淹没了，不得不把手里的花转移一部分到别的歌者手中。但眼看着所有人几乎都要被花朵淹没了，掌声依然没有停止。

这场没有任何言语的致敬持续了三十分钟，早已兴奋得热血沸腾乃至几近忘乎所以的观众们才在剧院工作人员的疏导下陆续退场，但即使这样，掌声并没有中断，只是随着人数的减少而逐步减弱。谢禹一行人退出到此时才开始人声鼎沸的大厅后，他看着因为拍手太狠现在不得不反复搓手的陈楷和施更生，说：“我去一下后台，你们在车里等我吧，我很快就好。施小姐，请你把花给我。”

走在去后台的路上，谢禹想起第一次去这个音乐厅的后台，也是为了见萧拂云。谢辰带着他穿过那有着精美拼花地板的过道，他固执地丢掉拐杖，把专程带来的花紧紧地捧在怀里。

“先生，再过去就是后台了，观众出口在另一头。”

工作人员把他从短暂的回忆中拉出来，谢禹停下脚步，说：“我是谢禹，和沈家明先生约好了，想会一会萧女士。”

对方打量了他两眼，迟疑了一下：“沈先生没交代过。不过……你进去吧，萧女士的休息间在十二号房间。”

谢禹笑了一下：“她还是一直用这一间休息室。”

“是啊，要我带你过去吗？”

“不用了，谢谢。”接下来一路上都再没有遇见什么人，偶尔的一两个也是脚步匆匆地赶着不知道去哪里。谢禹上一次进到这里也是十多年前了，但有关此地的一切记忆始终清晰，在迷宫一样的走道里拐了几个弯，他又一次地站在了萧拂云休息间的门口。

刚刚放下敲门的手，门就开了。五十岁左右的男人探出头来，见到访客后立即堆满职业性的笑容：“谢禹是吧？请进来吧，夫人在等你。”

谢禹微微颔首，一进门就面向靠窗一角沙发上坐着的萧拂云问好，然后递上花去，又说了一句：“祝您生日快乐。”

萧拂云穿着一袭紫红色的长裙，灯光下布料的色泽仿佛晕染开来，在她消瘦良多的脸颊上映上淡淡的粉色。看见花她站了起来，浮起一个欣喜的笑容：“啊，谢谢你的花。这是我今天收到的唯一一束栀子。你看它们多美。”她一边说，手指一边轻抚象牙白的花瓣。她的休息间里早已堆满了各色鲜花，但他们正好都站在窗前，晚风吹进来，把栀子花那熏人欲醉的甜香吹到房间的每一个角落。

“你是谢天宇的小公子吧？你母亲还好吗？”

谢禹没想到她会提起自己的母亲，怔了一怔才说：“她已经去世好几年了。”

“哦，真是可惜。我上一次回来还和你父母一起吃过饭，谢夫人的文静端庄，当年真是倾倒一片。”

谢禹想起自他出生起就一直为精神衰弱困扰着、每次社交前不得不服用镇静剂才能出门的母亲，心里闪过一线苦涩。他默默把这般情绪压下去，接话说：“是在当年的送别晚会上吗？那天除了我，全家人都去了。”

“嗯，上两周我见到了你大哥。是叫谢辰吧？你们两兄弟年纪差得不少。”

“是，我父亲快五十岁才有的我，我妈生了谢辰之后身体一直不是太好，所以我是计划之外的孩子。”谢禹微笑着说，心里却在想，她是彻底忘记在很多年前他们就曾经说起过类似的话题了。

萧拂云身体欠佳，站久了都觉得吃力，又抱着花坐回去：“你请坐。是喝茶还是咖啡？哦，他们还开了一瓶酒给我。”

谢禹坐在沙发对面的椅子上：“都无所谓。今天我来拜访，一来是想亲口向您祝福生日，您出国前的那一场《托斯卡》对我来说意义非凡，可惜我没有早生二十年，不然就有机会听到您更多的作品了。”

萧拂云端起手边的水杯，姿态优雅地喝了一口水，放下杯子后笑着说：“我真是老了，脑子不好用了。我刚刚才想起来，那年你和谢辰一起，也到过这个房间来，是不是？”

“是的，是我。”

萧拂云微笑着转头对一直守在一边的沈家明说：“一晃就是十多年了，当年的他和现在可太不一样了。”

谢禹被她这样一说一笑，脸上居然有点发热，清了清有点发紧的嗓子，继续说：“第二件事情在这里提起恐怕有点冒昧，但如果您愿意谈谈，我改天会专门登门拜访，与您再详细商谈。”

他的口气蓦然郑重起来，萧拂云瞄了一眼不作声的沈家明，稍稍收起笑容，语气依然柔和："什么事，你可以说说看。"

看来谢辰并没有对萧拂云提起这件事情。谢禹又说："我准备写一本陆维止的传记……"

"他？你写他，找我做什么？"一听到这三个字，萧拂云脸色顿时变了，笑容不见了，语气沉下来，盯着谢禹的目光都莫名有些严厉了。

"我准备用一章专门来写当年他导演的那些歌剧和担任音乐节总监的往事。您是他每一部歌剧作品的女高音，我相信您的回忆将是这一章里极其关键和珍贵的部分。"听完后萧拂云沉默了许久，才冰冷地开口："我没什么好说的。我不太记得了，而且当年参与这些事情的人太多了，你可以去找别人问问看。"她拒绝得非常干脆，语气里毫无周旋的余地。谢禹也知道自从两个人因为萧拂云的第二次婚姻闹得不可开交之后彻底断绝了往来，所以对她的反应并不十分失望，还是心平气和地争取："您对陆维止而言是独一无二的。在他去世的当天，病房里都在播您的唱片……"

"够了！"萧拂云猛地打断他，嘴角微微有些发抖，态度却没有分毫松动，"那是他的事情。他是个糟糕透顶自以为是之极的导演，对歌剧是个不折不扣的外行，不，和他合作的每一天都是噩梦，让我觉得恶心。"

她情绪激烈地说完这一大段话，脸色煞白，胸口剧烈地起伏着。谢禹看着不对，站起来想给她递水，但沈家明先一步抢上前，端水送药，忙了好一阵子，萧拂云才慢慢缓过来。但这样折腾一番，谢禹最初进门时看见的那些光鲜和精神都褪去了，她像是在瞬间老了十岁，靠在沙发上，摆手说："不要找我……他的事不要找我……"

沈家明这时说了话："谢先生，夫人的身体你也知道，那今天就到这里吧，这件事情也请到此为止，她需要安心休养。"

谢禹本以为生死和时间已经让矛盾和争执变得无谓，她这样激烈的反应和对陆维止严苛的批评完全出乎他的意料之外。但眼前的萧拂云脸色灰白，声音有气无力，这又一次无言地提醒着谢禹她病重的事实。谢禹心中一黯，之前已经在心里演练过无数次的劝服的话语统统说不出口了。

"我知道了，是我太冒昧了。"他站起身，先答复沈家明，又转向几乎是瘫在沙发上的萧拂云，"谢谢您的请柬，今天的演出非常精彩，我们都很愉快，我想这也是一份非常美的生日礼物。但见不到您再一次站在舞台上，听不到您的歌声，是我莫大的遗憾。我不打搅您的休息了，谢谢您抽空见我。"萧拂云这时情绪稳定了一些，抬起眼睛，虚弱地说："刚才是我失态了。但对他我无话可说，你找别人吧。"

谢禹没有继续陆维止的话题："请多保重身体，我先告辞了。"

他走到门口，沈家明替他开门，却不曾想正好有两个人站在门口，前面那个中年妇人的手还停在门把上，看见门开有点错愕地盯着门边的沈家明和谢禹。但是谢禹的注意力此时已经全然集中在她身后的男人身上：他看见了希羽。十二号休息室的门关上之前，谢禹看见的最后的场面是萧拂云挣扎着站起来，和同样迎上去的希羽贴面拥抱。

走去停车场的路显得格外漫长，特别是谢禹在见萧拂云之前把手杖交给了陈楷，走着走着左腿又开始痛，等下到停车场，身上都微微有些发汗了。远远地他看到陈楷等在车子外面，他们出来的时候都没穿外套，地下车库又没暖气，就看着陈楷时不时跳两下走几步来暖和手脚。谢禹朝他扬了一下手，陈楷看见之后大步跑过来："见到萧拂云了？她愿意提供资料吗？"

"你怎么在车外面？不冷吗？"谢禹却问。

"来的时候都没怎么吃东西，更生又喝了点酒，在车里睡着了。我坐着干等难过，不如出来活动一下。哪，手杖给你。你打个电话我就给你送过去了，脚又在拖了。"

他的言下之意是看出来了谢禹的腿又开始不自在，谢禹还是不管，想了想说："我是想听完音乐会带你们去吃饭的。现在不到十点，餐厅还没关。"

"什么餐厅现在还没关？"

"一家意大利餐厅，在骊湾那边，走吧。"

他走了两步，发觉陈楷没跟上，不由得停下回头问："怎么了？"

"你不是从来不在外面吃西餐吗。"陈楷的神色有点犹豫。

谢禹没有多想，反而笑了："忽然动念头了。你不吃晚饭不饿吗？我是睡不着。那家餐厅相当不错，别发呆了，走吧。"这样陈楷才缓缓地迈动步子，跟了上来。

车门一开本来就只是打个盹的施更生一下子醒了，直起脖子问："几点了？谢先生回来没有？"

谢禹和陈楷这时都坐在车里了。听她这句没睡醒的话，谢禹说："还早，现在去吃晚饭，吃完老何送你们回去。"

那家名叫"夜"的餐厅就开在骊湾的海边，虽然夜里看不见海，谢禹还是挑了靠窗的位置。入座后菜单送上，施更生看了两眼就推开，陈楷也说让谢禹来点，谢禹知道这家店做得最好的是牛排，点好头盘点心酒水，然后是一公斤的意大利牛排。

谢禹只能用左手，吃头盘喝酒都还没问题，但主菜一上来手上就停了下来。服务生并没注意到他的右手，谢禹自己也不说，由着他先分出三片退开了。陈楷这时低声说："来，把你盘子给我，我来给你切。"

"不要紧，我都不饿了，你们吃吧。"

"专门开半个小时车过来，然后坐着看人家吃，谢禹你敷衍人的本事变差了。"陈楷一边说，一边把自己盘子里的牛肉切成小块，然后趁着谢禹喝酒的时候来不及拦他，直接把自己和谢禹的盘子换了，"我妈是护士，虽然不拿刀，对刀功可是挑剔得很。蛋糕啊什么从小都是我来切，水准还是很稳定的。"既然都换了，谢禹也不再坚持，若无其事地用叉子叉起来慢慢吃。施更生看起来是饿坏了，很快半片下去，才说："这餐厅真不错，谢先生你真会挑地方。"

"更生你一个年轻女孩子，半夜也敢这样吃肉？"陈楷抢过话来打趣她。"我每早跑五公里，不怕啊。"她说得得意扬扬。

谢禹看着他们说笑扯皮，把"这是陆维止当年最喜欢的餐厅之一"这句话默默咽下去。刚坐下来的时候还没觉得特别饿，但精心烹调的食物一入口，不知不觉之中，一大块牛排就分得差不多了。

陈楷年轻，吃得快，一边吃还一边问：“你还没说见到萧拂云怎么样呢。她答应了吗？”

“没有。”

“啊？”陈楷很意外，“你不是说她是陆维止全力捧出来的吗？为什么？身体不好？呃，那是不是萧拂云？”

听见话锋一转，谢禹和施更生齐齐朝餐厅门口看去，来人除了萧拂云，还有希羽、沈家明、今晚唱最后一支曲子的女高音，以及那个带着希羽去见萧拂云的不知名的中年女人。一群人各自在低声交谈，很快由服务生领着坐到餐厅的另一头去了，根本没留意到谢禹他们。

施更生笑笑说：“看来专程过来在这个钟点吃晚饭的不止我们。”

陈楷忽然问：“这家餐厅和陆维止有什么关系？”

谢禹总觉得这不是陈楷第一次来这里，他留意到陈楷自从踏进餐厅的大门就有点心不在焉，要个盐瓶递过来的还是胡椒。目光四下乱转，可并不是好奇，还有他说是看不懂菜谱不会点菜，但中途去洗手间的时候也没有问人。这个念头一旦掠过，另一个名字也随之而来。谢禹垂下眼：“这里离陆维止在骊湾的房子很近，他常常和朋友来这里吃饭。”

陈楷有点冷漠地“嗯”了一声，没有再追问下去。

施更生这时又说：“穆回锦，穆回锦在那里。”

“你是不是暗恋他啊，一个晚上说了好几次了。今天非要见他一面人生才完美了？”陈楷故作轻快的口气让谢禹愈发觉得有些莫名的刺耳，他也又一次地看向了大门。

这次施更生说得一点儿没错，的确是穆回锦和另外一男一女，都是衣冠楚楚，看来今晚的演出的确也去了。但他似乎一进门就看见了坐在显眼处的萧拂云他们，接着眼睛转着转着停到谢禹这一桌，目光徐徐扫过，明显是在陈楷那边停留了稍许。在朝谢禹露出一个刺眼的冷冰冰的虚假笑脸后，他没进来，掉头走了。看着僵硬地别着头去看海的陈楷，谢禹忽然觉得这一晚所有的胃口都消失了。

14 长夜

谢禹一个人回到丽海道已经是下半夜了。晚饭吃得太晚，一时没有睡意，洗了个澡出来一打开电视，STV下面的电视台正好在重播萧拂云的纪录片。他干脆把声音调大了，抽过笔记本，看的同时草草地记下一些因这片子而起的思路。STV的纪录片做得一向中规中矩，条理分明，但总是嫌冷冰冰少了人情味。但这一期的片子却一反常态，在保持清晰主线的同时，还找了年龄长相皆合适的演员来扮演幼年和青年时候的萧拂云，一个半小时的片子俨然一部小小的传记电影。

纪录片里直言她贫苦的童年、被身为知名音乐制作人的第一任丈夫发现、成为陆维止的歌剧女高音、婚姻破裂、和年轻十多岁的钢琴家相爱又闪电结婚、随夫出国后事业低迷，从十几岁说到六十岁，几乎不见任何为活人做纪录片常见的修饰和溢美。但就是这样几乎可用“坦诚以告”形容的片子，却有着异常浪漫的收尾：花团锦簇的市立音乐厅里，萧拂云穿着一身玫瑰紫的袍子，拎着裙摆，矜持而庄严地缓缓走上楼梯，摄像机的镜头聚焦在近处的一捧玫瑰花球上，《为艺术为爱情》的音乐轻声插入，声音渐大，终于响彻屏幕内外，而片子的女主角却已经不见，空留下音乐和花朵的芬芳……

演职人员名录迅速滚过时，谢禹的思路又回到了纪录片中段引用的一段电视访谈上。当时萧拂云三十出头，嗓音正在巅峰期，容貌也仿佛被格外厚爱，蓄着齐腰的长发，如瀑如云，额头依然光洁，顾盼间有一种天成的婉丽明眹。在陆维止担任本市音乐节总监的五年里，每一年他都编导出一部歌剧，萧拂云是他别无二选的女高音。从第一年的《茶花女》一鸣惊人，到第五年的《蝴蝶夫人》圆满收官，从此萧拂云的名字几成歌剧界的神话，他们都亲密无间如胶似漆，甚至好过当时最著名的银色夫妻。

那段访谈的拍摄时间大致对应第三年《托斯卡》公映结束，主持人问起萧拂云对陆维止和对《托斯卡》的看法。屏幕中的萧拂云缎子一般的长发间簪着一朵栀子花，微笑着说："维止是一个天才，毋庸置疑的天才。在他以前从来没有人教过我这么唱这个角色，这样表演，张嘴之前先感动自己……真可惜歌剧不是他的主业，但能接受他的指导成为他作品的一部分，做他的女高音，是我这一生最大的光荣——无论是作为一个歌剧演员还是一个普通人，都是如此。我愿意为他唱任何曲子，哪怕要我唱男人我都乐意一试。"

"那陆维止先生你怎么看呢？"

陆维止当年也不过四十岁，一手夹烟靠在沙发上，几乎不假思索地说："哦，我第一次见到她是差不多五年前，她的中音域很美，而且她具备一个优秀女高音最重要的特质：她的声音能轻易地打动观众，这是比音色、技巧更重要的东西……我从来没有教她什么，那些东西本来就在那里，我不过是引导她发现自己的特色而已。"

出现在镜头中的陆维止很少有笑容，这一个短篇里也不例外；他说话的时候不太看镜头，萧拂云更是所有的目光都定在他身上，根本不管摄影机如何想方设法地对准她。每一句话，她的眼睛和笑容都不曾离开他丝毫，而那双美丽的眼中流露出的无限钦慕和仰望，让她整个人焕发出无可比拟的光芒："我还记得我们第一次见面。他和他的朋友带着花和礼物来化妆间见我。那一段时间他来听我的每场演出，我也早已经听说他的名字了，也知道他坐在下面，就是一直没见过。我很想和他合作，但是当我终于厚着脸皮提出来——那时候我还是个只知道唱歌的傻丫头，早早结了婚，其他什么人情啊交际都不懂得——那可真的是思量了好久才敢问他：‘陆先生，听说你在意大利待过，又喜欢歌剧，你有兴趣亲自执导一场吗？如果你能赏光给我一个小角色，我就太荣幸了。’可是你们知道他说什么——‘那你先减掉六十磅再谈这个吧。’天啊天啊，陆维止就是这样一个人，谈起工作来，有必要的话他真的能拿刀去剜你的心肝。”尽管这么说，她还是美丽地笑着，平平道来，一点儿不见愤怒或是羞辱。

几个小时前那句“他是个糟糕透顶自以为是至极的导演，对歌剧是个不折不扣的外行”还清清楚楚地留在记忆里，谢禹回想着纪录片里那简直是昭昭然如天日一般的爱意和迷恋，微微皱起了眉头。他想着明天找谢辰的秘书苏珊要这个访谈的全文，顺手关掉电视关掉灯，没多久就睡着了。

这一觉睡到将近中午才起来，礼拜天施更生休息，而昨天散得太晚，谢禹交代陈楷可以下午再过来，所以谢禹就一个人吃完了午饭，想着给苏珊打电话，刚走到电话边上铃声先响了，拿起来是陈楷的声音，要请假：“我头痛得厉害，今天能不能请假一天，不过来了。”

听着话筒那边气息奄奄，谢禹说：“可以。你听起来很没精神，记得吃药，好好休息。”

“……嗯，谢谢。那就这样，再见。”

既然人都不在，谢禹就坐到书房里边看资料边写稿，一旦动笔不知不觉又是好几个小时，直到电话铃声再一次响起，他一抬头，才知道快下午五点了。没想到打过来的人又是陈楷。谢禹听着他声音不对，问：“你怎么回事？”

陈楷沉默了很久，谢禹知道他有话要说，并不催促，电话那头有一些奇怪的细碎的声音，好像是纸张或者是别的什么在摩擦。他试图辨认出那个声音，这时陈楷开口了：“……我这边遇到些破烂事，能不能让我在丽海道住几天，我一好马上就走，拜托你了。”

谢禹立刻问："你在哪里？"

"……在学校。"

"要不要老何来接你？"

"不用了，你给我个地方就是天大的恩情了，我这就过来，谢谢你。"放下电话后谢禹走了一会儿神，不知道陈楷究竟是碰到什么事情才开的这个口。但眼下多想无益，知会完何嫂晚上多一个人吃饭，他也没心思做别的事情了，坐在沙发上翻书等陈楷。

陈楷到丽海道的时候天都黑了。听到门锁窸窸窣窣半天都没打开，谢禹忍不住过去拉开了门，看见陈楷拎着个包，耷着肩垂着头，无精打采地站在瑟瑟秋风中。他所知道的这个年轻人始终都是顽强乃至固执地直着背，毫不妥协地正视前方。谢禹看他这个样子，动作停了下来，连语气都不自觉地轻缓了："不要站在门口灌风，进来吧。"

陈楷还是不肯抬头，几乎不可见地飞快一点头，小心翼翼地侧身闪了进来。他换了鞋子放下包，终于还是躲不过去，对着等在门边的谢禹强自一笑："路上不太好走，我尽快过来了，对不起。"

谢禹本来要笑着说"你没做错什么，不必道歉"，又在看清陈楷的脸后那句无关紧要的话一下子就被抛去了九霄云外。他几乎是在一瞬间锁了眉头，声音沉下来："谁动的手？"

陈楷两边脸颊肿得老高，连手指印都依稀可见。听见这句问话，陈楷眼中闪过一抹羞耻感，咬了咬嘴唇就狼狈地别开脸，但身体的颤抖无处可藏，谢禹相信那不是因为这一路上的寒冷。

这次陈楷并没有长时间的迟疑，甚至也没有任何敷衍推诿的意思，虽然在答话的时候始终没有扭过头来。刻意的轻松语调听起来有几分像被逼到绝路的呜咽："我爸。我上辈子大概欠了他不共戴天的血债，每次都搞成这样。这次简直是……呵，和朋友吃个饭开个玩笑在他看来都是罪大恶极，也是，谁叫我在他眼里是有案底的人呢，还是出门被车撞死再不活了最干净。"他看起来闷了太久，一气说出来之后整个人都僵住了，又出其不意地冷笑两声，也不管这声音落在别人耳里是不是比夜哭还难听。

谢禹已经从他的只言片语里稍稍猜出些端倪，但空白点太多，而陈楷此时最需要的也未必是外人无关痛痒的安慰。他轻轻叹了口气，说：“我等你吃饭呢。什么事情吃完饭洗个澡，再睡一觉起来，想也不晚。”

“别说得好像你都知道似的。”陈楷猛地甩头堵了一句，又在看见平静的谢禹后一怔，手足无措地找话说，“我……”

“好了，你要是想说吃完饭再说，我又不会跑。”

这个冷笑话勉强让陈楷配合地一牵嘴角，然后他飞快地垂下眼睛：“我一点儿也不饿，你的琴能不能借我用一会儿。我保证会很爱惜它的。”

谢禹盯着他，还是点头了：“当然可以，你去吧。”

……

《军队》的曲调时断时续淌进客厅里，琴声剑拔弩张张牙舞爪，节拍乱七八糟直像有人拿着刀在后面追赶，听得谢禹一阵阵地苦笑，不必去看都知道现在坐在琴房里的陈楷是怎么咬牙切齿义愤填膺地死命按琴键泄愤。听着他弹了一遍又一遍，直到忽然调门一高，琴声在毫无章法的轰鸣声中混作一团，又戛然而止。

他心里想人差不多要出来了，刚想完琴房的门呼的一声被拉开，陈楷睁大眼睛涨红了脸，也不管自己现在这个样子是不是吓人得紧，来势汹汹地一气说：“说到底我就是欠了他的，谁要他生了我而我不是他老子！我算是想明白了不管做什么不做什么我是早早就被他们贴好了标签在他们眼里我始终是个怪物异类！活该被教训！被打！”

谢禹看着他说完这一大段话之后缺氧一般胸口起伏不定，脸色阴晴难测，但其中的屈辱失望和不甘尖锐得像一把刀子，恶狠狠地把面前这个人割得鲜血淋漓体无完肤。他心里涌起怜悯来，面上却一点儿也不肯表露，只是说：“不是他们，是你自己。”

陈楷一呆，才劈着嗓子咬牙嘶声低语：“见鬼吧你自己！”说话的同时左顾右盼，双手抖得尤其厉害，让谢禹怀疑只要手边有任何一个什么东西他都会毫不犹豫地朝着自己砸过来。

他忍不住嘲讽地想，不知道是谁努力和同龄的女孩子混作一堆的同时又对穆回锦同病相怜，但另一方面终究是对他被亲生父亲当众游街所受到的莫大羞辱而感到同情和理解。谢禹任凭陈楷在这一通大喊大叫后继续无声地宣泄着情绪，直到觉得他看起来好一些了，才说："你并没做错什么。他毕竟是你父亲，你不能还手不是吗？"

陈楷的怒火几乎在瞬间被这句话抽空了，他颓然低下头，有点费力地伸出手揉了揉自己的额头，哑声说："我不能。"

"你知道错的不是你，挨了耳光也不等于你错了。我一直觉得你是个善良懂事的孩子。过来坐，你看你都在发抖。"他的语气柔和，在陈楷面前他像一个父辈。陈楷在发了这样一通脾气后似乎无力抵抗任何一点点的柔情，慢腾腾地挪过来，坐在沙发另一边上，盯着自己的脚尖，默然不语。

谢禹陪着他坐了一刻钟，眼看着夜深了，才说："快十点了，吃饭吧。"

"我不饿。"

"不饿也动一动筷子。何嫂专门给你做了菜，明天要是看见一桌子菜动也没动她怕是要难过了。跟我来厨房，帮帮我。"说完他先起身走向厨房，走到厨房门口的时候才听见虽然磨蹭但毕竟还是跟上来的脚步声。等微波炉的时候谢禹听见陈楷扑哧笑了一声，一回头，原来是他在玻璃上看见了自己的脸，硬是被这凄惨的现状逗乐了。

谢禹却笑不出来，仔细打量几眼伤势，一只手轻轻拂过肿起的脸颊。陈楷倒吸了一口凉气，下意识地一让："疼……"

"等一下上点药，都被指甲划破皮了。"

有了黄连树下弹琵琶的精神，一笑过后气氛不再那么压抑得可怕，两个人相安无事地把晚饭吃掉，陈楷主动收拾碗筷的时候飞快地抛出一句："对不起，我不该迁怒在你身上……我蠢透了。"

谢禹接受了他的道歉，说："你如果愿意谈谈，随时都可以。不过不是今天，今天早点睡吧。哦，你要是实在觉得气不过，可以去洗个碗，然后一再失手。”

但是在接下来的几天里陈楷并没有再提起这件事情，连第二天施更生来上班看见他的脸花容失色地惊呼：“小楷，你和女朋友是不是吵架了？什么女人给你这么厉害的五指山。”陈楷也只是先看了一眼谢禹，笑笑说“最难消受美人恩嘛”敷衍过去，若无其事地对着电脑打他的字。除了不去上课，陈楷在丽海道的生活很有规律，早睡早起，偶尔弹琴，他甚至带了课本在房间里温书，很少出门，只在大清早和夜里出门各慢跑一个小时。

对于陈楷的蜗居谢禹很能理解，完全由着他去。谢禹经常写稿到半夜，要是陈楷还没睡，两个人会出去散一圈步，不怎么说话，就是慢慢走下山再慢慢走回来；再有些时候谢禹会找出陆维止的片子来确定细节，结果顺便就把电影又多看一遍，听到声音陈楷会从客房里出来，捧着水杯坐在一边跟着看——他如果真的安静下来，真的可以是个一点儿声音都没有的孩子。

有一晚谢禹心血来潮找出《长夜》重看。这是他最喜欢的陆维止的片子，也是他个人觉得拍得最好的一部。陆维止用两个半小时来讲述一个知识分子家庭在战乱中的流离历程，以及其间他们不得不一再面临的分离、背叛和死亡，又在片子的最后阐述了希望的力量。这是他壮年的作品，刚刚结束了艺术节总监的工作，全心投入的作品是一部非常“陆维止”的电影，结构饱满，镜头语言成熟而稳定，长短镜头的切换堪称完美，演员更是一时之选，他从来是自己作品里那个独一无二的神祇，或许因为放入了家族经历微妙地走下了半个台阶，但就算是往下走，他依然带着目下无尘的神性睥视众生，甚至有过之而无不及。

看到一半的时候陈楷拿着茶杯出来倒热水，看见片子停了一下脚步：“哦，这个片子我好像看过嘛，叫……《长夜》，对不对？”

“嗯。”这时片子演到一家人夜宿偏僻乡间的旅店。家里最年幼的女儿在长途赶路中过于劳累发起高热，任何药品在此时都是可望而不可得的天大奢侈品，乱世中也没有人愿意给一群不知道来历的陌生人跋山涉水地找药。父母只能轮流守夜看护着幺女，在她额头上搭一块湿手巾而已。

“她后来死了吗？这片子看到一半我睡着了，再醒来已经回到片头了。”陈楷顺势就坐在了一边。

谢禹点了点头：“这片子是陆维止的家事。傅允的角色是他的祖父，穆回锦演的是他参军后不久就去世的伯父。”也偏巧他们说话间镜头切到穆回锦。他演家里的大儿子，英俊得不像在逃难中的流民，靠在窗口边吹着口琴哄因为天气湿热又多是蚊虫无法入睡的弟妹。口琴吹出的《教我如何不想他》此时听起来恍若呜咽的水声一般。月光下他的侧脸平静而疲惫，眉眼温驯地垂下来，在脸颊上投下微弱黯淡的阴影。乐声中镜头扫过渐渐入睡的孩子，扫过枯坐无言苦熬长夜的夫妻，最后定在小女孩无知无觉的安详睡脸上，一切慢慢淡出。

听到母亲的哀哭声，穆回锦一下子从桌子上直起身子。他借着月光看一眼依然安睡的弟妹，悄悄出了房门。这才知道是小妹妹病情重了，慌得走投无路的母亲苦苦恳求店主去找医生，却被又一次无情地拒绝。

“大黑天的，灯也没有路也没有哪里去找郎中？要是一个男娃子的独苗也算了，你们家不是还有好几个女孩儿吗，这个世道能活是命，不能还是老天爷发慈悲早早送她去好人家投胎呢……”

不管看多少次，谢禹都无法忽视掉这一句之后穆回锦眼睛里一闪而过的杀气和戾气——这眼神和他的角色性格完全是背道而驰，他不知道陆维止究竟是出于什么考量才保留下来这个突兀的细节。

小女儿死在了途中，仓促之间找不到棺材，只能从随身的包裹里挑出些衣服裹起来，草草掘了个土坑葬了。五兄妹里面还有一对只有七岁的双胞胎，并不像父母和兄姐明白生离死别的痛楚，大人们也无意让他们看见这一幕，就由大女儿领到远远的树下等着。这边小孩子笑闹着去追扑山野间五色斑斓的蝴蝶，另一头已经没有眼泪的父母和大哥木然地挖开湿润的泥土，不知道是不是想起就是不久之前的那个春夏之交，也是这样一家人在一起，还抱着幺幺放过风筝，捞过缸里的金鱼，折过树上红艳艳的石榴花戴在她细软的发间。但现在他们什么也没有，只能用口琴吹一支《思乡曲》，从此把她一个人留在陌生的山水之间。

幼女落葬不久，不分昼夜照顾家人的母亲也病倒了，是复发的肺病。一路上越来越沉默的大儿子终于在父母又一次拒绝返程时爆发了，他已经瘦弱得像一根竹竿，眼睛里像是要滴出血来，暴跳如雷地对着同样单薄如纸的父亲大吼："你这是在拿刀子杀她啊！你知不知道每天我看见他们血淋淋的脚，我就恨不得背他们抱他们趴在地上做狗拖着他们走，看见他们没饭吃没水喝恨不得把血肉全给他们。这是你的家啊你的儿女，可是你呢！你从来都是插了翅膀在天上飞的，你看不到世间的尘土。你只知道沦陷了待不得了一定要走，却不知道这个世界上除了你的书你的碑文还有饥饿死亡疟疾和肺病，你……我要带姆妈回去，背也要背她去看大夫……"

他已经陷入不可控的局面，声嘶力竭像一个得了癔症的疯子。在怒火中过去那个天真善良无忧无虑心肠柔软的年轻人就这么死去了，而他的父亲只是默默看着他，没有反驳，抑或是没有力气反驳，只在嘴角流露出压抑而苦涩的纹路，扭开了脸。

谁也没想到这时是那个已经病弱枯瘠的妇人从椅子上挣扎起来，用枯柴一般的手刮了他两个巴掌。他泥塑一般地呆住了，不可置信地看着自己的母亲，听她指着窗外滚滚流过的江水斩钉截铁地说："我宁可跳下去，也不回去。"

他木然良久，脸上那一点贫薄的血色统统退了个干净，像一片落叶一样身不由己地颤抖着，无力地捂住脸往地板上重重一跪，膝盖骨在地板上敲出空洞的回响，简直连那一声嘶哑空洞的"姆妈啊"都要盖过去了。

身边的陈楷显然已经入迷了，目不转睛地盯着屏幕，一直到片子结束坐姿都没有任何变化。片尾音乐响起时他重重地吁了口气，才想起要舒展一下筋骨，伸懒腰的时候飞快地揉了一下眼睛，转过头来对谢禹说："原来这片子蛮好看的，上次我怎么就睡死了呢？看来还是要有人一起看。你说他们家的大儿子参军之后死了，片子里没拍出来啊？"

“嗯，公映版本的结局改动了。陆维止最初定稿的版本在现在这个结局之后还有半个小时左右的情节，讲了大儿子的死、大女儿的结婚、母亲肺病恶化，但电影公司觉得这个版本太悲观了观众不会买账，让陆维止剪掉了一部分情节。希望是人人都要看见的，却很少有人乐意直面这之前的残酷。后来有一次放原始拷贝的仓库失火，这一部分就彻底消失了。”

“我是俗人，我喜欢有希望的结局。我觉得现在这样挺好的。”

“现在的成品的确不错，但据说陆维止本人很不满意。片子最初的重心是在傅允身上的，他要拍他的祖父一辈的知识分子，温和如鹿，固执如牛，平时锦衣玉食，战乱里衣葛咽糠也能坚持，不惧死，不畏生，永远抱着百转不回的赤子之心。”谢禹看着陈楷，顿了一下，继续说，“但是穆回锦越演越好，他给他一场场地加戏，重心又慢慢转到穆回锦的角色上一部分。那个年代是渴望年轻人的热忱和鲜血的，陆维止就把穆回锦也塑造成了某种象征。”

说到这里谢禹就想起第二年的电影节傅允和穆回锦双双因为这部片子提名表演奖，得奖的是年长十岁的傅允。当时保留下来的影像资料里镜头一刻不停地在三个人脸上扫来扫去，一个挨着一个地给面部大特写。但这三个人就像是商量好了，一例的面无表情不见喜怒，过了几秒钟，傅允才慢慢微笑着站起来，绕开陆维止和穆回锦上台领奖去了。

又是陈楷的声音把谢禹从走神中拉回来：“不过这个世上原来还有人能让他对自己的片子下手，我听了那么多场别人的谈话，以为他从来都是强大到不顾这些东西的。”

“当你把最初的爱好当作认真的工作来完成，就要遵循其中的规则，陆维止也不例外。”

陈楷笑一笑，点头表示接受这个说法，话锋却一转：“十点半了，想出去走一圈吗？”

他知道这是陈楷在催促自己运动，也笑着说：“可以。”

这个时候天气还不算顶冷，走的时间稍长身上暖和起来后，凉风刮在身上反而很舒服。两个人静静走到山脚，在折回来的路上，陈楷忽然说：“当初我跟着你看《丹青》，觉得这个人神神叨叨的，完全没看懂，但是今天看了这部片子，不知怎么又想再好好看一遍了。我觉得，我觉得这两部片子是不一样的，《长夜》我总觉得哪怕仰着脖子累死了，也还是没有看到一些东西……但是《丹青》……哦，《丹青》的结局是什么？”

“你不是看到最后了吗？”

陈楷抓抓头发，有点不好意思地说：“那晚我到后来一直在走神，根本不知道演了些什么。”

谢禹想了想，说：“穆回锦那个角色最后死了。”

陈楷看起来大吃一惊：“啊？死了？”

“他和片子里那个收藏家外甥的女友才是真正的情侣，两个人是一对骗子，为了谋收藏家的藏品，就分别去勾引收藏家的妹妹和外甥，借此接近那个收藏家。本来一切都很顺利，但后来他们有一天偷情，被抓了个正着，外甥以为自己女友出轨，一气之下杀了穆回锦的角色。就是这么个故事。”说完他发现陈楷的神情还是如在云里雾里，不由笑了，“说完了。”

陈楷苦笑：“听起来就好像我从来没看过这片子似的。”

“那天我记得你连公车都错过了。那你到底看了什么？”

听到这句话陈楷瞥了眼谢禹，却不说话；谢禹被看得有些莫名，又想起另一件和这片子有关的公案，接着说：“不过因为这部片子，陆维止死后陆家差点和穆回锦打官司。”

“嗯？”

这事情说来话长，于陆家不见得有多光彩。谢禹斟酌少许，长话短说：“起因是陆维止的遗嘱。”

“不会是他们聪明到拿这个片子做什么佐证，说陆维止把骊湾留给穆回锦的遗嘱是他骗来的吧？陆维止其实就是那个可怜的老收藏家，被骗了还欢天喜地的老蠢蛋？他家里人真是爱他。”

这话虽不中，却也不远。谢禹就问：“怎么会这么想？”

“最狗血的豪门恩仇剧都是这么写的啊。人为财死，鸟为食亡。谢禹，我猜对了？”

“遗嘱的原文我没看过，但当年在社交圈里传，说是陆维止把名下所有的财产，包括陆家制药厂和化工厂的股份都留给了穆回锦。但后来经过笔迹鉴定，遗嘱和签名是伪造的，遗嘱自然没有生效。不过陆家没有把这个事情闹大，穆回锦也没被起诉，压下去了。”

听完谢禹的话，陈楷嘿嘿冷笑两声没吭声。谢禹当然知道他在想什么，补上一句：“这个遗嘱如果生效，就是放在现在也是巨大的丑闻。”

“谢禹你知道吗，现在听你这么一说，我倒觉得穆回锦挺对得起陆家的，至少没放一把火都烧干净了。”沉默良久之后，陈楷终于轻轻说了一句话。谢禹亦随之沉默，临到家门口，才缓缓地说：“其实我很不喜欢《丹青》。”

“为什么？”陈楷半是玩笑地问，“我还想再看一遍，看看剧情到底是怎么回事。”

“碟片在抽屉里，你自己找……我从来没说过喜欢他的每一部片子。就好像你去餐厅不会喜欢每一道菜一样……简单来说，就是不为什么。”

他说谎了。

15 黑羊

年轻，又只是皮肉伤，恢复起来真是飞快。陈楷在丽海道住了一个多礼拜，脸上就一点儿痕迹也看不出来了。伤势既然好了也没理由留下来，挨到一天晚上吃过饭，陈楷就说：“我的脸好了，差不多也要回学校了，这都旷课半个月了，这段时间谢谢你收留我。”

谢禹夹菜的动作慢了一拍，才若无其事地说：“哦，明天礼拜五，住到周末再回去吧。”

“嗯，我也是想礼拜天把事情做完再走。”

“我知道了。”

陈楷在厨房和洗碗机纠结的时候谢禹接到了谢辰的电话，先是问礼拜六去他家想吃点什么，谢禹说无所谓，谢辰就把话头引到了陈楷身上。

“家里住了别人？”

谢禹根本不管他语气里的迂回试探，低笑了一下顶回去：“明天何嫂来我记得给她多开一份工钱。好了，陈楷都住了半个月了，你怎么藏话藏到人要走了才打电话来问？真难得。”

谢辰在电话那边静了一静：“为什么要走？不是都住进来了吗？”

“他碰到点事不好出门，在我这里避了两周。事情过去了，也就走了。”谢禹不愿多说陈楷的私事。

谢辰叹了口气：“阿禹，你也知道我为什么找他回来的，要只是个秘书，多能干的找不到。”

“谢辰，这件事情不要你管。你要我说几次。”谢禹心里一下子腾起了火，迅速地去截他的话。

谢辰却不管，继续说自己的：“你难得愿意让人陪在身边，现在连丽海道都给住了，怎么又让他走了。是不是陈楷不愿意？这个不要紧，我找人和他谈，只要你想……”

本来谢禹只是蹙着眉头听，想听谢辰最后能说出什么来。但听到最后那个熟悉的开头还是没忍下来，冷笑了一声又一次打断他：“‘只要你想，什么都可以’是不是？”

“……你想要什么？”

谢禹几乎可以想象说完这句话之后谢辰的表情了。他觉得自己在微笑，慢条斯理又心平气和地说：“那我想要我的手脚，可以不可以？哥。”听筒里连呼吸声都在一瞬间消失了，又在下一刻慌乱地响起，谢禹听见谢辰几乎是哀求的声音：“……阿禹……”却也只是叫了一声，再说不出什么来。

这点刻意的报复并没有带来以牙还牙的快感，反而只是再一次把昔日的旧伤翻出来再在兄弟两个之间划上一刀。谢禹听见厨房那边陈楷关掉了水龙头，知道人要出来了，他觉得很累，坐了下来，又说：“对不起，我刚才故意胡说八道赌气的。但这件事情你不要再插手了，你不可能事事管我一辈子，你也管不了我一辈子。”说完放下了电话，正好陈楷甩着湿淋淋的手走出来，笑着问他：“今晚干什么？几点我们去散步？”

到了周六谢禹不想去谢辰家，就约了别的朋友躲去附近的度假岛上一整天，吃饭钓鱼再打个牌。他本来要陈楷也去，但陈楷有篇小论文要交，还是留在了丽海道赶作业。吃完晚饭谢禹被送回家，进门一看灯全是开的，叫了一声没人出来，但鞋柜里鞋子都在，人应该是还在的。

离陈楷暂住的房间越近，谢禹就闻到越来越重的酒味。想到房间里那个人说是要赶论文却偷偷在房间里喝酒，谢禹有点不高兴，停在虚掩的门口敲了两下门，却还是没人应声。

谢禹维持着耐心敲了好几下，还是一把推开了门，房间里果然是啤酒罐子横竖一地，酒味扑面而来，绕过空荡荡的大床，把整间屋子搞成这副德行的始作俑者正蜷在地板上自顾自地睡着，手里还紧紧捏着一个已经变形了的酒罐子。谢禹不知道他怎么买起醉来，回想早上出门的时候一切都是好好的，一点儿异状不见。但是看着陈楷的睡脸，之前那些不愉快此时也没了落脚处，统统散了。谢禹叹了口气，叫他："陈楷，别在地板上睡，起来。"

第一遍说完青年人一点儿动静都没有，只是把脑袋往臂弯里更深地藏了进去，还顺带调整了一下睡姿，看得谢禹是又好气又好笑。他提起声音又重复了一遍，对方这下干脆一动不动，索性装死起来。

眼看着光说是拉不起来了，谢禹只能蹲下身子，同时轻轻拍陈楷那因为酒精而充血的脸庞："陈楷，陈楷，怎么喝成这个样子……"

印象里的陈楷素来是自律到有时候过分紧绷的，谢禹也知道他不会莫名其妙就喝成这样瘫死在别人家的地板上，但现在他并无意去追究背后的原因，只想快点把他叫醒，睡也去床上睡。随着手上的力量渐渐加大，陈楷终于迷迷糊糊地张开了眼睛。刚睡醒的双眼泛出湿润的水光，谢禹的动作一下子就停了下来。

电话铃声突然响了。

他接起了离他最近的一部座机。那是一个从来没有听过的女人的声音，因为紧张声线发窄，刻意压低的声音此时听来说不出的奇怪："谢禹先生吗，我听说你在写陆维止的书，我想和你谈谈萧拂云的事情……"

谢禹之前脑子和身体都在发热，听到这两个名字迅速又清醒了："你是谁？"

"……那天你从夫人的休息室出来，我们打了个照面，你还记得吗？”眼前闪过一张平淡的中年女人的脸，很模糊，影影绰绰一个轮廓而已。他确信自己并不认识她，也不知道她的目的，为了保险起见，还是问：“这件事经过了萧女士同意的吗？”

她犹豫了一会儿：“没有，她宁愿把这些事情都带进坟墓里。但是她不应该为了陆维止受这些委屈和误解，我发誓我说的都是真话……啊，她好像醒了，我不能多说了，要过去陪她了。明天再联系你具体的时间和地点，再见。”这电话的来去都没有由头，谢禹听着话筒里的忙音，不知道是不是要苦笑。放下听筒后，他转头去看那之前被自己甩上又反弹开半扇的房门，迟疑地站定了，没有下一步的动作。

谢禹朝着陈楷的房间走过去，见他抱着枕头打起了甜蜜的酒酣。

谢禹摇摇头，扯过被子给他搭上。

虽然不知道陈楷睡得怎么样，谢禹这一晚是没睡好。起来吃早饭差不多是十点钟，比正常的作息迟了好几个小时。餐桌边刚坐定，咖啡杯都没来得及端起来，头发半湿的陈楷抱着那一大堆空酒罐子，脚步不稳目光飘忽地从房间里闪出来。眼睛小心翼翼地往谢禹坐的那一侧一觑，又忙不迭收回来，低着头的样子就像在暗示自己是一棵会走路的盆栽。

谢禹看到这个架势和表情，没作声，等着陈楷在厨房里磨磨蹭蹭半天才耷拉着脑袋无精打采地挪出来，远远地坐在桌子的角落里，端着牛奶喝了一口，继续低头研究桌子上的木纹。

“你昨天喝了多少酒，还头痛吗？”

“酒”字让陈楷的脊柱一抽，有点惶恐地抬起头来：“我昨天……”

“嗯，昨天我回来的时候你喝醉了。”

陈楷艰难地看着谢禹，从脸到身体都僵硬了，战战兢兢如履薄冰地道歉：“……对、对不起……我昨天也不知道是怎么回事……吃错药了……我不是、不是故意的……”

谢禹忽然有点想笑，还是忍住了，不愿意给陈楷施加任何一点窘迫：“你都在我家喝醉了，总不是无缘无故的，怎么回事？”

陈楷又一次垂下头，半天才说：“我爸昨天去学校找我了……没找到我，让同学留口信给我，要我回家。”

“你不想回去？”

陈楷似乎是笑了一下：“只要没打死，就不回去了。我不是说了吗，我和他上辈子一定是有不共戴天的血海冤仇，才这辈子做父子互相折磨。”

“胡说……”

谢禹本意是想安抚他，但陈楷大概会错了意，受伤似的一抬头，一咬嘴唇还击说：“你知道什么。你有没有被自己爸爸抓去警察局然后当着所有同事下属的面说过‘这不是我儿子’，做笔录的时候被人极尽羞辱；你也没有和大学同学在餐厅里吃饭说笑的时候忽然被冲过来的家长粗暴地拎回家，你刚说一个不字就在满客的餐厅里被当众甩耳光吧？只有什么都不知道、什么也没经历过的人才说这种有的没的的狗屁话。你是收留了我给我工资给我地方住，我谢谢你，但是不要以为你就可以不关痛痒地‘安慰’我。出了这些事，永远只是我一个人……”他就像被踩到尾巴，全副武装地奓起毛来要捍卫自己的尊严和骄傲。谢禹的确不知道在陈楷身上还发生过这些事情，他看着他，慢慢说：“我是想说，你没必要为别人的错误背债，就算那个人是你父亲。”

陈楷闻言抿了抿嘴，说话的时候声线都在微微颤抖：“我爸教训过我一次，可惜我没学乖……”

这语调听得谢禹都听不下去了，打断他，平静地说：“你要是实在做不下去，觉得难受，不要勉强自己。”

陈楷冷笑了一声，不置可否：“呵……是啊，我何必回来，自讨没趣。”

“你没有什么不正常。”说到这里谢禹停顿了一下，思绪一时却不得法。

他说完之后很久才意识到自己的耳朵不知道为什么有点热，接着进一步发现已经很久没有人说句什么了。桌子另一边的陈楷始终维持着低头的姿势，谢禹瞄了他一眼，手刚刚伸出来想去端桌子中间的水壶，陈楷就受惊似的一跳——当然这个形容并不十分准确，他依然僵坐在椅子上，上半身却不太协调地往上一耸，又像是为了掩饰这个突兀的动作，慌慌张张地够他自己的杯子，刚喝一口就被呛到，手忙脚乱地抽面巾纸，结果反而碰倒杯子和果盘，牛奶翻得半张桌面都是，苹果也统统滚到光滑的地板上去了。被眼前的景象弄得都有点手足无措的谢禹这时下意识地就是俯身去捡苹果，可是陈楷已经先一步从椅子上滑下去。苹果在地板上骨碌骨碌滚来滚去，两个人不约而同地往最近的桌子底下钻，又都低着头，一个不防，就在桌子底下脑袋碰脑袋，“砰”的好大一声动静。

谢禹给撞得眼前一黑，只听见陈楷慌慌张张地问：“啊呀，你不要紧吧？”

“别动了，等一下让何嫂去收拾。”他忍痛抬头，看见陈楷抽着凉气死命地摸脑袋，苦笑着伸手想帮他也揉一下，但手还没碰到，全身上下绷得紧紧的陈楷立刻夸张地往后一退闪让开，脑袋又一次地狠狠撞到桌子，这下人的脑袋和木头撞击的声音听得谢禹都皱了眉头，僵硬地收回手来：“撞到了吧，快坐起来。”

陈楷拿着两个苹果，慢慢地从地板上爬起来坐回自己的座位，死死抿住嘴角不作声；说完话钻完桌子闹得谢禹也窘得很，但面上到底比他好看一点，只是没想到陈楷的反应这么大，顿时再找不到话了，一样地垂下眼帘。

两个人像是在做“一二三木头人”的游戏，僵坐着默不作声，也不看对方，对峙一般。陈楷忽然意识到手里还握着好多苹果，大梦初醒一样地把它们放回去。谢禹此刻脸上浮现出苦涩笑容：“你不要慌，我只是想说你没有哪里不正常。你看连我这种人都没觉得自己不正常。不过我举的例子太差……如果让你误解了，是我的错。请你不要介意，我没有别的意思。”

他越说越慢，口气却慢慢变得笃定起来。听到后面一半陈楷忽然抬起脸来，他瞪大了双眼，黑白分明的眼睛里流露出来的神情落在谢禹眼中，连他自己都分辨不出来是不是有一点点的失望。

陈楷咽了一咽喉咙，半天才很费力地说：“我不知道要说什么。但是如果要道歉的话，那个人也应该是我，是我一直在滥用这些温暖和宽容。我太没用了。”他说完就站起来，找来在厨房忙碌的何嫂收拾一片狼藉的桌面，然后一声不吭地躲回了暂住的房间，等他再出来，已经把随身带来的提包和自己收拾好，准备离开了。

道别的时候谢禹又一次送他到门口，除了季节变换，一切都和上一次几乎一模一样。走到门口的时候陈楷转过身，鞠躬说：“这段时间非常感谢你。总是说这个，但是除了谢谢好像也没什么别的好说了。”

“举手之劳而已，你路上当心。”

“嗯，我会的。”

静静目送陈楷的身影消失在自动合起的大门之外，谢禹仰起了头，天空的颜色很淡，初冬的太阳又有一种苍白的色泽，仿佛都要溶进天的深处去了。

周一的上午施更生来丽海道，发现陈楷不见了，随口一问：“小楷回去了？”

谢禹在读报纸，听到这句话只是轻轻应了一声；见状施更生叹了口气说：“要是我也要挖个地洞躲起来，这么大了还被抽耳光，真是……”

谢禹没怎么接话，施更生也乖觉，换了个话题，指着进门时候带进来的一个包裹说：“哦，在门口碰见邮差了，订的那些席勒的画到了，希望有你希望的那么精细。”

“嗯，那就打个电话给穆回锦吧。还有这个礼拜六我们要去纪安岛一趟，当天来回，见一个人。”

施更生没想到谢禹连看一眼送过来的复制品的意思都没有，被他的一反常态搞得一愣：“哦，好，我知道了，要我提早到做什么准备吗？”

“没必要。萧拂云身边的人有话要说，但她不能离开纪安岛，时间不会太长。”

施更生疑虑地看了看谢禹，点头：“那我打电话去。”

这次穆回锦爽快地把时间定在了本周五，更罕见之尤地挑了上午。时间定好之后谢禹想过那天是带施更生还是陈楷去，不料周三接到陈楷打电话回来，说是礼拜五有考试过来不了。

那个电话是施更生接的，等她再告诉谢禹，意思就是已经说好了无论如何不能来。谢禹也不追究陈楷怎么偏偏这么巧地连个电话都避开自己，听完施更生的转述后，若无其事地叫她该忙什么忙什么去。

周五上午十点他们准时到朵丽。不承想穆回锦已经到了，也不管海风湿冷，坐在一张椅子上望着薄雾之中影影绰绰的本岛方向抽烟。谢禹留心到这时施更生停住了脚步，但还是很快地跟了上来。穆回锦大概是听见了他们的脚步声，转过脸后站起来，正好烟也抽完了，顺手把烟掐在了烟灰缸里。

“早。”走近之后谢禹淡淡打了个招呼，同时发现一段时间不见，穆回锦身上那种因为沉迷于酒精、药物和纵欲造成的虚浮萎靡淡去了。当然他还是瘦得脸色青白，但是气色似乎正在慢慢回调，眼睛清澈了许多，连皱纹似乎都不那么扎眼了。

这种变化让他暗暗惊讶，又在穆回锦再一次露出那种软绵绵的冷淡笑容后认定这个人或许是看起来稍稍像了点人样，但本性难移，个性还是一如既往。

“嗯，既然你们来了，那就进去说吧。”

朵丽咖啡馆是典型的欧陆风格，大堂用科林斯立柱来装饰兼之分割空间，地毯软得把所有的脚步声吸得一干二净，椅子是樱桃木天鹅绒的，同样木质的桌上大到餐碟小到盐瓶胡椒瓶，全都印着朵丽的标志，木质家具的边角经历时日，早已被一代代的客人摩挲得很光滑了。

落座之后穆回锦不管谢禹翻开笔记本放好录音笔一切准备就绪的姿态，招手叫来服务生，等谢禹点完单，自己叫了一套早餐，然后笑笑说：“好久没来朵丽吃早饭了，难得还在钟点上。你们早饭都吃过了？”

算起来谢禹已经和穆回锦打了好几回交道，从来都是一脸“看在东西的份儿上有话快说”的死相，就没有听过他这样放松的寒暄。闻言谢禹看了一眼施更生，她轻轻一点头，于是谢禹说：“吃过了，你随意。”

等茶水咖啡的间隙，谢禹索性让施更生把带来的复制画先打开来。谢禹为了这几幅画专程请同学在欧洲找人下笔，虽然是复制品，精度却是相当可观，不要说穆回锦看到这几张画愣住了，就连事先没看的谢禹也跟着一并吃惊了。

画都镶在镜框里，穆回锦摊开来的是两张水彩画，两尺长短，一张是脖子上系着绿丝带的红头发女人，姿势放松地趴在地上，她朝着观者转过脸来，全身上下除了那条绿丝带和一双黑色的短袜，不着寸缕；另一张则是同样半裸的男人，腰部以下裹着条蓝色的浴巾，半侧开脸，上半身转出一个别扭的弧度，一只手从脖子后面绕过去摸自己的耳朵和脸颊的一部分，另一只手则沿着下腹部的线条伸进浴巾里。两个人无论是身材还是表情都迥然不同，但神情里却又都带着某些不可形容的相似，冰冷的目光穿透纸背，毫不畏惧避让地正视观者。

穆回锦微微一笑，手指隔着玻璃一点点地用力，好像这样指甲就抠进画中人物的血肉里了。他看着那两具瘦骨嶙峋的肉体，特别是男人那袒露的胸腹，点着橙色和绿色构建出来的明暗效果自言自语：“丑死了。”

他语气里带着谢禹不明了的情绪。谢禹没有打断他这乍看上去诡异的行为，只是默默和施更生一起注视着桌子对面的穆回锦。不过很快早餐和茶水一并送到，穆回锦把画又叠起来，也没看最下面的那一幅，铺着餐巾问谢禹：“哪里来的？”

“我去了骊湾一趟，从书房的墙上翻拍完找人画的。”

他以为穆回锦又会像上次那样不屑地哼一声“便宜货”，但这次他并没有这么做，只是说：“哦，去骊湾了啊。怎么样，看到你想看到的东西了吗？听说他们把房子搞得像个冰冻仓库，全部东西死了一样冻在那里。那群丑狗是不是还在院子里？”

“陆仪说房子保持着主人生前的格局。我没有看到狗。”

“也是，人都没了，还养什么狗。”穆回锦今天一直不怎么看谢禹，低眉顺眼地给咖啡加糖，一道又一道，“今天想问什么？”

谢禹最初的计划是问他陆维止与萧拂云的往事——他熟悉陆维止这种人的社交习惯，所以当谈及私事的时候他更倾向于去询问相对而言没有利害冲突的“外来者”并相信他们的话——但既然穆回锦主动提及了骊湾，他觉得暂时荡开一笔也无妨：“哦，陆维止养狗？”

穆回锦扑哧一声笑了：“养狗？他那是养儿子。他只养大丹，我记得最多的时候院子里有十多只，但是只有一只可以进屋子，可以咬沙发在地毯上撒尿爬上床，那只狗据说永远叫Heute。每次生了小狗崽子他都挑一些送人，可是那种狗又黑又丑，除了他没人要养，天知道那些拿了狗的人是不是一出骊湾就给扔到海里去了。”他说着陆维止和他的狗，目光还是慢慢飘去了搁在一边的画上。

后来穆回锦似乎也意识到了自己的走神，把手里晾了很久的咖啡一口气喝干了，开始撕羊角包：“他总是收藏一些稀奇古怪的东西。狗也是，画也是，买个花瓶都奇怪得很。”

这句话意味着上一个话题的休止符，谢禹对这种毫无提供进一步细节的诚意的敷衍没有追问的兴趣，特别是在穆回锦面前：“上个月萧拂云的生日音乐会你去了吧？”

“坐了半场，太无聊了又走了。哦，原来今天你是为了她和陆维止的陈芝麻烂谷子来的。”穆回锦了然地笑笑，“太可惜了，你问的人不对。她不是要死了吗？临死的女人都心软，你应该直接去问她的，搞不好不用你问就先哭着痛说她这一辈子是怎么被几个男人一再辜负的了。”

这样轻佻的口气让谢禹的脸色又有点发僵，没想到穆回锦马上指着他的脸说：“一进门不是装得挺好吗，不要一说到老家伙们就装不住了。”

谢禹没理会这句真假不辨的嬉笑，正正神色若无其事地往下说：“但是他中风之后和萧拂云合作的那次《蝴蝶夫人》，你是亲历的了吧？”

穆回锦又拿着勺子敲鸡蛋，一勺子下去蛋壳应声裂开：“哦，以前从来没有人在骊湾提起她，所以很长一段时间里我根本不知道萧拂云这个人，也不知道他们在那部《蝴蝶夫人》之前是为了什么闹过一场。不过后来她的确来了骊湾一次，就是跟着歌剧的指挥。那一天我记得正好有人过生日，陆维止又喜欢给人过生日，吃完饭在客厅喝酒的时候萧拂云他们忽然来了，她一出现全房子都静下来的场面现在想想都很有喜剧感，每个人脸色都不对，紧张地看着陆维止，又没有人敢先开腔说话。

"结果那个女人还没说话就先哭了。哭着哭着两个人去小客厅关起门来说话，大客厅里还是和墓地一样，我去问也没人肯告诉我。他们没谈多久又出来了，他说他要再导一部歌剧，萧拂云来演，也不知道他们谈了什么和解了。我记得她那天晚上还唱了一首歌，我虽然对歌剧一窍不通，不过声音确实不错，不那么像被割开脖子的母鸡在叫唤。"

最后一句话让施更生没撑住笑出了声音，她有点尴尬地又是咳嗽又是喝水来掩饰。不过说到这个份儿上，说话的和听话的都已经自觉屏蔽掉这点干扰。穆回锦一扯嘴角继续说："那女人玻璃心得可怕，别说刮点风了，怕是空气里多了点灰尘都会碎成一片片的。排练不和男高音对唱，一定要陆维止陪她对词，演出的时候也是人一定要在演员通道那里看着她，不然一下场她就对着陆维止哭，问'我没看到你啊，你去哪里了'。她真的应该被塑上金镶好宝石再拿个水晶罩子罩起来，不然这个世界太可怕了，她怎么活得下去。"

谢禹白认对萧拂云也是了解得够多了，但穆回锦说的这些事情统统是第一次听说。他一时无从分辨其中的真伪，只能不动声色地听着，然后说："但是他们还是闹翻了。"

穆回锦眯起眼睛，毫不掩饰语气中的恶意嘲讽的快感："因为陆维止说了句真话。他纵容一切美丽的东西，觉得有责任拯救她一边欢唱一边走向深渊里的坟场。这个女人是个彻彻底底的蠢货，这十多年证明了陆维止当初的正确，但他越是正确。萧拂云就越恨他。她的脑子如果有脸蛋的十分之一抵用就好了。不过听说蠢人多长命，这么看来她也许没那么蠢。"

“穆回锦，我需要的是事实，不是评价。而且你给的每一句都是自以为是的评价。”谢禹终于忍住没说出口的后半句，但没忍住出声提醒的冲动。

“你要的是你喜欢的消息，你接受它们，它们就成了事实。”穆回锦顿了一下，“那你应该去找那些恨不得趴在泥地里给她垫脚希望她脚尖永远别踩到地面上的人。比如谁呢，你自己？”

每一次他们的对话都势必尖锐地收尾。对此谢禹已经习惯了，全然不为所动。穆回锦说完发现对方一点没有反击的意思，也觉得无趣，吃掉已经放凉的煮鸡蛋，又看了眼表：“中午我约了人，你还有一刻钟。”

“我现在没什么想问的了。”

穆回锦冷笑：“你从来就没有问过真正想问的。比起那些只能买八卦杂志的普通人，你有个好哥哥。不过他们比你坦诚可爱得多了。既然没话说那就这样，我们下次见。”

他格外咬住“下次”两个字，甩开餐巾收拾画准备离开。谢禹看着他仔细地把画包好，想起不久前听来的传闻，终于没忍住报复回去：“听说你又要开始演戏了？”

穆回锦手上一停，看也不看他回答说：“电影早没市场了，有什么好拍的。对了，”他把画夹在胳膊下面，笑容可掬地问，“今天怎么没看见陈楷？你不是音乐会餐厅都带他去吗。要我说是不该给他那么多工作，他太嫩了……”

话没说完身子一让，挡住了画，却被谢禹泼过来的水浇了一头一脸。打量着终于脸色发青的谢禹，穆回锦拨开粘在眼睛上的头发，大笑着扬长而去。

16 为艺术为爱情

从朵丽出来后谢禹去了图书馆，在里面待到六点，回到丽海道还是一点儿胃口也没有，打发何嫂他们早早回去，就一个人躺在沙发里走神。他没开灯，天色暗下去后不知不觉睡着了，如果不是忽然响起的电话铃声，可能就这么在沙发上凑合一个晚上了。

被吵醒的谢禹觉得手脚发凉，特别是左腿一时之间一点儿知觉都没有了。电话继续在响，他怕是谢辰打过来的，一咬牙撑着沙发垫了坐起来，接起了一旁矮柜上的电话："……喂，哪位？"

"你声音不对，感冒了？"

汪素云的声音一下驱走了那盘桓不去的睡意。谢禹清了清嗓子，说："没有，刚刚在沙发上睡了一会儿。"

"怎么在沙发上睡了？丽海道的其他人呢？"

"都回去了。你那边怎么样了？"

"我好得很，正好还碰到一个人，看看你用得上用不上。"

"你还和我卖关子，谁啊？"

"我过来之后跟着在华人社团做义工，认得一个投缘的朋友，昨天聊起来，才知道她是希羽的妹妹。听说他们兄妹感情很好，要不要让她做个说客牵条线？她很喜欢陆维止，我向她一提，她满口答应帮忙。”

谢禹想了一想：“还是算了，勉强来的多半是敷衍。你还记得不记得当初谢辰非要出面找傅允，弄得他心不甘情不愿，全在打太极，都是套话不说，以后我们再去约他，也约不出来了。哦，这个周末我要去纪安岛，萧拂云身边的人打电话来约我。”

汪素云的声音听起来很意外：“哦？她愿意说话了？”

“她不知道这件事。”

“呵，还瞒着萧拂云本人，不知道要和你说什么。不过这是好事一件，我倒觉得未必不是她有心试探你，见了再说吧。嗯，有段时间没联系了，你最近好不好？”她有半个月没打电话，如今得空，好像有说不完的话，问了谢禹许多事，絮絮要他好好照顾身体，说到最后谢禹都笑了：“你都走了好几个月了，我也不是好好活着。”

她叹了口气：“没有谁你也能好好活着。哦，陈楷还住在丽海道吗？他到底是出了什么事情？”

说到陈楷，谢禹等了一会儿才说：“这是他的私事，总之不是好事，想找个地方躲一躲，就暂时住过来，不过上周末人已经走了。”

他不说，汪素云也不强问，再次叮嘱一遍不要熬夜、记得准时去理疗、不要强撑着不吃药等一系列问题，才挂了电话。

说了这么久话，谢禹的身体已经慢慢暖和了起来，脚上的知觉也逐渐恢复了。他一扭头看见房间另一角的电脑，想起就是不久以前的夜里，陈楷还坐在桌边，一边打字一边和自己说话：“更生整理文档归类真是一绝，跟着她的分类找东西很舒服。”

他记得自己还问：“素云走了这么久，你怎么不像施更生一样把电脑调成自己顺手的？”当时陈楷就笑一笑，抓着头发不干不脆地说：“总觉得要是这样做了，汪小姐的痕迹就又消失了一些，而且要是你想到要用，也是更习惯她的风格吧。”他仿佛还能看到陈楷说这些话的神情，可是下一刻他又想起，在自己说完那一大堆蠢话后，陈楷已经离开了，而且说不定再也不会回来了。

谢禹写了一通宵稿子，到了早上喝了杯咖啡想提神，谁想喝完反而开始犯困。眼看这个早上是没办法做事了，撑到施更生来上班，和她交代一声还是去睡了。

再醒过来早已过了午饭的钟点。梳洗好了回客厅，人还在走廊里走，就已经听见两个人说笑的声音。谢禹的脚步一下子慢下来，剩下几十步走得是磨磨蹭蹭。不过再怎么放慢脚步房子也只是这么大，到了客厅边上一看，不知何时到的陈楷正坐在桌角与施更生开玩笑："上次你穿这条裙子腰上明明很阔啊……"施更生笑着拿文件袋去砸他，陈楷赶快侧开身子一让；他正在笑，一下子让的幅度太大，眼看着整个人都要从桌子上翻下来，把谢禹和施更生都是一惊，他却自己摇摇晃晃地先稳住了，也在同时看见站在走廊口上的谢禹，笑容一滞，平衡也忘记了，反而栽了下来。不过到底是年轻人的手脚和反应，还没落地就先抱住了头，在地板上顺势滚了几圈，又没事人一样撑起身子坐起来。

谢禹悬着的心才放回去。他看着陈楷，半天冒出一句："你怎么回来了？"陈楷本来笑得就有点犹豫，这下更是愣住了："……我不是和更生打电话请过假了吗？我只请了一天。"

谢禹已经意识到前一句话说得多蠢，特别是陈楷这样回答，一下子居然找不到话来，低着头看了看眼前的地板，才说："嗯，好，我知道了。"

从下午到晚上谢禹觉得陈楷总在看他，但自己一转过目光去，对方又有点慌张地避开了。他知道陈楷是有话想说，果然到了下班的时候，平时老是和施更生结伴离开的陈楷一直在对着电脑忙来忙去，施更生要他走，他眼睛也不离开屏幕，一边飞快地打字一边说："更生你先走，我这边还有点事情没收尾，弄完再回去。"

施更生走了之后谢禹任陈楷像蜘蛛一样忙碌，先交代何嫂多做一个人的饭，然后坐在客厅的沙发上，等着。他并没有等很久，陈楷一推键盘，抿了抿嘴，像是给自己下决心似的，才直直看着谢禹说："你有空没有，我有话想和你说。"

谢禹点点头："我就是在这里等你的。过来坐吧。"

陈楷依言坐到沙发的另一头，谢禹就看着他，唇边有一点笑意。于是陈楷又靠过去一点，如此反复数次，直到两个人之间只隔着一臂的距离，谢禹才说："好了，不是隔空喊话了。"

即使是橙色的灯光下，谢禹都看见陈楷的脸在发红，但他也只是等着，听陈楷说："这几天，不是，从谢先生来找我那时候起，我就一直在想为什么要回来。我很喜欢这份工作，喜欢丽海道，你和汪小姐是我的贵人，在我最窘迫的时候给了我各种帮助，没有你们这个学期我怕是连学费都交不上来了。我、我不知道你是怎么看我的……"

他说着说着又结巴磕绊起来，谢禹并没有出声表态，或是自己嗓子也发紧，说不出像样的话来，只是看着，让他继续稀里糊涂地一个劲往下说。

"我之前不务正业，滥交朋友，我爸爸为了这个事情把我赶出家门了。"

"嗯。"

"我觉得你很好，对我多加照顾宽容，我舍不得离开丽海道，也舍不得离开你，我太自私太没用了，我可能只是不舍得现在任何人对我的一点点好。"

"好，我知道你的意思。"

"谢辰说得对，我和你不是一样的人。你喜欢的东西、你感兴趣的人和事情、你往来的圈子，都和我的根本不一样。我就是个普通人，没什么本事，没什么天赋，很穷，连工作都是你给我的，我……"他每说一句，声音就低下去一分，头也往下勾一点，起先谢禹还能看见他的眉毛，说到后来，连他的后脑勺和泛红的后颈都能看见了。

"没有的事情，谢辰胡说八道。"谢禹轻声宽抚他，一直不自觉绷住的嘴角却慢慢地松开了。汪素云已经走了，他身边太需要一个信得过的人。

这时陈楷却忽然抬起头来，他很认真，眼睛里沉着暗色的光，眉毛则微微拧着，一字一句地说："有些话说过了就说过了，那也没关系，我就是不舍得离开。你可以说我虚荣贪心无药可救……"

这次谢禹没让他说完，只是笑笑说："别多想了，你喜欢这份工作尽可以留下来。我和何嫂说了你留下来吃饭，时间差不多了，去餐厅吧。"

陈楷慌慌张张地从沙发上跳起来："不用了，我先回去了。"

"那也可以。明天我们要去纪安岛一趟。"

"更生告诉我了，为了萧拂云的事情吧？"

"嗯，去了就知道，你回去路上小心。"

陈楷离开的背影落在谢禹眼里怎么看怎么像笨拙的现行犯匆匆离开犯罪现场。这个想法让他自己莫名觉得好玩。站起来想去吃晚饭，但还没走两步，左脚绊右脚，在自家那光可鉴人的地板上狠狠摔了一跤。他是个废人，陈楷就好似他的手和脚。不管陈楷是否虚荣，他都不介意了。这年月，像穆回锦的人太多，像陈楷这样的人太少。

之前两个人说了那么久的话，都安安静静的不见人影，可眼下谢禹刚一摔倒，厨房的门一下子就开了，何嫂跑过来一边叫一边扶他："阿禹少爷你要不要紧？哪里摔到了？怎么会摔到的？是不是腿又在痛了？"速度那叫一个敏捷可靠。谢禹这一下倒是摔得不轻，膝盖骨手肘都热辣辣地痛；他挥挥手没让何嫂扶，又把她打发回了厨房，然后一个人坐在地板上，一面揉因为之前的紧张而绷得过了分以至于现在开始抗议的腿部肌肉，一面却忍不住一味地微笑起来。

第二天临近中午一行三人搭谢辰的游艇去纪安岛。一个多小时的船程让陈楷和施更生起先都兴高采烈顶着海风在舱外看风景聊天，结果不到半个小时，一个晕船一个冻得哆嗦，又全都老老实实地进来了。

谢禹看着书吃着零食，舱里还很应景地放着萧拂云黄金时期的录音。

听到脚步声他抬了抬眼皮，就被灰溜溜躲回来的两个人逗笑了，放下书指了指搁在一边台子上的酒水：“施更生，里面有床，你可以去躺一下。陈楷，酒在那里，喝一点儿就暖过来了。”

施更生苦笑着坐在最近的沙发上。陈楷却没碰酒，一边活动手脚一边抱怨：“太阳这么大却一点儿也不暖。”

“今天风浪大，坐在里面别乱跑，不然船没到，先给风吹倒了。还是喝点茶吧，不能让你沾酒。”

闻言陈楷撇一撇嘴角，有点不以为然又不好意思的样子，默默冲了热茶，回头瞄了一眼谢禹的杯子，看见空了，就又拿杯子给他倒咖啡。然后他一手茶一手咖啡踩高跷一样先递茶给晕得眼睛都不敢睁开的施更生，这才把咖啡搁在谢禹手边：“这船我也坐得不太舒服。”

“说了天气不好了，你别乱跑，好好坐一下，很快就到了。”谢禹说着，又把陈楷端过来的咖啡推过去给他，“嘴唇都冻白了。”

陈楷低声道了谢，也不客气，捧起杯子一仰头把热腾腾的咖啡喝完，满意地叹了口气：“别说嘴了，我觉得脸像石头一样硬邦邦的一点儿知觉都没有。”听到这句话，谢禹先是看了看另一边闭目养神的施更生，她似乎是睡着了。他收回目光，转而看着身边坐着的陈楷：“唔，你坐，我去把暖气调大一点儿。”

他再回来陈楷正盯着留在沙发上的老杂志：“陆维止还写文章？”

“写，这是他处女作公映之后，回应一些影评家对他拍摄这类题材影片的批评。”

“还打笔仗啊。”陈楷就笑。

“早年一直在打。因为有人觉得以他的出身和生长背景，拍反映，或者说同情下层劳动者的片子是不折不扣的伪善。陆维止的母亲家是零售业巨头，陆家本身经营制药和化工……”

陈楷嘴快，一下子说出谢禹接下来的话：“哦，原来他卖珠宝卖车子拍电影的钱，是这么来的。”

谢禹看了看他，笑了："我差点忘记你是学什么的了，要开始给我上课讲社会贫富结构了吗？"

陈楷却耸了耸肩："那倒没必要。虽然我没见过他，没看过那部《茌兴岭》，但没人规定富人家的孩子不能创作同情穷人的作品，也没道理说这么做是虚伪。不过他能拍好这种片子吗？他可能连认识都不认识那种为了生计一天工作十几个小时还要为下一顿饭发愁的人吧。"

"那片子……我第一次看的时候比你现在还要小几岁，看完之后很受震动。这片子拍了大半年，他就在茌兴岭住了大半年。现在那里是度假村高尔夫球场没错，当年可全是纺织工厂和渔村，贫瘠荒凉得很。"

"你和他算是一种人，他拍片子既然能打动自己，肯定也能打动你这种人。"

谢禹这一天从早到晚一直在笑，听到这句话笑着反问："什么叫我这种人？"

陈楷居然匆匆避开了目光，尔后强自镇定地咳嗽了一下，慢慢说："其实，我一直想问你的。"

"嗯？你说。"

"为什么一定要写陆维止的传记？呃，我不是说不该写不能写，而是你这个人明明没受过委屈也不吃委屈，但是为了这个人这么本书，什么人的软钉子冷脸蛋都忍下去，还锲而不舍一再地去试，我有点不明白。"

谢禹想起几年以前汪素云也很迷惑地问过类似的问题，但他却想不起自己当时是怎么敷衍过去的了。他看着面前这个真挚而诚实的年轻人正静静地等待着答案，不由得沉默了下来。

眼见他的沉默，陈楷赶快摆摆手，澄清一样急切地说："我就是问问，不是要打听什么。我就是觉得，你平时给杂志和报纸写的那些专栏又轻松又有趣，你也写得很高兴，但是关于陆维止的一切，就反过来了。"

谢禹摇头："不是的。他不一样，而且这件事情我也从没有勉强自己。"

"嗯，你就是每次见完穆回锦这样的人，躲回丽海道生闷气而已。"

被他这么一说，谢禹又是笑，语气很纵容：“胡说了。”

陈楷又问：“谢禹，你见过陆维止吗？”

“见过，在十六岁的时候。”

“哦……”

陈楷的“哦”颇有些意味深长，但两个人的交谈此时被忽然从沙发上蹦起来、捂着嘴巴跌跌撞撞直冲洗手间的施更生给打断了。等她吐完扶着墙回来，已经是面如菜色气若游丝。陈楷好心过去扶她：“你还是去躺一下吧，应该还要一会儿才到。”

一直到下了船施更生的晕船还是没好，一踏上纪安岛的码头，脚软得直往地上坐，慌得船员和陈楷一边一个用力架住她。走出几步施更生脸色刚刚缓和一点，又在看到等在一边的汽车后瞬间变得死灰一般，死命摆手：“我还是走过去吧，这样，谢先生你和陈楷先乘车过去，我稍微走十分钟，再搭车赶过去行不行。”

谢禹看她这个样子，也知道就算架她上去，中途也是要吐得天翻地覆的。看一看时间，因为风浪已经比计划到达的时间晚了一刻钟，谢禹本身也无意耽搁：“可以，地址我抄一份给你。”

纪安岛是度假胜地，岛上多的是大大小小珍珠一样散在岛上各个角落的私人别墅。车子往约好的地点开的途中，谢禹指着山脚近海一栋带着高塔般建筑的蓝色房子说：“你看。”

“嗯？”

“那也是陆维止以前的房子。后来傅允要结婚，他就半卖半送给他当作结婚礼物让出去了。”

陈楷仔细看了几眼，直到车子转过一个大弯再看不见了才说：“看着那个塔一样的玩意儿，总觉得他搞不好又把什么人锁在里面给他赶剧本赶设计……”这倒真有其事。谢禹明知他不过是歪打正着，还是笑着点头：“的确是的。虽然这房子设计的灵感来自他一个建筑师朋友的中东旅行，但是他自己似乎赋予了房子更多的功能。”

“还真是啊。你看你看，谢禹，你简直知道陆维止的任何事情。”

谢禹觉得今天的陈楷带着些刻意的振奋和活泼，又都及不上若无其事那样多。他微笑着看着陈楷：“纪安岛是个有趣的地方，你要是感兴趣，我们等天气暖和了过来就去，现在山都光秃秃的，花也没有开。”

陈楷继续看着窗外的风景，满口答应：“哦，好。”

他们的目的地算得上岛上的商业中心区，有着为数众多的餐厅酒吧俱乐部大小商铺和唯一一间电影院。约好的地点是电影院边上一间餐厅，走进去墙上挂满老电影的海报和老明星的照片，时间足足回转小半个世纪。

过了午饭的饭点，餐厅里稀稀拉拉没坐几桌人。谢禹扫了一圈店堂，并没有见到一个单身的中年女人。于是他找了张安静的桌子坐下来，喝着茶，又时不时瞄两眼正很有精神地到处乱转仔细辨认照片和海报的陈楷。

大概一点一刻谢禹等的人才到。虽然是一张平淡而且只有一面之缘的面孔，谢禹还是立刻认出了她，而对方也立刻看见了谢禹，匆匆走过来，脱了手套握手的时候语速飞快地解释：“对不起，夫人今天比平时午睡得要晚，我尽快赶过来了，还是迟到了。”

“没关系，我们也是刚刚到。怎么称呼您？”

她今天穿了一件黑色的大衣，酒红色的围巾，虽然面目乏善可陈，人也瘦小，却很有安宁的风度。只听她说：“我叫杨芳年。”

听到这个名字谢禹一愣。他知道这个名字，也知道当年杨芳年一直在萧拂云的剧里唱女中音，他看过的那场《蝴蝶夫人》里唱女仆的就是她。尽管如此，他却怎么也没想到，居然是她一直陪在萧拂云身边照顾着她。收回神游的意识，谢禹微笑致意：“原来是你，辛苦专门跑一趟。”

她眼睛底下有着浓重的阴影，声音略有沙哑，看起来很疲惫，但精神显然是很兴奋的，连摘围巾和挂衣服的时候手都在微微颤抖：“我时间不多，夫人三点钟就要起来了，就不客套了。”

“当然，我这次过来完全是因为你的那个电话，所以你可以慢慢说。”

落座之后她看起来还是在发抖，声音也是一样，无法维持平静：“我是听家明说你找过夫人，要问她陆维止的事情。可是你既然口口声声说尊敬她，就不该向她提起这个人。你提起他的那天晚上，夫人回去之后哭了一个晚上，一直到现在，也是一想起陆维止就坐在那里掉眼泪。谢先生，她的身体已经很差了，医生说，怕是连今年都过不完了……”

谢禹看着她低头擦眼泪，心里却在默默惊讶原来萧拂云已经病入膏肓到如此田地。等她又抬起头，谢禹温声解释说：“我并没有刺激萧女士的意思。我之所以去找她，希望她提供一些细节，是因为相信她与陆维止的那些合作，无论是对于她本人还是陆维止，都在彼此的生命里举足轻重……”

“那五年来，她忍受这么多辛苦苛刻和不公平，全是因为对陆维止毫无保留的爱。但是陆维止这个自私自利的虐待狂，他只是利用她、盘剥她，把她当作一个没有灵魂的工具，到最后还毫不留情地极尽所能地羞辱刻薄。这样的一个神经病，你怎么能让夫人去想起他？你也是帮着陆维止在杀她吗？”面对这样的质问和没来由的愤怒，谢禹只能哑然。他瞥了一眼一旁的陈楷，后者也很惊讶地悄悄看着他，目光里满是询问。谢禹轻不可见地朝他摇摇头，才又重新面对杨芳年：“杨小姐，当年萧女士接受的访谈里，不是这样说的。”

“她被陆维止骗了！”这样斩钉截铁的语气让谢禹想到几天前穆回锦那句冷淡嘲讽着的“她真的应该被塑上金镶好宝石再拿个水晶罩子罩起来”。事到如今谢禹还是顺着话说，又忍不住为陆维止做两句无谓的辩解：“萧女士和陆维止的最后一次合作，是在他中风之后了，而在这之间，他们也差不多十年没有往来了吧。”

“那是因为他反对夫人结束第一次婚姻。他引诱她，却始乱终弃。夫人对他那样全心信任，每一部作品都全力以赴，生怕做得有一点不好。陆维止挑剔她意大利语吐词不清，她就对着陆维止一遍遍地练到他满意为止。即使这个配戏的男高音在正式开演后一点儿也不配合，她还是全都忍了下来。”这话说得简直是穆回锦那些话的硬币另一面。谢禹收集陆维止的相关资料也陆陆续续一两年了，早就习惯了不同的人因为立场的偏差对一件事情的讲述有所不同，但如此坚决对立的，还真的是第一次。他沉默地看了一眼对面那个看起来已经有点神经质的女人，平静地说：“哦，她做的这一切都是为了陆维止……陆维止中风之后，她不计前嫌去看他，想让他尽快振作起来才提出了重新合作的建议。陆维止答应得倒是很好，可是排练的时候那种粗暴独断比当年有过之而无不及。夫人知道他身体不好，也还是一直在忍耐。当时她已经接受雷先生的求婚，决心再婚了，为了赶排那出《蝴蝶夫人》，连结婚礼服都是我替她去试穿的，可是在公演结束后她开开心心邀请陆维止去参加她的婚礼，他却当着一众人大发雷霆，把夫人羞辱得一钱不值……”说到这里杨芳年有些情绪激动，重重呼吸好几次压制情绪，又大口地喝掉一大杯水，“总之，陆维止这个人自私混蛋到了极点。他那些年来一直都是在利用夫人，每当她忍受不了、失望了、要离开他了，他就歇斯底里疯了一样辱骂她、把她说得一钱不值，借此打击她的自信，想让她再也站不回台上。还有穆回锦那个畜生，也是一路的货色。当年夫人重登台，他专门送枯萎的花到后台。所以你说，夫人怎么会愿意谈论起，不，甚至是想起陆维止？”

接下来的所有时间里，杨芳年都在翻来覆去地指责陆维止的粗暴自私和冷酷，并竭力为萧拂云澄清，虽然每一轮的指责中都会多少带上一些新的细节，但是反复听类似的东西还是让人无法不倦怠。到后来杨芳年已经不在乎对方的沉默，而谢禹和陈楷也已经面面相觑了好几次。等她终于发泄一样说完这一个多小时的话离开之后，始终一句话没说的陈楷忽然拿额头重重地撞桌子，低声叹气：“天哪，这群人到底是怎么样一笔烂账啊。谢禹你又是在搅什么浑水？”

而此时就连谢禹本身，除了苦笑，也再没有别的表情可以应对陈楷这句不知道是不是问句的感叹了。

17 暴风雨中的孤儿

杨芳年离开之后谢禹又等了一个多小时，还是没等到施更生的人。他就让陈楷打电话去找，后者放下手机后很遗憾地摇摇头："关机，怕是没电了？"

"两个手机都接不通？"陈楷还是摇头。

这绝不是施更生的一贯风格，谢禹侧过目光瞄了瞄窗外，在杨芳年来访的一个多小时里，天色已经黯淡下来，他正在想"不要下雨了"，这个念头还没散去，一线线的雨丝已经斜斜地打在了玻璃上。岛上的天气变得快，转眼之间雨就大了，又快又急地扑上窗台，街边的大树也被风拉扯得身不由己，叶片齐齐翻身，露出浅色的一面，倒像是被覆了薄薄一层雪。身边陈楷在叹气："怎么变天了啊……要不然我出去找更生？"

"纪安岛也有这么大，你一下子到哪里去找？她要是聪明，就找个公共电话亭……"话音未落，陈楷的手机就很是时机地响了。他接起"喂"了一声就朝谢禹使眼色，比着口型说出施更生的名字，然后说："哦，我知道，你自己小心一点儿啊……谢禹就在边上，我问问他。"他又转头对谢禹说，"她好像有点迷路了，走到一半又下大雨，现在打不到车，更生现在在一家咖啡馆里坐着避雨，她说会尽快过来。你要不要和她说话？"

谢禹从陈楷手里接过电话："事情都办完了，可以不急着赶过来。这样吧，你告诉我你在哪里，我要司机去接你。"说完报出个地址，陈楷赶快拿笔记了下来。等打完电话叫自家在岛上的司机开车去找施更生。谢禹又看了看表，快五点了。他若有所思地看着窗外那咆哮一般的风雨，眼光转到街角的电影院上，很随意地建议说："这雨看来是一时半刻不得停了，施更生也要一会儿才过来，想不想去看电影？"

陈楷愣了愣："啊？"

谢禹就指着电影院的方向说："我记得那家电影院五点有一场电影，有兴趣没有？"

"好啊，我上次进电影院还是暑假呢。不过我不知道最近新上了什么片。"陈楷倒是很爽快地答应了。

谢禹忍住笑意，很严肃地说："去看看就知道了。如果我没记错的话，应该是三选一，我们走吧。"

"下这么大雨，还是我过去吧，不过如果我去那就是我挑片子啊？"陈楷笑着说。

"那也可以。"他从窗子边上看着陈楷顶着雨狂奔的背影消失在电影院的大门里，又看着他在没多久之后踏着水跑回来，撇着嘴角扬扬眉毛："怎么看来看去都是外国的片子啊，而且我一部都没听过？是新片吗？"

谢禹继续喝咖啡，问："哦？都有什么片子？"

他乖乖递过去一张单子："上面都写着，你看吧，也许你知道。"

谢禹迅速地扫过那张宣传单，几不可见地牵动嘴角一线，依然不动声色："《中国姑娘》《筋疲力尽》《不法之徒》，你觉得哪个听起来好一点儿？"

陈楷认真地思索片刻，答："最后一个，听起来像黑帮片，应该不会太无聊。"

"那好，我们就看这一部。"谢禹微微一笑，站了起来。

买了票进到小放映厅，里面只稀稀拉拉坐了不到三十个人。因为人少，位子可以随便挑，陈楷进去之后很自然地往前排走，谢禹拉住他，声音很轻，语气很轻快：“往后面坐。”

“嗯？为什么？”

谢禹觉得自己都要藏不住笑容了：“应该往后面坐。”

这时脚灯熄了，谢禹拉着陈楷往后排坐下，刚一落座银幕上打出片名，音乐同时响起，电影开场了。看了二十多分钟，谢禹感觉到陈楷在扯他的袖子。他移过目光，看见陈楷的眼睛随着屏幕的光线明暗不定，但双眼深处的那一点光芒又仿佛是无法被任何黑暗掩盖的。陈楷大概是弯起了嘴角，靠过来一些，在他耳边低声说：“你这个骗子。”

“我怎么是骗子了？这可是你选的。”谢禹终于笑了出来。

“你明知道这是什么片子还让我去挑，这么老的片子明明应该放去博物馆的。这是什么年头了，为什么还有电影院放这种片？”

“嘘。”谢禹比了个手势，“它一点儿也不难看，不信你看下去。”同时咽下后面一句，三选一你真的选对了。

中途施更生打了电话来，说是已经到了，又听说两个人在看电影，就说自己在店里等。从温暖的室内来到风雨交加湿寒迫人的室外，谢禹一时有点不习惯，打了个喷嚏。陈楷本来在伸懒腰，伸到一半停在半空，转过头问：“你冷？”

“还好。”

陈楷打开从咖啡店里借来的伞，先把谢禹遮住了大半：“那我们走吧，去找更生，我走你左边。”

短短一程路，却因为大风，两个人都走得东倒西歪。陈楷一只手要打伞，另一只手则抓住谢禹的胳膊。进店的时候陈楷叹了口气：“冬天了，怎么还有这么大的风。”

施更生站起来朝两个人挥手，三个人会合后，谢禹看见坐在一边等的司机，就问：“还有事？”

“谢先生半个小时前打电话过来，说晚上风浪大，怕是不好回去，问阿禹少爷是不是就在岛上住一晚，避一避风。”

谢家在纪安岛也有房子，而司机刚才说的话谢禹早在去看电影之前就想到了。他看看施更生和陈楷，反去问他们：“你们说呢？”

施更生至今没有从晕船的噩梦中恢复，又在过来的路上看到浪的势头，想到还要坐船回去，脸早就白了。如今听说今晚能在岛上住一个晚上，忙不迭地点头：“我没意见。其实我本来想说，如果可以的话，今晚我宁可在这里住一个晚上，等天亮了风小一点再搭渡船回去……”

谢禹点头，表示听见了：“那陈楷你呢？”

陈楷也表示没意见：“我都可以。”

“那好，那我们先去吃晚饭吧。”

最初的打算是只住一晚，但第二天天气并没有好转，风势反而有变本加厉的趋势，等到第三天第四天依然如此，谢禹就知道他们被困在岛上了。他也不知道这是不是算得上天遂人愿，但纪安岛上的生活素来是安逸的：房子很大，踞在岛的高处，各个房间都看得见海，又有下人常年守着，一点儿也不缺乏人气。邓碧宁不喜欢谢辰喝酒，谢辰就把自己买的别人送的好酒统统藏在岛上的房子里，现在谢禹既然住在这里，酒窖就成了每天晚上必去的地方。谢禹决定提早休假，也给同样无法离开的施更生和陈楷放假，没人工作，也不提工作，除了出去吃饭和散步，谢禹会上那家以重播老电影知名的电影院，施更生自得其乐地逛街，陈楷就窝在书店或者去围着岛长跑，然后谢禹发现，原来被天气羁留在岛上的熟人，远远比想象的多……

既然在放假，那么打牌简直是理所当然的。谢禹以前读书的时候学过各种花样的牌的玩法，如今趁着天时地利一一重温，教陈楷和施更生打，也约同样留在岛上的朋友过来玩，也不管手是不是不方便，往往打到下半夜还意犹未尽。施更生有一次输得狠了，换了四五种玩法都没翻身，又借着一点儿酒意，惊呼：“谢禹先生，原来你这么能玩牌的，真是真人不露相。”谢禹起先还很平静地说：“哦，没听说过那句话吗，只有牌桌上是不能旁人代劳的。”但听到这句话陈楷也笑眯眯地看着他，谢禹也被他们看得不得已地别开脸，灯光下酒瓶和郁金香杯熠熠生辉。

滞留在纪安岛的第六天，天气忽然放晴了，风也转小了一些，他们吃完晚饭早早回来，也没有打牌——圣诞节快要到了，去的餐厅正好有一个小型舞会，陈楷看着看着随口说不会跳舞，把施更生乐得不行，连声说要教他，于是回去之后谢禹让家里的下人找来唱片，看施更生兴致勃勃地教陈楷跳舞。这房子里留下来的唱片还是谢禹母亲的藏品，自然都是老歌，女歌手用略带沙哑的嗓音唱出爵士调，懒洋洋的拍子最适合初学者。

他们还穿着晚餐时候的衣服，陈楷把外衣脱了，单穿一件衬衣，和一袭黛色裙子的施更生站在一起，甚是赏心悦目。他平日里素来是手脚灵活的年轻人，但眼下搂住娇小的施更生，随着她的指挥踩步转圈，竟然也显得有些手忙脚乱的笨拙了。

半张唱片放完，陈楷依然是明显手脚不协调地不停踩施更生的脚，又时不时和忍不住笑场的施更生一起笑闹作一团。谢禹在一旁静静看了半天，看陈楷逐步入神无暇他顾，这才一个人不作声地去了东边的阳台。

阳台上一角的矮桌上摆好了早上挑好的酒和各种口味的橄榄，谢禹坐下后扯过毯子盖住腿，借着从客厅里流出的光线开酒倒酒。天空漆黑一片，没有星星，连浅色的云层也看不见，山半腰到海边一线的人家里却闪着星星点点的灯光，天和地就像在一瞬间颠倒了过来。他看得入了神，直到脚步声近在身边才意识过来。陈楷的声音里满是笑意：“跳舞太难了，我觉得我不笨啊，怎么一动脚就像大象跳芭蕾呢……唉，你怎么一声不吭躲到这里了。”

酒入腹之后心胃都是暖的，只是在冷风里坐久了，手和脸都像是没什么知觉了。谢禹靠在椅子上，半天才接过话，声音也被风吹哑了：“……嗯，坐吧，别问我，我没跳过舞。”

“……啊，好。”陈楷乍听起来有些不知所措，还是慢慢坐在了矮桌另一侧的那张椅子上。谢禹扭过头去打量他，慢慢问：“喝什么？”

桌子上的三瓶酒都开了，六个杯子里深浅不一的都是酒，陈楷随手拿起一杯，浅浅抿了一口："我不喜欢这个味道。"

"你喜欢什么？"

他想了想："昨晚那种挺好喝的。"

谢禹从桌子底下摸起一个空杯子，又倒了一杯给他推过去："喝喝看。"

陈楷先是谨慎地喝了一小口，又一气喝光了："这个不错。"

"和昨晚的一个牌子，差两年。"谢禹淡淡地说，想起的却是若干年前的夏天，他躺在河边的草坪上，看同伴在河水里嬉戏，水流下的身体如同一条皎白而敏捷的鱼。那时橘科植物开始结实，空气里若隐若现的柑橘香调。餐布上林立着各色酒瓶子，空酒杯横七竖八，半口残酒在杯底荡来荡去，仿佛被晕染开的玫瑰色颜料。那里的夏天白昼格外长，九十点钟天空才暗下去，暮色里天空尽头泛着淡淡的橙黄色和蓝紫色，又被飞机拖过一道道看不到尽头的白线，是从未完成又再圆满不过的画布。

"以前，那是很早以前了，我们老是去河边，就像现在这样，挑上七八瓶不同年份不同国家的酒，他先下水我在树底下看书，等到都累了，就躺下来喝酒。一开始还一种种仔细喝，自欺欺人说是在学品酒。后来都喝乱了，混起来喝，喝醉了闭上眼就睡，睡起来，晚上十点天还没有黑透……"过了好一会儿谢禹才意识到这个放松慵懒的低沉声音是自己的，他暗暗笑了一下，还是说下去了，"不说也罢。哦，你不是问我为什么一定要写陆维止的书，其实不在于写不写，但是如果一些资料现在不留下来，等这些人死了，空白就更多了……"

陈楷突兀地打断他，问了一句完全不相干的："'这些人'，是谁？"

说这句话的时候他不由自主地手肘搭上了桌子，上半身朝着谢禹这边倚过来几分，于是酒味也跟着飘过来。

只喝了一杯，谢禹暗自苦笑，他不置可否。

"想知道？为什么？"

“……”他不说话，只是执拗地继续盯着谢禹。

这种沉默让人难以忍受。谢禹如是想着。他稍稍迟疑了一下说：“想知道答案，下次别喝酒时再问过。”

第二天谢禹起晚了，但就连他都在早餐桌上坐好了，陈楷才姗姗来迟。两个人打一个照面，陈楷低声和施更生道早安。他早上起来冲了个澡，头上的水顺着发梢钻进衣领，又有一些沿着脸颊滴在下巴上，被他轻轻擦去了。

早餐端上来，谢禹才不动声色地提问：“下午打算做什么？”

施更生回头看了一眼窗外：“……我们什么时候回去？今天出太阳了，风也小多了，浪也没那么大了吧……”

“等一下让他们打个电话就去问，如果天气可以了，今晚就可以动身。”

“要不吃过饭我先把行李收拾一下？”

“随便你。下午我要去书店取书，你要是不想出门就待在这里。”

“哦，好。”施更生舀了这一顿的第二碗汤，“昨天晚上我没怎么睡，先是被不晓得哪里来的脚步声弄醒了一阵，好不容易要睡着了，那鬼声音又响了。谢先生，你这房子有故事吗？”

她笑意盈盈。谢禹反问：“什么故事？”

“就是这种那种……呃，你晓得，神神怪怪的？”

谢禹抿了抿嘴，藏笑：“反正我没听说过。”

“那就好。”施更生如释重负，拍拍胸口说，“我还在学校的一年暑假，和朋友在岛上玩，住的旅馆是山顶上的老房子，有一晚也是碰见台风，停水停电，我们就点着蜡烛聚在一起说故事。我记得当时听到最可怕的一个是老板的儿子告诉我们的。说是这旅馆最先的主人，有一个独生女儿，爱上一个过路的水手，两个人好上了之后水手就走了，那个女人等不到情郎回来，心灰意冷地在看得见港口的房间上了吊，从此以后每到下雨天就能听见有一个长头发的女人在楼梯上走来走去，边走边哭……”

陈楷说："这有什么吓人的，下次我给你说一个，怎么也比这个听起来段数高。"

施更生白他一眼："我还没说完呢。其实吧，这个故事这么听也没什么，但是那天晚上啊，我就听见走廊里有脚步声，还在哭。但是等我鼓足勇气开门去了，哪里有人啊。"说到这里当日的回忆又回来了，情不自禁地打了一个抖。

"你不是说停电了嘛，黑灯瞎火你还看得到人，原来更生你的眼睛带红外线。"陈楷说到这里微笑了。

"陈楷！"施更生连被堵了两次，柳眉一竖眼看要发作，之前一路作壁上观的谢禹开口换了话题："那你下午不出去的话，陈楷开车和我走吧。"

"……啊？哦，好……"施更生半天没反应过来，应下之后，之前的话题自然也就不了了之了。

吃过午饭两个人没怎么耽搁就出了门，途中陈楷一路都是沉默，眼看着都要到镇上了，才皱着眉头轻声抱怨："我明明放轻脚步了，这房子真的隔音这么差？还是更生睡眠质量不好？一定是她睡得不好。"

他看了一眼谢禹："今天就回去了？"

"让他们打电话到港口去问了，我看是还走不了。你也急着回去？"

"我都一个礼拜没去学校了。虽然说让杜可铭给我签到了，但总有点不放心这个家伙……他自己还逃课得厉害呢。"

谢禹还来不及说话，他要去的旧书店就到了。他下了车，看见陈楷坐在位子上没动静，弯下腰对着车里说："这书店很有意思，一起进来看看。"陈楷不好意思地笑了笑："我犯困，等一下还要开回去，你让我打个盹。"

这个钟点书店里的客人也很少，谢禹随手翻了一下自己订的书，除了书页略有些泛黄，版本和品相都很好。正好店里有新书上架，他忍不住逛了一圈，于是等他心满意足地抱着一尺来高的战利品离开书店回到车里时，陈楷已经垂着头睡着了。

陈楷睡得并不沉，没多久眼睫毛都开始微微颤动，眉头跟着一动，眼睛也睁开了。

“……你什么时候到车上的，怎么不叫醒我啊。”等他再一次系上安全带，踩下油门的同时问：“现在回去了？”

“我又不急着去哪里，睡够了没有，睡够了再陪我去一个地方。”

这个下午的第二个目的地是一家餐厅。这次谢禹让陈楷也下车，说是要叫外带的蛋糕，让他一起来挑。两个人刚刚走到门口，门先开了，和正走出来的客人目光一撞，双方都愣了——那是希羽和杨芳年。

不过是几天不见，杨芳年脸色可以说难看了若干倍，人好像一下子被抽干了，也老了，眼睛飘忽不定，刚刚一碰上谢禹的目光就匆匆忙忙地避开了。谢禹忙让出路来，同时打招呼：“下午好。”

杨芳年还是看起来很慌张焦急地点了点头，就更加仓促地绕开他们，一个人上了车。谢禹看着车子绝尘而去，第一个念头是“萧拂云的身体状况恶化了”。他顿时觉得心口像被压了一大块石头，沉甸甸地一路掼到胃里。

“……谢禹，谢禹？”

“嗯？”听到有声音在喊他的名字，他却还是盯着杨芳年的车，心不在焉地应了一句。陈楷轻轻拍了拍他的背，他这才意识到希羽还在原地等着，并对他说：“原来你也被留在岛上了。”

谢禹没想到希羽还留在这里，心里不是不错愕的，面上的平静却维持得相当好，主动伸手去问好：“聂先生，没想到你也在岛上。也是被这个天气留下了？”希羽原名叫聂希羽，最初是个画家，作品上都签“希羽”两个字，现在年纪渐长资格也老，像谢禹这样的后辈见面自然称他一声“聂先生”。

“嗯。你也还没走？”

他的笑容和语气里都带着探究意味，谢禹也一样顺着他的语意试探：

“杨小姐上周约我来岛上，当晚就变天了，留到现在。”

“哦，这样，我也听说了。现在有空吗，坐下来喝杯茶？”

谢禹有些诧异地和陈楷交换了一下目光，后者眼中更是迷惑不解；他也不知道为什么希羽莫名其妙地转了口风，但机会难得，他实在不舍得错过：“当然。”

三人又一次进了餐厅，聂希羽径直走向他之前用的那张桌子，都不等谢禹他们坐定，开门见山地问：“你找穆回锦去问萧拂云和陆维止的事？”虽然是问句，语气却是笃定的。谢禹没想到居然会是穆回锦本人把这件事情说出来，难得地怔了一怔。这时第二句话又逼过来了：“你去了骊湾，找陆家要了陆维止的东西，用这个来让穆回锦开口说话？”依旧是坐实的语气。

“谢禹，这还不如让谢辰出面。”

到这里谢禹才出声解释：“我买了一张止雍基金义卖的椅子，这才见到穆回锦的人。这也是我手上唯一一件陆维止本人用过的东西。”

聂希羽用指节敲了敲桌面，皱着眉问：“那穆回锦的画是怎么回事？这是骊湾的藏品，总没错吧。”

“仿的。”

如此干脆的答案让聂希羽挑了挑眉：“他还是说了？”

谢禹点点头。聂希羽反而笑了，又叹了口气：“真是不死心。不过他说谎成性，不见得会因为一幅画就说真话。”

陈楷拧起了眉心，沉下脸色转开头。谢禹看了他一眼，对聂希羽继续说：“我没有打算问他和陆维止的私事。但在萧拂云的事上，他一则没有必要说谎，二来不会饰美，比起杨小姐来，我更愿意相信他的话。”

“并不是无关乎切身利益就一定要说真话给你听。哦，他有没有和你说他们两个人是怎么认识的？这可是当年他最喜欢向娱乐记者说的故事。”

“他试镜《琼楼风雨》的主角失败，但是因此结识陆维止。这是被公认的版本，不是吗？”

“说到底你还是并不认识穆回锦。”聂希羽的笑容里带着微妙的不屑。

“没办法，我向萧拂云求助，也给您和傅允打电话，如同石沉大海，你们是陆维止亲近和相信的人，和他合作多年，私交也深，却一致沉默。我只是尽我所能想写一本离陆维止本人近一些的传记，如果最后的结果是舍本逐末避重就轻，那也是知道真相的人拒绝回忆或者故意说谎，这就是我能力范围之外的事情了。无非是我被误导做了一回蠢货，那也比做同谋稍稍高尚些。”他这一番话说得还是心平气和，聂希羽听完垂下眼睛：“和他有关的人大多还活着呢。”

谢禹也知道溢美死者和为生者讳是文艺界的通病，但从聂希羽口里说出来，还是无比的讽刺，他不禁笑了：“那就等着一百年后所有人都死了，再去从贩卖到第三手第四手的资料里去寻找真正的陆维止吧。这才最客观最无伤。没有空白，也没有妄自的推测。”

聂希羽对这样的讽刺无动于衷，等他说完，才说：“萧拂云没想到开口的人是穆回锦。她觉得与其他说，不如自己说。她要我转告你，想请你去家里做客。”

谢禹眼波一闪，追问：“什么时候？”

“就这两天吧，越早越好。你不是有杨芳年和沈家明的电话？去之前随便通知谁。”

明明萧拂云松口了，愿意说话了，但是此刻谢禹心里毫无喜悦，咖啡喝在嘴里，与冰冷的泥浆无异：“她……近来身体怎样？”

没有人说话。聂希羽离开后不久，谢禹也回去了。坐到车里后对陈楷说：“有的时候我也讨厌他们这样说话。”

陈楷神情起初有些犹豫，但没有忍耐下去，还是说了出来：“他们？你们大多时候都这样说话，这是你们的编码，我相信你从他话里面听出来的肯定比我多多了。我反正是几乎一句都没懂。”

谢禹也知道只要一提起穆回锦，陈楷的情绪就变得复杂而不可解起来。他无意否认自己的烦躁和不愉快，但是始终隐藏得很好，就算是眼下也一样：“我打算明天去萧家，今晚不回去了。”

陈楷点点头：“好。”

“你想说什么，可以说出来，反正现在没别人了。”

陈楷的手在方向盘上重重一按：“他不是‘你们’，你们也从来没把他算进来。居高临下的蔑视，是不是格外有快感？”

“什么你们他们的，你几时说话这么绕了。”

“我是在学你们说话啊。你都听不懂，难道我学得这么差？”陈楷笑笑。

18 生命的旋风

庭院里的冬青树挂了霜，艳红的果实满枝都是，喜气洋洋，十足十应着即将到来的圣诞和新年的景气。谢禹把拐杖留在了车里，一手抱花一手拎着临时定做的蛋糕，深一脚浅一脚地走在萧拂云家的石子路上。陈楷本来跟在他身后，看了半天看不过去，赶上来说："我给你回去拿拐杖吧，东西先给我。"

谢禹摇摇头："不要紧，就到了，我手上空不出来，你帮我按个门铃。"开门的人不出意外是杨芳年。她穿着玫瑰红的裙子，但喜气洋洋的颜色盖不掉惨淡的神情，见到谢禹后她勉强点头："夫人在客厅等你们，请进。"

见到萧拂云之前三人在杨芳年的带领下经过一张布置精美的长桌，桌上摆满了各色精致的糕点。杨芳年留神到陈楷和施更生惊异的眼神，很平静地说："这都是夫人喜欢的点心。"

相较于上一次见面，谢禹在看见萧拂云的时候几乎没有认出她来。如今的她坐在沙发深处，裹着一条巨大的披肩，除了一双因为急剧消瘦而变大的眼睛，整个人几乎要消失了。

谢禹觉得自己的笑容一下子卡住了。他加快两步，走到萧拂云身边，声音轻得像是怕惊扰了她，跟着杨芳年一样称呼她：“夫人，我来了。你还好吗？抱歉，今天买不到栀子花了。”

萧拂云迟缓地转过脸，半晌才从披肩里伸出透明得看得清每一根血管的手，轻轻在谢禹手上搭了搭：“今天天气很好，是不是？”

谢禹点头：“非常好，昨天夜里打霜了，天就晴了。”

“天色真美啊。如果是春天，下山的步行道两边开满了野山楂花和水仙，漂亮极了，你们见过没有？”说到这里萧拂云把目光又从窗口转回来，没什么预兆地又把话题转开了，“嗯，你坐吧。”

谢禹依言坐下，仔细又不动声色地打量着萧拂云。他一直没有开口，等待着萧拂云开始这一天的话题。最初的话题是琐碎而无关的：“要不要吃一点什么，芳年买了很多蛋糕。”但这其实并不是问句，谢禹推辞后，她还是示意杨芳年去另一头的桌子上切了蛋糕端上来。阳光下糕点看起来很诱人，糖渍水果的香味扑鼻而来，谢禹他们接过碟子，却发现萧拂云只是看了一眼自己面前的点心，一勺也不动，轻声地说：“我看了它们半辈子，等终于不用顾忌、能吃了，却已经吃不出味道来了。”

闻言谢禹的手停了下来，萧拂云笑了笑，催促他：“啊，不要客气，多吃一点儿。今天谢谢你专程过来，听我说些没有用的话。”

“应该道谢的人是我。”说到这里门铃又一次响了，杨芳年去开门，不久又和聂希羽一同回来。聂希羽脱了外套和围巾，微笑着凑过去吻她的面颊：“拂云，今天你看来气色很好。昨天睡得好吗？”

他的到来顿时让萧拂云忘却了谢禹，也忘却了之前的话头，拉过聂希羽开始絮絮叨叨说一些旁人听来摸不着头脑的闲话。聂希羽一直听得很专注，不停微笑，一边吃东西一边喝茶，偶尔接两句话，但随着时间的推移，谢禹渐渐发现，她反复在说的，其实就是那么几件事情，只是说到后面又忘记前言，自己却恍然无觉，只是一再地重复着。

这个认知比直面她的衰老更让谢禹难以面对。他看向站在一边的杨芳年，后者的眼睛里满是无可奈何的哀伤，又不得不小心翼翼地掩藏着，发现谢禹的目光后，她一愣，冲着他很慢很慢地摇了一下头。

“拂云，这里还有客人呢。你不是说要约他有事说？”这时聂希羽忽然把话题转了过来。

萧拂云这才又一次地看着谢禹：“哦，对不起，我几乎忘记了。您是……”

谢禹只得又一次起身，致意：“我是谢禹，一个月前在音乐厅的休息室里拜访过您，您还记得吗？”

她含笑点头：“你很像你父亲。”

她的每一个话题起得都毫无逻辑，谢禹耐心无比地陪着她一问一答，尽可能温和地把话题往陆维止身上引。说来也奇怪，明明她已经不记得很多事情了，但不管谢禹怎么暗示，她就像根本想不起来这个人一般，仿佛生命里从来不曾和陆维止有过任何的交集。时间在不知不觉中过去，一个小时两个小时，她始终很虚弱，又始终不肯停下交谈。但说来说去，还是她养的花，收集的食谱，和对新年的打算。

其间谢禹和聂希羽交换了数次眼神，最近的一次连聂希羽都忍不住流露出不忍和失望，开始暗示“到此为止吧”。谢禹的脊背开始冒汗，心里都是凉的，以至于萧拂云那句忽如其来的话冒出时，他差点错过了。

“……我年轻的时候，总是很怕死的。”她不自觉地抓紧了披肩的一角，又很快地强迫自己的手放松开来，“有时半夜做梦醒来想到有一天会变老变丑，然后死去，就忍不住一个人躲在被子里哭。但是没想到这么一天就在眼前了，反而一点儿也不害怕了。”

聂希羽动了动嘴唇，靠过去一点儿，拍拍她的肩膀说：“乱说话，这两天天气好了，小敏还说要请你去我们家做客一起过新年呢。”

萧拂云微弱地笑笑，一直像笼着层层雾气的眼睛，这个时候竟然清亮了起来：“是吗，要新年了，真好，又是一年。希羽，他最后是怎么样的，也是像我这样，孤零零的吗？”

聂希羽低下眼，沉默良久，接话：“我不知道。那个时候我不在，不过我想，陆家那么一大家子，他们又都这么爱他，肯定一直在他身边。”

“那他呢，他在不在他身边？”

“……”

沉默就是答案。萧拂云眼底亮光一闪，冷冷地一笑：“好，很好。我想也是，不要脸的人什么事都做得出来。”

听到这里聂希羽悄悄皱起眉来，叹了一口气，说：“拂云……”

萧拂云怔怔盯着他，忽然抬起手遮住眼睛哭了，一边哭一边说：“我真后悔啊，我不该赌气的。我怎么也应该回去见见他的。最近我老是梦见维止，梦见他坐在休息室里等我，看着我笑。我当年怎么就鬼迷了心窍，明知道他病危还赌气不回来呢。他还是会见我的，我们吵了那么多次架了，也还是一次次地和好了，是不是？”

眼看她哭得气若游丝，聂希羽一边拿目光暗示杨芳年，一边伸手摩挲她的后背给她顺气：“会的会的，当然会的，他的病房里一直放着你的唱片，他从来没有忘记你，也没有生你的气……”

“他怎么能不生我的气……他怎么能不生我的气呢……”

她始终呢喃同样一句话，缩成一团哭个不停。别说本来不知道究竟发生了什么事情的陈楷和施更牛，就连稍微知道一点内情的谢禹都觉得尴尬，坐在一边既插不上话，也不能离开，只能沉下脸色，静静地等着萧拂云恢复平静。她哭了一刻钟，还是杨芳年陪着轻轻按着她的虎口，低声劝慰，才总算是止住了。再抬起脸之后，萧拂云的整张脸都像被水浸透了，汗泪交织，好不凄凉，额头和颧骨冲上不自然的红色，直到杨芳年把手帕递给她，她擦了一把脸，又抽泣了一阵，又一次开口时，声音已经是彻底哑了。可是接下来，她说：“芳年，去弹琴，我想唱支歌。”

杨芳年和聂希羽面面相觑，谢禹也糊涂了，更不必提瞠目结舌的陈楷他们。只见杨芳年摇头，站在原地一动不动：“夫人，医生说您要多休息。”她却固执得惊人，从沙发里费力地站起来，抿着嘴角，嘴边浮现专注而独裁的纹路：“我已经废物到连歌都不能唱了吗？！我不能唱了，我就死了。我早就死了，是不是？”

“您明知道每次您这样说完，我才是恨不得先去死的那一个。”杨芳年平淡地说完，转身走向了钢琴。最先调门起得太高，萧拂云唱了两句就咳起来，杨芳年转过脸凝视着她，调子又低了。声音响起之前谢禹不是没有猜测过她会唱什么，他以为是歌剧的选段，但她却唱起了一支小调。

他听她唱“她歌声清澈如水，教人欢心雀跃；她双眼瑰丽如宝石，令人心驰神醉”，嗓音嘶哑，几不成声，却唱得投入，指尖微微敲打琴身，跟着乐曲打拍子。谢禹也跟着默默地站了起来，注视萧拂云枯瘦却又奇异宁静下来的侧脸，此刻她努力歌唱，也许是追忆昔日的光阴，也许是维持最后的尊严，又或者都不是，她只是做回了最初的自己。

她还是没有唱完这支歌，声音已经先一步彻底垮了，也不知道压垮她声音的，到底是之前的恸哭，还是别的什么。她一只手搭在杨芳年肩膀上，另一只手拿手帕捂住嘴，看向沉默着的谢禹，语调疲惫苦涩不堪：“我不知道为什么你要找到我，但是你肯定高估了我对陆维止的影响力。我之前不是不想说，而是没有颜面去提起他，提起和他有关的任何事情。……我这个人，就是个彻彻底底的失败品。最初的愿望是想做最好的女高音，机会来了，我却扔掉了；想做母亲，一直没有孩子；后来想那就做一个好妻子吧，也失败了；到了最后，连做一个普通的、被人爱的女人也搞得一败涂地……维止当年骂我说是天底下最不可救药的白痴、蠢货，为了一个不爱我的男人什么都不要了，活该下半辈子在后悔里痛不欲生。真是一点儿也没有错，何止是蠢，我就是那个白痴的狗熊，看见新的玉米就把手里那个扔掉，以为不到手的就是最好的，结果连最后一个也忘记留在手里，统统扔出去了……我在很多地方生活过，临到死了没有一个是家，也说不好任何一种语言，一无所有，真是一无所有……”

她愈说，神态愈平和，简直在诉说别人的经历一样。谢禹听完她这番话，看着她，心中五味杂陈，很难得地迟疑了一下，还是出言安慰：“不是的，夫人，您一直是陆维止心里最好的女高音，独一无二的DIVA。”

萧拂云仰面放声大笑，笑得颈子上的青筋根根可见，笑得泪水纵横，笑完之后她若无其事地拭去眼角的残泪，用残破的嗓音柔声附和：“是啊，我知道他对我的爱。他当然爱我，如同爱一尊精美的希腊雕塑，爱一张马赛克拼画，爱一个陶瓷花瓶，一支曲子一本书一出剧，他怎么能不爱我呢？”这样的说辞让谢禹无言以对，他低下眼，也垂下了肩。

唱歌消耗了萧拂云为数不多的残留体力，她坐着坐着脸色发白，看起来昏昏欲睡。杨芳年站起来要送客，谢禹也没有多耽搁，只是临走的时候，他半跪在萧拂云脚边，低声说：“夫人，今天谢谢您。您的这些话，我可以用吗？”

她的意识又一次模糊了：“用在哪里？用什么？”

“我想为陆维止写一本传记。”

闻言她精神一振，直起了腰背，一瞬间笑容冷酷又清醒：“当然，我不能抹黑他，也不该这么做，这是我最后的体面，而失败的人也就这么一点点尊严了。你们都不知道，我对他有多少亏欠……”

谢禹握住她的手：“请一定保重身体，新年我再来探望您。”

出门前他忍不住回头看了一眼，萧拂云裹着披肩坐在原地不动，她侧着脸，目光不知定在什么地方，但那神色是专注而温柔的，有那么一瞬间，不仅衰老，连死神仿佛也一并停住了步伐。

回程的船在当天下午离开了纪安岛。这一天天气晴朗，游艇离港很远，纪安岛的轮廓还依稀可见。

谢禹端着咖啡杯坐在甲板上，一直远眺着岛的方向。

“你不冷吗？今天虽然出太阳，但好像比前几天冷多了。”陈楷的声音没有征兆地自身后响起。

“还好。施更生好一点儿没？”

“她去睡觉了。来，这杯热一点儿。”陈楷递给他一杯滚烫的咖啡，焐在手里好一会儿，才感觉到刺人的烫意传到手心。

陈楷也跟着一并望向纪安岛的方向：“我真搞不懂你，你一直想见她，见希羽，他们都在你面前了，你反而不作声了。”

“我也觉得不对劲，但是在那里说不出话来，你觉得呢？”

“我又不爱她，也不认识她，没觉得有什么。真可惜她背后没有一扇大镜子。”说到这里陈楷有点不好意思地一笑，“你离开萧拂云家之后，就没有笑过。”

“我平时也不笑的。”谢禹一愣，下意识地解释。

陈楷看着他半天，正色说：“多笑一笑。我看她脸色很差，看起来是不好了。”

“……唔，我知道。”

“你如果真的想知道什么，应该抓紧机会问她……”

他的言下之意让谢禹蹙起了眉，平复下去后他别开脸：“嗯。”

过了一会儿，陈楷又开口：“就要回去了。”

“之前喊着要回学校赶功课签到的又是谁？”

“……回去之后我可能要请一周到两周的假，然后等我把事情处理好，我再来找你。”他说得郑重其事，谢禹不由得回头看了一眼，陈楷的神色和语气一样郑重。

“可以。”他平静自若地答应了。

在他们闲聊和发呆的时间里，纪安岛已经慢慢消失在了海平面上，骤起的云霞遮住了太阳，海水的颜色也跟着变幻不定起来。船身破开的浪花和远处的纪安岛一样，都渐渐被抛在身后了。谢禹盯着杯子里升腾出的稀薄雾气，想起萧拂云这一生，嫁错了，也不见得爱对了，第一任丈夫把她带到陆维止眼前，后者带给她黄金十年，却给不了她爱和迷恋。她却在事业的顶峰，一意孤行地嫁给一个年轻十岁的男人，从此被带到异国他乡，又常年地抛弃在那里，直到眼下，孤零零地走到人生的尽头。

他前一夜没怎么睡，在萧拂云家又一直绷着一根弦，这个时候一旦松弛下来，睡意强烈得连咖啡都无法挽回。合眼前穆回锦那青白的脸色和冰冷的笑脸不期而至，但是谢禹甚至没有力气先把这张脸挥走，就已经先一步滑入了睡眠的深渊。

下船的时候居然看到谢辰站在码头上等，脸色看起来有些阴沉。谢禹睡前偷了懒，直接拿毯子一裹睡在了外面，现在手脚冷冰冰的，于是见到谢辰稍稍有点想避开。谢辰看见他们下了船，掐掉烟走过来，低声说：“半个小时前纪安岛上来消息了，萧拂云去世了。”

谢禹猛地抬起头，心却彻底沉了下去。

19 回首

他记得那是一条很长很长的路，蜿蜒盘旋，好像一辈子也走不到尽头。而他已经一个人走了太久，疼痛又疲惫不堪，所以当那扇门后传出音乐声和人声的时候，他毫不犹豫地走了进去。温暖的光线下，他看见有盛装的女人站在舞台中央，在响彻云霄的音乐中如若光华加身，冰冷的旅程从此明亮起来，仿佛有不知名的花朵盛开了。依稀闻见花的香味，谢禹醒了。

清醒后的后遗症是手足酸软，脸颊烫得厉害，浑身的水分就像被抽空了，一点儿力气也用不上。他很不舒服地动了一下，几乎立刻就有人围上前，手搭在额头上："阿禹。"

谢辰的出现让他不免有些惊讶，仔细一回忆发现大脑里塞满了棉絮，无从想起出了什么事情而自己此刻又在什么地方。他看着谢辰，费力咽了咽喉咙，嗓子里就像失了火："嗯？"

"你是不是又吹风了？从纪安岛回来没几天就发高烧，送来医院的时候人都烧糊涂了。熬夜熬夜，有什么事情是非要熬夜做的。"

谢禹对谢辰这些话素来是置若罔闻的，脑子迟钝地转了半天，倒是想起另外一件事情来。他一把抓住谢辰的手腕："萧拂云的葬礼举行了没有？”谢辰瞪他一眼，但严厉的神色也是一贯对他这个弟弟没有用的。他叹了一口气，坐在床边：“还没有，周五。”

“今天周几？”

眼看着谢禹的眼睛一下子被点亮了，谢辰皱起眉头来：“周二，参加葬礼的事情你不要想……”

谢禹就笑了一笑，松开手，撑了一把费力地坐起来：“哥，你知道我就是爬也会爬去的。”

谢辰看着他就不作声，谢禹也一样，兄弟两个人开始在病房里暗中角力起来。好在这景况并没持续太久，按点来查房的护士推门走了进来，看见谢禹坐了起来，忙赶过去帮他测体温。

烧已经基本上退了，不久医生也到了病房，做完一轮检查后，谢辰跟在医生后面暂时离开了病房。谢禹把谢辰离开之前递给他的外套披上，发现病房里空空如也，书啊电脑啊资料啊都不在，他不由得想如果汪素云还在，绝不至于如此，一面又摸起电视遥控器，打开了电视。

过了一刻钟左右谢辰折回来，看见谢禹端着水杯心不在焉地看电视，说：“坐起来了？冷不冷，把温度再调高一点儿？”

“医生说什么时候可以出院？”

谢辰看起来给噎了一下，半晌放和缓语气，慢慢地说：“最快也得下周。你安心住院，要什么东西等一下我要司机从丽海道给你送过来，或者干脆让施更生来一趟？”

“发烧还要住院？又不是登革热和鼠疫，我要回去。”

“阿禹。”

谢禹微微蹙眉：“我闻到病房的味道就想吐。”

眼看谢禹一副绝不退让的固执神色，谢辰只能说：“这样，你再住两天，周五我让老何来接你，去墓地。但是这两天你好好养病，哪里也不要去。”

“那你让司机把我书桌上那些插了书签的书都带过来，弄不清楚就要施更生来找。”

“我就是要你不要看书，才留你多住两天院。你要是这两天还非要碰那些鬼书……不是不住院吗，那就不住了，跟我回家去。”

谢禹抬头瞄一眼谢辰：“还是待在这里吧。”

两个人眼看着又要开始磨嘴皮子，病房外面守着的护士敲了敲门，进来后说：“谢先生，楼下总台打电话来，说有个叫陈楷的想来探病。”

“说谢禹刚好一点，还要休息。”

“让他上来吧。”

几乎在同时说完之后，谢辰和谢禹互相看了看对方，谢辰又要说话，谢禹先比了个手势要他别作声，转头对护士重复一次“请他上来，不要紧”。

敲门声又响了，谢禹立刻扬声说“进来”，门几乎在同时一动，陈楷推开门，探进半个身子，看见房间里并不止谢禹一个人后僵了一下，却还是很快地进来了。他看起来来得很匆忙，挎包紧紧拎在手里，太用劲了以至于包带被抓得有点变形。头发被风吹得乱七八糟，鼻尖冻得通红，一进温暖的房间，话还没说呢，就先打了个一个大喷嚏。

谢禹看着他一下子笑了：“怎么回事，进来坐。”

“谢先生您也在啊，下午好。”陈楷对他不好意思地一笑，匆匆向谢辰打招呼。

谢辰这时脸色已经恢复过来了，语气虽然还是冷淡，但他对陈楷从不热络，也不显得突兀：“唔，你来了。”说完就往沙发上一坐。

谢禹见状没说话，默默看着谢辰。陈楷先头进来还是心急火燎有无数事情要说的样子，但一看到这样，也不作声了，不自然地垂着头。

静了片刻，谢禹轻轻喊了一声：“哥。”

谢辰转过头来看他，又去看陈楷，终于以公事公办的口气说：“陈楷，阿禹这几天要静养，不要把工作带到医院来。这句话你也告诉施更生。”

“好，我知道了，我一定转告更生。”

送走了谢辰，陈楷盯着谢禹，看了好半天，才说：“怎么回事？我今天打电话到丽海道，结果更生说你生病了在住院。怎么会发烧的？现在好一点没有？”一边说，一边把包往地上一扔，急急忙忙地赶到床头来。

“没什么，烧都退了。”

“肯定是从纪安岛回来那天着凉了。当时应该把你拖回船舱里的，还是有点热……”说到一半又僵住了，手也没处搁似的缩回来悬在半空。

谢禹看着他：“不要紧，偶尔发烧是好事。”

“那你的腿痛不痛？最近一会儿雨一会儿霜的。”

“你不说我都忘记了。”谢禹还是笑。

直到这个时候陈楷那一直绷着的脸才抹开，也想起是该坐下来了。他闷闷地拖过一张凳子坐在谢禹身边：“也没人告诉我，不然我就早点过来了。”

“要不是谢辰告诉我今天周二，我连病了几天都不知道，烧得稀里糊涂的。”

陈楷眼睛一转，拿手指比了一下：“四天了……”

“陈楷。”

“唉？”

谢禹苦笑了一下：“虽然说发烧的人不会饿，但现在我有点饿了，等一下我叫护工送不知道哪一餐，你想吃什么？”

“……我帮你去叫吧。哦，对了，我赶过来的时候在便利店里买了东西，先吃一点儿垫一垫。”说完就自顾自地从包里翻出一个三明治，折回来递给谢禹，还不忘记端上一杯水。

谢禹拿到之后再自然不过又还了一半给陈楷，这才看见是很常见的吞拿鱼玉米馅。两个人坐在一起把这个三明治分吃完，谢禹就已经饱得差不多了，喝掉杯子里的水后，发现陈楷正盯着他看，不由得问：“怎么了？”

他摇摇头说："没什么……萧拂云的葬礼，是这个礼拜五，你知道吗？"

"你来之前谢辰告诉我了。"

"你要去？"陈楷一愣，追问。

"嗯。说好了周五一早老何来接我出院。你去不去？"

陈楷垂眼："我无所谓。"

语气里多有保留。谢禹听出来了，却不着急问，把杯子递给陈楷，等他再回来，果然还不等谢禹开口，陈楷已经忍不住先说了："她人都已经死了，去不去葬礼有什么意义。"

谢禹缓缓地说："对我来说有。"

陈楷怔怔站在原地，不解地看着他。谢禹想了想，招手示意他坐："你不是问过我为什么是陆维止和萧拂云吗？"

"呃，你……其实如果你不想说，真的可以不用说。"陈楷的声音不知不觉放低了，"只要提到他们，你就变了一个人。"

只是从哪里说起呢。谢禹侧开脸，看向拉开窗帘的窗外。天空彤云密布，又在云与云的缝隙之间，裂出金紫色的一线天空，就好像那一天，他接到电话，趁着父母当晚要去赴宴，偷偷出门去找谢辰……

"谢禹……？"

"嗯？"

陈楷的语气有些不安："你走神了。"

他不由得微微一笑："对不起，我只是在想应该从哪里开始说。"

对面的青年忐忑地注视着他。

"我和谢辰虽然是亲兄弟，但是年纪差了差不多十岁，我父母应酬很多，不怎么管我，反而是谢辰对我照顾得更多。所以从小时候起，我对他一直又亲又怕。"一旦开了头，接下去的话似乎也就容易一些了，"我十二三岁的时候，谢辰和STV当时力捧的一个新人谈恋爱，被狗仔队曝光，我爸知道了大发雷霆，要他和那个女人分手，谢辰不肯，为了女朋友离家出走。爸爸气得要命，停了他的卡和支票，又冷藏了他的女友，也不准任何人接济他们。那个时候谢辰还在念书，没有收入，日子过得很辛苦，但他是从来不会开口求饶的。他是二月份离开家的吧，一直到暑假，还是不肯回来。

“后来有一天，我接到一个电话，他女朋友打来的，说是谢辰在外面打工太辛苦，病倒了，连去医院的钱都没有。她借不到钱，谢辰又绝对不会向朋友开口，走投无路，她才打电话过来，想跟我爸说愿意分手，赶快送谢辰去医院治病。但是那天正好他们参加朋友孙子的满月酒，出去了，也没人看着我，我就问了地址，带了自己的零花钱想去找他。”

顿时那些他以为业已远去的记忆汹涌而来。那一天的天色悄然浮现于眼前。也是台风的尾梢，傍晚五六点钟，天色将暗未暗，偶尔有雨，街头几乎看不到行人，只有那尖声肆虐的风声，一刻不停地刮动着道路两边的路牌，咣当咣当的声响像是从四面八方铺天盖地地盘旋着压下来。

十多年后那种毫无征兆的疼痛的回忆还是保留在大脑的某个角落里，又一再地以各种各样类似于幻觉的形式出没着。但是此刻，这种记忆从来没有这么真实过。他甚至可以感觉到疼痛本身顺着小腿以一种不可思议的缓慢速度爬行到身体的各个角落，尖锐又清晰，分明得就像水流自高而低、从西到东，又仿佛有一把最锋利的刀子，沿着筋脉一寸寸挑开，再狠狠地扎回脊柱上。最后那种无法形容的痛楚又汇集回左腿，在失去意识之前，他似乎麻木地看了一圈四下，好像那个时候手指已经沾着血水和灰尘，滚远了。

谢禹不禁牵动了一下嘴角，但面部僵硬了，这个轻微的举动并没有像他自己想的那样把脸上的线条放松。他继续说：“但是我运气太差了，走到他们租的房子那一片，结果路边高层挂的废弃了的广告板被风吹了下来，正好砸到我的腿，手指也被钢板削到了，我也没用，一下子就晕了，没有很顽强地爬到电话亭叫救护车。最不巧的是那天天气不好，很快天黑了，路上没有人，等谢辰的女朋友告诉他我可能在过来的路上时，大概已经是将近半夜的事情了。”

听到这里陈楷抿住嘴，从第一次发现谢禹残疾后，他就已经有了这种很深的同情。他觉得谢禹很可怜，太需要有人照顾。

谢禹反而笑了：“手指没找到，自然接不起来，腿也没办法恢复如常。那个时候我在学弹琴学画，喜欢打网球，还想过学马术，结果一觉起来，忽然发现什么也不能做了，有两年的时间完全是个狂暴症患者，想方设法让每一个人都不好过，也不去上学了，一天到晚在家里，恨不得所有人都陪我下地狱。”说到这里谢禹的脸还是抽搐了一下，“对不起，今天忽然变得多话了。不过这就说到了……直到有一天，谢辰说要带我去音乐厅。之前我虽然学了好几年琴，可从来不相信这个世界上存在着可以拯救人的音乐，那都是给人逗乐子的，吃完饭高兴了，弹一支曲子帮助消化。但是那一天，我听见了萧拂云的声音。谢幕的时候，她和指挥拥着一个也拄着拐杖的人上台——谢辰告诉我这个人是这出歌剧的导演，那一晚我所看见的听见的都是这个人创造出来的世界。演出结束之后，谢辰就和我去了后台，那是我第一次，也是唯一一次见到陆维止。”

谢禹无声地笑了，当年的自己是何等胆怯而自卑地跟在谢辰身后，手里拿着谢辰订的百合花，又固执地甩开刚刚才用顺手的拐杖。

十二号休息室。他们都在那里，陆维止和萧拂云。那一晚他几乎说不出话来，只能愣愣地坐在沙发上仰视着他们，直到有一刻，陆维止拄着拐杖，坐在了沙发的另一边。当时他记得自己问他：“你看起来很痛，这拐杖很不舒服吗？”

那个晚上陆维止脸色苍白，眼睛却很亮：“不是拐杖的问题。我都这把年纪了，还要重头学走路，真是件麻烦事。特别是对我这种懒人来说，我觉得不耐烦。”

“为什么，你不是会走吗？我看见你上台谢幕了。”

“我的半边身体已经死了。”他指了指他的左半边身体，又指了指脑子，“这里也不行了，但是我还是要每天锻炼，让它们慢慢活过来。”

谢禹很冷淡地说："让他们推着你走好了，反正一样的。为什么要让自己这么痛，傻瓜才这么做。"

他却微笑，平静地说："总是要自己活，事情也还是要做下去的。"

……

他伸手一指脑袋："……这种感觉无法解释，也无法传达，但萧拂云那一天晚上的声音一直都在这里，是我的一部分。不管你怎么看，对我来说是他们拯救了我，让我变回了普通人。没几年陆维止去世，我跟着家人去参加他的葬礼，才知道他还是个电影导演。那个时候我就想，尽管迟了，将来我一定要为他做点什么。"说到这里谢禹的语调转而轻快起来，"好了，故事说完了，我想再喝一杯水。"

陈楷坐着没有动，神情看起来很忧郁。谢禹发现自己一点儿也不喜欢在他脸上看到任何忧郁和愁苦的神色，不由得叹了口气。这叹息声让陈楷抬起头来："其实今天我来还有别的事情。我想了这些天，我想明白了。"

"你说。"

他黑白分明的眼睛不避不让地看着谢禹，一字一句地说："我想辞职。"短短四个字听来却好像始终有回声，从耳边一路荡到心底，荡得他视线都摇摆起来。他眯了眯眼睛，面上毫无表情，听起来很镇定地说："哦，好，什么时候。走之前告诉我，我让施更生包两个彩玻璃杯子给你带走，上次我忘记了……"

陈楷的脸换上了又无奈又不甘心的表情："你什么意思？我没说我要走啊。"

谢禹一定神："你说什么？"

陈楷不自在地调整了一下坐姿："我的确一无所有，但现在能做的只有这个了。不过我很快就要毕业了，而半年其实也很快就过去了，是不是？"

谢禹发现自己居然没听懂陈楷的话："什么？"

陈楷看到谢禹这个面无表情的样子，也傻掉了，慌乱地低下眼说：

“啊……对不起，我是不是又会错意了。我非常感谢你给我工作的机会，但我又无法坦然地拿你的工钱。你对我有恩，我怎么可能拿你的工钱……”

这下谢禹总算反应过来了。眼前的陈楷低着头絮絮叨叨继续在说话，他却一个字也没听进去。

谢禹慢慢开了口：“那天你在丽海道，把自己说得一无是处，不是这样的。我才是，在你说那些话的时候，我甚至都不敢接话。”陈楷的身体微微一动，一下子卡住了，却没有抬头。

“我身体不好，腿的毛病一直没有断根，天气一变就像一个死人一样什么也做不了，只能等着别人照顾。”

“不要紧。”陈楷小声地接话。

“我的交际圈很窄，不太出门。”

“我知道。”

谢禹继续说下去：“再怎么觉得自己是个正常人也罢，我到底是个残废，有很多做不来的事情。譬如在你上来之前，谢辰当着我的面说你，我可以顶回去，但如果是别人也这么做，我可能没办法……”

陈楷笑得眼睛都弯了：“我保证，如果是谢先生我不动手，别人你千万不要拦我。”

谢禹终于被陈楷弄得一时没有话说，沉默下来。

此时此刻，谢禹终于没办法，一面摇头一面笑。

陈楷笑起来：“那现在开始，辞职生效了。”

20 葬礼

接下来的两天，陈楷坚持每天到医院来报到，和谢辰又撞上一次，但第二天，谢辰就不再过来了。到了周五两个人一起去参加葬礼，天气依然寒冷，但是阳光无比明媚灿烂，是个不折不扣的晴朗的一天。

葬礼可说相当盛大隆重，想必是在生前就已经在精心筹备的了。如果不是来宾都面带哀戚，放眼皆是的鲜花把墓园装点得甚至像一场婚礼。

萧拂云并没有和现任的丈夫离婚，但后者并没有出现在葬礼上，坐在家属答礼的据说是她的一房远亲，哀容就像面具一样挂在脸上，从开始到最终都尽职地一刻也没有摘下。

谢禹来之前刚挂完点滴吃了药，药效从内而外发散，北风则反向不懈地侵入，纵然是他坐功了得，在仪式后半程也有些支撑不住了。他稍一摇晃，陪着同来的陈楷就察觉到了，无声送来询问的目光。谢禹朝他摇摇头，低声说："吃了药困了。"

葬礼结束后很多客人走过去向亲属问哀，谢禹没去，坐在原地等人群差不多散开后找到杨芳年，想和她说几句话。比起在纪安岛上的几次会面，此时的她看起来精神反而好了一些，只是整个人包裹在漆黑的裙子里，双眼深处冰封如冻土，越发的弱不禁风。谢禹向她打了个招呼，她先头并没有理会，直到谢禹把栀子花束留在崭新的墓碑前，那娇弱的花瓣被寒风吹散的瞬间，前一刻还枯槁若死的杨芳年终于还是没有忍住，跪倒下来，额头贴着冰冷的墓碑无声地哭泣。

谢禹站了一会儿，发现她的泪水似乎永远没有尽头，心里不忍，走近两步轻声说："杨小姐，请你节哀。"

杨芳年没有理会谢禹。谢禹只能又默默退回来，看了看面上同样露出不忍之色的陈楷，终究还是什么也没有说出口。

如果不是聂希羽夫妇出现并几近于强制地拉起她来，杨芳年说不定会融化在墓碑前。聂希羽把已经哭得神智不清的杨芳年交托给妻子照顾后，又转过身来对谢禹说："你今天也来了。"

"我想送她一程。"

聂希羽点点头，一边戴手套一边说："她希望立刻下葬，葬礼结束大家就忘记她，快快乐乐地继续生活，所以早就在筹备细节。"

"很美的葬礼。"

聂希羽却一笑："那也是葬礼而已。"

谢禹的嘴角始终绷着："如果还有什么我能做的，我一定尽全力。"

"嗯？那就把她在你的书里写得美好一点，对她公平宽容一点，她不过是个普通的女人罢了。"

"……"短暂地沉默了一下，谢禹还是说，"我并没有……"

"你并没有打算丑化她，只是想尽可能地还原事实对不对？"聂希羽燃了支烟，"事实不全是好的，死去的人也不见得希望你这样做。不过现在和你说这个也没意思，你还是要写的，没什么人能阻止你做这件事。那就好运吧。希望等你到了我们这个年纪，再回头看这本书，不会觉得后悔和遗憾。"较之纪安岛咖啡店里的一席话，此时聂希羽的语气可谓是"宽容平和又仁慈"了。谢禹斟酌了一下这番话的言下之意，跟着笑了笑："我一定尽力。"

说完他又说："听说您又要出山了，是一出现代剧？我很期待。"

来参加葬礼的路上施更生打了个电话来，说已经证实聂希羽被一个年轻导演请出山，为一出现代版的《哈姆雷特》担任服装和道具的指导。导演的名字叫齐攸，谢禹曾经去看过他的舞台剧处女作，写过剧评，见过面，也一起吃过饭。对方对陆维止亦颇有研究，但彼此之间并没有什么私交。若只是光论戏本身，再抬出聂希羽，也并不怎么值得在这寒风凛冽的天气里驻足讨论。但施更生给的消息里，还有另外两句话：剧本是陆维止当年留下的，主演是穆回锦。

聂希羽微微愣神，才回答："消息传得倒是很快，配合宣传了吗？"

"听说宣传用的海报都挂出来了，在对岸的十字街。"

"瞎胡闹。"聂希羽不以为然地摇了摇头，然后微微地叹了口气，"到底我们谁也没有摆脱他。还有，不是冤家不聚头，是不是？"

谢禹微微颔首，权当表态。见状聂希羽浮现出一个分明的苦笑，看起来有话要说。但这时站在远处搀扶安慰着杨芳年的聂太太频频以目光向他示意。而接收到目光的聂希羽似乎又很快改变了初衷，说："芳年这段时间太辛苦了，今天我们先送她回去休息，希望改日还有机会再见面。"

谢禹也说："我对这出戏很有兴趣，到时候一定去看。"

聂希羽就笑笑，转身离开了。

目送着聂希羽一行人的身影慢慢消失在黑压压的人潮中，谢禹又听见陈楷靠近的脚步声。他没有回头，而是等到脚步声又停下了，才说："再等一等我，我们这就回去。"

陈楷说："我不着急，你要是想多待一会儿，我就去车上给你把围巾和帽子拿过来。"

谢禹止住了他，摇头说："我一点儿也不冷。"

陈楷转过脸去仔细打量谢禹，又把目光移到萧拂云的墓碑上，这般交替再三，才说："谢禹，他们这些人，不是真的。"

"嗯？"这话说得没头没脑，又被他说得格外郑重，谢禹不由得暂时把飘走的注意力收回来，答应了一句。陈楷的脸色却是出奇的认真，眼睛瞪大了，眉心则凿下两道很深的纹路，嘴角绷着，有点神经质：“萧拂云，陆维止，甚至是穆回锦，这些人都是活在一个他们才能相互沟通理解的幻境里，这不是真的。”

谢禹笑了笑：“你怎么了？”

但这个笑容并没有安抚他，再张嘴的时候连之前的镇定也没有了，急促而紧张地说：“我不知道……我说不清楚，你知道我一直说不清楚这些事情，也从来没有搞明白过……但是谢禹，他们是踩在云里的，你不是，你只是要写他们，不要变成那样。”

谢禹哑然失笑：“怎么会想到这里去了。你别着急，可以以后再慢慢告诉我。”但是陈楷还是一副没来由的莫名惊恐，好像看见了什么，急切地要表达出来，然而无能为力。谢禹看见他这个样子，终于也收敛起笑容，继续说：“只是一本书而已。每个人有自己的本分，我的本分就是写完这本书。我从来就不是他们中的一员，将来也不会是。”

陈楷又扭头去看萧拂云的墓碑，在鲜花的拥簇之下，这小小的建筑物更像一个香火永盛的神龛。渐渐地，他的眉头舒展开。

谢禹还是不明白陈楷此时的紧张从何而来，但又不愿意多说，只是想再无声地试图安抚他。马上他又被人叫住了：“谢先生吗，有空的话，借一步说话？”

陆仪的到场虽然在意料之外，却又是情理之中。看见他之后谢禹迟疑了一下，点头致意：“哦，你也来了。”

“萧女士生前和‘止雍’一直维持着往来，对基金会也多有襄助，为她的葬礼做些事情，也是基金会的荣幸。”他只提止雍基金会而不提陆家与萧拂云的私交，谢禹自然不会漏过这其中的微妙差别。他跟着寒暄了一句“原来如此”，就停下来，再没有开口的意思。

陆仪等了一会儿，才又说：“葬礼已经结束了，如果今天你不忙，不如找个地方坐一下？”这邀请来得突然，但两个人之间的交集想来想去也只有一件事，或是一个人，谢禹心知多半是与陆维止有关，回头一看，陈楷看起来还是紧紧绷着一根弦的样子，他就说：“我今天约了别人，就在路上说吧。”

陆仪迟疑了一下，终于点头：“那也可以。”说完他遣开跟在几步之外的秘书，谢禹见状，也折回去对没有跟上来的陈楷轻声说：“这里冷，你去车上等我，最多一刻钟我就来。”

一开始陈楷不肯动，抿了抿嘴，盯着不远处正在和秘书交代着什么的陆仪，压低声音说：“我远远地等着你吧。”

他分明是在不安着，又固执地不肯说出真正的原因。到后来谢禹也不说话了，看着他许久，正要说“好”，又是陈楷先抢去了话头，匆匆地别开脸抛下一句“好，我先去车上等你”，就这么在谢禹眼皮底下跑开了。

谢禹还来不及深想这个上午以来陈楷的种种反常，这时陆仪已经走了过来，用无可挑剔的笑容和语气说：“你的车停在哪个门？”

他们选了一条平路，离停车场最远，但对谢禹而言走起来也最不费力。很快陆仪就切入主题：“书的材料收集得还顺利吗？如果还需要去骊湾，我们随时欢迎。”

谢禹道了谢，并没有多话，而直到他们走到这条路的尽头拐上另一条道路，陆仪才又一次开口：“我听说你一直在收集材料，采访当年和叔父一起工作过的当事人，这些事情恰好也是基金会日常工作的范畴之内，我就想，如果你有兴趣的话，也许我们可以合作。”听到这里谢禹略一挑眉，陆仪以为他来了兴趣，微微一笑继续说下去，“叔父现存的工作手记、分镜剧本、在米兰工作时候的舞台设计稿、部分通信和卡片，当然也包括没有公开发行过的影像资料，大部分都收藏在止雍的资料馆里。我相信这些对任何一个有志于研究叔父生平的人而言，都是非常珍贵的资料。”

“的确很难得。”谢禹点头表示附和。

“你的那本传记，计划几时定稿？”

“要看什么时候不再收集资料了，差不多就可以动笔了。也许很快，也许若干年后。”

陆仪不由得一笑：“谢先生真是准备把这本书当作一辈子的事业来做吗？是这样，止雍预计在明年年底，最晚再下一年的年初，开放叔父的纪念馆，到时候会公开一部分我们手上的资料作为永久性展品，如果你有意与我们合作，那么所有的馆藏资料，都可以供你查阅。”

这听起来是相当诱人的提议。谢禹也微笑了：“你指的合作，具体包括什么？”

“哦，其实说来也不是大事。要是传记能在开馆时出来，我想会是一个对双方都很有利的时机。我们无意干涉你的创作和对叔父作品的看法，但是既然涉及合作，那就希望在完成每一个章节和整本书后，基金会能在出版之前，优先看到稿子。”

谢禹瞄了陆仪一眼：“只是看稿？”

“审稿也包括在内，还有就是……不妨直言，在有关材料和人物的取舍上，”说到这里陆仪顿了一顿，稍稍加深了笑容，很平静地说，“如果能事先沟通、达到共识，那当然是再好不过。”

“哦，这个绝无可能。”谢禹沉默片刻，也一样平静而笃定地回答。

他说话的声音不大，陆仪起先稍稍一愣，很快又把脸色抹回来：“谢先生，我想你大概是误会了，我并不是说……”

谢禹面无表情地看着道路的尽头，墓园那漆上黑漆的铁门已经遥遥可见了，他打断陆仪的话：“舍谁？穆回锦？”话既然说破，陆仪索性停下脚步，一摊手：“他并不重要，甚至可以说无足轻重。”

谢禹却继续往前走，发现陆仪并没有跟上来后，才略略收住了步伐，转过脸去说：“的确如此。不过我也可以从陆维止在欧洲开始写起，这么说来，他早年在国内的日子，也不那么重要。谢谢你的提议，谢家几代都只是商人，这件事上，与其费心粉饰，倒不如顺其自然。”说完他稍稍加快了步伐，撇下陆仪一个人出了墓地。

陈楷坐在车子里等他，谢禹拉开车门的时候，就听见音乐声霎时间从车里灌出来。与此同时陈楷也恍然一震地抬起头来："嗯，就回来了？"

谢禹坐进车里，系好安全带："回来了。"

"那……回去吧？"

"或者先去吃饭也可以，看你。"

陈楷踩下油门，又在滑出几米后踩紧了刹车。谢禹还在想之前陆仪的那番话，感觉到动静有些诧异地看了一眼陈楷："怎么了？"

陈楷拧过半边身子，正视谢禹的眼睛，说："忘记和你说一句话了。"他出奇严肃，弄得谢禹心里都暗暗一凛，只面上依然不动声色地说："什么？"

"你之前说那本书是你的本分。不是的，这只是你手上的一项事情而已，写完了，就过去了，把它当作一件普通工作吧。"

谢禹这时才隐约意识到陈楷这一天来的不安和焦虑的来由。他最初有些诧异，之后竟莫名地哑然了，也不知道应该要安抚眼前这个满面严肃认真的年轻人一些什么。良久之后，他才浮起一个笑容："当然，当然。"

他又重复了一遍。陈楷这时本来已经都松开刹车了，听到这句话后接上一句："你听过这句话吗？一个'当然'是好的，两个就未必了。"

谢禹看他又不自觉地抿住了嘴，因为之前和陆仪那段对话而僵住的面部线条也缓缓地舒展开："我不知道。不然我再说多说一个，看来有些时候奇数反而比偶数好。"听他这样说，陈楷忍不住弯起了嘴角，顺手给广播调台。正好这一天某个电台应景地放着萧拂云的唱片，大抵也是在为她送行。

歌声缭绕在狭小的空间里，有一种一唱三叹的魔力。谢禹靠坐在椅背上，目光掠过靠自己这一侧的后视镜，墓园的大门已经被远远甩在身后了，曾经覆满高墙的藤蔓在冬日只余下枯黄干瘪的遗骸，但是等到春天到来，那些柔弱而顽强的生物又会再一次冒出深深浅浅的绿，织出一墙的茵茵绒毯，安然陪伴着高墙内安眠的死者度过又一个春秋。年复一年，周而复始。这样说来，草木未必是无情的了。

暂时收回视线，谢禹转而去看身边专心开车的陈楷，后者在专注之中总是把脊背挺得笔直，下颌稍稍抬起，有一种年轻人特有的力量。

无关人的意志，新的一年悄然来临，再没有多久陈楷放寒假了，隔三岔五在施更生下班后去丽海道做客。这一年的春节来得早，不知不觉年关在即。谢禹和陈楷早早说好新年一起在丽海道过，于是在陈楷要来的前一天，谢禹特地出门去订整个新年假期要吃的点心。跑了半个城四五家店足足订了三大盒拼花蜜饯、六只蛋糕和以打计的为客人准备的花式点心，这才心满意足地回程。谢禹把之前对汪素云的依赖都转到陈楷身上。

途经美术馆的时候正好遇见红灯。美术馆即将推出止雍基金特别赞助的意大利艺术展，巨幅海报上肢体均匀圆润的青年男人捧着活色生香的果篮，对着每一个经过的行人展露纯真而肉感的笑容，深色的肌肤闪闪发亮。

谢禹不由想哪天该和陈楷来看。这时，正好绿灯亮了，也就是在同一时间，他看见穿着黑色外套的陈楷，站在美术馆的高台阶上，目光始终定在马路的方向。谢禹不知道为什么陈楷会在这个时候出现在这个地方，直到车子开出一段距离，直到另一张脸忽然撞入视线。

是穆回锦。

PART 3 荒芜之光

All those moments will be lost in time.

Like tears in the rain.

Time to die.

Blade Runner，*1982*，*R. Scott et al.*

21 鱼

换好今晚出门的衣服，穆回锦在穿衣镜里看见钟点，才意识过来那个电话已经挂断很久了。自从陆棠回去上学，这房子里就安静了许多。尽管这才是十几年来的常态，但穆回锦忍不住想，自己这些年来不养狗是对的，虽然养狗在某些方面比人好，至少养熟了驯好了不叫不吵，招之即来挥之则去，一点儿也不烦心。

不管他怎么想，房间里依然悄无人声，连穿上外套那种窸窸窣窣的衣料摩擦声都听得清清楚楚。他系好扣子后又看了一眼镜子里的自己，有点厌恶又漠然地转开脸，出门了。

音乐厅门口贺子哉和刘茵已经在等着，看见穆回锦后笑着扬一扬手上的请柬，等他走到身边了，贺子哉说："我和刘茵打赌你如果不迟到，也是踩着点到，她非不信，大冬天地站在冷风里拉着我一起等你。好几个月没见你了，躲到哪里去逍遥了？"

穆回锦从他手里夺过请柬，打开一看，里面写的是不认识的人的名字，笑一笑又合上："不看今晚这场我是无所谓，现在就可以走。与其在里面坐三个小时，不如先把你要说的那件事摊出来谈清爽。你小子还和我卖关子。"

贺子哉笑眯眯地挽住他的胳膊："这可是好不容易弄来的，楼座最后面的位置都炒到四位数了。看看也不错，再说你不想看看萧拂云这些年变成什么样子吗？听说她得了癌，活不长了。"

穆回锦瞄了贺子哉一眼："难怪，是想回来死。"

"我说你们能不能进去再说，我可是要冻死了。"刘茵只穿了一件深紫色的小礼服，在寒风里瑟瑟发抖。

贺子哉就和刘茵往里走，走了几步发现穆回锦站在原地没动，停下脚步扭过头，又说："你不是吧？难道害怕见她？"

闻言穆回锦一挑眉："万一中途睡着了，坐在前排未免太扎眼，还是吹吹冷风先醒一醒脑子。"

"这么闹你也能睡着？好了，进去吧。"

进到大厅穆回锦看见满目花团锦簇，脚步慢了一慢，又被贺子哉催促着落了座。刚坐下灯就熄了，乐声响起，今晚的第一支曲子开始了。

上半场全是女人。女高音们那高亢有力的声音传到耳中，使得他有些坐立不安。穆回锦平素是最不耐烦坐在歌剧院里的，这一切或许源于多年前他陪着陆维止去奥地利过冬天，陆维止早早请人订了包厢，连着四个晚上带着穆回锦去听指环。他记得自己第一天撑了一个小时，睡了。第二天因为前一晚没睡好，干脆是从头睡到尾。第三天和第二天一样，只有最后一天没睡着，因为《诸神的黄昏》实在是闹得人没办法睡，音乐一板一眼如同拉锯，而叽里咕噜的语言就像有人往他脑子里灌木头屑子。自此之后，穆回锦就绝不踏进歌剧院的门，顶多在边上的咖啡厅或者餐厅里发呆看报纸。但此时再想当年，不知为何穆回锦觉得有些好笑，走神之余那些声音似乎也不再像最初那样尖厉刺耳了。不过上半场一结束，他的忍耐力也到了极限，看了看明显正陶醉着的贺子哉，没惊动他们，悄悄退了出去。

场歇过后他也没有进去，找了张远离观众出入口的椅子坐下来，招手让服务生送香槟过来。歌声在大厅里还是隐约可闻，只是声音不大，还属于可以忍耐的范围之内。穆回锦一个人慢慢喝掉半瓶香槟，又吃掉两只鱼子酱三明治，低头瞄一眼手表，又招了招手喊住经过的服务生，继续喝酒。他一年里至少三百天过着昼伏夜出的生活，晚上九十点，又喝了酒吃了东西，精神反而好了起来，思路也慢慢清晰了。

暂时不去想为何久不联络的贺子哉带着出名的财神娘娘刘茵专程找自己来听音乐会，穆回锦活动了一下手脚，还是决定先回座位上。结果一拉开门，就听见山呼海啸一样的掌声和欢呼声，亮到刺眼的灯光迎面打开，穆回锦不得不侧开脸眯起眼睛，等适应了光线再转回来，就看见萧拂云已经站在了舞台中间，接受如潮的致敬。上一次见到这个女人，还是老头子中完风自己还没彻底搬出骊湾的时候了吧。那时她还有一头漆黑如云的长头发，而陆维止从来迷恋蓄着浓密长发和有着白皙皮肤的女人，为此他一再地原谅她和为她妥协，但是这个美丽的妇人也变得病骨支离面如枯槁了。真应该让他看看现在的萧拂云是什么样子。穆回锦冷淡而不乏恶意地想。

掌声还在持续，他不得不顶着这让他厌烦的声音走回座位上，拉住也跟着站起来的贺子哉，说："小贺，别跟着起哄，戏看完了还不走，你还等着她跳舞给你们看吗？"

贺子哉兴奋得双眼发亮脸颊泛红，扭头答话的时候也不停下鼓掌："不着急，等人散了再走也不迟，让我再多看看她。她和当年还是一样。"

一样？穆回锦仔细地打量含笑致意的女人，然后说："找个人上去把她的假发扯下来，就知道是不是一样了。"

"有的时候真想缝了你的嘴。"贺子哉撇嘴说。

"说有事要谈的人是你。音乐会也完了，你是不是还想去她的化妆室给她添茶倒水要签名再合个影？那你应该早点告诉我，我至少可以多睡三个小时。"贺子哉看着他，叹了口气："好了，走吧。"

开车去相熟的咖啡馆的路上，贺子哉一直在和刘茵说萧拂云的病情和她的一些近况。对这些内容穆回锦统统无一兴趣，但又一再飘进耳中，只能百无聊赖地看着窗外。车子先是停在朵丽，却没有空位，又去了另一家，也是只剩下一张桌子，订好之后三个人看了一眼对方，不约而同往外走，看到都从口袋里掏出烟来，不由得都笑了。

穆回锦点了烟，刚抽一口，忽然被贺子哉抓住手腕，把烟放到鼻子底下闻了一闻，才皱着眉头放开："回锦，这东西玩的时候抽一抽就算了，平时还是少碰。"

穆回锦就笑："加的不多。你少说我，当年还是你带我抽叶子的，怎么，自己不抽还不让别人碰吗？"

贺子哉沉默了片刻："算了，谈正经事。我和刘茵在筹一出戏，想找你演。"

"不演。"穆回锦别开脸，看向滨海道的路灯。

"听我说完……"

"你敢让我演我还不敢砸你的牌子，看在相识又相好一场，不能害你。"再转回脸来他又是在笑了。

"演莎剧。"

"管你沙子还是泥巴，你想叙旧吃饭随时欢迎，别的提了伤感情，还是不要提的好。"

眼看他慢悠悠地抽着烟，贺子哉也被堵得有点闹心，声音一硬，继续说："少在这个节骨眼上给我装蒜。你今天既然肯出来心里就没一点谱？"穆回锦还是冷笑，他这根烟抽得快，很快燃尽了，又点起了一根。

贺子哉抓抓头发，继续硬着嗓子往下说："你还记得不记得陆维止中风后想过排《哈姆雷特》，什么都筹得差不多了，他的执导笔记却被偷了。"没想到是这个，穆回锦抽烟的动作一滞，语调听起来却不为所动："哦？好像是有这么一回事。"

那正是和陆维止闹得最僵的时候，闹得天翻地覆之后他搬出了骊湾，陆维止也被陆维雍安排去了陆家在外地的别墅疗养。那时他的确是在为《哈姆雷特》做准备，随身带着剧本和笔记，还有其他一些零散的资料和心爱的书籍。但是过去没住两个月，别墅遭窃，钱财损失不说，最要命的是那些资料也在混乱中毁的毁遗失的遗失。而盗案发生之后不久陆维止右腿骨折，随之健康状况急转直下，这出戏的种种计划也就彻底成了泡影。

“前段时间有人来找我，是个戏剧学院刚毕业没几年的年轻人。他说在古玩店看到这两本笔记，买了下来，看了之后决定排，然后在明年开春的艺术节上演。”

“嗯。”

“我们觉得挺有戏。”

“那就排吧，到时候我一定买票去看。”

“买到笔记的人，哦，他叫齐攸，说想找你来演主角。”

贺子哉看了看一直没作声的刘茵：“其实说老实话，我也想看看陆维止的哈姆雷特是个什么样子。当年这件事情没成，我们都惋惜了很久。如今既然有机会，剧本有了，导演有了，钱嘛，只要你愿意演，刘茵和我自然会去筹，某种程度上也算是完璧归赵，你看怎么样？”

“人都死了还完璧归赵，你的书读到狗肚子里去了？”穆回锦重重把烟头往地下一掷，恶狠狠地把那一点火光踩熄了，“他狗屎运买到了，爱排不排，关我屁事。难道我不演这戏就不排了？原来我还这么是个东西。”

“回锦，要是你觉得有必要，我可以约齐攸出来你们见一面，细谈一次，你再拿主意。你……”他犹豫了一下，还是说了下去，“也十多年了，你不能老是这样。”说完这句话他警惕地抬起头来，以防穆回锦又说出什么难听的话来刻意发作。可是这次穆回锦只是冷淡地瞄了一眼贺子哉，又垂下眼去：“我们能不能说点别的，我又饿又冻，晚饭还没吃呢，净在这里胡扯了。”

“那我们去吃饭。”贺子哉偷偷和刘茵交换了一个目光，“餐厅由你选。”

穆回锦就故意绕了半个城去骊湾那边的“夜”吃饭。谁知道一进门，他立刻发现这个晚上统统都是在和他作对：萧拂云和聂希羽在就足够倒胃口的了，连谢禹也带着陈楷坐在临窗的一张桌边。他一下子觉得饱得恶心，丢下一句“真他妈的见鬼”，扭头又退了出去。

贺子哉给他弄得摸不着头脑，追出来问：“你又怎么了？”

“萧拂云和聂希羽都坐在里面，我看见她就饱了。算了，今天算我倒霉，不吃了，也没什么好说的，我回去算了。”

这时刘茵也走了过来，柔声说：“回锦，你知道这出戏不应该就这么留在笔记本上的。”

不比贺子哉，穆回锦当年受过刘茵的恩惠，一下子也说不出特别难听的，看着她说：“我已经四十多岁了，让我去演，这不是笑话吗？”刚一说完，瞥见刘茵的目光，他就先后悔了。

听到这句话刘茵果然是在微笑的：“四十岁上还演哈姆雷特的绝对不少……”穆回锦明知这些人公然来抓自己软肋，事到如今，也就只是笑一笑说：“可以了，我就是那只追着被吊起来的肉骨头的狗。我反正今天饱了，要回去了，随便你们干什么，我是不敢再奉陪的。”

他始终不肯给个准信，也没要贺子哉他们送，自己打了个车回音乐厅取车，一路直奔回家。到了家里鞋子也来不及脱，直接冲到书房打开保险柜，胡乱翻找一阵，总算是把塞在各种证件契约下面的信纸给找了出来。

卖信的时候他嘲笑过娱乐杂志的自作聪明，也嘲笑过陆家的如临大敌，现在看看，或许最值得嘲笑的，还是自己。他还记得陆维止所有的书、信件、贺卡上都带着一种淡淡的香味，随着书页的翻动静静流淌开来。他不知道这是不是陆维止书房里的味道。如今再找出这张薄纸，香味回来了，仿佛有那么一瞬，连书桌边的那个背影也回来了。这是他留下的唯一一封陆维止的信。

信纸是定制的，可惜字极其不美观，几乎可以说是丑陋了，上面歪歪斜斜地写着：

回锦：

不要再迟到，认真工作。

需知表演是一项认真的工作，而工作本身赋予人尊严和力量。生命中的享乐往往和严格的纪律紧密相连。享乐之所以如此让人沉迷流连，恰恰在于我们在绝大部分时间里被纪律约束着。

陆维止

这才想起来，收到这封信的时候他们正在拍《丹青》，那一年他中风了，他还没有离开他。正如穆回锦清楚贺子哉和刘茵的胜券在握一般，他也很清楚他们胜券在握的根源：他无法拒绝齐攸手上的筹码。

音乐会没几天他就坐到了齐攸面前。虽然已经得过知会，但对方还是年轻得让人有些错愕，也不知道是因为那从头鲜艳到脚、只有十多岁的半大孩子才敢理直气壮穿上街的衣服，还是那张只差标明“人畜无害”的娃娃脸。齐攸正在直直打量着他，目光锐利坦率得过了分，跟着一起进来的贺子哉看见这样的目光，都不禁不自在地望了一眼穆回锦，倒是穆回锦满不在乎地拉开椅子坐下，跷着脚架起胳膊，一言不发地扭开面前的水瓶喝水。齐攸站起来要和他们握手，穆回锦却没动，稍稍掀了一下眼皮，又耷拉下来，任由齐攸的手空荡荡地悬在半空。

对此齐攸也只是咧开嘴一笑，同样无所谓地和贺子哉握了手，就坐回去，说：“我的来意，我想老贺已经向你说过了。我……”

“好，我演。”

这下连贺子哉也不知道这是在卖哪一门子药，抛来一个诧异的眼神，穆回锦笑着说：“要是带了合同我们可以对着合同谈。”

齐攸这时收起惊讶的神色，尽量让自己的语气镇定一些：“……你想要什么条件，现在可以提出来。如果今天谈定了，过几天我专门送合同去你的经纪公司。”

穆回锦点起一根烟，抽了两口后慢慢说：“我从来没有经纪人。如果非要，那就让子哉勉强充当一下。钱啊时间啊什么的我无所谓，随便你们谈，谈好了告诉我。只是，第一，我不巡演，演完明年的艺术节为止。”

“可以。”齐攸想了一想，虽然有些迟疑和不情愿，但还是答应了。

“你手里的有陆维止笔迹的东西我想留下，你可以开价。”

齐攸没作声。既然对方没表态，穆回锦也不作声，一根烟抽到一半，齐攸抬起头来说：“我很尊敬陆维止，他对我影响很大，这两本笔记本和做了注释的剧本虽然得来纯属巧合，但我想……”

穆回锦不耐烦地打断他，叼着的烟随着他开口说话烟灰直接落到光可鉴人的地板上：“你怎么看他和我没关系，这些废话留着首映那天说给记者听吧，我就这两个条件，想好了告诉贺子哉。”说完掐了烟起身往门口走，手都已经旋开把手了，齐攸叫住了他：“好，演出结束后我会把东西交给你，但是……”他迟疑了片刻，还是直接地把话说了出去，“不要再把它们卖给第三方，八卦杂志、私人收藏家……任何人。”

娃娃脸上没有了笑容，倒是有些因为反差太大而导致的滑稽感。穆回锦一边盯着他一边这么想，慢腾腾地松开手：“到时候它们就是我的了，是不是？”一瞬间齐攸竟然露出了有些难堪和不忍的神色。

这表情在穆回锦看来刺眼无比，但他反而愈发平心静气起来，微笑着看着齐攸。齐攸似乎也无意继续这个话题了，又说：“哦，还有一件事情。为了保证演出顺利，从排演开始，我希望你暂时戒酒，也不要嗑药。”

这下穆回锦倒是答应得爽快：“到演出结束为止，没问题。不过我这个人信誉是负值，要不要写在合同里？”

齐攸迟疑地摇了摇头：“那我们现在谈谈这出戏的细节？”

“改天吧，签了合同再说也不迟。”

“……那你对其他角色有什么推荐人选吗？你想让谁演葛楚德和奥菲利娅？”

“我都无所谓。”

齐攸还是不懈地连续问了好几个关于戏的问题，又都被穆回锦心不在焉地支吾过去。这样公然的敷衍和冷淡之下，齐攸没有执意继续下去，他看了一眼也露出尴尬表情的贺子哉，点了点头说：“既然今天你忙，我们可以改天再谈过，下次我会带合同来。”

告辞的时候贺子哉起身去送他，临走前齐攸再一次向穆回锦伸出手。这次穆回锦回握了过去，年轻人的手，总是坚定而充满力量，好像在手里的是整个世界。几分钟后贺子哉又折了回来，一关上门就说：“你这又是在玩什么把戏，阴阳怪气的给谁下马威？”

穆回锦笑着反问：“我玩把戏？你们给我下饵，我就来咬钩了。现在不是皆大欢喜吗？至于阴阳怪气，你们那个姓齐的小朋友倒是也不错。”

贺子哉苦笑着抓了几把自己的头发，也坐下来：“看你这话说的，好像我和他串通了来坑你一样。先说明啊，我可不认识他，是他带着陆维止的剧本找上门的。不过我也是昨天才知道，他是罗可的小儿子……”

“那他还愁没事干，他老子脑瘫之后不是还丢下一堆拍了一半的片子没人接手吗？小鬼是老罗哪个老婆留下的？”

“不知道是第三个还是第四个太太，就是那个模特出身的。”

“哦，没跟老罗姓？”

“大概是随了生母吧。再说我一不查身份证二不收税，管他姓罗姓齐。”

“从来是闲人多作怪。”穆回锦不以为然地冷哼一声。

贺子哉这时收起说人闲话时那种百无聊赖信口胡诌的神色，叫了穆回锦一声：“回锦。”

“嗯。”

“你肯接这个角色，我是再高兴不过了。”他搓着手，也坐不住了，站起来走了两步又接着说，“你放心，这出戏要的钱我和刘茵一定给你筹足，当是我送你再出来演戏的礼物……”

“关我什么事，这笔账还是算到那个小鬼头上去吧。我只想要笔记本和剧本，要是能不演就到手，我倒宁愿贴钱。”

“这件事情我就没搞明白，当初你要是答应陆维止收你做养子，手稿什么的根本不要提，骊湾都是你的了。”

穆回锦瞥了一眼贺子哉，轻描淡写地回答一句：“等你哪天当了别人的养子，再来和我讲这句话。”

贺子哉对这话完全无动于衷，随口转了话题：“不过我们两个怎么吵起来了，我明明是站在你这一边的。”

“哦，谢谢你站在我这一边。”穆回锦想起齐攸之前的神色，忽然发现这种神色在另一张截然不同的面孔上也出现过，他不由得嗤笑，“妈的，最近都是些什么神经病，一个两个中了邪一样听见老鬼的名字就双眼冒绿光。”

“还有别人为了陆维止的事情找你？”

穆回锦倒也不隐瞒：“谢禹你认识不认识？”

贺子哉想了半天：“我也不可能什么虾虾米米都晓得。他给你找了什么麻烦，要不要我找人请他喝个茶。”

穆回锦忍不住弯起嘴角：“谢辰的亲弟弟。”

“谢辰还有弟弟？也混这个圈子？我不知道啊……”

“听说是个作家。你要是见到就知道了，是个瘸子。不过如果是普通的瘸子，估计不会蠢得这么不知道天高地厚以为全世界都该围着他转。你是该知道他一下，听说谢辰恨不得给他这个弟弟做看门狗，任他往东绝不朝西。还是别想着请人家喝茶了，当心被谢辰大卸八块扔进海里喂鱼。”

贺子哉咋了咋舌头：“不是你提我都不知道这个人，不过你既然这么说，倒是可以去打听一下。他又是怎么和你扯上关系的？”

“谁知道这个小少爷怎么一时新鲜要给老鬼写书的。”

“所以就找你？”

穆回锦轻轻一点头，算是承认了。

“嘿，我请你出来喝个茶你都不肯，人家找你就乖乖出来？穆回锦你几时这么乖巧的，难道你怕一个不从被谢辰扔去喂鱼？”

他本来无精打采地垂着眼帘，听到这里抬眼看了看贺子哉，平静地说：“有饵。既然有饵，陪他玩玩也不是不可以。”

贺子哉错愕地盯着他，半晌才说：“那也要你是那条鱼。”

闻言穆回锦只是沉默，然后又一次掏出烟盒；这下贺子哉拉住他的手，劝说：“可以了，这才坐了多久，你都抽了多少支了。这还是大白天呢。”

用力甩开他的手，穆回锦自顾自点了烟，送给贺子哉闻过才收回来：“没加料的，要注意嗓子了。”

22 夜枭 上

接下来的好几个礼拜穆回锦再没有从齐攸那里得到任何新的消息，倒是贺子哉隔几天来一个电话，知会一下筹钱筹人的进展。他现在上午游两个小时的泳，下午去健身房，这样不用到半夜就开始犯困，昼伏夜出的生活习惯也因此而逐步得到调整。

除了锻炼身体，穆回锦又重新捡起发声练习，一周三次，绝不间断。只是这门学问荒废得久了，又被这些年来没章法的生活掏空了身体，中气跟不上，每次两个小时的课上下来，倒比在健身房里汗如雨下一个下午还要辛苦。好在随着健身步入轨道，这一边也就相辅相成地渐入佳境起来。

这样的生活过了半个月左右，一天穆回锦又接到贺子哉的电话，说是该谈的差不多谈稳当了，这个礼拜五他约好齐攸，可以谈合同的细则了。

穆回锦算了一下时间，就笑了："好啊，小贺，你也真对得起我，和那个小鬼串通起来看着我往陷阱里跳。"

贺子哉连声喊冤，穆回锦也由着他唱，等到电话那头再不吱声才说："我好久不演戏不错，但也没聋没瞎，如果不是你们早在运作这出戏，这才几天工夫，钱、人员、场地就都到位了？忽然开神通不成？你说老实话，是不是只等着骗我盖掉血手印，全剧团就好开工了。"

贺子哉知道装傻无用，硬要隐瞒搞不好更是适得其反，又放软了声气，说：“……我们还不是害怕说真话你不肯……罢了罢了，这件事情一开始没都告诉你真相是我不对，但我也没说什么假话啊。不过回锦，合同的事情我绝对不会有丝毫亏待你，都按你说的来，钱和时间都好说……”但是无论口气再怎么和气，身段再如何柔软，一字一句之间藏着的，俨然是字字不离生意了。

穆回锦听到这里，倒也很镇静，依然微笑：“不怪你一开始不说真话，谁要我自己犯贱呢。周五几点，在哪里？”

“首演目前定在十字街剧院，不如在那附近找个餐厅边吃午饭边谈，吃完了还可以去剧院看看。那一点，你看怎么样？”

“我都可以。反正要过海，正好去朵丽吃早饭。”

“哦，那天早上我没事，不然我过来陪你吃？”

穆回锦这时冷笑了一声：“你也不怕我到时候看见你没忍住，把你先撕碎了给吃了。废话少说，周五一点，十字街剧院对面的餐厅。”

贺子哉和齐攸到得更早，齐齐坐在餐厅最里面的一张桌子等穆回锦。

穆回锦一落座便问：“听说合同拟好了？”

齐攸转去看了一眼贺子哉，点点头：“那先看合同，也可以。”

不多时合同摆上桌，穆回锦先是左顾右盼一番：“刘茵没来有点可惜。她怕是这个世上唯一一个不会骗我的女人，应该让她先看看合同。”

贺子哉抿了抿嘴，知道穆回锦是在拿自己和齐攸事先串通起来蒙他的事情发作，一时也不好说什么，当着他的面把合同翻开，说：“要不然你干脆扇我两耳光。”

穆回锦只是微微一笑，说：“哪里有更不要脸的人去抽别人的道理。废话少说，我要的两条在哪里，指一下。”

那天他提出的两条果然清清楚楚地印在合同上。穆回锦看完，其他的看也不看，掏出笔随手签了字，又把合同推回齐攸面前，另一份该自己备份的丢给贺子哉：“现在血手印也戳上了，我也该问问接下来几个月同事的名字了，都有谁？”

最先报出的名字都是陌生的，穆回锦看着齐攸的神色，很清楚地知道好戏还在后头，果然在短暂的停顿之后，第一个熟悉的名字冒了出来。

“……葛楚德签的是林可悦，现在唯一没有定下来的角色，就是克劳狄了，目前看来最佳人选是傅允。”

他和林可悦在《丹青》里合作过，傅允自不必说，在《长夜》里几乎可说是朝夕相处了小半年。穆回锦还没来得及表态，齐攸接着说：“美术指导和服装设计一块，希羽也已经答应了。”

穆回锦简直忍不住要拍桌大笑，但还是克制住了，盯着齐攸微微一扯嘴角，慢条斯理地问：“这是在给死人唱堂会吗？”

齐攸耸肩：“人选是我挑的，我觉得这是最理想的阵容，现在只差傅允了。”穆回锦懒洋洋地往后一靠，留一只椅子脚支住地面：“这样吧，我们来赌一把，如果傅允不来，戏我就不演了，你直接把那几本笔记给我。”

“他没有理由不来。”齐攸很坚定地说。

“他当然不会来。”这一来一往就有了较劲的意思，两个人一时都没说话，定定看着对方，似乎都在考虑彼此那句话的意思。贺子哉看着气氛有些失常，咳嗽了一声打个圆场：“傅允现在手边两部片子等着拍，万一来不了，替换的人选也不是没有。回锦，来，剧本我们给你带来了。好了，公事就谈到这里，先吃饭吧。”

他赶快叫服务生来点单，但穆回锦剧本到手，合同也签了，不愿多坐，就把剧本和画往胳膊下面一卷，站起来说：“我说了我吃过了。你们慢吃，哪天排练打个电话通知一声，小贺你反正能找到我，走了。”

他来得干脆去得更干脆，走之后留下贺子哉和齐攸两个人面面相觑，半晌贺子哉叹了口气：“签了这个，那个怕是来不了了。”

齐攸眉眼一低，很快又抬起来：“只要他肯，对我来说就够了。”

果然没几天穆回锦就接到彩排的通知，在全剧组正式碰面之前贺子哉约了个摄影师为他拍了一张照片。他被涂得脸白如纸，自眉骨以下颧骨以上抹足黑色的面彩。他从来没学会如何配合摄影师，好在那名摄影师亦不曾格外要求，只是在化妆完毕留他一人独坐在空阔的排练场里。窗帘都拉下了，但光线依然从各个缝隙里钻了进来。穆回锦一抬头，正对一墙的镜面，在镜子里他看见自己的脸，不仅表情麻木不仁，连眼神都是空洞一如死物。

于是当一周之后剧组第一次集合，穆回锦再到十字街剧院，发现大幅的宣传海报已经挂了出来，大到站在街头都能毫不费力看到那张突兀的脸。暧昧混沌的背景色下，一张看起来几乎可说毫无特色的男人的面孔如同一个披了人皮贴出血肉的骷髅，目光阴霾近于死地平视前方。海报上剧名的颜色则不免有些刺目，黑紫得简直有了黏稠胶着的错觉，特字的最后一笔拖得老长，止好划过面具一样的脸孔，不知是冷却了的血，还是被打翻的剧毒。

等红灯的时候穆回锦顺便抬眼看了一眼海报上的脸，反正在绿灯亮起之前他没有认出那是自己。这个认知让他之前因为陡然看见一张令人齿冷的巨大面孔挂在高处而起的恶心感稍微平息下去一些，不过当他在剧院后台的过道见到齐攸本人，面对那样若无其事微笑的面孔，穆回锦还是忍不住嘲讽说："你口口声声要排'陆维止'的《哈姆雷特》，剧院上头就挂了这么个鬼东西？你真心是要搞一出德古拉吧？"

齐攸听完没说话，沉默地注视着穆回锦，眼底却有一线光飞快掠过。这眼神被穆回锦接收到了，他心里一凛，连那冷笑都不禁略略收敛了一些。这时齐攸又说："是吗，我觉得很好，眼神非常动人。今天我来之前在咖啡店里坐了一下，看见很多路人都停下来看。"

"嗯，这年头就算是路上死了条猫狗也有无数吃饱了撑得没事干的人围一圈看，不知道还以为是自家老子老娘被撞死了当街哭丧呢。"

齐攸听到这里笑了起来："穆回锦，你的脸从来让人过目难忘，只是你把它藏起来太久了。"这句话怎么听都有些模糊不定的阴影包含其中，穆回锦顿时起了戒心，面上却不动声色，还是冷笑："你要真是借死人的名字作秀，还不如把你那半死的老爹架出来。他可比陆维止有用多了。"

"那你告诉我，如果不是因为陆维止，我又是为什么非要排这出戏不可？”齐攸盯着他问。

“导演，你怎么反而问起我了？我不过拿薪水演戏罢了。”闻言，穆回锦低下眼，摇身一变，居然转眼之间态度恭谦良好起来。他态度一好，倒把齐攸噎了一下，面色变了几变，终于定在寻常无事的神情上，说：“时间差不多了，你先进排练场吧，我收拾一点材料这就来。”

再进到接下来一段时间都要在此工作的场地，穆回锦留心到上次来拍照时的那一墙镜子如今都被白色的帘子严严实实地遮住了，整个场地看起来就和最普通的排练厅无异。厅里已经有了些演员，穆回锦草草扫了一眼，都是年轻面孔，又没有认得的，就笑着点点头仅当寒暄，然后坐下来翻剧本了。台词本刚翻开，还没看两页，一阵香风袭来，穆回锦起先还是没理会，直到那声音真真切切是在叫自己，才抬起头来，这时人已经在眼前了：“回锦，听说你也签了，我一开始还不相信，直到刚才看见剧院外的大海报，认出是你，这才信了。”

眼前的女人年华已去，但是修饰得精心得体，第一眼看上去至多四十出头，漆黑的长发一丝不苟地盘成一个圆髻，朝他伸出来的手美若春葱，更是看不出一点年龄来。穆回锦放下手里的东西站起来，也拉住她的手，姿态亲昵地贴了贴她的脸颊：“可悦，倒是这么久不见你，你还是和当年一模一样，让你演我妈真是委屈了。”

林可悦闻言微笑，语调轻快甜美：“真好，可惜傅允没来，不然又和当年一个样了。”

穆回锦也笑，腾出手来拍了拍她的后背：“不管怎么说，能再和你同台已经是天大的好事了。”他若是真心恭维起人来，还是一如既往地让人招架不住。林可悦很受用地笑弯了眼，一时之间也不管大笑是不是会让皱纹浮起来了。多年没有往来，寒暄起来有的是可以说的闲话，就在两个人笑容可掬低声闲聊的时候，齐攸走了进来。

察觉到大厅里瞬时静了，穆回锦这才意识到人已经齐了，连导演都到位了。同样意识到这一点的林可悦这时也收住话端，轻轻说一句“今晚一起吃个饭吧”，就转过脸看着齐攸微笑，再不开口了。

在穆回锦眼中，齐攸和谢禹有着非常相似的面孔，或者说他从来没有仔细地看过他们，有如此印象是因为每每提起陆维止这个名字，这两个人就浮现起如出一辙的神情。可以说直到现在这一刻，大家站在剧院的排练厅里，穆回锦才第一次正视此人。

齐攸尽管在笑，但稍微绷起来的嗓音还是稍稍流露出些许的紧张。他的开场白里没有任何的废话：“接下来的一个月里，我会和你们一起排练这出《哈姆雷特》。今天下午我希望能把第一场通读完毕。不过排练正式开始之前，我想先稍微说一下目前的构想。你们中的一些人或许已经知道，这个版本最初的构思是来自于陆维止，十多年前他筹拍了这出剧目，但因为身体等原因最终不得不中断，所以现在我们在做的，就是根据他留下的剧本和相关笔记尽力还原他当年的构思。

“在我反复读过他的笔记之后，我发现陆维止当年要做的，即使放在现在的舞台上，也不过时。这会是一出现代版的古典剧，台词的翻译和改写在当年已经完成了，道具方面的构思当年也经过详细的讨论——哦，服装和道具的总负责人是希羽先生，他被困在纪安岛上，大概要等天气转好才能赶回来加入剧组——所以在每一天的排练里，我希望你们都能够充分运用自己的想象力，穿着自己认为最合适角色的衣服过来，把每一次彩排都当作带妆彩排，这将帮助希羽决定正式演出时服装的风格。我喜欢每个演员都有所贡献的舞台剧，这不仅仅指的是贡献演技。另外，我再次强调：我要看见的，不是那种让你们看着像某个角色的衣服，而是让你们觉得自己就是这个角色的服装。你们可以留长发，或者蓄须，在初排阶段，我不反对强烈的个人风格。

“好了，现在差不多可以开始通读台词本了。我可能随时喊停，但你们如果觉得我喊得不对，或者想再重读某个场景，可以提出，我会尽力满足。第一幕的开头，要像一声枪响，开头不会用钟声和风声来渲染气氛。弗朗西斯，你在看见鬼魂后大叫一声‘谁在那里’……好了，开始吧。”

23 夜枭 下

第一周的进度可说相当顺利。陆维止的剧本把整出剧目分成上下两场，十六幕，全场三个小时出头。剧组用一周的时间完成了上半场的走位，演员之间的磨合也很明显地渐入佳境起来。

齐攸并不算性格激烈的导演，没什么脾气，更不要说摆架子，何况这出戏里的不少人和他父亲都可以论平辈，所以说剧组的氛围在某种程度上几乎可以说是相当的轻松欢快充满年轻人的活力，简直与这出戏本身的主题有些背道而驰了。

陆维止虽然留下了剧本，也写下了自己对于人物、台词处理、舞台风格的理解，但落实到走位等具体实践上的细节，就全部要由齐攸来决定了。他在接手这出剧之前导过一部电影、两三部实验话剧，在行内也是很被看好的青年导演。但自从排练正式开始之后，他就以肉眼可见的速度，在所有人的眼皮底下迅速地消瘦了下来。

周日傍晚恰好排到演哈姆雷特与鬼魂相遇的一幕，齐攸就建议除了再走一遍台，不如演一遍看看效果，穆回锦看了他一眼，还是同意了这个其实并没有什么道理也不在计划内的提议。这本是一天计划中的最后一场，按理说其他演员都可以离开了，但几乎所有的年轻演员都静静地留在角落里准备看穆回锦怎么演戏。见状齐攸并没有特别的意见，招手让道具师把鬼魂的人偶放到台中央，然后看似随口一说：“哦，我找到鬼魂的声音了。”

齐攸的计划是在正式演出时用一个被黑纱蒙住的布偶代替真正的演员，然后再找其他人配音，对此穆回锦从来也只是知道绝不多问，所以这时听他一提，无非也就是跟着随口一问：“谁？”

短暂的停顿后，齐攸用明显含笑的愉悦口气回答：“是傅允。”

穆回锦一下子抬起头，又在看见对方的神情后耷拉下眼角，极不配合地用平淡无比的声音说：“是他。那就演演看吧，不然就是枉费你千方百计找他来插一脚。”

“我事先录了你的声音，请他配合你的语速来读，不然我们先听一遍。”

穆回锦都懒得去问自己的声音是几时又是在什么状态下被偷偷录音的，只是笑一笑：“不必了，直接放吧，之后我也好吃饭去。”

齐攸这时却固执地抿住嘴：“不然你先去吃饭，晚饭后再来。”

“直接放吧。”穆回锦放下了剧本。

这是全剧第一个大转折，陆维止留下不少标注，齐攸和穆回锦也详细地讨论过这一幕戏。从动作到语气，几乎是一个字一个字地在抠台词。穆回锦站起来后只稍微向前几步，离那罩了黑纱的人偶还有不小一段距离，右手扶在腰上，好似那里正挂着佩剑，然后冷淡又不失好奇地开了口：“你要带我去哪里？说话，我不愿再往前走了。”

磁带起先发出轻微沙沙声，然后一个声音毫无预兆地响起了：“听我说。”这声音和语调是熟悉又陌生的，穆回锦一愣，竟也不顾演戏了，扭过头死死盯住果然也望着他的齐攸。后者看起来镇定自若得很，而众目睽睽之下穆回锦也不能发作，扭着嘴唇说：“这是干什么，这样死人就能回魂了？”

“这是傅允对于角色的理解，我觉得很有趣。”

穆回锦脸上抽了一抽，静静站了一会儿，继续笑说："是相当有趣，骊湾那只鹦鹉要是没死，学得还更像些。"

"那接着来？"

"来过吧。"

再听傅允的声音，就不那么像了。穆回锦一边对戏，一边听傅允怎么念台词，居然演得还更顺畅一些。其间齐攸打断了他好几次，讨论在鬼魂自报家门之前穆回锦的语气究竟是好奇抑或是怜悯居多。齐攸本人注重着情感和语气的微妙之处，乐于在这些地方推敲再三。这偏偏是穆回锦哪怕在全盛时期也不擅长的，更糟糕的是又有傅允的声音在一旁对照，二人在台词上的差距简直像一个滔天大浪无情地灭顶而来。

终于鬼魂说完"记住我啊"，磁带的内容到此结束，穆回锦听见录音机停止的声音，他定一定神，开始念接下来的台词。那个死者又彻底地离开他、回到硫磺的火焰中接受无穷尽的煎熬去了，他的身影隐去、声音消失、血肉化为泥土、骨殖中栖息着狐鼠，孤独而来，又孤独而去。

"……记住你。是啊，我那可怜的亡灵，当记忆不曾从我这混乱的头脑里消失的时候，我会记住你的。记住你。是的，我要从我的记忆的碑版上，拭去一切琐碎愚蠢的记录、一切书本上的格言、一切陈言套语、一切过去的印象、我的少年的阅历所留下的痕迹，只让你的嘱咐留在我的脑筋的书卷里，不掺杂任何下贱的废料……"

这是他第一次大声念出这段台词，念完之后穆回锦意识到失控了，这也不是事先讨论时同意的结果：此时应该是仇恨的力量和复仇的欲望油然而生，而非无益的对死者的缅怀和追忆，这几与软弱和悲伤等同。穆回锦在心里咋舌，等了一会儿没听见齐攸的声音，于是转身说："我把这段台词说软了，再来吧，我的错。"

齐攸似乎注意力在其他方面，过了很久才面带思索痕迹地缓慢摇头："这里让我再想一想。今天到这里可以了，辛苦你了，大家也辛苦了，明天十点再见了。"他既然这么说，穆回锦也不多说，收拾了东西又去储物间里拿了外套，快步走到最近的门口点了支烟。

看到淅淅沥沥顺檐而下的雨水，穆回锦猛地想起今早过来得有点赶，直接把敞篷车停在了院子里，排练的时候根本没听见雨声，自然也来不及把车再遮起来。他自认倒霉地暗骂一声，事已至此，还是先抽完烟要紧。抽完一根又点了一根，这次抽到一半，齐攸的声音忽然从背后响了起来：“你还没走？”说话间人已经走到身边，穆回锦看了他一眼，亮了亮手里的烟：“抽完烟再走。”

“原来是下雨了，排练的时候一点儿没听见。早上来看见你的车露天停着，还能开回去吗？”

“无所谓，抽完烟打个车走。”

“我载你一程吧。”听到这句话穆回锦又看了齐攸一眼，对方却很自然地看着远方的路灯，看起来这只是一个全然出于好意的提议。穆回锦想了想，点头：“哦，如果不麻烦的话，有劳了。”

“不，一点儿也不麻烦。”听到这句话，齐攸扭过头来笑了。

这一刻他们谁也没有留意到，一只苟延活到冬天的飞虫轻轻地撞上了悬在门上的过道灯，它正不懈地扑腾着翅膀，徒劳地汲取着这一点人工的光和热。回程的路上两个人起先都不开口，穆回锦百无聊赖地看着被雨水模糊成一片的街景，手指一直在把玩着口袋里的烟盒。直到某个红灯，齐攸说：“今天最后那场戏，你那样演也可以，不过要是维持这种风格，那陆维止最初定下的基调也可以跟着改一改。你看呢？”

“之前那个是失误，我已经承认了。”穆回锦的回答听起来极度缺乏热忱，也没有任何讨论下去的欲望。他既然不说话，齐攸也无法若无其事地自说自话，只能闷声开车，一路把穆回锦送到家门口。车停之后穆回锦道了声谢，打开车门准备要走，齐攸又一次叫住了他：“穆回锦。”

即使是在工作之中他们都极少称呼彼此的名字，所以这一声还是让穆回锦停了下来。他转过身，看见对方的目光在昏黄的光线下闪烁不定，短暂的疑惑之后，某种类似于恍然大悟的冷笑感就在心底荡漾开了。

“……时间还早，你想不想去我那里喝一杯？”

齐攸耸了耸肩，尽量说得更老练和平静一些：“我听贺子哉说你晚上有喝一杯的习惯。”

二人一醉方休，夜深，齐攸在穆回锦家留宿，二人甚是狼狈。

第二天一早，他是被铃声闹起来的。听声音应该是齐攸的电话，铃声半天都不见停，就算拿枕头蒙住脑袋也不管用。过了五六分钟齐攸才从浴室里出来，而这期间电话一直断断续续却也固执地响着，所以当浴室的门一开，穆回锦立刻恶狠狠地把枕头把浴室门边一砸：“你凉透了啊？不知道出来接个电话？”

齐攸微微皱了眉，衣服也来不及穿，裹着浴巾赶去房间一角的椅子上翻手机，但只说了一个“喂”字，就安静了下来；穆回锦听见铃声终于不闹了，一下子也没了力气发火。就是这个时候，他又一次听见齐攸的声音，乍听起来却毫无情绪：“萧拂云死了。”

又死了一个。脑海里霎时浮上的念头和预先设想的一样冷淡。穆回锦扯过被子把自己包起来，然后轻轻“嗯”了一声。

齐攸似乎并不满意这个反应，静了许久，又开口说：“萧拂云今天下午去世了，在纪安岛，据说下个礼拜就是葬礼。”

“死了就死了，难道她死得有什么不一样？”

齐攸一愣：“……我以为你对这个消息感兴趣。”

穆回锦冷笑着轻哼了一声：“那你要我怎样，披麻戴孝摔瓦盆子吗？放心，这事抢着做的人多了，你最好早点去排个队，不然怕是晚了。”

“原来你也会说这么多话。”齐攸忽然笑着说。

听他这么讲穆回锦再没多说，也不再理会，蜷起来自顾自地睡了。萧拂云的葬礼如期举行，齐攸去了穆回锦则没有。从葬礼上回来之后齐攸带回一个人，穆回锦和他在剧院里打一个照面，彼此笑得很客气，握了手致了意，就是没话说，也不知道是不是彼此就是彼此的克星。

24 面纱

过了这个周末，就是彩排开始的第四周。上午聂希羽来剧院和齐攸商量葛楚德的定妆。之前几周里林可悦虽然每次彩排都换上不同的衣服，但唯独第二幕葛楚德正式亮相一场的造型定不下来，无论是林可悦本人的提议，还是服装师做的几款，齐攸和聂希羽都是始终不满意，一拖再拖，一直到拖到了现在。

齐攸、聂希羽和他的班子，再加上林可悦一旦聊开，其他人就一时无事，各自散开闲聊或者读剧本。穆回锦本来靠在椅子里打盹，但后来奥菲利娅和波洛涅斯的演员的交谈飘入耳中，他的睡意也就在片刻之间烟消云散了。这戏中的父女在戏外也是父女，特别是波洛涅斯的演员，演了半个世纪的戏，在圈里素得人望。穆回锦听见他在对自己女儿说："……所谓天才演员，不是没有，但却也的确是越来越少。最近的一个我想应该还是傅允……你不要不信，他虽然不怎么演戏了，但是当年他还在舞台上的时候，只听他念台词，就能知道这一出戏现在是冬天的夜里还是正在下雨。抛开别的都不说，只论台词这一点，在他这一辈的演员里，也难找出第二个了。"

"哦，难怪导演找他来读鬼魂的声音。我仔细听了好几遍，下次再听听看。"

“你不能单听他一个人的声音，对照起来听……”

穆回锦吐了口气，掀起眼帘往场子另一角的齐攸他们瞄去。只要一看到聂希羽袖手作沉思状，穆回锦不禁觉得有些可笑——这个老狐狸，掖掖藏藏不知道是要做给谁看，别人也就算了，他会不知道如果老头子还活着，会给林可悦什么样的造型?

他受不了聂希羽的故弄玄虚，更不愿意听别人在耳边絮絮叨叨说傅允，所以干脆，站起来，走向阳光深处的林可悦他们。

“给她一身蓝颜色的裙子，蓝得近于黑，像在为什么哀悼似的。虽然她不再是一个寡妇了。”

听到这句话，齐攸还来不及反应，聂希羽和林可悦几乎在同一时间齐齐地转过头来，盯着穆回锦，目光里隐约闪动着无法付诸言语的惊讶。穆回锦瞥了一眼抿住嘴角的聂希羽，目光没有避开，接着说：“聂希羽，你应该给她找一块面纱。”

齐攸想了一想，皱眉说：“现在还有哪个女人会戴那个玩意儿?”

但是他刚表态完毕，聂希羽已经先一步端起胳膊，仔细端详着林可悦，目光简直像是要就这么把她的脸孔一寸寸分解了。

穆回锦等了一刻，见聂希羽就是不作声，也没动静，不禁微微一笑，分开目光在排练室内逡巡。最终他的目光定在几大扇落地窗中的一扇，然后毫无预兆地迈动脚步，快速地走了过去。

齐攸不由好奇他又有了什么新主意，但这一刻聂希羽和林可悦交换了一个目光，接着聂希羽脸上的苦笑似乎就藏不住了。

“哗”的一声，好好挂着的乳白色细纱窗帘应声跌落在地，激起的细小灰尘在强烈的阳光下疯狂逃窜，像是有什么微型的精怪被魔术师从咒语中释放出来。穆回锦连连打了好几个喷嚏，才嫌弃地紧紧锁住眉头，把窗帘布稍微拿开一点，又腾出一只手摸了摸鼻子：“妈的，这东西多久没洗过了。”

尽管这样说，他还是捧着窗帘走回林可悦身边，看也没看目瞪口呆的齐攸，只是对神态安定眼神柔软的林可悦微笑：“可悦，要不要试试看？”

林可悦欣然点了点头。于是穆回锦就用力掸了两下窗帘，也许他本意是想拂去一些尘土，但结果却似乎只是让那些灰更加喧嚣地笼罩住附近的每一个人。他满不在乎地打了好几个喷嚏，直到觉得差不多了，才满意地停下手，转而把窗帘交到聂希羽手里——后者相当配合地接过了——又伸出手来，温柔地把林可悦的发髻打散了。

尽管林可悦在三十岁之后就玩笑一般对外宣称自己是“永远的二十九岁”，但是尽管在快到那个永远的年龄的两倍数的今天，她还是蓄着乌黑丰沛的长发，披落之后，全然不像一个她这样年纪的女人。

穆回锦凝视着她，然后用目光示意了一下聂希羽，就和他一人捏着窗帘的一角，任由它扬起，又最终落在林可悦的头发上。

这个过程中很多人都被灰尘呛得咳嗽或者喷嚏，唯独林可悦没有，笔直地站在原地，姿态安详，如同一尊刚从泥土里被挖掘出的雕塑。

穆回锦松开手之后倒退了两步。女人的眼睛在纱幕之后闪动，五官大多隐去了，又在微风拂来之际被一一勾勒出轮廓：额头，眉骨，眼窝，颧骨，鼻梁，下巴，那又是何其温婉生动的曲线。

他轻声与聂希羽交谈：“这窗帘还是不像样，你去找找真的来。”

但是聂希羽这时已经开始帮林可悦定型。他从自己外套的下摆上取下几只别针，又吩咐助手把窗帘的一头固定在林可悦腰间的长度，然后就用手上的别针，开始营造出繁复的褶皱。

他不忘轻声叮嘱林可悦：“可悦，你别动，我在你耳后别了别针，这面纱太长了，到时候你必须非常小心颈部的动作，不然可能会扎到你的耳朵……对，轻轻跟着我的手转一下，我托着你的耳垂了，就是这样，很好……我会想想有没有别的办法来固定……你美极了……”

他的手此时也离开了林可悦的脸，同样让开几步，苛刻地打量着自己的成品。穆回锦这时说：“还是黑色的比较漂亮，就是那种黑颜色、网眼很大的，几乎遮不住什么，也不要小珠子的，你们怎么叫它？”

聂希羽还是在仔细地打量自己的作品，沉默之中，目光却不知不觉地柔和了。穆回锦也不在乎得不到答案，又一次走到林可悦身边，俯下头来隔着面纱亲了亲她的脸颊，也赞美说：“你这样美极了。”说完他就转过头去，对齐攸说，“把面纱的材料换一下，就这个样子，葛楚德在第一场宫廷戏里亮相，然后她的面纱越来越短，一直到卧室那一场，我说完‘你的行为足以使贞节蒙污，使美德得到伪善的名声’这一段，可悦也念完下一句，我说‘瞧这一幅图画，再瞧这一幅’，这个时候，我替她把面纱掀开……”

他一边说，手上却不停，一只手定住林可悦的脸，扶住耳后，另一只手则忽然用力，把那沉重的白纱掀了起来丢在一旁，又回头看着齐攸继续说：“因为这之后这个可怜的女人就知道真相了。我想陆维止也是偏向于葛楚德在那场谋杀中是无辜的，她可能愚蠢，但并不是同谋。这样面纱除了是一个装饰的道具，也是一个隐喻……”穆回锦说到这里就停住了，等待齐攸表态。齐攸沉思良久，缓缓点头，却是在问聂希羽：“聂先生，你看呢？”

聂希羽出奇爽快地点头：“我觉得女人戴上面纱，非常的美丽和娇弱。回锦说得不错，这会是陆维止偏爱的造型。”

“那就这样吧。”

听到他拍板，穆回锦移过目光含笑注视着林可悦，她的额头和鼻尖都沾满了灰，但是眼睛笑弯了，伸过胳膊揽住他的脖子，贴过去轻声说：“回锦啊回锦，你这个小混蛋，陆维止不在了，就留下你来折腾人。”

穆回锦略弯下腰拍了拍她的背，闻着林可悦身上传来的花香的味道，余光瞥见被扔在地板上的白纱，他想，对，堪堪及腰，黑色的丝线，轻得简直像一片云朵，这样才对。这才是陆维止的面纱。

林可悦的造型定下，早上的时间就已经过去了。穆回锦本来打算一个人去吃午饭，但这时聂希羽叫住了他：“一起吃个饭吧。”他的语气依然冷淡，目光中的敌意和戒备也始终不曾消去，但大概是之前那一点因为死者而起的回忆和默契，使得他看起来有些无奈的疲惫。穆回锦看到这样的聂希羽，点了点头："可以。"

从餐厅的窗子可以看到马路另一侧的十字街剧场，经过这几周，海报已经又换过了，背景的颜色稍稍清晰了些，眉骨下的一抹颜色也淡去不少，消瘦的男人闭上了眼，仿佛安睡仿佛沉思。聂希羽收回注视海报的视线，对桌子另一头的穆回锦笑了一下："我没想到你会接这出戏。"

"彼此彼此。"

这两句话之后双方都沉默了很久，闷声不响地吃掉各自面前的食物，等到茶水端上来，聂希羽才又说："面纱这个点，我最早就想到了，但是我犹豫了很久，觉得不用也可以。"

"他的每出戏里的每个母亲都戴着这玩意儿，有始有终，也没什么不好。你看林可悦披上那层纱，五官只要一看不见，多么像他妈妈，难怪他一再用她，爱她爱得要命。"

他们心知肚明地继续沉默着，这是每一个和陆维止私交稍密的人都知道的"秘密"：他迷恋皮肤白皙头发浓密五官深刻的女人，他不厌其烦地用心拍摄塑造她们，他以为这样他就能让自己的母亲永远不离开他。当年的他很快就发现了这个秘密，还曾经肆无忌惮地嘲笑过，喝醉之后指着照片问陆维止，他对萧拂云的迷恋和宽容是不是因为她最像照片里的女人。

穆回锦有点想抽烟，又想起是在室内，忍住了，敲了敲桌面，冷笑着想，说不定他躺进棺材之后，胸口放着的，还是一直搁在卧室床头的那张照片：那美丽冷淡的青年妇人穿着丧服一样的白裙，黑色的面纱一直垂到腰下，矜持地微微扬起下巴，就是一座完美无瑕的冰雕。

他和她从来不能分开，也一直没有。她是陆维止生命里无处不在、独一无二的巨大幽灵。也是因为她，他们，包括穆回锦自己，才见到这样的一个陆维止。可惜等明白这个道理的时候，太多事情已经过去了。

"……老实说，你肯再出来演戏，我很为你高兴。"略显得迟疑的声音再度响起，"都这么多年了，再怎么做梦，也该醒了。你本来就是演舞台剧出身的，就当作再回到起点吧。”

聂希羽的目光里竟然浮现起怜悯和理解来。这让穆回锦觉得比吃进一只苍蝇还恶心不已：“你行行好吧，别说这些狗屁话了，你没把柄在我手里，我也不会拿你怎么样，别说得好像真有什么交情一样。”

聂希羽还是不为所动：“总比做狗屁事好。像吃奶孩子一样胡闹，闹了差不多二十年了，你明知道他是一直希望你来继承他的，看在死人的份儿上……”

“你不是认识他三十多年吗？还不是蜷在他脚底下大气不敢出，只要勾勾手指就摇着尾巴回来？你们要给他塑金身只管塑，关我屁事。就是有你们这一群以为他没死的疯子死命地折腾，事情才没完没了没完没了……”他渐渐说得失控，又在意识到这一点后蓦地住口，冷冷一笑说，“你怎么了？纡尊降贵和我这个王八蛋说什么道理？还指望着我幡然醒悟然后去舔你的鞋不成？”

他之前说得聂希羽也动火，只是多年的教养在那里，又克制住了：“他死没死，你不是最清楚吗？”

穆回锦一甩餐巾站起来：“过了这么久，和你们同桌还是一如既往地倒胃口，这也难得。”

这顿饭又一次不欢而散。下午场的排练聂希羽没去剧院，穆回锦也因为没他的场次请了半天假，根本不理会齐攸频频拿目光示意他。

他回了家，倒头就开始睡。这段时间他又开始缺觉，一口气从下午两点睡到晚上七点，才被饿醒。但醒了之后还是懒得爬起来，躺在床上，看着天花板走神。

午饭时候聂希羽的那些话反复在耳边回荡，然后那些话奇异地模糊开，幻化成图像，引诱着他想起很多很多年前，他刚刚开始上舞台的时候，有一天吃过午饭回来，忽然被气得脸色发紫的剧团经理叫住，要他在下两周就要正式公演的《局外人》里演主角。在那之前他只是一个很小、无足轻重的角色，而原定的主角是当时风头无人能及的傅允，所以当时他整个人都呆住了，在巨大的怀疑面前，那些狂喜几乎微不足道。他记得自己问，这是谁决定的？导演吗？

经理那张妆容精致的脸简直都要扭曲了，蔻丹十指掐进手心，气得嘴唇都在哆嗦："陆维止那个神经病偏执狂没药救的疯子，非要按他的来，还威胁我不然就带着他的人走。让他走好了，没有他难道天还要塌了？"

剧团经理和陆维止的分道扬镳给了他第一个，也是接下来的很长年月里，唯一一个舞台上的主角的机会。但是他演得太糟糕了，开演之后的第一周，上座率就不到一半，最后这出戏没有撑到一个月，就因为亏损过大而不得不草草落幕。这是穆回锦生命里第一个重大的失败和屈辱，虽然这对外人来说全然是不值一提、转眼即忘的，但他一直牢牢记着，尤其是当他有一天因为《琼楼风雨》的主角甄选又一次站在陆维止面前，和桌子后面的陆维止目光相触的那一瞬间，那种巨大的海浪灭顶一样的挫折感，又一次汹涌而上。他根本无法开口，手足无措，像个从来不曾面对过镜头的白痴。然后那是他对自己说的第一句话："我去看过你的《局外人》。"

"我演得很糟糕。"

"这不全是你的问题。那场剧的失败，你要负的责任实在小得可怜。演点什么吧。"

"……您想看什么？"

"把《局外人》里你的第一句台词再说一次给我听。"

他的每个内脏都在颤抖，牙齿和舌头更不必说了。他从来没有想过会在陆维止面前演出当初他毫不留恋抛弃的剧目，以他所鄙夷的表演风格。但是他还是清了清嗓子，在陆维止的注视之下，放清楚口齿，开始说："今天，妈妈死了。也许是昨天，我不知道。"

他清楚地记得他听完之后笑了，放下手里的烟，说："我记得当时我们去看的时候，你没有这种外行人的口水声。"

自己当时回答了什么呢。穆回锦不由得闭起眼睛努力回想，但在答案从尘封的冻土里呼之欲出的瞬间，就被重重的捶门声无情地吓回去了。

25 茧

这个时候敢这样砸门的绝不做第二人想。穆回锦根本就没爬起来，按开电视，顺手又把声音调到最大，想把这声音盖过去。而综艺节目又向来是欢天喜地地喧闹着，很快音乐声笑声就彻底地把一楼传来的模糊沉重的闷响给压制住了。

穆回锦几乎可以在任何情况下睡着，所以哪怕是电视闹得要掀开屋顶了，他也还是安稳地闭着眼睛养神。当卧房的门被猛地推开，穆回锦过了好一会儿才反应过来这不是电视里的声效，而是真的有人在没有钥匙的情况下跑到自己家里来了。

这也还是不会有别人。穆回锦佛然不悦地睁开眼，坐了起来，开口问杵在门边的齐攸，态度倒是相当好：“哪扇窗玻璃碎了？告诉我，明天好报修。”

齐攸的胸口起伏不定，手定在门把上，接口说：“你有窗子忘记关了。”

“围墙好爬吗？你喘得太厉害了。”

闻言齐攸咧开嘴角：“没办法，毕业之后我就没做过这种事情了。”

眼睛开始逐步适应光线，穆回锦才发现齐攸脸上晕开大片大片的绯红，看来是喝了不少酒。爬墙的醉鬼有多危险，他心里是很有数的，朝齐攸点了点头又说："喝成这样还敢爬围墙，勇气可嘉。我希望下次如果你心血来潮还要这么做，请一定从没有铁栏杆的那一头翻过来，我不想一早起来开个窗，发现自家墙上挂了一串烤肉。"

他有意引诱齐攸说话，想看看后者醉到什么程度。但是齐攸听完只是无声地傻笑，片刻他皱起眉头："……我刚刚和陆家人吃完饭。"

穆回锦听他口齿含糊地问："……为什么不参加葬礼？"

穆回锦不作声。但是他的问题看来无穷无尽："为什么他生病的时候你从来不去探望他？"

"……"

"为什么把信给卖了？"

齐攸的手强硬得如同铁钳，揪住了他的衣领。反抗无果，穆回锦就静了一静，慢慢说："你先把手放开，我告诉你。"

齐攸却不听，目光迷离地笑："不不，你别告诉我，我已经知道了，我都知道的……回锦，都过去了，现在我在这……"说着说着他手臂间的力量还是松懈了下来，一旦看准这个时机，穆回锦立刻抬起脚，毫不留情地往齐攸胸口重重一踢，又趁他还没从这突发的变故里反应过来，拎着衣服的后领直接拖出了门。丢到门口的时候，齐攸犹在迷迷糊糊的，嘴里不知道在嘀咕些什么。穆回锦懒得多听，冷笑一下抽回脚。眼看着人都要回房间了，脚步又收住，低头看了一眼靠在墙边的齐攸，提脚又是一踹，看着他滚下楼梯，在一楼的地板上发出一阵巨大的轰响。伸出头瞄了一眼，确定他没咽气，只是抱着膝盖疼得在地板上嘶声打滚，穆回锦满意地微微眯起眼睛，回卧室关掉电视，继续睡。

再醒来是因为清晨的闹钟。穆回锦这一晚睡得不错，洗澡的时候回想起昨天晚上那一场闹剧，心情愉快地吹了个口哨。他换好衣服下了楼，发现齐攸居然就这么躺在地板上一身酒气地睡熟了，心里想家里的暖气看来还是太足了一点。

穆回锦倒是不介意有人大字朝天在自家的地板上睡得像只死狗，但如果就这么让他睡下去，今天的彩排进度怕是要耽搁了。于是穆回锦这才蹲下身子，伸出手来一下一下不轻不重地抽着齐攸的脸，语气柔和地开口："齐攸……"他叫了好几声，打了若干下，齐攸紧锁的眉头才缓缓地动了动，面部痛苦地扭曲了半天，终于不情不愿地睁开了双眼。他眼中满布血丝，在看见眼前的人后瞳孔立刻收紧了，一只手紧紧压住额头，重重地呻吟了一声："回锦……"

穆回锦收手："醒了？"

他一点头，就觉得脑子在这一夜里被开了一个洞，脑浆倒出来一半，剩下一半在脑袋里咣当咣当地摇来晃去。齐攸皱着眉头死死按住太阳穴："我……"说到这里立刻卡住了，脸色也阴晴变幻起来。穆回锦还是耐心地等他走完一遍心理流程，兼之顺便欣赏了他面部肌肉种种微妙而有趣的变化，才又说："还有半个小时，再晚出门就会迟到。你可以用一楼的浴室冲个澡，有什么话再说。"

齐攸抬起眼飞快地瞄了下穆回锦，才又小心翼翼又惭愧地说："我是不是爬门进来的？"穆回锦点了点头。

他倒抽了一口凉气，眉心还是扭着："……我就记得爬门的事情了。回锦，我还有没有做什么蠢事、说什么蠢话？我统统记不起来了，我连爬进来之后怎么睡到地板上都不记得了。"

姑且不论这话是真是假，又是否有给彼此找台阶的意思，穆回锦意味深长地看了他一眼，摇头说："我不知道，我昨天很早就睡了，起来看见你睡在地板上，所以要你告诉我发生了什么事情。"

齐攸神色复杂地舔了舔干裂的嘴唇，似乎在紧张地回忆着什么。穆回锦很快打断他："不过这都不着急，先去浴室吧。"

等齐攸再从浴室出来，穆回锦已经做好了早饭坐在餐桌边上，对齐攸点头："蜂蜜西多士，你应该多吃点糖。咖啡也煮好了，去宿醉。"

齐攸眼底腾起难以置信的惊喜，赶过来的脚步因为匆忙而显得有点一瘸一拐。见状穆回锦一挑眉：“脚怎么了？”

“不知道什么时候扭到了，不要紧。”他端起咖啡杯，盯着穆回锦，又说，“谢谢你没有报警。关于不请自入这件事，我很抱歉，以后不会了。”

穆回锦就笑：“我睡着了，什么都不知道，所以应该谢谢我的邻居。下次别做这么危险的事情。”

齐攸本来已经低下头吃东西，听到这里又猛地抬起来，神情间竟是隐隐有些期冀；可是穆回锦接收到这个目光后没有再接话茬，垂下眼，捡起西多士的一角，重重地咬了下去。

上午的排练穆回锦的场次并不多，当林可悦的场次也暂时告一段落之后，她叫住了他，引着他一起走到排练场最偏远的一个角落后，问他：“谢禹这个人到底是什么来头？”

穆回锦看了看林可悦：“他也找到你了？”

“嗯，昨晚见了个面，下周可能还要再见一次。”

“是个作家。如果非要说什么来头的话，是谢辰的弟弟。”

林可悦立刻说：“我就说嘛，原来是谢天宇的小儿子，我记得他因为残疾出国去了，原来已经回来了。”

“应该是有一阵了。”

“他怎么会想到写陆维止的传记？”

穆回锦微笑：“你怎么问起我来了？我记得你和他老子交情匪浅，应该直接去问他来得快些。”

林可悦目光含嗔地瞥了他一眼：“就你这张烂嘴。我听他话里的意思，傅允不肯出来，萧拂云新近死了，喏，连他，”说到这里她遮掩着一指聂希羽，“也给他吃了点排头。这都是怎么了？不能说的就不说，挑能说的说一点，这不是皆大欢喜两全其美的好事吗？”

“天底下少的就是你这样的女菩萨。”

眼看着穆回锦伸出手来拍自己的脸，林可悦一闪让开了：“不要贫嘴。你呢，我没有听见他提起你，但是总之找到你了？”

“稍微打了几次交道。你也知道，我是见利忘义心黑手长最不要脸的，没什么不敢说。”

林可悦微微蹙眉：“这话我不喜欢听。我反正是知无不言，算是对他的一点微不足道的回报。回锦，说起来我四五岁开始做童星，到现在几十年了，只有在他的戏里，我才喜欢当女演员的自己，那不是仅仅在演戏，而是另一种活着的方式。我活在那些场景里，我一次次地回去……能被他挑上是一件多么荣幸的事情，我只遗憾没有在最年轻最漂亮的时候演过他的片子，哪怕一部。我真不知道那些不开口的人是怎么想的。”

“对他们那一群人来说，觉得什么也不说，才是对他最大的保护和敬意也说不定。”穆回锦冷笑。

“所以你和聂希羽从来就不对盘。”说到这里林可悦笑着转过脸来，“说起来昨天你们在面纱这件事情上居然这么有默契，真是大出我的意料。不过你看这样多好，有你们我才觉得这一趟值得……我是看在陆维止的剧本的份儿上才接的，老罗这个小儿子风格太强烈，太雄心壮志，这对年轻人来说当然是好事，但是对这出戏就不知道是不是也是好事了。幸好聂希羽在，你也在，又把整个感觉拉回来一点，不然只有我一个人，我怕是坚持不下去的。”

穆回锦盯着另一头忙着给戏中戏的演员们做示范的齐攸说：“这些话你该和谢禹说说，他肯定高兴得不知所以。你看你多么爱他。”

林可悦也顺着他的目光看去，含笑平静地接话：“你难道不是？还有，老罗就这一个儿子，回锦，你就有点慈悲心吧。”

穆回锦就笑一笑：“你千万不要这么抬举我。我可没做什么，也做不了什么。”

齐攸在接下来的几天安生不少，下了戏就躲开了，一句话也不上来搭，穆回锦姑且把这个归结于他对醉酒爬门的愧疚。车子开到家门口穆回锦看到一楼还亮着灯，心想又一次出门忘记关灯了，但开了门一看在沙发上蜷成一团的人，立刻就笑了，走近前轻轻拍了拍睡美人的脸：“先起来，什么也不盖睡这里要着凉的。”

陆棠睡得正好，但听到穆回锦的声音，一下子就坐了起来，瞪大一双惺忪睡眼：“啊，回锦你终于回来了。”

穆回锦看着陆棠，又抽空瞄了一眼随随便便搁在地板正中间的行李箱和手提包，又加深一点笑容：“你又不回家。”

陆棠这时醒了大半，也笑靥如花地抢话：“你又把备用钥匙搁在盆栽下头。”说完就伸直手臂去拥抱他。

她的脸颊蹭到穆回锦半湿的头发，立刻就微微嘟起了嘴，眉头也跟着往两边一撇，却不往这个话题上引：“你不能总把钥匙放在一个地方，要让别人知道了，总是不好。”

“不知道钥匙的还可以爬进来，锁这东西，防君子不防小人……”

陆棠惊呼一声：“谁爬了你家的墙？报警没有？谁这么大胆子。”

穆回锦微笑着镇定安抚：“打个比方。你这次准备住几天再回家？”

陆棠仔细想了一下：“没打算回家，我都没告诉家里人，就和小叔叔说了一声。”

“你也不怕你家人敲锣打鼓明火执仗地到我家来抢人。”

陆棠就被逗笑了，拉着穆回锦坐到她身边来：“小叔叔答应不说，那就一个字也不会说，不然我又不蠢，告诉他然后等着被抓吗？”

穆回锦听了也笑，随口一问：“哪个是你小叔叔？”

“大爷爷最小的儿子，管基金会的那个，叫陆仪，我以为你知道他。”

这些年来穆回锦打过交道的陆家人，除了凭空而降的陆棠，也就只有陆仪一人，虽然只是寥寥数面，但也不能说“不知道”。已经有些模糊的面孔一闪而过，穆回锦说：“哦，你什么时候来的？吃了东西没有？”

“下午五六点到的，我在飞机上没睡好，进来就在睡，什么也没吃。现在几点了？”

看看钟差不多是半夜，他看着陆棠正一脸期盼地望着自己，就说：“不早了，不过我知道有一家好餐厅还没关，去不去？”

她立刻欢呼：“去的，当然去！不过你等等我，我去化个妆，顶多一刻钟……我还可以住之前住的那间屋吗？”

“随便你。”

陆棠扯掉睡乱了的马尾辫，披下头发拎了手袋就往楼上跑，爬楼梯爬到一半又停下来，转身正色说：“哦，对了，小叔叔告诉我说他训了陆桐。陆桐这个混蛋不做人事，回锦你那个时候还帮他瞒我。”

眼看她蹙紧了眉，满脸不忿之色，穆回锦摇摇头继续在笑，轻描淡写地收住这个主题：“是要训一下，不为别的，陆家不是最要脸皮和身份，不值得他出面和动手……你这样看我做什么，快去，一刻钟，不然就真的迟了。”

26 獠牙

来得早不如来得巧，这话放在此时的陆棠身上再合适不过。

齐攸第一次听到陆家人住在穆回锦家里吃了一惊，一句话脱口而出：“你到现在还愿意和陆家打交道？还留人在家里住？”

对此穆回锦微微颔首，含笑作答：“陆家对我没什么亏欠，她来住几天也没什么。”

这句话厚颜得太镇定，说谎说到这个份儿上，齐攸对这样的无耻也是无话可说，勉强点一点头：“随便你。”

穆回锦曾不止一次见到齐攸单独去找聂希羽，每每在这之后聂希羽看过来的眼神也变了，倒是很熟悉，十几年前他就总是这样看着穆回锦——冷冰冰的审视，像在面对什么无关个人意志而必须接触的生物，矜持而冷淡的敷衍半是出于教养半是承了他人的情。

大概可以想到齐攸在追问些什么，既然他连陆家那边都去打探，那么身边的聂希羽更是不可能放过。穆回锦此时才意识到齐攸固执起来也很惊人，心里忍不住咋舌，原来竟是这样一个难缠的货色。

他只当没看见，言行举止一如既往，更趁着齐攸这段时间里一心挖旧事，不动声色地离他更远一些，每天下戏之后就关掉手机带着陆棠出去吃喝玩乐，哄得她像只被伺候好的暹罗猫。

一天他回家，本来说好了带她出去看电影，结果还在院子外面就发现围墙上面多了若干条之前没有的线。进门之后也不用他问，听到钥匙声的陆棠已经等不及冲到门前，声音又快又脆：“回锦回锦，我找人来给你家安了警报器，上次你提到说不定有人爬墙，我越想越不安心……今天装了一半，明天等你从剧院回来就全好了……”

她拉着穆回锦的手说个不停，穆回锦则不开口。陆棠问：“你怎么不说话，不是因为我没和你打招呼就找人来装防盗装置不开心吧？”

穆回锦用力捏了捏她的手，笑着安抚：“没有的事。想起一点儿别的事情而已。不过你来还考虑到这些事情，看来是慢慢知道关心人了。”

陆棠脸上泛红，有点害羞似的转开脸又转过来：“……总之明天你回来看吧。几点了，电影是不是要开场了？”

两个人去看了电影，然后去“夜”吃饭，这一晚上陆棠都没什么话，喝了一点点餐前酒，就面色酡红，眼波盈盈，就像喝下去的酒都盛进了眼里。等到甜食上来，陆棠把杯子里最后一口红酒喝干，靠在椅子里，拿叉子胡乱去戳那甜食，眼看是一口也不要吃了，一面慢腾腾地开口，眼睛自然是直直盯在穆回锦脸上：“……回锦，谢谢你一直对我这样好。”

“这是什么傻话。”

陆棠皱起眉，死命地摇了一阵头。片刻才哑着声音说：“你虽然不说，但我都知道的。他们对不起你，我第一次来找你，你就算抽我两耳光推出去，也没什么不对。但是你却收留我照顾我，一再一再，就算现在还肯和我坐在一起吃饭……”

穆回锦端起水杯，轻轻打断她：“喝醉了？来，喝一点儿水，少说话。”

“回锦！”她不满地提高声音，也不管周遭投来诧异的目光，“你不要把我当作三五岁的黄毛丫头来哄，你知道我不是了。”

穆回锦微笑：“我知道啊。”

听到这句话，陆棠的手稍稍有些发抖，叉子敲在餐具上，叮叮咚咚地发出断断续续的轻响：“那……那你是不是说，是不是说，没有把我当晚辈看的……你对我做的这一切，也不是因为陆维止当年的缘故？”

穆回锦看着她，忽然发觉她并不像陆家人。他所知道的陆家人，是天塌下来也能像是在自家的客厅里招待客人，镇定克制，连冰冷和轻蔑都隐藏得绝对没有一丝痕迹。这样说来，他也并不怎么像陆家人。

穆回锦放任自己轻轻叹了口气，果然引得陆棠抬起了头，咬着嘴唇死死盯住他，倔强的架势表明此刻非要等到一个答案。他就慢慢地摇一摇头：“从来没有。”

这句话一说出来，陆棠即刻低下头去用手捂住了脸，但她并没有哭泣，整张脸刹那间放出光彩来，声调也在不知不觉中升高了：“那……”

“还不是时候，小棠，耐心等一等。”他如是说。

这句话仿佛一杯烈酒，让陆棠毫无招架之力地醉了。回去的路上她靠着窗，一句话不说，只是用阴沉沉的眼睛凝视着穆回锦。穆回锦也在沉默中开着车，时不时偏过目光去看一眼她的反应，直到她支撑不住睡着为止。回到位于城市另一头的家里，穆回锦拍醒陆棠，告诉她到家了。陆棠不吭声地拿起外套和包下了车，等穆回锦把车停好，才跟在他身后一起从车库里的门进屋子。

车库的灯光并不怎么明亮，穆回锦正在找钥匙，忽然觉得背后一紧，酒和香水的气息层层侵绕上来，晚上喝的酒有花香，香水则带着桃子的甜气，他不由得停下了手上的动作。正在背上缓慢而用力地辗转的大概是陆棠的脸颊或者额头，隔着毛衣，这种触感没有平日那么鲜明；他放任陆棠的举动，直到她的手抚上他的胸膛，并试图解开衬衫的扣子，才猛地一把抓住她：“小棠。”

陆棠伏在他背上低低地笑，笑声透过脊背直入胸腔，盘旋地回响着。她一再地轻声呢喃他的名字“回锦，回锦……”，手也在同时再一次地试图不安分起来。穆回锦一手牢牢钳住她的手，另一只手赶快去开门。进了家门一开灯，明亮的灯光倾泻而下，陆棠似乎是醒了一点，目光还是迷迷瞪瞪的，侵略的动作却不再继续了。顺势转了个身，拉开两个人之间的距离后，穆回锦扶着她靠在沙发上：“你是先喝杯水，还是上床去睡？”

“你干脆问我要不要吃颗糖，再玩一玩洋娃娃。”她似乎受不了这样的灯光，皱眉闭上了眼。

“我扶你上楼去睡。”他毫无商量余地地开了口，然后扶住陆棠回她的卧室。她挂在他身上，如同一只幼鸟一般娇弱温驯，抿住嘴闭着眼，绸裙子随着动作发出簌簌的摩擦声，盖住彼此浅浅的呼吸，甚至连脚步声都要盖住了。

躺在床上后陆棠伸出手臂遮住双眼，长发铺满床的一角，小腿自裙子的下摆裸露出来，灯光下雪白得简直在折射出浅浅的荧光。穆回锦看了一眼如此姿势的陆棠，帮她扯过被子盖住半边身体，就反锁上房门，出去了。门一关上楼下门铃声就响了，拿起可视对讲器，屏幕里赫然出现的是齐攸的脸：“是我，你开门。”

穆回锦开了铁门，又打开房门，很快齐攸就到了眼前。他见到穆回锦也不着急进去，停在门口喘了口气，说：“我刚刚从剧院出来，和聂希羽说不清楚，谁也没办法说服谁。”

今天下午彩排，齐攸忽然提出要对奥菲利娅和葛楚德这两个角色做出调整，至少让剧中的女人们看起来不那么“无辜”。当时林可悦不在，奥菲利娅的演员因为如此一来戏份增多，自然不会有异议，但没想到这个时候居然是聂希羽站起来反对。

于是这个下午接下来的时间就变成了两个人之间的争论，穆回锦一直袖手坐在边上看聂希羽如何忠实地捍卫陆维止，然后准点离开，其间一言不发。聂希羽的立场他很清楚，齐攸的想法也不是不能理解，但没想到这两个人居然能为这个争到现在，而且看起来似乎还是没有个定论。

“哦。”穆回锦无动于衷地点点头。

他的漠然让齐攸一愣，但是很快还是继续说了下去：“我不明白为什么非要是柔弱的无辜的女人，这已经过时了，而且谁也没有规定他的理解就是不容置喙的铁则。我不明白他们是怎么了，只要涉及这个人，就如此念念不忘如此顽固。还有你，回锦，鬼魂的那一出戏，我觉得你启发了我，我们明明可以就这一点讨论下去，你第二天却还是要按老路子演……他的个人风格的确强烈，但在十多年后的现在，不管大银幕上个人英雄主义的强者如何是永恒不褪的潮流，至少在戏剧舞台上，观众的口味都改变了。这出戏已经被演过太多次了，哪怕没有任何新的东西，当然也还是一部好剧，但是不加一点儿新的东西，属于我自己的部分，就是我的失败了。”

穆回锦浮起一个无动于衷的冷笑：“哦？说了这么半天，你干的还是挂羊头卖狗肉的差事。其实你没必要告诉我你究竟想做什么，你的苦衷大概年轻导演都有，我没兴趣，也不懂。”

“我不是要挂一个陆维止的名字，从来也没想过。”齐攸缓缓地说，“你也说了如果要挂名我甚至不需要挂他的名字，已经没有多少人记得他了，当年那种冲着他的名字就有观众彻夜排队等票的日子早就过去了……你到底要怎么样，才能相信我是真心想把这件事情做好呢？”

穆回锦觉得好笑：“这不关我的事，你这样声嘶力竭地唱念做打，还是留给别人吧。不过既然如此，当初何必费尽心思找齐这一群人？”

齐攸似乎是被这句话噎了一下，才说：“你问我？”

“好了，不要太贪心。两条路你只能走一条，要哪一条，随你。”穆回锦把身子稍稍前倾，拍了拍齐攸的脸。

“聂希羽也甩了句差不多的给我。是不是抛掉陆维止的名字不要，你也甩手走了？”

没想到聂希羽还说了这句话，穆回锦有点惊讶地笑了：“他居然这么说，真是叹为观止。”

“你们……”

穆回锦这时截断他的话：“这个时候我不谈工作，你要是想做点别的什么，我倒是可以奉陪。”说完就侧开身子，让出半边房门。

这话题和态度都转得突兀，齐攸的思绪还沉浸在和聂希羽的争执之中，呆了一呆，神情复杂地盯着穆回锦：“我以为你至少会乐意谈谈陆维止的戏。”

“不是现在。那就这样，明天见……”借口分好坏，虽然今天他的确带来的是个诱人的借口，但穆回锦宁可早点结束它。

齐攸挡住眼看就要合上的房门，随即异常敏捷地闪身而入，再反手带上了门：“就你一个人？”

穆回锦勾起一个笑容：“你来得巧，她出门玩去了。”

等穆回锦洗了个澡从浴室里出来，发觉齐攸不仅没走，还反客为主地打开了电视，披着明显是从他衣柜里翻出来的睡袍，悠闲地一面吸烟一面看节目看得入神。

听到门拉开的声音齐攸慢悠悠地扭过头，一脸愉快地说：“是不是所有的巧事都撞在今天了，你来看电影台在播什么。”

穆回锦依言走近两步，一看清屏幕上的画面，他就转开了脸：“我要睡了，你不如回家看。”

“茶水都没凉呢，就要赶我走？说起来这《丹青》我看过不说一百至少也有九十遍，句句台词都能说出来，要不要我跟着念一段给你听。”

“叫你把电视关了。”穆回锦不理他，稍稍提高声音又说了一次。

齐攸也不理：“就这么不喜欢这片子？”

穆回锦蹙眉：“声音再小一点。”

齐攸看过陆维止所有的电影，特别是后期的作品，一看再看，其中又以《丹青》为最，看得这样熟悉，连一个个镜头是怎么拍的，机位怎么摆都能想象得出来。故事也是再熟悉不过的：一对专职美术品造伪的青年情侣，设计勾搭上家境优渥的母子二人，借着度假之名跟着彼此的“情人”搬进中年贵妇兄长的房子——此人是个颇有名望的美术收藏家——并想尽手段获得收藏家的信任和好感，想趁他消去戒心之后再瞒天过海，偷出他的藏品。年轻人生性讨喜，收藏家又无妻无子，本来一切进展顺利，但因为有一天那对小鸳鸯耐不住相思，露出马脚，最后落得人财两空，连一条命也搭了进去。

尽管不止一次幻想过眼下的情景，但当屏幕里放着当年的电影而电影里的人就在身边这么个场景确确实实地发生了，齐攸才发现他想的全是一些和以前不一样的东西。譬如他想到如果这片子在自家老头子手里，绝对是个活色生香的世情剧，亏得陆维止能把这么个惊险刺激又不乏香艳的剧情拍得忧郁气十足。

念及此他问穆回锦："他当年拍这个片子，到底是怎么了，怎么有人能把这么富丽鲜艳的色调拍得这么'重'，镜头也比之前的片子用得多多了，《长夜》差不多有这片子一倍长，镜头数是不是和这个差不多？"

穆回锦低声说："你哪里不知道他中风了，每天晚上闭上眼不知道第二天能不能睁开。"

齐攸确实是忘记了，听完"啊"了一声，又说："哦，原来是这样……"

他想遮掩过去，一时再没开口，老老实实看片，不知道第几次地看着穆回锦的角色"阿锦"如何轻描淡写地施展手段收服片中的男男女女：没有人交代他的来历，似乎也没人关心这个。他可以在上一刻骂出一般人闻所未闻的粗秽言语，又在下一刻一脸迷恋地和你讨论书法的结构和国画的技法；他会一声不吭甩掉所有人消失几天，但回来的时候一定双手捧满了礼物，为消失找的借口真诚得让人无法产生一丝的怀疑；或是在半夜的某个时刻敲开收藏家的房门，瑟瑟发抖，目光清澈纯良，只因为楼上有个龙头漏水让他睡不着觉。他在各种身份之间游刃有余，似乎更乐在其中。年长者渐渐发现这个漂亮的男孩子是个谜团，而他却无法抑制地去接近他、照顾他、和他交谈、允许他留宿在自己客厅的沙发上，甚至当阿锦和自己的妹妹隔着跨洋电话大声争执诅咒的时候忍不住地站在"外人"这一边劝服妹妹。

那个时候的穆回锦那样年轻，别说眼睛，就连皮肤和头发都在闪闪发光，微微一笑，不要说片中人，就连片子外面的齐攸每一次看到都忍不住在心里摇头，这个可怜的老家伙，怎么能逃得出去。

在事隔多年后的眼前，每一次见到穆回锦，只要稍加回想起记忆里的他，齐攸就觉得刺痛难安，而这种种感情似乎就在这个晚上累积到再也无法忍耐的地步。他低声问了一句："他到底做了什么，能把你变成这个样子？"

当然也得不到任何回答。那组镜头终于过去，齐攸居然觉得自己松了一口气。电影继续放映：

那个晚上之后收藏家大病一场，平时老是围在身边的三个小的这个时候却一个也没来探望他，凭空消失了一样，倒是他妹妹从外地打了个电话来，问候两句，就挂掉了。他能下床的第二天，正好收到拍卖行邮寄来的新目录，刚刚翻开两页，门外传来熟悉的充满活力的脚步声。

这久违的声音让他一下子冲过去拉开门，正好和冲下楼的年轻人打了个照面。他依然是这样充满着年轻的力量，朝气简直随时可以喷薄皮相而出。收藏家盯着他一瞬，才艰难地别开了那复杂的目光，说，我们谈谈。

年轻男人只是微笑，他停不下脚步，有什么在召唤他："哦，改天吧，今天我约了人要去乡下的别墅做客，我要迟到了。你脸色看起来真不好，失眠了吗？"

——我们谈一谈，看在如绢的份儿上，也看在梁钧的份儿上。他抬出了妹妹和外甥的名字。

可是回答还是不为所动的，伴随着依然无辜而清澈的眼神和笑容："我真的要迟到了，过两天。过两天我来看你，会带礼物回来的。"

话音刚落，他就敏捷地下楼去了。那是他最后一次见到他和听到他的声音，然后阿锦就死了。于是镜头又回到了楼梯上。那是若干天之后的清晨，又一个人走到顶层，掏出钥匙打开了房门。嫉妒和仇恨可以让原本英俊的面孔在瞬间扭曲成魔鬼，被朋友和情人双重背叛的年轻人在进门之后放轻脚步，走到了床头。

梁钧扑上去的一瞬间他立刻就醒了，伸出手抵御如雨点一样落下来的拳打脚踢。但他把自己困在了毯子里，厮打过了好一阵，才得以脱身。可惜这解脱来得太晚，他已经被完全疯狂的另一方压制住了手脚，对方压住他的身体，一只手死死抵住他的胳膊，咬牙切齿，恨不得就此把他撕碎了。

镜头变得紧凑起来，一个又一个的短镜头让节奏变快了，只是半裸的身体和衣衫整齐的另一具肢体在晨光下的扭打挣扎在这样的节奏和剪接下给视觉带来诡异的错置感，暴力和极致愤怒之下，每一个动作甚至比那场漫长的性爱还要肉欲横流。梁钧被当胸踢了一脚，他瞪大眼睛，再次冲上去的同时，摸出了刀子。

镜头忽然拉远，焦距模糊了，没有任何伴奏的利刃入肉的身体初听只是闷闷的微弱一声，拔出来的声音却很惊人。毫无节奏的枯燥的声音持续着，只能看见被压在下方的身体起先还是在奋力反击着，蹬腿的动作就像是被按在砧板上的活鱼，然而随着持续不断的声效，他四肢的动作微弱了起来，身体开始抽搐痉挛，揪住男人肩膀的手慢慢放开了，又最终归于彻底的沉寂了。只听轰然一声重响，年轻人赤裸的上半身滑下了床，随之一起落在地板上的，是那幅当年三个人一起送去楼下，又最终转送回来挂在床头的工笔画，画的是一只喜鹊和一朵荷花，喜气洋洋。

沉重的脚步声渐渐远去，又被巨大的关门声彻底隔断。镜头这时终于转到那个连脸上的汗水和红潮都没有彻底褪去的年轻人脸上。他依然瞪着他那美丽的眼睛，神采尚未彻底从已经散开的瞳孔中消失。太阳出来了，晨光透过玻璃窗，在他年轻的脸庞上漏下一道切实的虹影，就好像那个夜晚一样。浓郁的颜料一样的血痕，已经悄然爬过他的胸口，顺着颈子滴到下巴，又流过嘴角，模糊了那双眼睛，沿着额头没入头发深处，最终在地板上汇集成小小的水洼。

片尾字幕闪出之后齐攸才觉得从后半段开始逐渐绷紧的神经和身体开

始舒缓下来。他又侧过头去瞄了一眼似乎已然睡着的穆回锦。本来以为是自言自语地说了一声“这片子的结局看多少次还是这么让人不愉快”，不料话音刚落，另一侧就传来明显是很清醒的声音：“这下可以关掉了？”

齐攸笑了，依言关掉电视，却没有走，反而点了根烟，然后去电视机边上的柜子拿水壶，然后说：“你没睡吗？”

穆回锦反问：“这怎么睡？”

喝掉半杯水，齐攸又说：“我看了陆维止所有的片子，看得最多的是这部，最不喜欢的也是它。”

“原来你是个受虐狂，可惜没早点看出来。”穆回锦冷哼了一声，却也慢慢坐了起来。

“不是。”齐攸摇头，“其他所有的片子里，陆维止都是其中的不二真神，要光就有光，要风绝不是雨，居高临下地掌控着全局。但是在《丹青》里，就这么跌落回地面上了，时刻流露出垂死之人的无力和退让，太糟糕了，他也不过是个普通人，老了，病了，又不甘心。当然他对全局的掌控感依然出色，这点就算是要我现在去拍，不见得能有他这样的精力……或者说毅力？”

看穆回锦的神色，明显是在认真听，尽管整张脸上一丝表情也没有，反而依稀流露出些疲态。齐攸难得见他这样专注，蓦地觉得悲喜交集，但还是继续说了下去。

“你有没有好好看过这部片子里你和谭莉莉的情爱戏，还有最后那场谋杀？把死亡拍得像性爱，性爱却搞得和濒死一样。我不知道他当时到底为什么拍这个片子。老年人有心无力的意淫，真是可悲得无可救药……”

“说到这里可以了。”

齐攸的话被毫无征兆地打断，他的意见发表到一半，有点猝不及防，正色去问：“嗯？你又怎么了？”

“你再敢提起陆维止三个字。”

穆回锦看神色还很寻常，面部轮廓在台灯下面甚至比平日看起来要柔和得多，所以齐攸起先并不在意，放下手里的杯子，还走近了一步："你不要弄得和聂希羽一样，听到陆维止就……"

这次穆回锦没给他说完话的机会，扯过手边的台灯，就恶狠狠地朝着人掷了过去。

27 迷局

事出突然，齐攸眨了眨眼，发现整只台灯的的确确是凶狠地朝自己这边摔来，才意识到情况不妙，赶紧伸出手先遮住了头脸又狼狈地弯下腰，还没来得及动步子，就听见背后稀里哗啦一阵乱响，接着手臂像挨了鞭子似的一痛，他不禁嘶声抽了口凉气。

等那声音静下去，齐攸才放下手，先回头望了一眼，只见身后墙上一整块镜子全碎了，碎片溅得满地都是，台灯静静躺在几步之外的脚下，倒是一点儿也没变形。

手臂还在热辣辣地作痛，他抬起来一看，赫然一道红痕在目，这才知道是被台灯的电线抽到了。齐攸低下头静了一静，本来还想开个玩笑说“看来你还是舍不得打死我”，但再抬起头，却看见穆回锦握着一只瓷器花瓶，眼看是随时都能毫不犹豫地扔过来。

“你怎么回事？”齐攸微微皱起眉头，问。

“滚蛋。”

眼看着对方变脸比翻书还快，齐攸觉得手臂上的伤口和简直和自己脑门上的青筋一起在一抽一抽地跳着——他长到快三十岁，何尝吃过这样的冷脸，何况起因又是为了个死得连灰都冷了不知道多久的人。于是火也一下腾上来："你发神经病啦？有什么话不能好好说？"

话音甫落，前一秒还在穆回锦手上的花瓶就摔了过来；不过这次齐攸多少吃了一点上次的教训，看他略有动作，就知道往边上一让，总算是堪堪躲过。但这次瓷片满地，溅得一些碎玻璃碴子弹起来，有些甚至飞到手臂上，也扎得人难过。

"你……"齐攸气得脸都扭曲了，但穆回锦这时比他更快，爬下床拽住齐攸的手臂二话不说就往门外拖。两个人扭打一样蹭到门口，穆回锦刚分出一只手开门，就被齐攸整个人反抓住了，钳在怀里一边大喘气一边喝："你他妈的搞什么鬼，疯了！"

穆回锦也不吭声，脸白得像恶鬼，忽然一发力，踩住齐攸的脚，再趁后者吃痛稍稍松懈的一瞬间，抬起手往脸面上就是一拳，打得齐攸整个后脑勺直直撞到门板上，发出好大一声闷响。齐攸被打得发蒙，等反应过来，人已经红了眼，扑上去，捏住穆回锦的肩膀顺势就甩了几耳光。这几巴掌他用足全力，又脆又响，特别是最后一声，简直像是一声枪响，震得齐攸一下子醒了神，瞪大眼睛盯着穆回锦，无话可说，又动也不动。

两个人隔得近，彼此看彼此都不像人，眼睛里幽幽烤着鬼火。齐攸觉得自己手心生疼，穆回锦的脸又近在咫尺，原本一直消瘦的脸颊上又是指印又是红肿，火气登时潮水一样落去大半："……回锦……"

穆回锦还是不吭声，就这么一言不发地盯着他，眼睛里什么都看不清楚。这时门口忽然传来死命叩门的声音，齐攸听见一个年轻女人在喊："回锦，回锦，你怎么回事？你说话啊……回锦，给我开门！"

他的眼神静得过了分，反而像极了有所动作之前的猛兽，对门口的叫唤和越来越凶猛的砸门声也是充耳不闻，过了好一会儿，才微微点了点头，面上甚至有点笑意，平淡之极地说："你也配提他的名字。"

自决心来找穆回锦演戏的第一天开始，齐攸就做好了因为陆维止而大吵一架的准备。他从未认真了解过这两个人之间的往事，就算向陆家人以及其他知道往事的人看似漫不经心地问过几次，事实上真相也在时间和人力的双重作用下，变得模糊不清了。但齐攸一直很清楚，陆维止就是一颗锈死了的钉子，他必须把他从穆回锦身上拔出来，无论这钉子藏在什么地方，藏得多么深。

现在他挨了打，被砸了东西，脑子里嗡嗡作响，胳膊上痛得发烫，脚背除了被踩过之外，也还有一些细微的刺痛，也不知道是不是被飞起的玻璃片割破了。然而这一切肉体上的打击和疼痛，都比不得刚才那短短的一句话，这让之前所有的痛楚都消失了，黑暗沉沉地压下来，眼前也黑了。

等再度能看清周遭的一切，眼前的穆回锦似乎已经成了一个彻底的陌生人，从神情到肉体，无不如此。

这几个月来的种种往事在脑中急速掠过，他小心翼翼地调整着手的位置，不想碰到穆回锦脸上的伤处。

齐攸猛地推开他，定住穆回锦的肩膀，看着他的目光就像要把这个人钉死了：“原来如此……穆回锦，你到底想怎么样？你怎么变成这样。”

齐攸眼睛一热，心里发冷，但看着面前那个消瘦苍白的男人，哑声说：“我们能不能不要为了个死人吵架……”

不料穆回锦干净利落地拉开他，眼睛里一丝理解和怜悯都没有：“你要的东西都到手了，我要的就等我慢慢换回来，银货两讫，公平得很。”

齐攸瞠目结舌：“你……”

穆回锦则认认真真地点了点头：“不然你以为我为什么接这出戏？”

“就为了陆维止的两本破本子？那你当年怎么舍得卖他的信，犯哪门子的贱！”齐攸气得眼前发昏，猛地爆发出来，也不管门口的敲门声如何震天动地，对着穆回锦继续吼，“你疯了，你以为你这样做当年做的那些事情就能抹干净了？还是你以为你这样能陪着他死吗！”但是这时穆回锦已经连和他说话的兴趣都没有了。

他拉开反锁的房门，走廊里明亮的光线投进来，齐攸下意识地扭过脸，一下子就也愣住了——他从来没有见过的年轻女孩子，哭得一张带妆的脸花成一片，却依然一手拿着喷雾器一手拎着一把可能是厨房里摸来的水果刀，靠在门边死死盯住自己，明明应该猫一样温顺的，看起来却像一匹狼。这乍一看来是荒唐的景象，但是齐攸发现自己根本笑不出来，反而心里一寒，也没了动作。

物品落地的声音打破三个人之间僵持的死寂，陆棠看见穆回锦之后，即刻丢下手上的东西，扑进穆回锦的怀里："回锦……你怎么回事……你倒是早点给我开门啊……"

穆回锦没说话，动作轻柔地拍着陆棠的后背，拢起她散乱的头发，又轻轻地亲吻她的耳朵和额角。齐攸站在一边看着，愤怒和意气都褪去了，取而代之的疲倦和无奈上来得太快，灭顶一样笼罩住他，把整个人都冲远到无主的荒野。这时心里模糊地涌上一个念头，但根本不忍去想，也不忍去看这时的穆回锦，颓然低了头，拾起之前扔在门边地板上的外套，默默地离开了。

那声模糊的关门声传来很久，陆棠才止住哭泣。她皱着一张小脸，泪眼滂沱地掩面看着穆回锦，抽抽泣泣地说不出一个完整的句子来。穆回锦颇为怜惜地拍着她的肩膀，哄她说："好了，没事了，人都走了，不要哭。"他把手绢递给她，陆棠接过后胡乱抹了几下脸，脸上更是糊涂得不像话，她也不管，仔细打量一番坐在床边抱住自己的穆回锦，立刻眼尖地发现他的脚在滴血，于是本来想追问的统统再顾不上，滑坐到穆回锦脚边，声音一下子因为紧张而拔高了，问："你的脚……"

穆回锦这才跟着低下头来，看见血水一粒粒地滴在地板上。他知道这是和齐攸在争执中被碎玻璃划的，但是并不觉得疼痛，还蛮有兴趣似的低头凝视了一会儿，直到陆棠手忙脚乱想拿手绢给他止血，才抓住她的胳膊："等一下去冲一下就好了。"

陆棠咬住下唇怔怔半晌，像是猛地从梦中惊醒，站起来架住穆回锦，想把他往浴室带。她这时固执得惊人，不管穆回锦是如何消极地不反抗不配合，还是铁了心要把他架去。到了最后，反而是穆回锦叹了口气，用另一只手拍了拍陆棠说："小棠，让我自己走过去。"

之前虽然在流血，却没有眼下一步一步走过去那样痛。穆回锦走了几步，眉头就皱了起来。陆棠一直绷着一根弦注视着穆回锦，看见他露出这样的神色更是紧张得要命，一把抓住他，指甲都要掐到皮肉里去。

好不容易到了浴室，穆回锦坐到浴缸边缘，打开了水，一回头，就看见雪白的瓷砖上一路的血脚印，就对陆棠开玩笑说："喏，步步生莲。"

陆棠恶狠狠地瞪他，只可惜关心则乱，并没有什么威慑力。她一把抢过穆回锦手里的花洒，先试了水温，才伸到他的脚边，轻轻地冲掉血迹。夹杂着血丝的温水被冲进走水口，没多久水里连血丝也看不见了。穆回锦默默盯着浴缸里蜿蜒不休的水流，忽然伸手抓住陆棠的手腕："好了，血止住了。"陆棠偏过头看他一眼，摔掉花洒站起来："医用酒精和创可贴在哪里？你家的药呢？"

"喝的酒倒是有。"

"穆回锦！"陆棠气得都在发抖，穆回锦倒是先去看了看自己脚心的伤口：被划开了好几条，有长有短，大的伤口血肉模糊，他只管拿手去按，看着血水自创口又一次渗出来，却不觉得疼了。

"他是谁？"

并不惊讶于身边人如此迅速地转换了话题，穆回锦抬起眼来微微一笑："是我接的那出戏的导演。"

陆棠难以置信似的盯住他："你和这种人还打成这样？"

穆回锦反问她："他叫齐攸，如果你知道罗仲凯，前不久脑瘫的那个，就是他的小儿子。"

"……你怎么又和导演纠缠到一起？"短暂的沉默之后，陆棠冷不丁冒出这句话，话音刚落，穆回锦的眼风就扫过来，她一愣，改口的同时语调也软了，"……我当时听到声音，以为是家里进贼了，你要打死他。"

穆回锦关掉哗啦啦流个不停的花洒，一手撑住浴缸的边缘，另一只手去够搁在一边矮凳上的香烟："和进贼差不多，我手上有数。"

闻言陆棠又静了一下，抿了抿嘴，才说："我不明白，既然不喜欢为什么还要合作？”

这是个好问题。穆回锦想。似乎总有人当着他的面问一些罔论作答，就连想也不能想起的问题。为什么这个，为什么那个，在既定的事实之前，理由又有什么重要的。于是他懒洋洋地掀起眼帘，吐出一口青色的烟幕：“送上门的买卖，我为什么不要？”

说完这句话他很久没有听到陆棠的反应，也懒得别过脸，正以为她把话听明白了，不防一股力量扑到腰背上来，久违的年轻女人的那种柔软温暖的触感正紧紧贴住他的背部，带来的温度简直炙人。穆回锦自己都觉得呆了一下，才反身要推开她，不料陆棠反而死死地扣住他的腰：“送上门的买卖？”

他低下头看陆棠扭得青白的指节，拗得这样用力，仿佛只要再加一点力量，就能崩断了。他甚至更感觉到对方的嘴唇正在急切地亲吻着自己的脊柱。来自异性的昭然的情欲缠绕住穆回锦，他起先还稍稍动了一下，后来索性放弃了，任由陆棠冰凉颤抖的手指滑进睡衣里，才轻声说：“小棠，有些事你不会明白。”

再温柔不过的语调瞬间让陆棠整个定住了所有的动作。她抽回了手，但是依然维持着拥抱的姿势，禁锢的姿势虽然看不见，却不禁让穆回锦忆及陆维止当年说笑间谈及的故事，美丽凶狠而残酷的青铜女神，在拥抱时收紧双臂，绞死怀中的男人。最终他们谁也没有死，或者化作雕塑，只是穆回锦逐渐意识到，在这一动不动的僵持中，自己的背上一块，被冰冷的液体打湿了。

爱情让人软弱。他觉得慈悲心罕见地微弱闪烁了一下，笑了笑，用力掰开陆棠的手，唯一一次开口让她走：“好了，小棠，回家去吧。你这个年纪的女孩子，做梦可以，当真就划不来了。”

她竭力让自己的眼睛睁大，墨黑的眉伸展开，不让蓄了双眼的泪水滚落，哪怕它们是这样的无可隐藏了。她冷冷地问：“怎么，哪怕是陆桐也可以谈买卖？”

穆回锦想了一想："他和你长得像吗？"

听到这里陆棠再也撑不住，飞快地低下脸遮住了双眼："你真的这么恨我们家吗？"

他轻轻地叹了口气："回家去吧。"

她却想也不想地堵回来："我不回去！你开始害怕我了，才要赶我走！"

等她倒完这一通，穆回锦依然心平气和："随便你，你要住就住，住多久都可以。你固执起来就是个不折不扣的陆家人，我拿你们没办法。"

这句话莫名激怒了陆棠，几乎在同时变得暴跳如雷："我从来没有这么恨陆维止这个老混账！他明明死了，却还是让每一个人围着他转，每一个人记住他活？！他究竟给你下了什么蛊，能让一个明明知道他中风半年都不去看一眼的混蛋在这么多年后硬是活得人不人鬼不鬼。"

她半跪在他身边，在愤怒中声音劈了，但整个人就像一团火，从发梢到指尖，都熊熊燃烧起来，用强烈的光和热强迫听者正视着她："不管他们当年对你做了什么，你可以打我骂我嘲笑我把我推开管我去死，但是你不能……你不能像现在这样，施舍我你的虚情假意……"

一直没怎么开口的穆回锦这个时候猛地截断她的话："既然这样，那就活得有自尊一点，像一点你们家的人，甩我几个耳光昂着头回家去。"

陆棠像被突然卡住了脖子，喉咙里咯咯作响，但根本说不出话来，尽管还有残妆，但还是看得出一张脸唰地一下惨白起来，又很快地泛上失常的潮红。她抓住自己的脖子，似乎恨不得把喉咙撕开来，只为能继续说话。然而一切又都是徒劳的，陆棠雪白的颈项上被自己抓出一道又一道的红痕，却依然无话可说。

穆回锦抽完了烟，看陆棠还是石柱一样凝固在原地，就冲她点点头："我去楼下睡，你当心一点儿，不要被碎玻璃划着了。"

走到门口，身后传来低低的一句"你还会管我死吗"，穆回锦没有回头，但是笑了，她还是和他和解了。

果然到了第二天早上穆回锦从一楼的客房出来，看见陆棠乖乖地坐在餐桌边上等他，甚至破天荒地做了早饭、咖啡、吐司片，还有两粒煎蛋。美丽的眼睛忐忑不安地牢牢看着他，好像不这么做，人就会在她眼皮底下丢了。两个人在静默之中吃完早饭，穆回锦要去剧院彩排，临出门前叮嘱送到门口的陆棠："我叫了人来收拾卧室换家具，你怕吵到时候就先出去玩一玩，逛街什么的，你看要开哪辆车，钥匙都在老地方。"

"我等一下和小叔叔约好了，晚饭前回来。"

"好，到时候给我打个电话，我们出去吃。"

踩着钟点到剧场，发现只有副导演在，和聂希羽说个不停，发现穆回锦来了，又赶过去，说："齐攸早上打电话来，说是去医院，上午来不了，但是计划照旧，他下午会过来……真是糟糕，昨天晚上离开的时候我看他还好好的。"

这个时候聂希羽慢慢踱过来，问穆回锦："你的脚怎么了，一瘸一拐的？"

穆回锦笑笑："踩到碎玻璃了，小伤口，过几天就好了。"

聂希羽若有所思跟着点了头："对了，齐攸要订的十件V字领的黑毛衣来了，你到时候试试看。我原本想高领更好些。"

那个副导演这时走开了，四下再无他人，穆回锦听说齐攸进医院了，忽然心情很好，于是接了聂希羽的话："你都要把人逼到角落里了，一两件衣服，就顺着他一点儿吧。"

很难得的，聂希羽竟然也没有针锋相对，还说："明明是南辕北辙的两个人，非要一个跟着另一个的脚步，简直是自讨苦吃。"

穆回锦轻轻笑了："既然自找，就是活该，对你我，也是这样。"

尽管导演一整个上午缺席，已经开始带妆彩排的剧组却不曾因此而停下进度。午休时间之后，当剧团上下陆续回到排练室，他们发现齐攸又回来了，只是脑袋上缠着绷带，半边脸上一块偌大的乌青，又是凄凉又是滑稽。

看到这个样子没人敢笑，纷纷表示了慰问之意，又看齐攸脸色实在不好，也不敢多说话，问过几句又退开，各做各事，等灯光也就位了，下午的彩排也就开始了。上午的进度正好进行到第十二幕，克劳狄在餐桌前问起哈姆雷特已死的波洛涅斯的去向。

戏服既然已经送到，穆回锦就在午休时候换上了。V字领的黑毛衣让他显得更瘦更苍白，里面的衬衣又是黑色的，癯然如一枚象棋子。演员们在餐桌前坐好，然后克劳狄的演员接收到齐攸的示意，清了清喉咙，开始问：“啊，哈姆雷特，波洛涅斯呢？”

穆回锦摆弄着餐具，眼皮也不掀地作答：“吃饭去了。”

“吃饭去了！在什么地方？”

穆回锦这时抬起眼，还是平静地开口：“不是在他吃饭的地方，是在人家吃他的地方。有一群精明的蛆虫正在他身上大快朵颐。蛆虫是这世界上最大的饕餮家。我们喂肥了各种牲畜供自己受用，再喂肥了自己去给蛆虫享用。痴肥的国王和干瘦的乞丐是一张桌子上两道不同的菜，不过是这么一回事。”

难耐的两声咳嗽声后，穆回锦浮起一个依然镇静的笑容，继续说下去：“一个人可以拿一条吃过国王的蛆虫去钓鱼，再吃那条吃过蛆虫的鱼……”

“停一下。”没几句话就没被打断，在彩排的后期，已经是很罕见的情况了。两个人都停了下来，看着齐攸，等他说话。

齐攸并没有去看穆回锦，虽然在旁人看来，他是在“看着”他的。但是他自己最清楚，这不过是把目光投向穆回锦身后那面墙上的某一点的。他的头还在痛，有点耳鸣，不知道是不是昨天被撞到的后遗症，医生建议他静养观察，他却没办法躺下。

在陆维止的意图里，哈姆雷特在这里并没有发疯，事实上他一直没有疯，即使在巨大的苦痛和背叛面前。齐攸知道穆回锦的哈姆雷特一直是陆维止的，他知道绝不可能把这出戏变成自己的，就只能尽可能不懈地至少让自己在其中拥有一个角色，但努力至今都收效甚微，更多时候甚至是徒劳无功。

齐攸忽然觉得烦躁难安，后脑勺痛得厉害，他也不去管，尽量以公事公办的语气说："我还是觉得，从这里开始，他已经开始发疯了。他的疯癫并不是为了复仇而做的伪装，他是真的疯了，至少这里是半疯，疯子以为自己是清醒的，但是一言一行疯疯癫癫；半疯的人觉得自己疯了，其实他们反而比绝大多数人都清醒，然后清醒地发疯……"说着说着他发现在场的所有人都在注视着自己，目光中都多多少少包含着疑惑和不解。齐攸一顿，为了证明自己不是疯了的那个，他看着愈发陌生的穆回锦，说："你再斟酌一下，找一个度，在疯疯癫癫的清醒和清醒着发疯之间，找到一个合适的比例。他确实是疯了……"

穆回锦在齐攸说话的时候，始终垂着眼，听到后来，耸了耸肩："也许吧，那我们可以继续了吗？"于是中断的彩排又继续了。

克劳狄继续发问，想知道那个可怜的死者在什么地方："波洛涅斯呢？"哈姆雷特慢慢地微笑起来，甚至是没有任何恶意的。刀插下去，切割的也只是养肥的牲口，而非重现某场刚刚过去的屠杀："在天上。你差人去那边找他吧。要是你的人在那里找不到他，那么你可以到另外一个地方去找他；要是你们在这一个月里找不到他的话，你们只要跑上走廊的阶石，也就可以闻到他的气味了。"

齐攸站在一边，觉得自己闻到了尸体的腐臭。这气味是从穆回锦周围散发出来的，尽管他平静地微笑着，眼神明亮而清醒，简直太清醒了，在听见克劳狄告诉他要去英国的消息之后，他欣然拿开餐巾，放下餐具，站起来，说完"我看见一个明白你用意的天使，可是来，到英国去"，就朝着克劳狄走去，弯下腰亲了亲她的脸颊，柔声说完那句："再会，亲爱的母亲。"

之前的彩排中并没有这个小动作，所以克劳狄的演员一时有些惊讶，才接着说下面的台词。齐攸听见身后有窃窃私语声，大概都是在讨论这个临时加进去的细节。齐攸在陆维止的笔记里读到过这个场面，上面写“说‘再会’一句之前，站起来去亲吻克劳狄”。在反复思量之后，这个细节被删除了。他确信穆回锦之前没有看过这本笔记，自己也从来没有和任何人讨论过这个细节的处理，但是展现在他眼前的，却是彻彻底底的应该永远不见天日的一个场景，又被穆回锦准确无误地演了出来。

短暂的亲吻结束之后，齐攸接收到穆回锦的目光，依稀含笑。接着他很快发现，这一次，在穆回锦的身后，他确实看见了另外一个人。

头痛沸腾到无法忍耐的地步，齐攸的眼前暗了下来。

28 长日漫漫 上

自从齐攸至少是在外人眼中毫无征兆地忽然发病，剧组的进度居然也随之暂停了。这事并不怎么符合行规，但也不是从无先例，全剧组只能先放假，等导演康复出院再重做布局。

工作暂停，穆回锦还是坚持着排练期间的作息和状态，所以当陆棠告诉他周三有一个止雍基金会赞助的意大利文化艺术展的试展时，他起先并没有应承。但是这一次陆棠很耐心地展开了她的游说，告诉穆回锦展品难得，展馆布置得也很新巧，还说试展的三天里每天只发放几十张票，她还专门向陆仪要的票，浪费不去了非被陆仪钉住教训一通。她说的时候穆回锦坐在一旁含笑不语，等话一股脑说完了，才说：“你人在欧洲念书，怎么去意大利不好去，反而跑回来看？不如我带你看皮影戏。”

陆棠眼睛一亮：“那我们也可以去了美术馆再去看皮影戏啊。”说完这句声音又不知不觉低下来，“要过年了，但是我一点儿也不想回去，你又不管我……”她撒娇起来像一只小鹿，娇憨，并不惹人生厌，态度和举止都很得体。穆回锦看她抱住小腿耷拉着脑袋蜷在沙发另一头，不由笑了，还是把这件事情应允下来。

到了周三陆棠早早去了止雍基金会拿票，两个人约在十一点美术馆的西门外，于是穆回锦算好时间才慢腾腾地出门。还有一周多一点就是农历年的新年，到处都洋溢着节日的气氛，有一种欢天喜地的温暖和喧嚣，无声地蔓延在这个素来人际淡漠的城市的每一个角落。

穆回锦开车经过城市的主干道，看道路两边的装饰和店铺的摆设，不由想起来以往这种节日反而是他和陆维止分开的时候：陆家的兄弟姐妹间感情很好，甚至到了做祖父祖母的年纪，也还是一大家子人带着各自的儿孙辈聚在老宅一起过年。陆维止总是单身赴宴，但是每次去都带着数量惊人的礼物，住一周，有的时候两周，然后再独自一人回来，当然也绝不会空手而归。

陆维止在离开骊湾去和家人团聚之前会留一份礼物在卧室的床头。穆回锦始终记得，多少年来，都是用深紫色的包装纸和象牙色的缎带。但是当年的自己往往要在初三、初四，甚至更晚才会回到骊湾，在自除夕之夜起累计数日的宿醉之中，心不在焉地拆开那份礼物。

坦白说他没有好好去看过那些东西，拆开就扔到一边去，毕竟那些年来他什么也不缺，多一件少一件，不过如此。现在唯一能记得的礼物，是两个人最后那一年，陆维止从中风中稍微恢复，《丹青》拍摄完毕，他搬回骊湾，陆维止的那条腿还没摔到，新年的前一周两个人坐在一起吃过晚饭，等茶水的时候，陆维止说："过几天维清来接我，我过完元宵回来。今年没法挑礼物了，我把骊湾送给你吧。"

那一晚正好是北斗巡回演唱会的首场，他吃过晚饭等着出门，听到这句话，笑嘻嘻地站起来抓过外套穿上："你要是真把这房子留给我，你家的兄弟姊妹更是咬定我是吸血鬼了，早晚找个机会把我吊起来烧死。不过我不怕他们，你要舍得这房子给我糟蹋，随便你。"

当时陆维止回答了什么？穆回锦发现自己又想不起来了。演唱会之后他去了后台，在庆功宴上肆意玩闹，喝得烂醉后稀里糊涂跟着乐队去了下一个巡演的城市，等再回来，陆维止已经回家了，然后摔到了右腿，从此再也没有回到过骊湾。现在再回头看看，当初到底是凭什么觉得那个人不会病，不会死，永远坐在小客厅的那张沙发上，在听到推门声的那一刻，抬起头的同时，漆黑的眉毛微微一挑，让自己永远分不清那是纵容或是指责。等穆回锦再次醒神，发现已经开到了美术馆的停车坪外。停好车后看了一眼表，已经十一点了。

年关将近，温度却突然下降，风刮在脸上，就像一柄柄看不见的刀。从停车坪走到美术馆，一程都是顶风，等到爬上长阶梯来到入口处，举目一看，陆棠没看见，另一张面孔却撞入视线之内。对方也在四处张望，两个人视线碰上的一刻，彼此都怔了一下。穆回锦转念一想，略略勾起了嘴角，还是朝着陈楷走了过去。

几个月不见，这个年轻人简直像彻底变了一个人。以前的他就像一根绷紧的弦，不经意间就流露出戒备的神色，仿佛只要稍一加力，这根弦就断开了。但是眼下的他，气色很好，更重要的是放松了，却没有任何松散的疲懈劲，只是一味地自在，安然且愉快。

眼看着穆回锦越靠越近，陈楷稍一迟疑，还是没有让开，礼貌地点头致意：“你好，好久不见了。”

穆回锦确定他的确不会让开脚步了，这才停下来，两个人只隔不到一臂的距离。他先点了烟才接话：“夏天之后就没见过。看起来气色不错，是把谢禹那里的工作辞掉了？”

他颇为惊讶地看了看穆回锦，表情复杂得有些可疑，不过声音还是如既往的真诚：“是辞掉了。现在在放寒假，所以睡眠充足……哦，今天是小棠约我来，说是一起看个展览……”

有了陈楷的话做印证，穆回锦的笑容又更分明一些：“当然是她，这个小淘气鬼。”

听他这样说陈楷没接话，等了五分钟，陆棠还是没有来。于是因为同一件事而碰面的两个人，再这么沉默下去，总是尴尬得古怪。穆回锦在等陈楷几时撑不下去开口，果然也是陈楷先开的口：“……我在新闻上看到你那出戏的导演急病住院，这对进度没影响吧？”

穆回锦耸耸肩："整个都停下来了，大概会延期。"

陈楷低下头，又抬起来，笑一笑说："我们还准备票房开了去订票，既然你说延期，那估计是真的要延期了。"

"不必订了，等预演期过去，让人送你几张就是……"穆回锦微妙地一停顿，"几张？"

"回锦！小楷！"陆棠的声音在寒风中格外清脆，也解救了陈楷的迟疑。她扎起了头发，穿着一件半长的驼色大衣，样式很甜美，如果不是挂着骷髅头的围巾，恐怕还要更甜美些。

直到此刻陈楷才流露出真心实意的笑容，对着拾阶而上的陆棠挥了挥手，绕过穆回锦跑到台阶边上，正好陆棠整个人也张开手臂扑过来拥抱他，大笑说："天啊多久没有见到你了，我还以为你再不见我了呢。见到你真好，小楷，我在学校的时候老是想到夏天你陪我玩的事情，这才一放假赶快跑回来。"她一兴奋就停不下来，穆回锦站在一旁，看着两个人你来我往说得兴高采烈面放红光，一副全然不把眼下的狂风放在眼里的青春无敌的架势，终于是轻轻咳嗽了一下，作为提示："小棠你这个淘气鬼，原来还偷偷约了别人。"

陆棠这才拉着陈楷又跑到穆回锦身边去，笑得眼睛都弯了："我是忽然想到回来这么久，也没有见到小楷，也不知道你们是不是还有来往，干脆一起出来玩。反正我多要一张票，小叔叔也不可能不给我呀。"

她说话时候看着穆回锦，也没留意到身边的陈楷颇不自然地也朝他投去一瞥。穆回锦装作没看见，只说："谁能说过你。不过有什么话还是进去说，你们不怕吹风，我是经不住了。"

美术馆的中庭采自然光，暖气开足，较之寒风肆虐的户外，全然是两重天地。三人寄存了外套又回到中庭，拿导览册的时候陆棠指着足有两层楼高的展览宣传海报说："看，卡拉瓦乔，小叔叔还是借来了。我都没看过这幅画，当时我听他说要借来展览，还当是在开玩笑。"

她说的是卡拉瓦乔的《抱果篮的少年》。穆回锦仰头看了一眼这张大海报，轻描淡写地跟着评价：“你看葡萄画得多好。”

陆棠拿导览册掩住嘴，瞄着穆回锦笑：“葡萄？我看肩膀画得好，水果再美，哪里美得过人。”说笑间三个人进了展厅，展品按年代分，远到罗马时期的雕塑，近到现代的设计品，都一一囊括。数量算不上很多，但每一件展品显然都是精心挑选，再精心摆放打光，照片和实物结合，无不美轮美奂。展出的许多东西让穆回锦觉得眼熟，又说不清具体在哪里看过，就跟在陆棠和陈楷身后，一边听两个年轻人低声细语，一边走马观花地陪着看过去。直到他们站在那张画前面。

看见画，陈楷忍不住说：“原来它只有这么小。我看美术馆外面的海报，以为至少有这么大。”说完还伸出手比画了一下。

画上的青年的面孔介于男人和男孩之间，微张着嘴，面色酡红，漆黑的头发一如鸦翼，裸露的肩颈比怀中栩栩如生的水果还要诱人得多。

穆回锦站定之后，默默打量这幅画许久，说出踏进展厅之后的第一句话：“人不在了，照样有人把他喜欢的东西不远万里地搬回来，该发个奖章给陆仪那小子。”说完他转过脸，发现陆棠和陈楷一齐望着他，看样子都在等他把话说下去。穆回锦就指着画对陆棠说：“你们家的人都是疯子。我第一次跟着陆维止去罗马，他只带我去看了一幅画和一座雕像，然后就抛开不管了。画就是这幅……雕塑嘛，估计就算陆仪再想也搞不过来。”

那个时候他还年轻，去一趟罗马，满心想的是传说中藏在老城各个角落光怪陆离无所不有的俱乐部，再不济也得去看一眼斗兽场，谁知道刚住下，也不怎么倒时差，就被带去了一个听也没听过的地方，只为看眼前这张画。

“……回锦？”

回忆被打断，穆回锦面无表情地应了一声：“嗯？”

不料陆棠说：“你在笑，想到什么了？”

他当然不可能看见自己的笑脸，但是看见陈楷也盯着他，面上神色说不出是惊讶还是发愣。穆回锦自觉失控，但事已至此，也无意特别掩饰，说："没什么。想到当年第一次看见这幅画的时候，陆维止告诉我，他做学生的时候，第一次去罗马，专门去看这幅画，谁知道借出国展览去了，于是他从意大利旅行回来，又专门再追着画走，结果被告诉说这幅画约定只借半个月，已经还回去了……"

听到这里陆棠已经扑哧一声笑开了，笑声不大，但是展室里再没有别人，显得特别响。穆回锦看她这样，不禁也笑了，接着往下说："这样折腾到下一个假期，又专门去了一次意大利，才算是看到。估计是就此看见梦中情人了，从此只要去罗马，一定要见它一面。"

陆棠听完这个故事，盯着画又仔细看了约莫一分钟，才轻轻叹了口气："是画中人也挺好的，永远不会老。"

穆回锦低声说声"孩子气"，也没有多说，就别开脸再不肯看那画，直到两个年轻人看够了舍得迈步子了，才率先离开这一间展厅。

接下来的一间厅里陈列的大多是意大利的工艺品。陆棠看着那些做工精湛的金工，眼睛发亮，整个脸恨不得贴到玻璃柜上，拉住陈楷对展品又是说又是指点，也不知道兀自兴高采烈着什么。说来也怪，人离开了展厅，之前那幅画反而更加清晰地扑到眼前来了，一笔一画，每一处细微的颜色，都清楚得如同拿了放大镜在原画面前仔细观摩。穆回锦暗自撇了撇嘴，对陆棠和陈楷说"你们先看，我去抽根烟，再回来找你们"，也不等他们回复，径自抛开人走开了。

接下来的展厅都是一路连着的，穆回锦视若无睹地一直朝着出口奔，手已经忍不住伸进口袋里把玩烟盒和打火机。好不容易看到出口的标志，以为总算要走出去了，谁知道在最后一间展厅里，看见了他以为根本不可能出现的东西。他一下子收住了脚步，如果这时旁边还有其他人，或许会觉得这个人停得太急，乃至有些滑稽古怪。但是展厅里再无旁人，这也就给了穆回锦缓步踱去雕塑旁的余裕。这并非当日所见的原物，看了说明，原来是巴洛克时期的大理石复制品，从私人收藏家手中借出。虽然只是复制品，但是和原物一样，都是真人大小，而且因为常年供私人赏玩，并没有一些大理石雕塑的涩感，尤其是少年的膝头脚趾之类最容易触及的部位，早被摩挲得异常光滑，在光线下闪动着润泽的光芒和质感，好像眨一眨眼，就能看见他放开双手，抬起眼来对人微笑。

当年初次看到那尊雕塑，惊讶于他纯真的美丽的同时，还是不忘与身边的人玩笑揶揄："原来你钟情这种快要成年、身体还没有完全长成的年轻男孩子。"

这句话逗笑了陆维止，居然指着雕塑说："是很漂亮，不过要我说还是你更好一点。"

他们仗着没有人能听懂中文，在异国的博物馆里肆无忌惮地说玩笑话，后来自己更是故意拉着陆维止，躲进了偏僻的走廊，躲在了高大的雕塑之后。穆回锦猛然发觉回忆又一次地缺失了，他记得走廊里连成排的大理石胸像那平静的凝视，罗马诸神的姿势和笑容，甚至记得马赛克地砖上割出形状不一的灰黑的阴影，随着下午的阳光与和风微微荡漾，可他却再也记不起那天陆维止说过的话，或者说，那已经影影绰绰的神情也只不过是自己在多年之后一厢情愿安上去的。

穆回锦知道自己又把最重要的一个部分忘记了，这十几年来他一直在努力把这个部分找回来，又在一次次地徒劳而返之后意识到这就是当年残酷冷漠和不以为意的代价。四壁都是高墙，满是涂鸦，他摸索得十指鲜血淋漓，还是没有找到那个小小的窗口。

"先生……这位先生，请不要触摸展品。"

他定睛一看，原来还是站在本市的美术馆里，只是不知道何时起一只手搭上了雕塑的膝盖。真正触摸之后，再高明的技艺也无法弥补石头和真实肉体那截然不同的触感，就好像再生动的回忆，也不足填满真实和臆想之间的鸿沟。触感清晰得近于尖锐，穆回锦一时之间没有办法挪开手。馆员见状，正要再提醒，忽然从他们身后传来声音："不要紧，摸了就摸了，到时候我告诉陆仪就是。"

陆棠和陈楷一起走过来，那馆员并不认识她，好在这时巡场的布展经理听到动静过来，看见是陆家的小姐，打了个招呼就带着馆员和保安一起离开了。这时穆回锦已经撒开手，陆棠却还说：“看来还是有你感兴趣的展品嘛，回锦，我真高兴，你至少还有一件喜欢的。”说完她围着那雕塑转了几圈，指着雕塑说，“拔刺的少年，我不知道这个也有复制品。”

“有，当然有。”大理石冰冷滑腻的触感还留在指间，穆回锦回答，想笑，却根本笑不出来，一撇嘴角放弃了，“我也见过小的。”就在骊湾，文艺复兴盛期的复制品，一尺多高，做工相当精美，就是有一天他喝醉了和陆维止吵架，推翻柜子摔了个四分五裂。

“咦，我怎么越看越觉得小楷和他长得像？小楷，回锦，你们来看，是不是？”

陈楷一愣，笑着摆手：“胡说，人种都不一样，怎么可能长得像？”

“那就是神态特别像。”陆棠又说。

陈楷还是不肯认，盯着雕塑看了好一会儿，才说：“我就想，谁说这些东西是死的，五百年，一千年，甚至更长，他们都在，比任何人活得都要长，而且每次有人来看他们，喜欢他们，他们其实就一直活着。我总觉得‘栩栩如生’不该这么用，他们其实活着，而且恐怕比我们中的大多数人都要好些。”这段话的论调依稀有点耳熟，也幸亏这段话，穆回锦又想起一点当年陆维止似乎是说过类似“我们不见得活得比两千年前的雕塑要好”之类当时听起来好生没谱的论调。

尚不由深想下去，那边陆棠嫣然一笑：“小楷，原来你是个哲学家。不过还是不要这么多愁善感吧，这世上多愁善感的人最容易死无全尸。”她一面说得狰狞，一面颜面上笑吟吟的，听得陈楷跟着笑：“喜欢嘴上跑马的人最长命百岁……咦，是不是到这里就结束了？还有别的展厅没？”于是陆棠低头去看导览册：“哦，好像就到这里结束了。都一点了，进来还真没觉得时间过得这么快。”

离开的时候是陆棠和陈楷走在前面，眼看都要到出口了，陈楷忽然停下脚步，问陆棠：“对了，这次展览印了画册没有，我想带一本回去。”

陆棠想了想："不知道，但是我可以陪你去看看。"

结果没想到还真的有，印刷精美然而价格不菲，陆棠不以为然地撇了撇嘴："不就是一本画册，也好意思卖这个价。"

陈楷还是买了下来，解释说："我觉得这个展览不错，待正式开展了想再来看一次。"

"那就以后再来买好了，等一下还要出去吃饭呢，背着这么厚一本书，你也不嫌累。"

踟蹰了一阵，陈楷还是说："还好，我想先拿回去给别人看看。"

陆棠顿时来劲了，眉开眼笑："哦……原来是有了女朋友了。早说一起带出来玩呀。小楷，你买这本书回去不是为了交代说你真的是来看展览而不是和别的什么人在一起吧，好老实。"

陈楷脸上一红，很快笑着反击："别的什么人不就是你。"

陆棠乐得大笑，陈楷被笑得都有点发窘，但也只能让她去。穆回锦站在一边，对话一字一句清楚地传过来，已经明白陈楷隐藏了一些什么。恰好这时陈楷飞快地瞥过一眼，又更快地掠开了，于是他更是知道，错不了了。

打火机在口袋里被把玩得有了暖意，穆回锦看着眼前说笑不休的一双年轻人，微微牵起了嘴角。

29 长日漫漫　下

从美术馆出来之后穆回锦带着两个小的去朵丽吃午饭，吃到一半变了天，于是就改变了原定计划，留在餐厅里边欣赏白浪滔滔的海面边闲聊叙旧。陆棠再见到陈楷，就像是有说不完的事情，亲亲热热的样子看来是把昔日和他之间的一点小小的不愉快彻底抛去了天边。两个人从饭前说到饭后，咖啡续过两轮，点心也再补了一次，还是没有说够。

穆回锦没有任何插话的意思，坐在一边翻报纸，任身边怎么热闹也不怎么抬头。约莫看到二十版上，陆棠忽然伸手推推他："回锦，带我们去哪里玩玩吧？"

"你们想去哪里？"

"我们去跳舞吧，在你家的时候不觉得，一出来才发现骨头都懒酥了，要活动活动。"

"要跳舞你们去，我怎么能和你们一起去跳。"

陆棠笑着倚过来："去嘛，怎么不能去？包场好了。"

穆回锦还是不松口，改问陈楷："你怎么说？"

"我明天约了人，所以今晚要早点回去……"

话没说完就被陆棠给打断了："我们还在说下午的事情，你怎么就说到明天了？不要说不去呀，不然当心我们今晚不放你回去。”

穆回锦听得微笑一下：“这样，你们想去跳就去，到时候给我打个电话，我们再去吃晚饭。”

陆棠央求再三，还是没有说动穆回锦，只得转向陈楷，半是嗔怪半是撒娇地说：“小楷，你怎么不说话呀。”

“你都劝不动，我说就更没用了。”

“那我们两个人去玩？”

陈楷犹豫了一下：“我很久没跳了……而且大白天的，不然去看电影吧？”

陆棠不满地微微嘟了嘴，看着陈楷说：“你不是在追女生吗？难道晚上不出去泡吧跳舞？”

“不去。”

“呵。”陆棠轻轻抽了口凉气，“那你非要趁我还在，把你的女朋友带出来让我见一面，看看是不是什么不食人间烟火的好宝贝。”

这下陈楷的表情扭了一下，忍笑说：“不见得非要跳舞泡吧才能追到女生啊，谁规定非要这么做的。”

陆棠不服气，正要再说，穆回锦轻轻把话打断了：“都三点多了，你们去不去？不去就老实坐着再吃一客冰激凌，既然时间还早，我们可以去纪安岛上吃晚饭。”

“这个天我不坐船，改天吧改天吧。”陆棠不乐意了，又对陈楷说，“小楷你看，他总是把我当三五岁的黄毛丫头乱哄。那你陪我去吧，好不好？”相较之下陈楷拒绝人的功夫就差远了。穆回锦知道他并不怎么想，但禁不住陆棠的反复恳求，犹豫后还是点了头。心愿得偿后陆棠喜笑颜开，临走前不死心地再问一次穆回锦去不去，得不到响应，也就拉着陈楷走了。

陆棠一走，四下就静了下来。穆回锦叫了杯香槟，安安然然地把剩下几个小时消磨掉了。他预计到陆棠会玩得忘了时间，果然电话是陈楷打过来的，问在哪个餐厅碰头，好等一下把陆棠带过去。穆回锦就问："去不去'夜'？"

电话那头迅速沉默了，他低声一笑，又说："这样，你开车到骊湾山脚下等我，我们一起开上去，不然怕找不到路。"

到了餐厅门口，车子刚刚停好，陆棠就迫不及待地跳下来，大衣搭在手臂上，只穿了一件橘色的低领毛衣，在夜色下愈发跳眼，胸口和颈子都是一片皎白。

"这是哪里？原来这里还有餐厅。"

"不好找，是不是？"穆回锦见她脸上的汗已经收住了，就轻轻带了一下她的背，"山顶风大，进去说。"

餐厅并不大，加上天气欠佳又在工作日，这个钟点只坐了一半的桌子。陆棠和陈楷都有点好奇地打量着餐厅里略显老派的装潢，陆棠更是索性问出来："这餐厅好在哪里？回锦，看不出来有什么特别的嘛。"

"我也不知道。都关了好些年了，重开是因为老板移民之后过不惯，又跑回来做老本行。重开之后我也第一次来，但是能让人要死了都记挂的店，总还是应该过得去。"

"谁？"陆棠问完之后讽刺地撇了撇嘴角，"我真蠢，还能有谁。我怎么不记得陆维止死前要吃这家店的东西？"

"那个时候你才几岁，你怎么记得？"穆回锦笑着反问。

"总归还是记得一些事情的。我就记得你从三楼的阳台爬进来，拿花盆撞破阳台门的玻璃，扭门进来，一手是血，但是你也不看一眼。我还和小楷说过呢，你说我记错没有？"

穆回锦只是笑："是吗，我怎么不记得了。"

陆棠满面怀疑地瞪他："不可能！我都记得，这种事情你怎么能忘记，你不是连骊湾的一件家具都记得清清楚楚吗……"

"小棠，来看菜单。"

入座至今都没作声的陈楷忽然开口，说完之后就把服务生递过来的菜单推给陆棠。陆棠话没说完就被打断，明显地被噎了一下："……等一下再看……"这个时候穆回锦已经先一步翻开了菜单仔细研究起来。穆回锦既然不接话，陆棠一时也不免泄气起来，又不甘心，暗自拍了一下陈楷的胳膊。不巧衣服穿得都单薄，她手上又没数，声响一大，惹得对面的穆回锦也抬起头来，露出个没办法的笑容："你手上打人不算，脚还要飞起来踢人。"

这话说出来三个人都笑了，话题也跟着扯开了。穆回锦不记得这家餐厅有什么特别好吃的，当初知道它，还是有一次两个人一起到这间餐厅来吃饭，他抱怨和骊湾的厨师根本没得比，根本不值得这样劳动筋骨专程去吃，结果陆维止却说在他小时候，父母每次吵架之后，母亲就跑到骊湾的房子来。那个时候骊湾并不像日后这样大肆装潢，连厨师也没有，所以每次当他去看独居的母亲，母子二人就坐车到山顶上这间餐厅吃饭，然后沿着步行道慢慢散步回来。

穆回锦嘲笑过陆维止咽下去的不过是回忆，陆维止笑笑，举起酒杯致意："回锦，希望你永远也不要吃到这玩意儿的味道。"

"很难吃？"

"会上瘾。"

因为穆回锦和陆棠表现出来的无所谓态度，最后反而是陈楷点的菜，只有在交还菜单给服务生之前，穆回锦追加了一句："要吃吃这里的冰激凌配苹果派，不过真的难吃死了。"

陆棠立刻就说："你觉得难吃还点？"

"你之前不是问这家餐厅有什么特别，好像就这个了。你知道我不吃甜食的。"

"我不知道。"

"那你现在知道了。"

"你这又是什么怪毛病？回锦，我怎么觉得今天一天里，你冒出来稀奇古怪的习惯比以前几个月的都要多。"

穆回锦盯着她，正色说："有一次我三天没吃东西，爬起来之后冰箱里只剩一块蛋糕，我把它吃下去了，从此之后我就不碰甜食了。"他吃下去，又吐出来，那是这个世界上他吃过的最可怕的食物，幸亏那只是一块蛋糕，如果当时冰箱里碰巧还有别的什么必需品又被当时的自己吃进去，说不定接下来的半辈子连米都不想碰了。

陆棠皱起了眉头："什么时候的事情？"

穆回锦再没说。她就叹气："行了，回锦，我都厌了，不能是别的原因吗？除了陆维止，你不能找个别的原因吗？他已经死了，我也是在你这一边的，你没必要对我演戏，真的，我都不知道你为什么非要带我来这里，是不是只是因为我姓陆？早知道你这样，我应该把小叔叔也叫过来，让他看看。"这话说完，她自己不觉得有什么，穆回锦也不动声色，只有陈楷的神色一动，尴尬和不忍交织，同样刺眼得很。

穆回锦凑过去，隔着桌子拍拍陆棠的脸，慢慢微笑："小棠，不要同死人争风吃醋。"

"你……"她气结，但是脸还是红了起来，见状穆回锦笑着坐回去，看着陆棠一下子被拔掉爪子。

没多久菜上来了，菜式虽然普通，但是好在种类丰盛，口味也很鲜美，汤汤水水一桌子，摆得很好看。穆回锦夸了一句陈楷菜点得不错，然后顺手要给他倒酒，被陈楷挡住了杯口："你们都在喝，等一下没人开车了。"闻言陆棠一把从穆回锦手里抢过酒，才从陈楷手里抢过酒杯，倒了大半杯红酒，说："怕什么，打车回去就是了。你是出来玩的，又不是让你来做司机。半杯酒嘛，大家都喝，你不喝不是很无聊？"说完简直是要把杯子端到陈楷眼睛前面。

陈楷几乎是被喂着强迫喝掉陆棠手里的酒，整张脸就像染了色一样腾上红色。看他这样陆棠拍手大笑，心满意足地放下酒杯，转身从包里面摸出烟盒来。

"饭还没吃完，抽什么烟？"

“没什么好吃的，我吃饱了。”

“不等甜食了？”

“不是你说难吃得要死？”

穆回锦伸手挡掉她的烟，说：“再陪我吃一碗饭。”

有了这句话，陆棠乖乖放下打火机，却没有吃饭，又给自己和陈楷各倒了一杯酒。她劝酒的本事不太高明，偏偏遇上一个更不会躲酒的，就这么灌掉了大半瓶红酒，直到自己的手也在发抖了，才算是告一段落。穆回锦由着他们闹的闹躲的躲，没拦没劝，吃到正餐撤下去甜食上来，看着直冒白汽的冰激凌球，半天都没有动勺子。

陆棠谨慎地尝了一口，咽下去之后才说：“确实还可以嘛，不难吃，是不是，小楷？”

陈楷一只手用力扶着桌子，一只手则勉强地舞动着勺子，吃了两口后忽然抬起头冷不丁来了一句：“穆回锦，我不明白。你既然不愿意把你和陆维止的事情说出来，就不该在我面前说太多，我有可能告诉别人。”

他喝得额头都红了，眼睛却异常的闪亮，接收到穆回锦的目光，也没有任何躲闪的意思。穆回锦摇了摇头：“你不会告诉别人。”

陈楷笑了一下：“你怎么知道我不会。”

“不会的。”穆回锦慢条斯理地笃定重复一遍。

他们不停地“不会”来“不会”去，在陆棠听来仿佛在打哑谜。陆棠不耐烦，一挥手说：“什么不会不会，你们烦不烦，这样吧，我做庄家，打个赌好了。输了的人赔什么？”

陈楷一听笑了：“我就算告诉别人，你也不知道，这个庄家怎么做，不是赔定了？”

穆回锦则干脆地说：“我不赌。”

陆棠惊讶地望着穆回锦，一挑眉：“不赌？他们不是说你……”

“你这个年纪的女孩子，知道得少一点，会更可爱一点。”

陆棠不以为然地一哼：“又来了，那个敷衍的语调又来了。”

离开餐厅前，穆回锦还是拿起勺子吃了一口苹果派，他不知道这是不是和死去的人记忆里一样的味道，至少在他的记忆里，甜食还是那样的难吃。陆棠和陈楷眼看是不能开车了，只能留一辆车下来。歪七歪八地走了没几步，陆棠一个趔趄，穿着高跟鞋的脚朝外一撇，整个人就在众目睽睽之下摔了一个大跟头。

陈楷本来脚步也有点不稳，但看到陆棠一摔，整个人一激灵，怕是反而给激醒了，忙弯身把人扶起来："你怎么样，摔到没有？"

也不知道是她太醉了，还是摔得真的不痛，陆棠被扶起来之后反而在笑，靠在陈楷身上，对已经走到前面准备开车的穆回锦扬声说："回锦，我真的记得，你怎么能忘记？我真的都记得，你从阳台爬进来，趴在床边，后来你们说了什么？嗯？"

她清脆而甜美的声音在寒冷的夜空回荡盘旋，声音仿佛被放大了无数倍，这一块的山头都像是起了呼应，回声从各个角落传进耳中。

穆回锦看她一眼，系好安全带后启动了车子，话却是对陈楷说的："帮我把她塞进车里来。"

安置好陆棠之后陈楷本来说打个车走了，无论如何不肯搭穆回锦的车。穆回锦说："这里哪里有出租车，如果你不愿意帮我送小棠回去，至少让我载你到山脚，打车也容易些。"

虽然看不见陈楷的表情，却很肯定他会动摇。果然没多久，陈楷打开了车门："我帮你送小棠吧，我觉得她扭到了脚，不过喝醉了，一下子不觉得。"等他坐上车子，穆回锦踩下油门之前，忍不住笑着回头轻轻说了一句："陈楷，你是倒了什么霉，遇见我们。"

陆棠正在位置上不安分，怎么也不肯系安全带，陈楷好心照顾她，过了一会儿才说："没什么倒霉的，小棠只是喝醉了，醒了就好。"

"就像我上次那样喝醉了吗？"

后视镜里陈楷抿起了嘴，显然是拒绝讨论下去。

开到骊湾山脚下的公路，陆棠又一次从包里拿出一小瓶酒。这次穆回锦没阻止她，还帮她开了一丝窗换气。酒味很快在车厢里弥散开，闻到味道后，穆回锦脚下一松，看着后视镜问："你哪里买的酒？"

陆棠已经有七八分睡意，和原本就有的五六分醉意挟在一道，不答，反而吃吃笑着往身边的陈楷脸上喷了一口酒气。陈楷本来在看着她，怕她出什么事，正好就被喷了个正着，呛得无法抑制地又是喷嚏又是咳嗽起来。穆回锦也不管陈楷在死命地咳，提高一点声音问陆棠："小棠，酒哪里买的？"

陆棠又喝了两口，正飘飘然不知东南西北，哪里肯说话，这时倒是陈楷缓过来了，清了清嗓子说："跳舞的时候说是酒喝完了，临时去买的，怎么了？"空气里是熟悉的怪异的味道，穆回锦知道陈楷不会察觉到这一点，这酒里分明有东西，他不去说破，反而问："你要不要喝一口，不会那么困。"

"我不喝。"说到这里还停顿了一下，"谢谢。"

"好孩子。"听口气几乎是诚心实意的赞许了。

陆棠一口接一口地喝，用不了太久，穆回锦就从镜子里看见她手脚瘫软地靠在座位上，脸上挂着茫茫然的笑容，瞳孔放大，美丽的眼睛直勾勾地看着前方，彻彻底底地静了。陈楷大概是在打瞌睡，蜷在车子的另一边，脑袋一下接一下地点着，也是一点儿声音都没有。

这一程静得过了分，但这也让穆回锦用更少的时间开到了家。车子一停下，陈楷一下子就醒了，但声音还没清楚起来："……到了？"

"到了。"

陈楷先下了车，重重吸了两口冷冽的空气，才绕到另一侧的门口去搀扶陆棠。穆回锦把门钥匙丢给他，说："我去停车，你帮我扶她进门吧。"说完本来要走，不料陈楷这个时候叫住他，用极轻的声音几乎是腼腆地说："对不起，我还是有点困，还有酒吗？"

穆回锦点了点头，还相当平静地问："当然。哪种？小棠那种行不行？"

“我无所谓，都可以。”

穆回锦把酒递过去。自己也喝了几口。

陈楷大概是想尽快扶陆棠进去，大口大口地喝着，边咳嗽边点头：“原来酒也有这么多不同的口味，我都没试过。”

“不着急，慢慢喝，我去停车，等一下屋里见。”

他把车停好后并没有立刻进房间，旋开车里的音响，听了大半张CD，抽了两根烟，才飘进房间里。

客厅里灯火通明，两个人也都在，只是一个倒在沙发上一个趴在餐桌上，听见动静，居然是趴着的陆棠勉强抬起头，散落的头发披开一肩：“唔，回锦……我们就回来了？”

穆回锦瞄了眼在沙发上的陈楷，确定后者只是处于半昏迷半失神的状态后，一时管不了太多。此时此刻，他心情愉快，脚步轻快，身体轻得只要稍微一放手，好似就能飘浮到半空中。

餐桌上还留着小半瓶前天没喝完的酒，穆回锦倒了一口的量，刚要喝，衣袖就被一边的陆棠扯住了。她朝他露出一个云朵一样的笑，眼睛半眯着，仰着脸问：“你在喝什么好东西？”一边说着，陆棠整个人贴过来，手心滚烫，身体也烫得像着了火。穆回锦惊讶于她居然能在喝了这么多酒后还有这种程度的清醒，又在同时放任她搂住自己的脖子，热切地索吻。穆回锦直接把她推到陈楷身上，自己只顾喝酒。见两人抱到了一起又马上躲开了。

他的视线最近处，茶几飘浮了起来，又化身银灰色的瀑布无声地流泻到地面；茶几上的水杯无限地放大，大得能倒扣下来，把整个人关在里面；他看见枝条从地面升起，迅速地抽枝发芽，开出盘子一样大的鲜红的橙色的花朵，蓝色的叶子遮蔽到整个天花板上，开始下雨了。

他不知道自己在什么地方，也不知道是什么时候，只听到耳边有清脆的声音，好象是无数人同时在摔瓷器，而他正居高临下地看着这个场面，然后忽然下坠，踏到地面的一瞬间碎片化作花瓣，从脚踝往上爬，把整个人都包住了。

明知道这是幻觉，穆回锦无法控制地咧开嘴笑了，自从上午他莫名其妙地回忆起太多陆维止的事情起，他就知道他需要这些东西帮他度过这个时刻，他没办法就这么挨过去，没办法一个人，没办法清醒。

他在某一朵花的深处看见了人脸，或者说不是“看见”，他知道有个人就在这里，他甚至不需要“看见”，自己飘浮着，日行三千里，但是又永远被抛在了身后。

五彩缤纷的景象面前，穆回锦觉得自己又回到了许多年前，还没有现在“这个”穆回锦的时候，他什么也不是什么也没有，然后，一步一步的，他被塑造起来，这部电影给了他眼睛，另一部给了他嘴唇……不不，怎么是电影呢，是他，他为他捏出骨骼，他给了他血肉皮肤，他让他长出毛发，他送给他一颗心……他原本是泥土是尘埃连皮囊都一钱不值，他全心全意地塑造着他，他安心等着被塑造雕琢，一切都是如此的顺理成章，他从来没有想到，在把灵魂带给自己之前，他消失了，灰飞烟灭，甚至连蛆虫都没有得到机会。

他也就跟着轰然倒塌了，血肉算什么，心肝肺腑又算什么，在虚无的灵魂之前，只是另一堆的腐肉罢了。他恨他，他怎么能不恨他呢？他不配拥有的美好和欢愉，早已熟知的贪欲和丑恶，都一股脑地塞了过来，唯独把灵魂藏起来，带走了，让自己永生永世都找不到，血管里流淌的是泥水，喉咙里喊出的是火焰，泥泞和烈火让他粉身碎骨，没有血没有泪也没有声音，身体飘浮不起来了，就趴在地上，一寸一寸地挪动，在无穷尽的荒芜里煎熬着。

不知道多久之后，那些绚丽却又光怪陆离的景象，如流沙深处的海市蜃楼一般，缓缓地在眼前褪去了。穆回锦听见自己的心跳，感觉到浑身上下被彻底汗湿，耳旁远远近近的声音也消失了，他知道自己又一次熬了过来。

他从来没有把死人当借口，就算在现在这个爆炸一样浑浑噩噩的时刻，他都是清楚的，太清楚了，早在二十年前两个人见面的时候，他就知道自己是彻彻底底无药可救的混蛋。死去的人想让他变成更好的人，他给了他功成名就，无穷尽的纵容，无穷尽的妥协，依然是无穷尽的，可是自己的回报是什么呢，冷漠与背叛，他只要酒精、日夜颠倒、快活，一个人的快活。所以也终于轮到他吃进所有的后悔了。谁又会比自己更后悔呢。每一件往事，只要还没有被忘记，就在鞭笞着他，倘若悔恨可以用血来量化，那这些被自己的悔恨抽打出来的伤口淌出来的鲜血，恐怕早就让身体被抽空了。但是，在很早很早之前，死刑书已经下来了，那个死去的人对自己说，回锦，早晚有一天你会知道，后悔是没有任何用处的。所以你还是永远不要知道。

他觉得要自己回房间睡一觉，他太累了，只要一闭上眼睛就能沉入睡眠，但手撑了一下沙发，却又踉跄着瘫坐进去。皮肤与沙发的真皮表面摩擦着发出某种类似疼痛的尖叫。他几乎是带着怀念般的微笑注视着那张看过不知多少次的沙发。皮子，皮子，皮肤，皮肤，死去的动物被剥下的皮囊皮囊皮囊……脑袋里悠哉又缓慢地转动着疯狂而无来由的念头。皮囊皮囊皮囊皮囊，他想起陆维止衰老的脸，哪怕第一次见到陆维止时他也是个中年人了。那老家伙最后还是害了怕。然而现在也轮到了他。但是他又没办法就在这里睡去，因为这里还有他一手营造出来的幻境，他不能毁了它。想到这个，穆回锦垂下眼睛，疲惫地微笑了。

尽管有那么一瞬，他也不知道，这究竟是在自家的客厅里，还是回到了许多年前的《丹青》剧组。

他多希望就这样死在此刻。

30 爱之亡灵

穆回锦这一晚睡得极好，醒过来一看表，已经是第二天早上十点。

昨天晚上没有来得及拉窗帘，阳光把整间卧室都照得又暖又亮。

下到一楼，客厅里依然静悄悄的，陆棠裹着昨天他好心拿过来的毯子睡在沙发和茶几之间，陈楷却不见了。看了看四周，外套和包都还在，客房的门也开着，穆回锦心想他多半没有走，也没走过去看个究竟，直接去了厨房，开冰箱找东西吃。

他以前很少开伙，冰箱也是常年空着，冻一点儿冰块兑酒而已。他漫不经心地热吐司片，扔掉过期的黄油，再给自己倒了一杯牛奶，刚刚喝了一口，觉得身后有响动，就放下杯子回了头。

也就是几个小时不见面前的陈楷就变得一点儿也认不得了。湿漉漉的头发贴住惨白的脸，拧作一团的浓眉下面，一双眼睛几乎要投出刀枪剑戟来，垂在身体两侧的双手攥成拳头。穆回锦知道他在极力自控，好让自己别一句话都没说就这么扑上来。

短暂的对峙后，陈楷嘶声开了口，咬牙切齿之下颤动的声音简直不能听：“……你这个混蛋，她都是陆维止的孙女一辈了啊！她这么相信你……你怎么能对小棠做这种事情！混蛋……混蛋！”

穆回锦面对眼前这个处在爆发边缘的年轻人，起先是有点怜悯他连骂人都不会，不过听到后来，立刻笑了：“陈楷，你不要搞错了，我可没碰她一根手指头，睡了她的人可是你……”

话还没有说完，陈楷就整个人豹子一样扑过来，速度快得穆回锦别说躲，就连看都看不见，只是觉得肚子上一阵锥痛，接着由点到面，没穷尽地蔓延扩展开来。穆回锦吃痛，一声闷哼，下意识地弯下腰护住整个胸腹，但第二拳并没有挥过来，在打完这一下之后，陈楷恶狠狠地吼了一句：“穆回锦，你早晚不得好死下地狱！”就像是背后有人追赶一样，扭开头摔门而去，连穆回锦痛笑着朝他喊“替我向谢禹问好”，也没有让陈楷停下脚步转回头再给上他一拳。

解决了暴怒的一个，穆回锦不由得期待另一个。这一个也并没有让他等太久。陆棠出现在门边的时候，镇静得很，脸色也不算太坏，衣服收拾好了，只是头发还没梳起来，沉默的目光凝视过来，依稀还带着一点温情的意味。穆回锦朝她点点头：“你昨天烟抽多了，过来吃点东西。”

陆棠还是沉默着，赤着脚悄无声息地靠近，看也没看一旁料理台上的食物，只是伸出手抱住穆回锦，轻之又轻地贴着他，闭上眼睛说：“回锦，你这么讨厌我、想赶我走的话，明说就可以了，不必费这个劲。”

她身上的气息让她像一株风中的植物。穆回锦低下头，看着陆棠微微颤动的眼睑，笑着拍了拍她的脸，说：“小棠，你不是问我陆维止临终那天我赶去，我和他说了些什么？”

怀里的人动了一下，没接话。穆回锦也伸出手来，拥抱住几乎在发抖的她，低下头来伏在她耳边说：“什么也没说，我只看了他一眼，就被你们家的人丢出去了。”感觉到陆棠抖得越来越凶，穆回锦反而放开了她，看着她无法自已地瘫坐在地上，掩面痛哭起来。

他估计这东西没人吃了，就绕开哭得缩成一团的陆棠离开了厨房，两个小时后再下来，整栋楼里再看不到第二个人，连呼吸都仿佛有了回音。

穆回锦打开窗，让客厅里沉淀了一个晚上的各种味道有了个逃窜的机会。冰冷的空气里有一丝潮湿的气息，要下雨了。

雨落下来的那一刻，陈楷正在接谢禹打来的电话。

平日里熟悉的铃声这时一声比一声让人心惊肉跳，他拿着电话站在路边，颓然不动，恍若未闻，直到发觉无数来来往往的路人都拿怪异的目光盯着自己和那支顽强响个不停的手机，才手一抖，咬牙把电话接起来了。

熟悉的声音让他从睁开眼起就紧紧绷着的神经总算得到了一刻的喘息，对方问他现在在哪里，他却说不出来，只是连喊了两声："谢禹，谢禹。"

谢禹在电话那头笑了："怎么回事？你在哪里，还记得说好今天过来吗，我和老何正好在外面，来接你吧。"

陈楷心里一哆嗦，一下子就愣住了，呆了半天说不出话来，直到谢禹那边问了好几声"喂"，才稀里糊涂地说："我……我今天有点不舒服，能不能晚一天……你别过来，没事，不用去医院的，稍微有点感冒，我等一下去找校医开点药……对、对、是寒假……"眼看着越说越口不择言，而电话那头的谢禹反而沉默下来。陈楷急得额头都在冒汗，雨点打在身上也丝毫不觉得冷，只是拼命地想，一定不能让谢禹看见现在的自己。昨晚他竟然对陆棠做了什么？他一刻不敢回想。

谢禹却是说："你生病我怎么能装作不知。我现在过去。"

这时雨已经渐渐大了起来，陈楷没带伞，也想不到打伞，一个人站在出口处发呆，雨水飘到头上脸上也忘了擦去。他怕谢禹知道这件事后会像他父亲那样扇他耳光。

"……陈楷！"

谢禹的声音一下子让他回神。陈楷慌张地抹了一把脸，挤出一个笑容来："我在这里。"

谢禹还是打了伞就没办法拄拐杖，陈楷见状忙抢两步上前，把他手里的雨伞抢过来，再肩并肩一起朝车子走过去。

"病了还发傻淋雨，你怎么回事？"

陈楷投去一个匆匆的笑：“地铁站里太闷了，刚出来透个气。不要紧，你给我打个电话告诉我车子在哪里我过来就是，这个天你走路不难过吗？真的只是一点小感冒，去诊所才是笑话……”说到这里陈楷暗中咬了咬牙，“等一下让老何回去吧，我来开车。”

这句话说得很慢，却又很坚决，谢禹望了他一眼，稍加斟酌一下：“也可以。”陈楷踩下油门后发觉自己的手脚还是有点发软，于是越发屏气凝神丝毫不敢松懈，无论谢禹对他说什么，也只是随口应答两声，顶多话尾加一句：“我在开车，我们回家说。”

谢禹盯着陈楷，但看见的只是他越来越闪烁的目光和虚弱的语气，外套上还残留着烈酒的味道，更不必说昨天经过美术馆里看见的另一张脸，一切的一切交织在一起，实在很难指向一个可以哪怕是稍加乐观的答案。

“啊，绿灯了。”这句话怎么听都显得欲盖弥彰声东击西。谢禹又看向陈楷，后者这时也转过脸来，眼中几乎是哀求了：“我们能不能等一下再讨论这个话题。我是有话要和你说。”

谢禹瞄了一眼窗外的大雨：“昨天我在美术馆门口看见穆回锦了，你也在。”陈楷手上一滑，猛地一下踩了刹车，惹得后面的车纷纷闪灯抗议。陈楷这一刻脸上难看到了极点，但依然还是把车停在了路边，才转向始终审视着他的谢禹，深深吸了几口气，说：“我就是想和你说这件事情……”

“你说。”

谢禹的态度过于平静，反而让陈楷没办法顺利地说出话来。外套上烟酒的味道混合着潮湿的水汽，在暖气足档的车里味道浓郁得令人头痛。他在心里组织言语，半天都找不到合适的句子，心乱如麻之中，只能草草开口：“我昨天送人回去，醉了，很多事情记不得了，我……”

这话实在是难以启齿，只要一想起几个小时前的情景，陈楷就觉得头皮都要炸开了，明知道不过是伸头一刀，但是在谢禹面前，所有的解释和辩白都变得更加难堪和羞耻。

眼看他又卡住，谢禹微微点头：“发生了什么事？？”

陈楷惊恐地抬起眼，又艰涩地摇头：“我和小棠……”

说完这句话后陈楷一片茫然，正想再解释说昨天根本不知道发生了什么事情，不料谢禹这个时候反而浮起了一个虽然微弱但确实的笑容：“哦，如愿以偿。”

陈楷一下子就傻掉了。

但是谢禹只是打开了车门，冷淡地丢了一句“你先把车开回去吧”，就也不带伞，径直离开了车，站在路边，看样子是要等出租车。

起先陈楷还坐在车里，等谢禹改变主意回来，可是眼看着雨越下越大，雨帘深处的那个人却如同被泥筑一般站在原地，动也不动。仅有的一点热气这个时候都冲上了脸颊。陈楷也下了车，跑了几步又折回来取了伞，冲过去交给谢禹。雨水之中他看不见谢禹的表情，自己也不知道该用什么表情，索性一把拉过谢禹空着的那只手，把伞硬塞进去，咬牙说：“这是你的车，要走也是我走，你回车里去，我给老何打了电话，他会来接你。我知道这件事我做错了，我不爱她，是酒后乱性，我不是故意的……”

闻言谢禹转过目光，也没有要伞，一言不发地转身朝车走去。

陈楷从未觉得自己的人生这样糟糕过。无论是当时被父亲打得半死，还是在最没有防备的情况下被穆回锦推了一把，发现自己身边睡着的裸体女人是陆棠的一刻，都比不上谢禹这个渐行渐远的背影让他绝望无助。他现在已把谢禹看作自己唯一的亲人。只有谢禹才能弥补父亲的角色。他知道自己应该道歉，但是他怎么去解释一件根本记不起来的事情？他甚至在一瞬间想过去找穆回锦，让他告诉自己到底发生了什么。

几米之外的车子忽然开动了。当陈楷意识到开车的人只可能是谢禹，脑子一炸，拔腿朝着车子跑去，但车子已经先一步汇入滚滚车流，很快就看不见了，留下疯了一样追着车跑的陈楷一个人，在空空荡荡的人行道上，徒劳地喊着谢禹的名字。

谢禹开着车，绕城好几圈，才开回了家。他早有驾照，但是极少开车，更不要说一开就是一个下午，右腿早就是痛得都麻木了。

再过一个拐角就能看见丽海道的房子了。谢禹忍痛点住刹车松开油门减速，雨刷也正尽职地撇开瓢泼而下的雨水。方向盘刚刚打过，在水渍未干的玻璃里，映出等在自家门前路灯下焦急张望的身影。

谢禹点起了车灯，还按了一下喇叭，向门口的陈楷示意。开到近前他发现陈楷没打伞，整个人淋得像一根湿透的稻草，一愣之下停了车，带着伞推开车门。

“你站在这里淋雨干什么，进去等啊……”说到一半他猛然想起陈楷把整个包都留在了车上，钥匙和手机可能都没随身带着。

在他哑然的瞬间，陈楷正用嘶哑的声音问他：“你疯了吗！你怎么敢在这种天气下面一个人开车走？你去了哪里！你还要不要命！你已经不能忍受我到连老何来开车这几分钟都不能等吗！不要拿自己的命开玩笑，就这么不顾惜这么想去送死吗！”

谢禹本来还想说话，但看见陈楷的表情后一个字也说不出来了，昏黄的灯光和雨水把眼前这个年轻人的脸模糊了，看不清五官，更不要说表情，只知道整张脸都是湿漉漉的，雨水还持续不懈地顺着头发爬得满脸都是。他推打的力气毫不留情，谢禹本来脚就痛，终于一步站不稳，就被推得跌倒在地，溅起一地的水花。

谢禹完全无法打断陈楷，只能眼睁睁看着他在自己眼前嘶声痛喊。他对陈楷是充满失落的，所以才会自己开车跑这么远的路。他一直太看好这个年轻人了。只是他不能接受他和陆家的人发生这种关系。

这场雨让谢禹得了重感冒，后来又转成肺炎，在医院里住了几十天的院。住院的事最终没能瞒得过谢辰，连跟陈楷之间那场争吵也被知道了。康复期内，谢禹让施更生想办法帮他带进来一支手机，想打电话给陈楷。不出意外，手机停机。谢辰派人找去寝室，也都不在。谢禹看着满脸忧虑的兄长，闭上眼睛，眼前全是那个雨夜陈楷迸发的愤怒和哭诉，于是摇摇头说："他再不会和你回来了，也许我对他要求太高了。"

后来谢禹还是打通了陈楷的电话。谢禹就说了一句"是我"，然后加了一句"对不起"。长久的空白让电话那头有些细微的嗞嗞啦啦的杂音，陈楷的声音在这种背景下听起来疲倦又平静，反应也很敏捷："哦，我知道了。谢谢你打电话过来。"

之后陈楷很客气地说了声"再见"，就干脆地按掉了通话。

谢禹想想自己或许做得过分了些，但是他还是说了对不起，只是没想到这个年轻人如此倔强。

首演那一天——

这已经是下半场，尾声将至，谢禹却发现自己的视线始终还是多多少少地集中在穆回锦脸颊上。首映场也是评论场，他理所当然地接到了票，也不准备放弃掉这个机会。他留意到穆回锦始终小心地避免以正面示人，几乎是下意识地抚摸起右手指节处的擦伤和瘀青，嘴角抽搐似的扯了扯。

事情发生在前天晚上。某场圈内酒会上，他和穆回锦不期而遇。彼此衣冠楚楚沐猴而冠，但这并不妨碍穆回锦朝他毫不掩饰地露出得逞的喜悦的獠牙。眼看着穆回锦朝自己走来，谢禹只能把自己的情绪小心收藏起来，冷淡地听他微笑寒暄："谢禹先生，忘记问你一件事情了。"

"什么？"

那一刻穆回锦居然笑得很诚恳，声音压低了，吐字更清晰，靠近一步问他："听说你知道了陈楷和陆棠的事？"听完，谢禹自始至终相当平静。他并没有接话，只是垂下眼睛，摘掉了手套，把手套、杯子还有拐杖一起交给身边的朋友暂时拿着，这才拽住已经笑着转过身去的穆回锦衬衫的领子，毫不留情地迎面就是一拳，然后面不改色地看着他从自己拳下飞出去。

在他刚残疾的一段时间里，他曾经练过拳击以发泄痛苦。尽管多年不碰，偶尔的一拳还是能打得穆回锦急退几步，才被人群里冲出来的另一个人接住，不至于摔个仰面朝天。

玻璃杯坠地的清脆响声让自己和穆回锦成为众目睽睽之下的唯一焦点。众人的目光曾经是谢禹最如芒在背、唯恐避之不及的，但是在当时，他居然也无所谓起来，盯着穆回锦一动也不动，只看他有什么反应。

穆回锦那边先被人拉住了。谢禹认出来是齐攸，两个人目光相触，还点了点头。很快谢禹的朋友也反应过来，一群人围住他要把他劝走，一边架着他往外走一边低声说："那个疯子说了什么值得你亲手揍他？他也配！"

但是那个时候谢禹根本没把这些话听进去，只记得有那么一个时刻，他曾对陈楷说，如果有人当着我的面说你，我可能没办法扑过去揍得他再也不敢开口。谢禹直到这一刻，方知道无可挽回的苦果，吃进去到底是什么滋味。

骷髅头被抛在地板上，翻滚着发出"硿硿"的声响："谁知道我们将来会变成什么下贱的东西，霍拉旭！要是我们用想象推测下去，谁知道亚历山大高贵的尸体，不就是塞在酒桶口上的泥土？"

配合着冰冷的灯光和空旷的舞台，慢条斯理的腔调愈发显露出从容而冷静的荒谬感。舞台上黑衣的男人斜睨一道，拍了拍手，掸去手上的尘土，继续说："不，一点儿不，我们可以不作怪论、合情合理地推想他怎样会到那个地步；比方说吧：亚历山大死了；亚历山大埋葬了；亚历山大化为尘土；人们把尘土做成烂泥；那么为什么亚历山大所变成的烂泥，不会被人家拿来塞在啤酒桶的口上呢？"

就在葛楚德的化妆台上看见了一捧栀子花之后，谢禹的内心深处还是发出一声暗笑。对他而言，从这一刻开始，这出戏就带有一种哑谜般的游戏色彩。上半场里有太多的细节，聂希羽把陆维止生活中的细节尽其可能地带入这出戏里，又像一个个小诡计，引导着得知内情的观众深陷其中：代表他母亲的栀子花和面纱，装饰着楚楚动人的葛楚德；奥菲利娅唱起一支歌，那样甜美而悠长；冷漠的叔父兼继父从来不伸手碰他；幽灵的台词的确是傅允在念，但声音和语调分明另有其人……

即使没有这些苦心营造的细节，谢禹还是看见了他，他的母亲必然对他说过“请你不要离开我们”，也必然有爱人曾经饱含热泪用颤抖声线倾吐出“你让我相信你爱过我”。剧中关于父母儿女、朋友爱侣之间的情感，谁说不能在真人身上一一映射。而那些永恒的情欲、疯狂、迷恋、背叛、复仇，乃至爱与死，将近二十年后经由穆回锦释放出来，竟也无比妥贴切合。甚至可以说太贴合了。原来陆维止并没有看错他，在消失了这么多年之后，重新站出来的穆回锦，就连一个手势，都能让人感觉死者的呼吸。

在开演后最初的二十分钟里，谢禹曾经以为这出戏被齐攸拿走了，这并不是陆维止的惯用的风格：站在舞台上的只有人，布景那么简单，道具如此黯淡，几乎没有配乐，所有的背景都隐去了，再不重要了。后来他才意识到一切都是刻意为之，是当年的陆维止自己舍弃了华丽的布景和舞美，留下了强大、克制和朴素的基调。被赋予尊严的光辉的，是一个男人的生与死。

谢禹不禁想陆维止当年为什么放弃这出戏，转而去拍摄《丹青》，颜色浓郁艳丽但是充满挥之不去的颓老、伤感和对往事和青春无比眷恋的《丹青》。但也正是在看到穆回锦的演出之后，他似乎又理解了陆维止。在永恒存留和稍纵即逝之间，纵然后者更圆熟完美，让此人在工作中的神性更显露无遗，然而面对死亡的阴影，也许是生平第一次，他退让了。他放弃了他那不可靠、早晚会带进坟墓里的记忆，还是选择了胶片。

他留下了《丹青》。但这是谢禹最不忍心去回顾的电影，每一次重放，都是陪着陆维止审视当年的自己和穆回锦。这个故事里太多真真假假纠葛不清，唯有凝视穆回锦的目光，真切诚实。《丹青》那么难以让人忍受，或许就是因为，陆维止变成了一个普通的、老去的男人，追抚旧日，而无能为力。

幸好还有这出《哈姆雷特》，幸好它重见天日。记忆虽然不可靠，但再也没有比这个更珍贵的东西。为此，谢禹觉得是应该感谢齐攸，甚至穆回锦，为他们重现本已彻底封存在尘埃中的记忆。

“让我瞧瞧你会干些什么事。你会哭吗？你会打架吗？你会绝食吗？

你会撕破你自己的身体吗？你会喝一大缸醋吗？你会吃一条鳄鱼吗？我都做得到。你是到这儿来哭泣的吗？你跳下她的坟墓里，是要当面羞辱我吗？你跟她活埋在一起，我也会跟她活埋在一起；要是你还要夸说什么高山大岭，那么让他们把几百万亩的泥土堆在我们身上，直到把我们的地面堆得高到可以被‘烈火天’烧焦，让巍峨的奥萨山在相形之下变得只像一个瘤那么大吧！”

突然拔高的音调，像一根尖锐的针，刺着听者的耳膜。陈楷在座位上不安地动了一下，扭头一看，同来的师姐看得热泪盈眶，根本没有留心到来自旁人的注视。

开学之后他变得忙碌。除了毕业论文，陈楷更被论文导师看中，带进研究组里做课题，每天在各种资料和文本之中忙得目不交睫。他渴望这种忙碌，或许是因为知道这样能让他的每一天过去得更快一些，也没有空去想一些业已无可挽回的事情。但人生往往是一出高潮迭起的讽刺剧，愈是想躲开什么，反而被无形的手抓住，强迫你和他打个照面。

今天的戏票是老师专门留给他的，说是这段时间太辛苦，演出很好，来看一看放松一下，不要再留在学校加班了。为了确保他不会答应之后甩开票不去，体贴的老师甚至让平日交好的师姐陪他一起来。

开场一个小时之后，陈楷意识到一切都太晚了，这出戏出来得太晚，他自己对穆回锦也看清得太晚。最初他以为穆回锦是在外人口耳相传之中被扭曲的普通人，后来他视他作梦魇恶魔，但是现在他才发现，原来舞台上那个释放无尽的光和热、磁石般吸引住所有目光的男人，早就已经死了。

是的，或许在许多年前，他就已经死了，以至于情感乃至肉体都是早被抛却的。和舞台上的角色不同，他跳进了坟墓，就再也没有出来，心满意足地睡在里面，直到那支名为“陆维止”的招魂歌起来，他才欣然起死，暂时做一做白日下的幽魂。等到曲调散去，歌声终止，他就又一次地，毫无留恋地回去自己的坟墓，等待下一次的歌声召唤着他出来。

谢禹吹响了笛子，然后是齐攸，也许将来还有其他人，任何人，只要有这支曲子，这个孑然一身的幽灵都会爬起来，披上毛发，长出骨血，游荡在人世间。谁又能说，这不是最强大的阴影。

唯有他本人甘之如饴。想到这点，最后一幕的死亡对陈楷而言甚至都没有任何悲剧和悚然的力量了。舞台正中只留着一束孤零零的灯光冲破黑暗照着一地尸体，无数细小的灰尘在那束惨白惨白的灯光里翻腾逶迤，几乎让人误以为死者的灵魂也随着这束光而浮起。然而很快剧场里的灯就亮了，观众起立、鼓掌、喝彩、吹口哨，演员谢幕、接受献花、飞吻，仿佛刚才舞台上的那些爱恨情仇都已被这暖洋洋的灯光和热热闹闹的嘈杂完全洗净了似的。但陈楷总觉得，仍然有一个早已死去的巨大的幽灵在这剧场上面游荡着，注视着，微笑着。

坐到谢幕，人群散开，他最后看了一眼拉起的幕布，才站起身来准备往外走。第二排正中央的座位上还有一个人，瘦削的背影在空荡荡的剧场里更显得突兀且寥落。那背影看起来很陌生，他没有多想更不想多留，很快离开了。等到第二排其他的观众都散去，谢禹才拄着拐杖站起来，慢慢地走向离自己最近的出口。出门之后他发现又下起雨来，是晚春的细雨，夹杂着些许暖意，缠绵得如同一场旧日绮梦。

打电话给老何，被告知车子在最近的街口。谢禹竖起风衣的领子，踽踽而行，离开了灯火通明的十字街剧院。

也就是这一刻，陈楷的目光从剧院上方的大海报上收回来，海报上的男人没有化妆，但依然有一张没有年龄的脸，合着眼，睡着了，又或者是死了。陈楷低下头撑起伞，向街道另一头的公车站走去。

我们一起攀登，
直到我透过一个圆洞，
看见一些美丽的东西显现在苍穹，
我们于是走出这里，重见满天繁星。
——《神曲 地狱篇》但丁

PART 4　一次别离

Un hombre silencioso estaba
Cerca de mí . Veí a
La sombra de su largo perfil algunas veces
Asomarse abstraí do al borde de la taza,
Con la misma fatiga
Del muerto que volviera
Desde la tumba a una fiesta mundana.
Impresión de destierro, *L. Cernuda*

毕业以后，陈楷进了一家出版社，周末则在基金会做义工。那家基金会里男性本来就是少数，他这样正当龄的年轻人更少，除了日常的文书工作，一些重活、偏远地方的回访、零零散散的跑腿等等也交给他负责，他都做得任劳任怨。

他年轻，长得好，待人诚恳，工作又认真，虽然是后进，却很快赢得了基金会上下的信任，年长的女同事对他更是偏爱，熟悉下来之后见他单身，好几个都自告奋勇替她做媒，他拒绝了好几次未果。

因为知道同事对他全是善意，陈楷就真的去见了几次，其中一个还试着交往了一个月。对方是工程师，性格里毫无工程师身上常见的沉默寡言，性格开朗，兴趣爱好广泛，为人更是周到体贴，但处了一段时间后，陈楷还是提出了分手。替他介绍的女同事又是不解又是惋惜，陈楷认真道了歉，并没有给出原因。经过这件事情后虽然大家对他的关照一如既往，却再没有人为他出面介绍对象了。

他做义工的第二年年初，基金会收到一笔来自某富家遗孀的临终捐赠。除了一大笔现金，还有纪安岛的一座三层洋房。董事会经过会商和表决，决定尊重老人的遗愿，把这栋房子改成救济性的老年公寓，而在公寓改造完成之后，定期回访的工作几经波折，最后还是落在了陈楷身上。

陈楷起初是每三个月上一次岛，后来发展到每个月，有的时候要是积压的事情多，还会在岛上留宿一晚。来来回回又过了大半年，慢慢地，他对整个岛都熟悉了起来，才发觉它远没自己第一次来时以为的那样大，可也这就是这么一个不大的岛，往来这么多次，唯一遇见的一个故人，还是陆棠。

那是一个初冬的傍晚，天色阴霾，但那一场雨怎么也落不下来。他办完事情准备离岛，走之前按同事的拜托去一家点心店买它家的特色草莓奶油蛋糕，在店门外时忽然听见一个女人叫了他的名字，因为语气很熟悉而声音又很陌生。他专门等了一等，直到那个声音再度响起才顺着来源看去，结果就看见了一张已然变得陌生起来的脸。

陈楷愣了一愣，才笑出来："我还以为是听错了。"

陆棠抱着她的小女儿，站在车边看着他。

两个人已经很久没有见过，陈楷都是从报纸上才得以知道陆棠的消息——两年前她结了婚，男方是陆家的世交，也从商，所以当年的那场婚礼办得是全城轰动，好长时间都是各路媒体争相报道的热点；再后来她生了个女儿，早产，分娩的时候因为大出血九死一生又上了一次头条。但自从孩子出世，陆棠就逐渐在社交版上淡去了身影。

看着陈楷的笑脸陆棠也笑了，把孩子交给一边的用人，自己独身走上前："我看着像你，你没什么变化。"

同样的话陈楷说不出口，一时沉默下来。陆棠抬头看了看天色，又一笑，对陈楷说："也不知道这城市是大是小，既然见到了，天气又不好，坐一下？还是你着急去哪里？"

陈楷摇摇头，回头望了一眼点心店那空了大半的店堂，说："那就在这里吧。"

落座之后两个人一直等到饮料端上才开始交谈，一开始都是些无关紧要的闲话，似乎只有把这些说尽了才能稍稍往前进一小步，就这样退一步进一步地周旋了一大圈。随着茶水的热气一点点把手焐暖，那些生硬的交谈总算也随之缓缓地、不见痕迹地软化了下来。

谈到后来陈楷知道了陆棠的女儿一岁出头了还只会喊爸爸，和她始终不怎么亲近，陆棠也知道了陈楷准备把出版社的工作辞掉，转去基金会做全职，两个人的话题始终没有任何交集。她说她的丈夫和女儿，他则说着工作和朋友，等他们终于发现了这个问题时，几乎是不约而同地停了下来，望着彼此，沉默地笑了一笑。

"……之前你说，纪安岛你来得还不少，今年夏天我在这边住了差不多三个月，说起来也就是这么丁点大的地方，却一次也没碰到。"

"那栋房子偏。而且我经常是一大早来，赶最晚一班船走，也不去别的地方。"

"这样。"陆棠轻轻搅动着茶杯里的水，看着那越发微薄的烟气，轻轻一勾嘴角，才又抬起眼来，盯着陈楷看了一会儿，才下定决心似的再开口，"也是，别说你和我了，就连穆回锦，我都再没见过一次。"

乍一听到这个名字，陈楷毫无反应，过了好一阵子那些尘封的东西才开始勉力地抽芽，又是好一阵过去，他才动了动嘴唇，却很久都发不出声音："……小棠……"

他很快意识到这个称呼不妥，陆棠没给他更正的机会就抢过了话头："你听我说。"她明亮的眼睛里有一点水光，然而神情坚定至极，有那么几秒嘴角抿得太用力了，连酒窝都成了两条严肃的刻线。陈楷隐约在她眼里捕捉到一丝恐惧，但她并没有停下来，而是缓慢地，决不动摇地轻轻重复了一次："陈楷，你听我说。"

那个把他的人生拉偏抑或是拉回正道的夜晚在陈楷的记忆里早已是一个巨大的空洞，一切的细节荡然无存。已经过去得太久太久了，这些年来他反复告诫自己，于是连枝干都已腐朽成灰，不容一丝回望。

"……我们一直没有谈过这件事，这是不行的。以前我没有勇气，匆匆结婚，生子，觉得只要翻过去了，这件事就算了。其实直到今天见到你之前，我都还是这么想的……但既然遇见了你，我们又坐到一起，请你听我说完。"她的声音很轻，然而神情非常执拗，说话间一只手握住杯把，手背上的青筋清晰可见。可陈楷耐心地等她告一段落，才涩然而平静地摇了摇头："说实话，那一天发生了什么，我已经一点儿都不记得了，从第二天早上起，我就什么都不记得了。"

听到他这句话，陆棠一下子捂住了脸，纤瘦的肩几不可见地颤抖着。任何女人这样都让陈楷不忍，更何况是陆棠。他默默地看着她，等待她的情绪稍稍稳定下来，继续说："但你想说什么，就说吧，不用顾及我。"

她愕然地抬起头来，眼角的一痕湿意宛然，甚至有了几分羞愧的神色。偏偏这样的神情陈楷是最不能看的，他一下子结巴了起来："陆棠，你、你别，别这样，你说、你说好了。"

他几乎是在催促了，然而陆棠那边又沉默起来。就这样又一次相对无言地静坐良久，陆棠终于垂下头，颤抖着说："陈楷，对不起。"说完后她察觉到对方一下子急促起来的呼吸，生怕他说话似的猛地伸出手来按住他的手背："不，你不明白。我是真的要道歉的，我知道那天的酒有问题，那天下午我们去跳舞，我觉得那酒像是被人放了药，但是我不知道那天为什么你也会喝上，我也什么都不记得了，但是这些年来，我一直在想，是不是……"

她突兀地顿了一下，几乎是惊慌失措的："是不是我给你的酒？"

因为话说得艰难，她的声音都绷紧了，吐字都艰难起来。陈楷摇摇头："不是你。我自己要喝的，我想提提神，就向穆回锦要了，只是不知道那酒有问题，说对不起的应该是我。"他还是说得很平静，甚至有些不合时宜的漠然。陆棠怔怔地盯着他，他由着她盯，到了最后，还几不可见地笑了一下："本来都不记得了，一边说，还是一边想起来了。"

陆棠觉得口干，抿了抿嘴："我再也没见过穆回锦。"

"后来我见过一次，他演那个戏。"

"哦。"

再提起这个名字两个人都很平静，之前因为提到往事而刻意错开的视线这时又慢慢交汇了。由自己口中说出这三个字，陈楷甚至没觉得这是在说一个活人，只像是代表某段过往的一个符号，一道印记——不提他，那些往事就悄然沉睡，而即使提起，也是天长日久满布尘灰了。

“也不知道他是不是还活着。”陆棠小声说，神情里蓦然多出几分孩子气，竟不再像个为人母的年轻妻子了。

陈楷轻轻动了动眉：“我总觉得他的结局就是哪一天孤身一人暴死。”

陆棠有点惊讶地看着他，却不是惊讶，而是为他和自己一瞬间的心意相通。她姣好的眉皱了起来——陈楷这才注意到，结婚之后，她的眉毛修得细而弯，连带着整张脸似乎都变化了——“我也害怕是这样。但谁又知道是不是过个二三十年，我们都老了，他却忽然一点儿也不变地从哪个角落里蹦出来了呢。”陈楷就笑了笑。

分手时陈楷送陆棠到门口，目送她上车。刚才在点心店里他为她拿大衣时才留意到她隆起的小腹，也直到告别才知道她有了五个多月的身孕。道过恭喜后陆棠也叮嘱他多多保重，两个人再没什么话好说，该说的又都说尽了，陆棠对着他又笑了笑，这才弯腰进了车，把女儿抱出来和他再一次道别。

大衣把她的身材修饰得很好，完全看不出怀孕了，而她的一举一动，无不是一个合格的贵妇人了。他们再一次道别时陆棠的小女儿从她的肩头回望他，湿漉漉的眼睛美丽极了。

和陆棠的这次偶遇像是一把钥匙，打开了他和过去那段时光之间已经紧紧闭合上的铁门。不久后见到了谢辰一次，对方的注意力全在身边跟着的一个七八岁的男孩子的身上；圣诞前又在百货公司碰上施更生，两个人各自在扶手电梯的不同方向，只来得及点点头问个好；再后来，在年底一场业内行会上，他远远地看过一眼谢禹。

那天本不该他去，但年底事多，其他同事都在为其他事情奔忙，唯独他一个已经递交了辞呈的人最闲，只能跟着总编一起出席。

翻出好几年没用的西装跟到酒会现场，总编看见大厅一头挤着一堆人，随手拉过一个相熟的面孔问："那边是谁到了，这么热闹？"

"哦，谢禹今天来了。"

"原来是他，那是难得……"

总编和旁人还在说着什么，陈楷却无心去听了，不由自主地朝着人群看去。隔得太远，谢禹的面孔本来就只能看见个大致的轮廓，又在那些深色西装的簇拥下时隐时现，陈楷看了一眼也就不再看了。一旦回神，之前当作耳边风放过的交谈又飘了过来，总编在问："他那本书还没出版吧？"

对方稍稍迟疑了一下："徐老，不瞒您说，我这里倒是听说完稿了，就是不知道花落谁家……"在还没察觉的时候，陈楷已经微微笑了起来，他低下眼，心想，原来他对他已无怨恨。

谢禹那本陆维止的传记出版时是下一年的秋天。那时陈楷早已离开出版业，在慈善机构工作得很愉快，其间还出国了三个月上了一个短期的培训课。在回来的机场大巴上无意中看见了书的封面，才知道这本书是由自己的前东家出版的。

毕竟是自己为之付出过努力的一本书，到了周末，陈楷专门去了一趟学校南门的一家书店买书——老板是中文系毕业的校友，结婚之后和太太一起开了这家书店，一大特色就是兼卖作家的首版签名书，在陈楷还是学生时书店就已经颇有名气。

毕业后他就没回过学校，找上门时心里还有点忐忑，怕几年不去，书店改换门庭成了餐厅或是咖啡馆。但他的担忧并没有成真，书店还在，规模比当年更大，倒是真的多出了一块用作茶室，一进门就是浓郁的咖啡香气，加上暖气袭人，一下子熏得一阵热意直冲脸颊，连眼镜都跟着模糊了起来。他擦去眼镜上的白气，再抬头才发现店里一角的衣架上都挂满了外套，但书店这边看不到几个人，反而是茶室和书店相连的过道处站满了人。陈楷心想估计是有什么签售，也不上心，在签名书的柜子前面从上找到下都没看到书，还是抱着问问看的心思，找到了前台。

谁知道他刚一问，前台的小姑娘就乐了："这本书的签名本我们没有，谢禹不签名，但是，他现在就在里面做活动呢。"

这简直是一下子成了荒诞剧。陈楷下意识地二话不说往门边走，手已经推开了门，却还是收了回来。他走回了过道边，最外围的位子，里面没有用话筒，必须竖起耳朵才能听见在说什么，陈楷听了很久，总算听出了里面那个不知道为什么陌生得很的声音确实是谢禹的。想了半天，发现是他说话的语调完完全全地变了，所以哪怕声音一如往昔，反而感觉更陌生了。

他还是来晚了，里面那场不知道是交流还是读书会或者是小范围的采访会的活动已经到了尾声，断断续续之中，他听见里面的人说："……我和陆维止从无私交，也没有机会一起工作，作为晚辈的我，执意写这本书，起因全是当年和他的一次偶遇。传记无论是多么无私的缘起，落笔时却总有取舍，为了写成这本偏颇的传记，我尽我所能，采访了一些还活着的，或是当时还活着的人。而我对那些没有出来说话的人的感谢，并不逊于对那些慷慨与我、与读者分享细节的人们。"

谢禹说完这段话，站了起来，拿好手杖，向着满室日光中充满了期待和好奇的人群点点头："也谢谢大家。"

掌声响起得很迟疑，慢慢地才热烈了些。这样的场合他并不熟悉，而在外人面前谈论书，或是自己，无论是什么形式都让他不自在。但自从这本书问世以来，他还是这么做了，像一个全职的作者那样，尽职尽责地配合着出版方，出席书的宣传活动。

他低声谢绝请他签名的读者，不去看醉翁之意不在酒的记者们的镜头，沿着读者们自觉分开的那条细路向门外走去。越往外走，闷热之意消散得越多，他藏在手套里的手早已腻满了汗意，不由得越走越快，以至于忘记了茶室出口的那道台阶，拐杖一虚，整个人重心前倾，脚步也跟着踏空了。施更生在他身后惊叫了起来，他心想顶多就是摔一跤，连爬起来之后怎么开玩笑都想好了，却没想到有一只手拉住了他，又顺势把他给扶牢了。这好意比让他就这么摔了还让谢禹不悦，更无从谈感激，但他站稳之后还是抬起头，准备客气地道个谢，攀住对方胳膊的手却在下一秒钟，不由自主似的，反而紧紧地收紧了指头。

当年只落得电话里一句再见的年轻人活生生地站在眼前，对他说了一句，你好。他的眼睛依然明亮清澈，目光里没有愤怒，也不见怨恨。

谢禹一时之间，忘记了所有的话。直到又一名客人推门而入，他带来枯黄的叶子和漫天的寒风。扬长而入后，他只是走到书柜前，在那厚厚一叠的新书堆上拿起一本，修长的手指一如枯骨，划过传记主人的名字的瞬间，仿佛一缕惨白的风。

这个人他们都认得。